ŒUVRES

DE

F.-B. HOFFMAN.

TOME V.

IMPRIMERIE DE LEFEBVRE,
rue de Lille, n. 11.

ŒUVRES

DE

F.-B. HOFFMAN.

CRITIQUE.

TOME II.

Seconde Édition.

A PARIS,

CHEZ LEFEBVRE, IMPRIMEUR-LIBRAIRE,

RUE DE LILLE, N.º 11.

M. DCCC. XXXI.

ASTRONOMIE.

COMPOSITION MATHÉMATIQUE

DE CLAUDE PTOLÉMÉE,

Ou Astronomie ancienne, traduite pour la première fois du grec en français, sur les manuscrits de la bibliothèque du Roi, par M. HALMA, et suivie des notes de M. DELAMBRE, secrétaire perpétuel de l'Académie royale des sciences, etc.

LE traducteur de cet important ouvrage m'a fait l'honneur de m'écrire pour m'inviter à en rendre *un compte détaillé*. Certes, il a une trop haute idée de mon savoir, et j'aime mieux débuter par avouer mon ignorance, que de la laisser apercevoir par les erreurs dans lesquelles je ne manquerais pas de tomber si j'essayais de la déguiser. M. Halma répondra sans doute qu'il fallait envoyer son ouvrage à un autre rédacteur. J'aurais bien voulu me décharger de ce fardeau ; mais qui aurait consenti à le porter ? Pour s'acquitter dignement d'une pareille tâche, il faudrait être à la fois et très-érudit et très-savant : et dans quelle science encore ! dans la plus ardue, dans la plus difficile, dans celle qui, avec tout son cortége, renferme presque

toutes les connaissances humaines. Il y a plus : l'helléniste le plus consommé serait tout-à-fait inhabile à juger cette traduction, s'il ne possédait en
même temps toutes les branches de l'astronomie.
Chez tous les peuples éminemment civilisés, la langue didactique diffère essentiellement de la langue
usuelle ; lors même qu'elle emploie les termes
propres à cette dernière, elle leur donne une acception toute différente, et quelquefois contraire. On va
s'en convaincre par un petit nombre de citations.
Supposons qu'un étranger connaisse parfaitement
la langue française, mais qu'il ignore complètement l'astronomie ; il lit le mot *déclinaison :* quelle
idée en concevra-t-il ? Si cette déclinaison est aus-
trale, il ne pourra se tromper, parce que, dans
ce cas, l'acception didactique offre la même image
que le sens vulgaire, les astres alors paraissant
décliner ou s'abaisser ; mais quand le soleil ou la
lune sont à leur plus grande hauteur sur notre horizon, et qu'ils s'approchent le plus de notre verticale, devinera-t-il que c'est encore une *déclinaison*, et d'autant plus forte que l'astre est plus élevé?
Par *précession des équinoxes,* entendra-t-il que,
loin de *précéder,* les points équinoxiaux rétrogra-
dent, et que le sens du mot *précession* ne s'applique ici qu'à la durée de l'année que ce phénomène rend plus courte ? Dans le mot *perturbation*
il ne verra qu'un désordre ; il ne se doutera pas
que les perturbations sont, au contraire, une preuve
de l'ordre, un effet de la loi générale, et qu'on

peut les soumettre à un calcul, à la vérité fort difficile. Il en est de même du mot *époque*, qui, chez les anciens astronomes, signifiait un *lieu*, tandis que chez nous il signifie un *temps* : j'en pourrais encore citer un grand nombre, tels que *longitude*, *anomalie*, *ascension* et d'autres qui, dans la langue astronomique, ont une acception très-différente du sens usuel. Ajoutons au vocabulaire didactique les raisonnemens et leurs conséquences, les démonstrations et les calculs qui, quoique très-clairs, sont absolument inintelligibles, même pour l'érudit, s'il n'est pas en même temps astronome. Pour en finir sur ce point, par un exemple frappant, je demande à tout Français qui n'a pas étudié l'astronomie, s'il comprendra M. le comte Laplace, quand cet illustre géomètre dit que, sans la grande extinction des rayons solaires dans l'atmosphère terrestre, la lune *éclipsée* brillerait d'une plus vive lumière que quand elle est pleine. Cela est cependant si simple, que l'astronome n'a pas cru devoir en donner la raison. Concluons de tout ceci que pour savoir apprécier le travail et le mérite de M. Halma, il faudrait avoir tout ce qui me manque; et j'aurai fait tout ce qu'on peut attendre de moi, si je parviens à donner une idée sommaire du livre et de la préface.

Cette préface est elle-même un ouvrage assez étendu ; le simple exposé de tout ce qu'elle renferme exigerait plus d'articles qu'il n'est possible d'en admettre dans un journal qui n'est pas spé-

cialement consacré aux sciences; je me bornerai
à ce qu'elle offre de plus intelligible pour la plupart des lecteurs. Avant de présenter une espèce
d'analyse de la *Composition mathématique* de Ptolémée, plus connue sous le nom arabe d'*Almageste;* avant d'indiquer les manuscrits sur lesquels
il a fait sa traduction; avant d'exposer les motifs
qui lui ont fait rejeter les versions latines et très-
inexactes de l'Almageste, M. Halma croit devoir
justifier l'entreprise qu'il a formée, et qu'il a terminée si heureusement. Cette première partie de
la préface est la plus importante, en ce qu'elle détruit un préjugé aussi injuste qu'il est généralement répandu. Le traducteur a craint qu'on ne
l'accusât de faire rétrograder la science en publiant
un système abandonné. Il répond à cette question
de la manière la plus complète et la plus victo-
rieuse; il invoque le témoignage des plus grands
astronomes modernes pour prouver que l'ouvrage
de Ptolémée ne mérite point le discrédit dans lequel
il est tombé. Lalande lui-même qui, d'abord par-
tageait l'opinion commune, a trouvé dans l'astronome d'Alexandrie, des observations aussi exactes
que celles des modernes.

Dans cette espèce d'apologie, M. Halma semble
ne s'adresser qu'aux savans, puisqu'il puise ses
preuves dans les monumens de la science; mais les
gens du monde doivent être comptés pour quelque
chose quand il s'agit d'un ouvrage destiné, par son
importance et son mérite, à orner les plus belles

bibliothèques. Je me permettrai donc d'ajouter aux démonstrations du traducteur, quelques raisonnemens qui ne viennent pas de si haut, mais qui seront mieux entendus par les lecteurs peu accoutumés au langage didactique.

Un homme d'esprit me disait il y a quelques jours : « Ptolémée passe généralement dans le monde pour être l'auteur d'un système absurde, et l'on pense qu'il est inutile de lire son ouvrage puisqu'il ne contient que des erreurs. » Rien n'est plus difficile à détruire qu'une injuste prévention, et je n'ai pas l'espérance de faire cette révolution dans l'opinion publique ; c'est donc uniquement par devoir, et par respect pour la vérité, que je présente les considérations suivantes :

1° Il est impossible qu'un système conçu et coordonné par un homme de mérite soit absurde dans toutes ses parties ; l'auteur l'appuie toujours sur quelques vérités incontestables et sur des observations justes dont il peut tirer de fausses conséquences. Si l'Almageste n'avait contenu que des erreurs grossières, le système de Ptolémée n'aurait pas fait loi pendant quatorze siècles dans tout le monde savant.

2° Quand même Ptolémée se serait trompé sur tous les points, ce qui est loin d'être vrai, le monument qu'il nous a laissé devrait encore exciter la curiosité et même l'intérêt de tous les amis des sciences. Il n'est pas indifférent de connaître l'état où était l'astronomie chez le peuple le plus policé de la terre, et qui avait porté presque tous les arts jusqu'au plus haut point de perfection. L'Almageste, ne présentât-il que les premiers efforts de l'esprit humain pour découvrir les lois qui régissent les corps célestes, il mériterait, sous ce seul rapport, l'attention des savans eux-mêmes.

3° Il s'en faut bien que l'astronomie fût encore dans l'enfance lorsque Ptolémée composa son ouvrage; et ceux qui considèrent le système de Copernic comme une découverte nouvelle, tombent dans une grande erreur et n'ont aucune connaissance de l'antiquité. Plus de sept cents ans avant Ptolémée, l'école Ionienne enseignait la sphéricité de la terre, l'obliquité de l'écliptique, et la cause des éclipses, que l'on était déjà parvenu à prédire. Pythagore et ses disciples ont connu le vrai système du monde; ils enseignaient le mouvement des planètes autour du soleil, et, ce qu'il y a de plus étonnant, ils étendaient cette loi jusqu'aux comètes. Nicétas de Syracuse ne voyait, dans la révolution diurne et apparente de la sphère céleste, que le mouvement réel de la terre sur son axe. Philolaüs, non-seulement faisait tourner la terre sur son axe, mais il la transportait encore autour du soleil, et, par-là, il expliquait la variété des saisons. Aristarque de Samos enseignait, avant l'ère chrétienne, le double mouvement de la terre, doctrine qui a été reproduite par Copernic sur la fin du quinzième siècle. Platon est le premier homme célèbre qui fit revivre le système de l'immo-

bilité de la terre. Eudoxe, Galippus, Aristote,
Archimède, Sosigènes, Cicéron, Vitruve et Pline,
adoptèrent l'opinion de Platon. Ptolémée fonda
son système sur ce faux principe ; mais une erreur
qui a séduit les plus beaux génies de la Grèce et de
Rome ne doit pas nous paraître si méprisable.

4° La fausseté d'un système dans une science
aussi compliquée et aussi difficile que l'astronomie ne prouve rien contre le mérite de son auteur. Nous avons renoncé au péripatétisme, nous
avons ri des tourbillons ; et cependant Aristote et
Descartes ne passent pas pour des génies médiocres.
Hipparque croyait à l'immobilité de la terre, et
cependant M. Laplace l'appelle un *grand astronome*.

5° Si nous vivions au temps où le vrai système
du monde viendrait d'être renouvelé, si nous
voyions les savans se partager entre Ptolémée et
Copernic, si nous lisions toutes les objections que
l'on fit à la nouvelle doctrine, nous serions moins
dédaigneux envers l'astronome d'Alexandrie. N'oublions pas que, dans les dernières années du seizième siècle, Riccioli enseignait encore l'immobilité de la terre ; et même dans le dix-huitième, la
géographie, à la vérité fort médiocre, de Nicolle
de Lacroix, est précédée d'un petit Traité d'Astronomie selon le système de Ptolémée. Mais, que
dis-je ! les quatorze premiers chapitres de l'*Exposition du système du monde*, par M. le comte
Laplace, nous présentent la sphère céleste *selon les*

mouvemens apparens, c'est-à-dire selon l'opinion
de Ptolémée ; et ce n'est qu'au quinzième qu'il
s'occupe des mouvemens réels : nouvelle preuve
que l'idée de l'immobilité de la terre est bien naturelle à l'homme, puisqu'un grand astronome a
cru devoir ménager les préjugés et les habitudes de
son lecteur, avant de lui découvrir des vérités qui
paraissent contraires à l'observation. Et encore, il
établit le système avec une modération et une réserve qui contrastent singulièrement avec le ton
tranchant de l'orgueilleuse ignorance. « N'est-il pas
» infiniment plus simple, dit-il, de supposer au
» globe que nous habitons un mouvement de rota-
» tion sur lui-même, que d'imaginer dans une
» masse aussi considérable et aussi distante que le
» soleil, le mouvement extrêmement rapide qui lui
» serait nécessaire pour tourner dans un jour au-
» tour de la terre ? » Après avoir démontré combien la rotation du globe terrestre est plus vraisemblable, il ajoute, avec une simplicité remarquable
dans un homme qui a le droit de décider : « Tout
» nous porte donc à penser que la terre a un
» mouvement de rotation sur elle-même, et que la
» révolution diurne du ciel n'est qu'une illusion
» produite par ce mouvement. » Il n'y a point là
de méprise pour Ptolémée, mais seulement une
opinion contraire, fondée sur le seul raisonnement.

6° Mais ce qui étonnera bien davantage ceux
qui décident sans connaissances préliminaires,

c'est que presque tous les phénomènes célestes s'expliquent, toutes les apparences sont les mêmes dans le système de Ptolémée, dans celui de Tycho-Brahé, et dans celui de Copernic. Les personnes qui, à défaut de science, ont au moins de la littérature, ne peuvent pas ignorer que, sous les empereurs romains, on annonçait souvent les éclipses au peuple pour qu'il ne fût pas effrayé par leur apparition. Dion rapporte qu'une éclipse de soleil devant avoir lieu le jour où Claude était né, cet empereur en avertit le peuple, afin qu'on n'en prît pas un mauvais augure. On voit par-là que le retour des éclipses se calculait dans l'antiquité. Comment aurait-on pu le faire si le système de Copernic était le seul qui pût faire connaître les mouvemens des corps célestes? Il est indifférent que l'on place le centre de ces mouvemens dans le soleil ou dans la terre. *On peut même considérer tel point que l'on veut, par exemple le centre de la lune, comme immobile*, dit M. Laplace, *pourvu que l'on transporte en sens contraire à tous les astres le mouvement dont il est animé.* On peut donc étudier l'astronomie dans le système de Ptolémée, et quand on sera suffisamment instruit, il suffira, pour être d'accord avec les modernes, de supposer à la terre le mouvement que l'on avait attribué au soleil. Que vous tourniez sur vous même en un temps donné, ou que tout tourne autour de vous immobile, dans le même temps, et en sens contraire, les apparences sont les mêmes,

et les retours des phénomènes se calculent également dans l'une et dans l'autre hypothèse.

7° Enfin, voici les titres sur lesquels est fondée
la gloire de cet homme que l'on affecte de dédaigner. Ce n'est que par son Almageste que l'on connaît bien les travaux d'Hipparque ; il a fait l'importante découverte du mouvement de la lune, nommé
évection; il a confirmé le mouvement des équinoxes,
découvert par Hipparque ; il a établi l'immobilité
respective des étoiles, et leur *latitude constante*
au-dessus de l'écliptique. Les épicycles dont il a
surchargé la sphère ont sans doute trop compliqué
son système ; mais le grand astronome qui fait cette
observation ajoute, qu'*en le considérant comme
un moyen d'assujétir au calcul les mouvemens
célestes, cette tentative de l'esprit humain fait
honneur à la sagacité de son auteur.* Ptolémée
enfin a donné une mesure de la terre tellement
exacte, qu'elle ne diffère presque pas des mesures
actuelles. « La réputation de Ptolémée, dit encore
» M. le comte Laplace, a éprouvé le même sort
» que celle d'Aristote et de Descartes : on a passé
» d'une admiration aveugle *à un injuste mépris;*
» car, dans les sciences même, les révolutions les
» plus utiles n'ont point été exemptes de passion
» et d'injustice. » L'auteur de la *Mécanique céleste*
ayant déclaré d'ailleurs que l'Almageste, considéré
comme le dépôt des anciennes observations, *est
un des plus précieux monumens de l'antiquité,*
il me semble que ce suffrage suffisait pour rassurer

le traducteur sur le succès de son entreprise, pour dissiper les préventions de l'ignorance, et venger Ptolémée d'un injuste mépris.

On trouvera, dans la préface de M. Halma, des discussions plus savantes, et des démonstrations plus rigoureuses ; mais c'est pour cela même que je n'ai osé les aborder. Je parle à ceux qui n'en savent pas plus que moi sur cette matière ; et, malgré les lumières du siècle, leur nombre sera encore assez considérable.

Le premier livre est, à proprement parler, le seul qui soit formellement contraire au système de Copernic, de Keppler et de Newton. Ptolémée y établit le sien qui, quoique faux, est cependant plus conforme aux apparences et au témoignage de nos sens. Parmi les raisonnemens qu'il fait pour démontrer l'immobilité de la terre et la révolution diurne de toute la sphère céleste autour de notre petit globe, il en est qui ont dû paraître fort pressans. Mais les autres, fondés sur des erreurs de physique, ne mériteraient pas aujourd'hui une réfutation sérieuse. Il en est même un que je ne conçois pas. Il établit, avec beaucoup de raison, que les étoiles sont des globes et non pas des disques ; mais il ajoute que l'atmosphère où elles sont plongées, *se meut circulairement et uniformément.* Or, il ne donne pas une atmosphère particulière à chaque corps céleste ; il parle de l'atmosphère universelle, où tous ces corps sont plongés, et qu'il nomme *air* (αιθηρ). Comment donc a-t-il pu sup-

poser cette immense atmosphère animée d'un mouvement aussi rapide autour de la terre immobile ?
Quel vent alisé produirait cette rotation sur la surface de notre globe ? Ne peut-on pas ici rétorquer
contre Ptolémée toutes les objections qu'il fait
contre le mouvement de la terre? Quoi qu'il en
soit, les peines qu'il se donne pour établir notre
immobilité au milieu de la nature en mouvement,
prouvent qu'il connaissait bien le vrai système du
monde ; il laisse même échapper un aveu très-remarquable : « Il y a, dit-il, des gens qui préten-
» dent que la terre tourne sur son axe, d'occident
» en orient...... En ne considérant que les phéno-
» mènes, *rien n'empêche peut-être que, pour*
» *plus de simplicité, cela ne soit ainsi,* etc...... »
Le voilà sur la bonne route, et cependant il l'a-
bandonne aussitôt par des considérations fondées
sur l'impossibilité prétendue de faire tourner l'atmosphère uniformément avec le globe terrestre.

Que diront les hommes qui, sans avoir rien lu,
répètent des erreurs accréditées, et qui tournent
en ridicule les *sphères solides et transparentes*
auxquelles Ptolémée attache les corps célestes,
quand ils apprendront que cet astronome n'a jamais conçu une idée aussi absurde, et qu'il n'en
dit pas un mot dans son Almageste? Il est fâcheux
d'ajouter qu'un savant, estimable sous bien des
rapports, a partagé à cet égard l'erreur et l'injustice du vulgaire.

Dans le second livre, l'astronome s'occupe des

ascensions pour les diverses inclinaisons de la sphère oblique ; il détermine, par la grandeur du plus long jour, les arcs de l'horizon interceptés entre l'équateur et le point correspondant de l'écliptique, pour tous les degrés d'obliquité de la sphère ; il forme une table des ascensions, de dix degrés en dix degrés *des signes*, depuis l'équateur jusqu'au climat de dix-sept heures. Ce livre est entièrement de calcul. On est étonné de trouver des erreurs de géographie très-considérables dans la fixation des parallèles : il place, par exemple, l'embouchure du Borysthène à plus de 48 degrés de latitude, et, ce qui est plus étrange, celle du Tanaïs à plus de 54. Je ne sais d'ailleurs ce qu'il entend par la *petite Bretagne* qu'il place au 58ᵉ degré. Mais au commencement de ce livre on trouve la réfutation d'une erreur accréditée même par des géographes. On a dit que les anciens regardaient la zone torride comme absolument inhabitable ; Ptolémée pense, au contraire, qu'elle est habitée, même *sous l'équateur*, et que la *température y est modérée ;* Ératosthènes l'avait dit trois cents ans avant lui.

Dans le troisième livre, il recherche la véritable longueur de l'année. Dès le temps d'Hipparque, on avait reconnu que cette longueur n'est pas tout-à-fait de trois cent soixante-cinq jours et un quart. Les lecteurs inattentifs trouveront fort singulier qu'il ait fallu faire tant de travaux pour déterminer cette période de temps ; mais si l'opération avait été si facile, le pape Grégoire XIII n'aurait pas eu besoin de réformer le calendrier et de retrancher dix jours à l'année 1582.

Les quatrième, cinquième et sixième livres sont consacrés aux divers mouvemens de la lune. Cette partie de l'astronomie est l'une des plus difficiles. Les observateurs, étonnés de découvrir sans cesse de nouvelles inégalités dans ces mouvemens, avaient nommé notre satellite *astrum admodùm pervicax*, pour exprimer les tourmens qu'il leur causait. Ptolémée a soumis toutes les notions des anciens à de nouvelles observations : il a déterminé les anomalies de la lune, et, comme je l'ai dit, il a fait l'importante découverte de l'*évection*. Le sixième livre, surtout, est curieux par une explication très-exacte des éclipses. Ici le lecteur sera bien convaincu de la possibilité d'étudier l'astronomie dans l'ancien système comme dans le nôtre, puisque Ptolémée fournit non - seulement les moyens de prédire les éclipses, mais même il fixe le moment précis où elles arrivent, les circonstances qui les accompagnent, et *le nombre de doigts* dont l'astre doit être éclipsé. Plusieurs passages de ces chapitres sont absolument conformes aux notions actuelles, et l'on croit souvent lire un traité moderne d'astronomie.

C'est aussi dans cette partie de son ouvrage que l'astronome d'Alexandrie cherche à connaître la grandeur et la distance de la lune et du soleil relativement à la terre. Il trouve que la moyenne distance de la lune, dans les syzygies, est de 59 rayons terrestres, et celle du soleil à la terre de 1,210 de ces rayons. Or, le rayon terrestre étant de 1,432 lieues et demie, la lune serait éloignée de nous de 84,517 lieues et demie, et le soleil de 1,733,325 lieues. Relativement à la lune, l'erreur est peu grave, si l'on considère le temps où l'observation a été faite, puisque cette distance est réellement de 86,324 lieues; mais, à l'égard du soleil, l'erreur est très-forte, cet astre étant placé à plus de 34 millions de lieues de notre globe. Cependant, si l'on réfléchit que les anciens étaient privés du puissant secours du télescope, on sera plus étonné de l'approximation de ces mesures que choqué de leur inexactitude. D'ailleurs Ptolémée lui-même n'avait pas une grande confiance dans son calcul à l'égard du soleil, car il avoue qu'il est impossible d'apprécier la distance d'un astre dont on ne connaît pas la *parallaxe* : or, celle du soleil était inconnue aux anciens, et n'a même été fixée que fort tard chez les modernes. On remarque la même différence dans l'évaluation du volume de ces astres : Ptolémée dit que le diamètre de la terre est triple de celui de la lune, avec deux cinquièmes de plus; M. Laplace trouve que ces diamètres sont comme 11 est à 3 : il résulte de là que, selon l'astronome ancien, le globe de la lune serait trente-neuf fois, et, selon le moderne, quarante-neuf fois moindre que celui de la terre. Mais il s'en faut bien que le volume du soleil ait été connu d'une manière aussi approximative; il le croit seu-

lement six mille six cent quarante-quatre fois plus
considérable que celui de notre globe, tandis qu'il
l'est plus de trente-quatre millions de fois. Je me
suis étendu sur ce passage de l'Almageste, parce
que la distance et le volume des corps célestes
est ce qui occupe principalement le plus grand
nombre des lecteurs. On croit savoir un peu d'astronomie quand on a une idée de ces mesures.

Dans les septième et huitième livres, Ptolémée
s'occupe des étoiles; il prouve qu'elles conservent toujours la même position entre elles, de
sorte que les constellations présentaient, dans les
temps les plus anciens, les mêmes figures qu'elles
nous montrent aujourd'hui : il démontre aussi leur
latitude constante au-dessus de l'écliptique, mais
il leur suppose un mouvement en longitude, contraire au mouvement diurne de toute la sphère céleste. Dans l'une des notes de M. Delambre, on voit
que la précession des équinoxes s'explique également, soit qu'on fasse avancer les étoiles, soit
qu'on fasse rétrograder les points équinoxiaux.
Ainsi, cette erreur même ne nuirait pas à l'étude
de l'astronomie.

Les cinq livres suivans traitent du mouvement
des planètes, de leurs retours périodiques, de leur
mouvement en longitude, de leurs rétrograda-
tions, de leurs écarts en latitude, de leurs inclinaisons, et des moyens de déterminer, dans tous
les cas, leur distance du soleil.

Dans presque tous les chapitres de cet ouvrage

on trouve des démonstrations et des figures géo-
métriques, ainsi que des tables très-étendues ; mais
n'y comprenant rien, ou au moins fort peu de
chose, il me semble qu'il est plus commode et plus
prudent de n'en rien dire du tout.

Il me reste à prévenir deux réflexions défavorables que ne manqueront pas de faire ceux de mes
lecteurs dont les études n'ont pas eu l'astronomie
pour objet. On a vu que Ptolémée faisait tourner
toute la sphère céleste d'*orient en occident*, et en
vingt-quatre heures, *à peu près*, autour de la terre
immobile. Il dit ensuite que les étoiles ont un autre
mouvement, qui les transporte suivant l'ordre des
signes d'*occident en orient*. Ces deux propositions
paraîtront contradictoires, et bien des gens ne con-
cevront pas comment un homme raisonnable peut
attribuer à un même corps deux mouvemens en
sens contraire. Il est cependant bien certain que
ces deux mouvemens contraires et simultanés sont
possibles. Un système de corps peut obéir à un
mouvement qui se dirige vers un point du ciel,
tandis que les corps qui font partie de ce système
se dirigent vers le point opposé. Les satellites sont
dans ce cas ; entraînés autour du soleil par la planète, ils n'en décrivent pas moins leur orbite
presque circulaire autour de cette planète régula-
trice ; or, dans l'une ou l'autre moitié de cette orbite, ils ont un mouvement tantôt direct et tantôt
rétrograde relativement au soleil ; ils obéissent
donc à deux mouvemens, et même à trois, si,

comme tout le fait présumer, le soleil lui-même est emporté autour du centre inconnu. Pour donner une image plus sensible, et même grossière de ce double mouvement, on peut se figurer un bateau descendant un fleuve et un homme qui marche de la proue à la poupe de ce bateau, en sens contraire du courant. Il est évident que cet homme est entraîné dans une direction par le courant, et qu'il se porte en même temps vers une direction contraire par le mouvement de la marche. Ajoutons à cela que l'homme, le bateau et le fleuve obéissent ensemble au mouvement diurne de la terre, et en même temps au mouvement de translation autour du soleil, qui lui-même n'est pas immobile. Que de mouvemens en sens divers!

Voici l'autre objection qui tient entièrement au raisonnement. S'il est indifférent, dira-t-on, d'assigner tel centre que l'on veut à la sphère céleste, et si les phénomènes s'expliquent et se prédisent dans un système comme dans l'autre, nous ne sommes donc pas certains que le système actuel soit celui de la nature. Je réponds que c'est au contraire cette possibilité de considérer tel point que l'on veut comme immobile, qui fournit une des meilleures preuves de raisonnement en faveur du mouvement de la terre. Supposons qu'un homme se trouve tout-à-coup transporté sur la surface de la lune; il verra toute la sphère céleste tourner autour de lui en vingt-sept jours et près de huit heures; il se souviendra cependant que

cette sphère tournait en vingt-quatre heures quand
il était sur la terre. Que de la lune il puisse passer sur le soleil, il verra tout le ciel tourner en
vingt-cinq jours et demi. Que du soleil il soit jeté
sur Jupiter, le phénomène l'étonnera bien davantage : neuf heures et cinquante-six minutes suffi-
ront pour la révolution de tous les corps célestes ;
et s'il revient sur la terre, il retrouvera le mouvement de vingt-quatre heures, comme il l'a observé depuis son enfance. S'il réfléchit ensuite que
le mouvement particulier de chaque globe lui a
fait illusion sur le prétendu mouvement de la
sphère céleste, n'est-il pas porté, par la plus forte
analogie, à regarder le mouvement diurne du ciel
comme une semblable illusion produite par le
mouvement réel de la terre? Les autres planètes
décrivant, en outre, des courbes rentrantes autour
du soleil, la même analogie ne conduit-elle pas à
supposer un pareil mouvement à la terre, qui est
aussi une planète?

Il serait ridicule de parler du style d'une traduction dans un ouvrage purement didactique ; je
dirai donc simplement que celui de la préface a
toute la clarté, toute la précision et toute l'élégance que comporte le genre ; et, malgré la sécheresse de la matière et la gêne imposée par le
texte, celui de la traduction fait sentir si peu de
contrainte, que l'on croit souvent lire un ouvrage original.

2

LEÇONS DE GÉOLOGIE

DONNÉES AU COLLÉGE DE FRANCE ;

Par M. J.-C. de Lamétherie.

Ceux qui ont spécialement accordé le don de l'imagination aux poètes, se sont étrangement trompés; le poète sur le trépied sacré, le romancier le plus intempérant, le plus désordonné dans ses conceptions, paraîtront des hommes timides, d'une imagination rétrécie et glacée, dès qu'on voudra les comparer au géologue. L'auteur du poëme ou du roman ne combine que les petites actions de l'espèce humaine; il roule sans cesse dans un cercle d'événemens circonscrit de toutes parts : s'il appelle le merveilleux à son secours, ce merveilleux a lui-même ses limites; son Olympe ne représente que la terre embellie, et les machines qu'il en fait descendre ont toujours rapport à ce petit animal bipède et bimane, qui a le nom d'homme, dont l'espèce entière, composée d'un milliard d'individus, ne joue pas, à beaucoup près, dans l'univers un rôle aussi important que celui d'une virgule dans toute la bibliothèque du roi. Quelle différence entre le talent de ce faiseur de vers et l'incommensurable science du géologue!

Celui-ci participe à la création ; que dis-je ! il est lui-même créateur. Il prend une poignée de calorique, ou d'oxygène, ou de silice, ou d'atomes *insécables, indiscernables, impondérables*, il les lance dans l'espace, et voilà un monde qui commence.

Le poète ne remonte guère qu'au déluge, ou tout au plus au père Adam. Milton est le seul qui ait osé devancer cette époque : nos actions ne datent donc que d'hier ; car, que sont six mille ans dans l'éternité ? Le géologue, au contraire, bravant l'étymologie de son nom qui devrait l'attacher à la terre, se place à l'origine des temps, tient l'infini dans sa main, et l'éternité au bout de sa plume. Avant que notre petit globe fût formé, dira-t-il, par *les molécules primitives d'une nébuleuse*, d'autres globes immenses et placés à un éloignement épouvantable, avaient tourné pendant des milliards de siècles ; d'autres milliards de siècles s'étaient écoulés avant que ces globes se formassent, et d'autres milliards de siècles encore ont passé en silence avant que notre pauvre boule commençât à se remuer dans le vide. Mais quel calcul mesquin ! va-t-on dire. Qu'est-ce qu'un siècle ? qu'est-ce qu'un milliard de siècles dans l'infini ? des minutes, des secondes, qui attestent notre faiblesse et la courte durée de notre existence. Je ne connais dans ce monde que les philosophes Hindous qui puissent lutter avec nos auteurs de systèmes géologiques. Qu'on me permette une petite digres-

sion, et l'on verra que ces philosophes du Gange
avaient un léger aperçu de l'éternité.

Tout le monde sait que les Indiens ou Hindous
ont trois dieux principaux, outre une innombrable
phalange de dieux subalternes. Le premier des trois
coryphées se nomme Brama, ou Brahmah, ou Bir-
mah, ou Brouma; le second Wistnou, Vichenou,
ou Eichever; le troisième Chivah, Chiven ou Bi-
chen. Ces trois dieux ne sont pas immortels; mais on
reconnaîtra bientôt que leur vie est d'une longueur
honnête, et qu'ils ont dû voir bien des mondes se
former dans le ciel, soit par des atomes, soit par
des monades, soit par la matière nébuleuse. Le
quatrième âge des Hindous se nomme Calyougan,
et se compose de 432,000 années; 864,000 Ca-
lyougans forment le Touvabarayougan, ou troisième âge; 1,296,000 âges pareils sont une période
qui se nomme Tredayougan ou second âge; et
1,728,000 de ces périodes composent le premier
âge, ou Gredayougan; la somme de ces quatre
âges réunis forme le Sadryougan, et deux mille
Sadryougans sont un jour de Brama; soixante
mille de ces jours sont un de ses mois; douze mois
pareils, une de ses années; et cent années semblables, la durée de sa vie. Pour un Dieu, il est
dur de mourir; mais au moins Brama pourra se
vanter d'avoir atteint une honorable vieillesse.
Wistnou est bien plus heureux; les cent années
de Brama ne sont qu'un de ses jours; et il vit cent
ans, dont chacun est composé de trois cent

soixante-cinq jours semblables. Voilà sans doute deux respectables patriarches ; mais ils ne sont que des enfans à l'égard de Chiven, car celui-ci ne meurt jamais. Ne semble-t-il pas qu'on vienne de lire un paragraphe de cosmogonie ; et n'est-il pas admirable que l'homme, dont la vie est si courte, en perde la moitié à calculer les millions et les milliards de siècles ?

Mais suivons un géologue dans l'une de ses savantes promenades. Son pied heurte une de ces pierres arrondies que le peuple nomme un caillou, car toute pierre ronde est caillou pour le vulgaire. Le savant ramasse la pierre roulée, et il s'écrie avec le pyritologiste Henckel : *O caillou, caillou ! qui est-tu ? d'où viens-tu ? qui t'a formé ?* Des poètes n'obtiendraient aucune réponse ; la nature ne leur confie pas ses secrets, et Virgile a été un peu gascon quand il a dit : *Non canimus surdis;* un poète est toujours sûr de rencontrer bien des sourds quand il déclame ses vers dans les plus brillantes sociétés. Il n'en est pas ainsi du géologue ; tout lui répond dans l'univers. Je vais donc faire parler le caillou, et si le style de son discours est un peu dur, il n'en paraîtra que plus naturel :

« O savant, savant ! je suis un fragment d'une des montagnes de l'Afrique. Plusieurs millions de siècles avant que notre petit globe terrestre se couvrît de verdure, ma montagne et moi, et toute cette planète, nous étions encore réduits en matière aériforme, et nous venions je ne sais d'où.

Après avoir roulé long-temps dans les déserts du
ciel, sous la forme de vapeurs, nos molécules se
sont un peu rapprochées, les affinités ont joué leur
rôle, et nous nous sommes cristallisés, car il faut
que tu le saches et que tu l'apprennes à tes confrères, tout est cristal dans la nature; la cristallisation a tout produit, plaines, vallées, montagnes,
végétaux, animaux; et toi, savant, tu n'es qu'un
sel neutre à base terreuse.

» Notre cristallisation n'était point aqueuse, elle
n'était pas ignée, elle était aériforme. Nos molécules primaires ont formé des atomes, les atomes
des molécules secondaires, celles-ci des molécules
intégrantes. La pesanteur spécifique des diverses
parties n'étant plus la même, il s'est opéré une
précipitation vers notre centre, en vertu de la loi
d'*attraction* ou de *pesanteur*, car Newton donne
le choix pour une épingle. Notre centre devint
donc solide et obscur, et un Herschell de la planète Jupiter observa que nous avions un *noyau*,
découverte dont il fit part à l'un des instituts
Jóviens.

» Je sais que la formation des montagnes vous
a fort embarrassés; des imbecilles ont prétendu
qu'elles étaient autant de boursoufflures causées
par le feu, et que ces montagnes avaient autant
de creux en dessous que de saillie en dessus. Théorie misérable! Comment ces énormes masses se
soutiendraient-elles sur les bords d'un abîme? La
cristallisation explique tout; c'est elle qui a cons-

truit les montagnes, puis les mousses, puis les
gramens, puis les chardons, puis les polypes, puis
les huîtres, puis les géologues.

» Nous étions donc, ma montagne et moi, une
petite partie du globe cristallisé ; mais nous étions
bien secs, car l'eau n'était pas encore formée dans
l'atmosphère. Avec le temps elle se forma; des milliards de molécules composèrent des gouttelettes
indiscernables; les gouttelettes en se réunissant
devinrent des gouttes ; elles se précipitèrent sur les
cristaux, couvrirent le globe à plusieurs milliers
de toises au-dessus des plus hautes montagnes, et
opérèrent sur la croûte de nouvelles cristallisations
aqueuses.

» Je viens de te dire comment les eaux sont
venues; mais, il s'agit maintenant de faire disparaître toutes celles qui couvraient les continens et
les îles ; sur ce point, je te l'avoue, je n'en sais pas
plus que toi. J'ai bien entendu dire à quelques savans qui se promenaient ici, que ces eaux sur-
abondantes avaient été aspirées par d'autres planètes. Tu ne crois pas à ce système, et tu as raison;
car si ces eaux s'étaient envolées, comme on le dit,
notre pauvre lune, qui est si sèche, en aurait eu
sa part. Il faut donc leur trouver un autre chemin.
D'autres savans ont répondu que le globe, en se
refroidissant, s'était fendu de toutes parts, et que
les eaux avaient passé par les fentes. Tu étais tenté
d'admettre ce faux-fuyant, mais tu as été épou-
vanté d'avoir un océan sous tes pieds, et tu as pris

un parti prudent quand tu as dit : Ces eaux sont
venues; on ne les voit plus: donc elles sont parties,
n'importe comment; n'en cherchons pas davantage. Voilà ce que tous les hommes devraient dire
quand il leur prend la démangeaison de faire une
cosmogonie.

» Mais moi, qui suis né en Afrique, et qui me
trouve à Surène, comment y suis-je venu? Il faut
que je te raconte ce joli petit voyage. Tu me croi-
rais peut-être sur parole; mais, pour plus de sûreté, je ne parlerai que d'après les savans. Quand
les eaux se sont retirées pour aller je ne sais où, elles
ont fait un grand remue-ménage sur ce petit globe
terraqué. Elles ont soulevé les *strates* de ma montagne, et tout bouleversé, tout précipité dans
ce grand creux que vous nommez océan Atlantique. Les granits, les porphyres, les gneiss, les
schistes micacés, les lydiennes, les cornéennes,
les gypses et les puddings primitifs, tout fut cul-
buté, confondu et roulé dans les flots de la mer.
J'étais alors un fragment respectable, ma forme
était anguleuse et irrégulière, et je pesais tout au
moins un quintal. Mais pierre qui roule n'amasse
pas de mousse; les frottemens m'ont usé, et aujourd'hui j'ai la forme et la grosseur d'un œuf de
pigeon. Quel voyageur n'aurait pas maigri dans
une si longue course! Écoute.

» Quand je fus tombé dans la mer, j'espérais
m'y reposer et me remettre de ma chute; mais je
fus bientôt saisi par un courant du sud-ouest, et

porté vers le Brésil. Le courant prenant une nouvelle direction vers le nord, je rangeai la côte du
Brésil et des Guianes ; les embouchures de l'Amazone et de l'Orénoque m'avaient très-peu détourné
de mon chemin : je passai devant la Trinité, je me
glissai entre les îles sous le vent et les Antilles, je
m'avançai vers l'ouest, je doublai l'Yucatan, je
tournai dans le golfe du Mexique, je saluai en
passant le grand Mississipi, je longeai la côte
septentrionale de Cuba, et quand j'eus doublé le
long cap des Florides, je repris ma route vers le
nord. Je passai en revue les contrées que trois
cent mille ans plus tard on devait nommer Géor-
gie et les Deux-Carolines ; j'évitai soigneusement
la grande baie de Chesapeak, où j'aurais été en-
fourné pour l'éternité ; je gagnai l'île longue du
New-Yorck, et je roulai rapidement vers l'embouchure du Saint-Laurent, dont je n'étais guère
éloigné que de cent lieues, quand le cap Cod me
rejeta dans la haute mer.

» Tu devines maintenant que j'étais entraîné
par le terrible courant que l'on nomme *Golf-Strim*,
et auquel tu fais faire une si belle promenade : les
milliers de lieues coûtent encore moins au géologue qu'à la nature. Je continuai donc à mesurer
les profondeurs de l'Océan, dans la direction du
nord-est ; j'arrivai bien fatigué et bien diminué au
cap Lazard qui allait me faire dériver au sud-est ;
mais une marée extraordinaire me fit parcourir
plus de cent lieues en un clin-d'œil, et je fus jeté

au pied du côteau, où l'on devait récolter un jour l'excellent vin de Surène.

» Ce lieu n'était pas même un rivage. Depuis des milliers d'années la mer couvrait et la France et l'Europe ; elle y a séjourné pendant d'autres milliers d'années, s'est retirée au loin pendant des centaines de siècles ; elle y est revenue une seconde fois, et vos savans disent même qu'*elle y est probablement revenue une troisième*. Quoi qu'il en soit, je n'ai plus voyagé ; je m'étais blotti dans un trou, et les flots passaient sur ma tête sans pouvoir m'entraîner avec eux ; et j'y resterai vraisemblablement jusqu'à la fin des siècles, si tu ne m'emportes pas dans ton cabinet, ou si les verriers de Sèvres ne me brisent pas pour faire une bouteille.

» Si ce malheur ne m'arrive point, que deviendrai-je ? que deviendra le globe dans quelques millions de siècles ? Tu ne réponds pas ? Toi, qui est si audacieux quand il s'agit de devancer toute création, tu n'oses faire un pas dans l'avenir ! Tu sais pertinemment tout ce qui s'est fait dans l'univers *in principio rerum*, et tu ignores ce qui arrivera demain ! Ecoute donc encore : je parle d'après les savans, et d'ailleurs les prédictions du caillou s'accompliront tout aussi bien que celles du géologue.

» Les huîtres et les moules emploient de l'eau pour faire leurs coquilles ; cette eau ne redevient plus liquide, et c'est autant de perdu pour l'Océan.

Un jour il y aura tant d'huîtres, de murex, de buccins, de coraux, de madrépores, de lithophytes, de cérathophytes et d'entroques, qu'il n'y aura plus une seule goutte d'eau dans le bassin des mers. Le globe alors sera si sec que le feu y prendra ; ce feu fera une analyse générale de toutes les substances, tous les corps se résoudront en fluide aériforme, nous redeviendrons matière nébuleuse, nous cristalliserons de nouveau pour brûler et nous résoudre encore dans des milliards de siècles, et les savans, étonnés de voir la nature sans cesse occupée, comme Pénélope, à faire et à défaire, s'écrieront : à quoi diable tout cela sert-il ? »

Ainsi parla le caillou. Les lecteurs malveillans prétendront qu'il a dit bien des sottises, et cependant je puis assurer que toutes les parties de son discours se retrouvent éparses dans divers systèmes géologiques.

Celui que je vais examiner s'est formé dès leçons que M. de Laméthérie a données au Collége de France. On y trouve bien de temps en temps quelque chose de semblable au discours du caillou ; mais la multitude de faits curieux et de vérités physiques qui servent de base à ce système, et dont l'auteur a tiré des conséquences hasardées, rendent la lecture de cet ouvrage fort agréable pour les lecteurs un peu instruits.

Toutes les folies, toutes les idées gigantesques, toutes les aberrations de l'esprit, dont je viens de parler ont été puisées dans divers systèmes très-savans, et présentées avec un sérieux et une bonne foi admirables. Certes, je n'ai rien inventé : persuadé que l'homme ne parviendra jamais à connaître la nature intime du plus petit grain de poussière, je ne m'aviserai point de rechercher ce que sont les corps célestes et les innombrables soleils répandus dans l'espace. Tant que je ne saurai pas *comment* ma volonté agit sur mes muscles, et *pourquoi* je remue le doigt quand il m'en prend la fantaisie, je ne m'appliquerai pas à deviner ce qui s'est fait *in principio rerum*, et si le monde sur lequel je joue un si petit rôle, a été formé avec du calorique, ou de l'akasch, ou du tohu-bohu, ou de la matière nébuleuse.

Je ne rejette cependant pas ces considérations audacieuses et ces rêves d'une imagination sans frein, quand ils ne sont que de fausses conséquences des vérités physiques et des observations des savans. Je m'attache à la base qui est ordinairement solide, et je m'amuse des édifices fantastiques dont elle est surchargée. Ces systèmes de cosmogonie sont les *Mille et Une Nuits* de la science : plus ils sont extravagans, plus ils divertissent l'esprit du lecteur. Ils ne sont d'aucun danger : le peuple ne les lit point ; et quand il les lirait, il ne comprendra jamais qu'un homme, une carpe, et une laitue soient les produits de la cristallisation ; je suis même persuadé qu'il faut laisser aux savans toute latitude à cet égard. Quelques-uns

pourront devenir fous, j'en conviens ; mais cette
liberté fera faire aux autres des découvertes importantes. La chimie a dû aux rêves des alchimistes
des procédés fort utiles, et la pierre philosophale
qu'on a vainement cherchée, a fait trouver d'excellentes choses que l'on ne cherchait pas. Une
erreur peut conduire à une grande vérité. Christophe Colomb naviguant à l'ouest croyait rencontrer les Indes, et il découvrit l'Amérique. Laissons
donc les savans s'égarer dans l'infini ; mais ne dé-
daignons pas les connaissances réelles, les faits
curieux et les excellentes observations dont ils ne
manquent pas d'étayer leurs systèmes.

A cet égard, M. de Laméthérie mérite autant de
reproches, mais aussi plus d'éloges que la plupart
de ses confrères. Dans presque tous les chapitres,
qui sont très-nombreux, son ouvrage excite la curiosité et même l'intérêt du lecteur. Ses considérations embrassent tout le monde physique ; toutes
les substances inorganiques sont passées en revue ;
il fait connaître leur composition et les phénomènes qui leur sont particuliers. Les fluides de
l'atmosphère, les eaux de l'océan, des lacs et des
fleuves, les substances élémentaires, qui sont aujourd'hui au nombre de cinquante-quatre ; les
plaines, les montagnes, les divers *strates* des
minéraux, les volcans, les débris fossiles d'animaux et de végétaux, qu'on a découverts dans diverses contrées ; les coquilles marines ou fluviatiles,
si abondamment répandues jusque sur les plus

hautes montagnes ; les révolutions physiques , les catastrophes que notre globe a éprouvées , et dont les preuves sont empreintes sur toute la surface de la terre ; tous ces objets enfin sont traités tour-à-tour d'une main savante , et forment des leçons aussi instructives qu'agréables. Les chapitres sur-tout où l'auteur s'occupe des volcans et des débris fossiles , plairont aux lecteurs même qui s'effraient le plus de la minéralogie. Pour tout dire , en un mot , cet ouvrage donne l'état actuel de la science. Mais qu'on n'oublie pas d'en séparer la partie sys-tématique ; car on se perdrait dans les abîmes de l'éternité , dans le chaos nébuleux , et dans les cris-tallisations confuses ou régulières.

Le troisième volume offre un autre genre d'in-térêt : l'auteur y présente tous les systèmes de géologie et de cosmogonie qui ont eu quelque célébrité depuis les temps les plus anciens jusqu'au siècle où nous vivons. Il est bon d'observer , en passant , que le dix-huitième siècle en a presque autant fourni , lui seul , que tous les autres en-semble. M. de Lamétherie les examine tous, les dis-cute , et en fait une critique fort raisonnée et fort raisonnable ; mais ce travail a dû lui causer de l'in-quiétude ; car , en sappant la base de tous les sys-tèmes , il a prévu sans doute que le sien ne serait pas épargné , et qu'un nouveau géologue briserait un jour les cristaux du professeur , comme celui-ci a brisé le monde de verre de Buffon. Hélas! si M. de Lamétherie pouvait renaître dans deux ou trois cents ans, il entendrait un jeune géologue s'égayer sur les rêveries de ses prédécesseurs, et déclarer que dans le dix-neuvième siècle la science était au berceau. Savans d'aujourd'hui, vous serez traités un jour comme vous traitez vos devanciers!

J'ai déjà insinué que l'auteur attribue aussi à la cristallisation la formation des corps organisés; mais il est juste de dire que les deux chapitres où il agite cette question délicate sont extrêmement laconiques; il a craint de s'embarquer sur une mer orageuse. Il avait sans doute pensé, comme Buffon, que *les lois primordiales de la nature ne peuvent dépendre que d'un module, et que leur expression ne peut renfermer qu'un seul terme.* Or, l'unité étant ce qu'il y a de plus simple, après avoir cristallisé les corps célestes, les montagnes, les plaines et les vallées, il a bien fallu cristalliser les arbres, les plantes, les animaux, et les hommes. Mais quelques efforts qu'il fasse pour établir sa cristallisation universelle, il répond fort mal à la question : *Pourquoi ne se forme-t-il plus de ces cristallisations animales, et de ces générations spontanées?*

Malgré cela, je le répète, l'ouvrage doit être recherché, et par les personnes instruites, et par celles qui veulent s'instruire en s'amusant. C'est un château de fée, construit sur un soubassement de la plus belle architecture.

GÉOGNOSIE.

Un chevalier de Saint-Louis, ingénieur en chef au corps royal des Mines, membre de plusieurs sociétés savantes, M. d'Aubuisson des Voisins, vient de faire paraître un *Traité de Géognosie.* Que ce mot ne vous effraie point, il signifie *connaissance de la terre;* ainsi, ce traité est un exposé des connaissances actuelles sur la constitution physique et minérale du globe. A quoi cela peut-il servir? va-t-on me demander. Je réponds que quand cela ne servirait à rien, il ne serait pas indifférent de connaître un peu ce monde, le théâtre de nos folies; de savoir de quelle nature est le plancher sur lequel nous jouons nos lamentables et ridicules mélodrames; et, puisque nous avons la prétention de partager le monde et de le régénérer, nous pouvons bien consacrer quelques heures à examiner le sol sur lequel nous voulons fonder nos immortelles institutions. A défaut d'utilité pratique, cette étude ne serait pas dépourvue de quelque charme; et, quand je parle de plaisirs, je suis sûr d'être écouté. Si l'histoire civile nous intéresse, elle nous afflige encore plus souvent;

mais l'histoire de la nature élève notre esprit, excite notre admiration, et agrandit nos facultés intellectuelles, sans jamais nous inspirer ni haine, ni envie, ni tristesse. Si vous voulez une utilité plus immédiate et plus palpable, j'ajouterai que la géognosie éclaire le mineur dans sa marche souterraine, et lui indique le gîte probable de tel métal, de tel combustible fossile et de tel filon si cher à Plutus, le seul dieu du paganisme qui ait conservé ses temples et ses autels. L'ingénieur et le géographe la consultent également, l'un pour tracer les routes et les canaux, l'autre pour décrire la physionomie physique du globe terrestre. La géognosie est donc une science utile, et ceux qui liront les deux volumes de M. d'Aubuisson y trouveront un agrément auquel ils sont loin de s'attendre.

Si nous nous promenons hors des barrières de Paris, si nous fouillons la terre dans les jardins qui environnent la capitale, si nous visitons les carrières de Montmartre, et si nous y portons un œil observateur, une foule d'objets que jusqu'ici nous avions vus avec indifférence, vont nous frapper d'étonnement et nous transporter dans un ancien monde dont ils sont les témoins irrécusables. Si nous descendons avec MM. Cuvier et Brogniart dans des fosses un peu plus profondes, d'autres mondes se découvrent à nos regards. Ici, des races d'animaux, dont les analogues ne se trouvent plus que dans les mers équatoriales; là

3.

des empreintes de plantes qui végètent dans des contrées étrangères ; un peu plus bas, d'autres animaux qui n'existent plus sur aucun point du globe, et les dépôts marins, régulièrement entre-mêlés des débris d'animaux terrestres, nous apprennent que chacune des couches a été lentement formée par une longue suite de siècles. Sans nous enfoncer dans les profondeurs de la terre, nous trouverons à sa surface des phénomènes aussi dignes de notre attention. La forme variée, singulière et quelquefois bizarre des montagnes ; leur direction, la stratification des roches qui les composent, l'inclinaison des couches ; ces vallées déchirées par des torrens, ces roches qui se délètent, tombent en ruine et nous montrent la nature dans un état de vétusté, tandis que d'autres tableaux semblent prouver son éternelle jeunesse ; ces diverses terres dont le mélange paraît être un effet du hasard ou d'un mouvement tumultuaire, tandis que l'observateur reconnaît l'ordre dans le désordre même ; ces îles, ces portions de continens que des animaux presque imperceptibles ont élevés du fond des mers à la surface des eaux ; ces bancs de coquilles qui reposent depuis tant de siècles sur le sommet des hautes montagnes ; ces coraux qui, sur ces hauteurs, présentent encore leurs rameaux calcaires, comme ils les élevaient jadis au-dessus d'un Océan qui n'est plus ; ces roches d'une nature ignée qui alternent avec des masses autrefois dissoutes dans les eaux ; ces coulées de laves, ces amas de ponces, ces porphyres, ces granits, ces grès, ces gypses, ces calcaires remplis de coquilles marines, toutes substances d'une origine et d'une nature si différentes, et qui s'offrent souvent à la fois à nos regards, ces masses que nous rencontrons quelquefois isolées au milieu des plaines où elles n'ont point d'analogues ; tous ces objets enfin d'autant plus curieux, d'autant plus imposans qu'on y réfléchit davantage, me semblent aussi dignes d'occuper notre esprit que nos criailleries politiques et nos déclamations sur le congrès de Carlsbad. Une réflexion humiliante se mêle cependant à ces méditations géologiques : des coraux et des coquilles se trouvent encore à d'immenses hauteurs ; dans quel temps vivaient les polypes qui ont construit les uns, et les mollusques qui habitaient les autres ? Quoi ! les ouvrages des huîtres sont infiniment plus durables que les ouvrages des hommes ! et cependant ces petits animaux ne travaillaient que pour le besoin du moment ; et nous parlons de principes éternels, de gloire immortelle, et nous travaillons pour l'éternité ! Que nous serions fiers, grands philosophes que nous sommes, si un monument de notre industrie ou de notre sagesse datait du temps où ces huîtres des montagnes ont fabriqué leurs coquilles !

Les observations de M. d'Aubuisson me fourniraient la matière de vingt articles curieux, même pour les gens du monde, s'il m'était permis de

le suivre dans ses savantes recherches ; mais,
forcé de l'abandonner, je terminerai cette notice
informe par une remarque importante. Ce n'est
point une *géologie*, mais un *Traité de Géognosie*
que l'auteur offre au public ; la première de ces
sciences a été décréditée par l'esprit de système
auquel se sont livrés les faiseurs de cosmogonies.
M. d'Aubuisson ne prétend pas créer le globe,
soit par l'eau, soit par le feu, soit par la cristallisation, etc... ; il ne veut qu'en faire connaître l'enveloppe accessible à nos observations. L'homme
n'y a pas pénétré à mille mètres de profondeur.
Mais que de phénomènes dans cette croûte si
mince ! Et que serait-ce donc si nous pouvions
descendre jusqu'au centre de cette sphère dont le
rayon moyen est de vingt millions de pieds ! Mais
alors nous voudrions voyager sur les planètes et
les soleils, nous ne serions jamais satisfaits. Con-
tentons-nous donc de cette croûte terrestre que
M. d'Aubuisson a si bien étudiée ; elle nous donne
assez à réfléchir, elle humilie assez notre orgueil.

NOTICE SUR LE FOSSILE HUMAIN

TROUVÉ PRÈS DE MORET,

ET MÉMOIRE SUR L'AÉROSTATION ET LA DIRECTION AÉROSTATIQUE.

Voilà deux sujets bien disparates; mais la politique nous ayant forcés de laisser à l'arriéré un grand nombre de livres, nous ne pouvons réparer en partie ce tort involontaire qu'en renfermant plusieurs écrits dans un seul article ; et, avec un peu de subtilité, je parviendrai peut-être à justifier l'étrange association du fossile humain avec les aérostats, car le savant qui veut nous diriger dans les airs avec des rames et un gouvernail, et celui qui trouve dans les entrailles de la terre des hommes antédiluviens, peuvent fort bien se rencontrer, et se féliciter mutuellement sur leurs découvertes. Je commence par l'homme que l'on peut justement nommer archéologique, si M. J.-P. Barruel, auteur de la Notice, ne s'est point trompé.

Les mots *fossile humain* qui sont depuis quelques jours affichés avec profusion dans Paris, n'ont pas paru fort clairs aux personnes entièrement étrangères aux sciences. Plusieurs m'ont demandé ce qu'ils signifiaient, et, justement effrayé de tout ce qu'il faudrait dire pour donner une explication complète, je me contentai de répondre : « Faites-vous enterrer, et si quelque temps après on vous exhume, vous serez des fossiles humains. » Les fossiles ne sont, en effet, que des substances tirées du sein de la terre, et ce mot, primitivement, ne s'appliquait qu'aux minéraux; mais il a subi une grande modification, car on n'entend guère aujourd'hui par *fossiles* que les corps organisés qui ont séjourné long-temps sous la terre.

Il y a déjà bien des années que les fossiles marins ont été un sujet de dispute. Des coquilles marines avaient été trouvées sur de très-hautes montagnes, et incrustées dans des roches de différente nature. Les hommes pieux disaient : ce sont des corps amenés par le déluge. Les philosophes répondaient : « ces corps marins sont bien antérieurs à votre déluge et à la cosmogonie de Moïse. » Voltaire fit rire les uns et les autres en leur disant : « Ce sont des coquilles que des pélerins ont semées sur les montagnes. »

Cependant l'observation multipliait singulièrement les coquilles fossiles : des terrains de plusieurs lieues carrées de surface, de trente à cinquante et à plus de cent pieds de profondeur, n'étaient qu'un énorme amas de coquilles, presque sans mélange, et couvert d'une faible couche de terre végétale. En y regardant mieux, on s'aperçut qu'il ne fallait pas aller en Touraine pour trouver des

testacées fossiles; les terrains qui environnent Paris
en offrent abondamment, et dans la capitale même
il n'y a presque pas une pierre *de taille* employée
aux bâtimens, ni une table de marbre calcaire,
qui n'offrent des empreintes ou des fragmens de
corps marins. Une montagne entière près Véronne,
n'est presque composée que de corps de cette nature. En 1788, je passais à Nice au moment où
l'on coupait une montagne qui séparait le port de
la ville, et cette montagne n'était qu'une masse
de corps organisés, comme le mont Bolca du Vé-
ronnais. Montmartre enfin nous a montré dans
ses gypses des fossiles du même genre, dont les
analogues ne se retrouvent que dans un autre hémisphère. Mais nous étions destinés à jouir d'un
plus étonnant spectacle.

Tout le monde connaît les fouilles qui ont été
faites avec tant de succès, sous l'inspection de
MM. Cuvier et Brogniart, et tout homme curieux
a lu les *Recherches sur les ossemens fossiles* du
premier de ces savans. On sait que M. Cuvier a
ressuscité, en quelque sorte, ou au moins restitué
au règne animal un grand nombre de genres et
d'espèces, enfouis depuis les temps antédiluviens,
dont personne ne soupçonnait l'existence; et qui,
selon toute probabilité, ne devaient plus reparaître
à la clarté du jour. De ces débris dont le savant
anatomiste a reconstruit les squelettes, les uns appartiennent à des contrées lointaines, et les autres
n'existent plus, depuis un grand nombre de siè-

cles, sur aucun point du globe. Les découvertes de
M. Cuvier lui ont prouvé que l'Océan avait séjourné pendant un temps indéfini sur le sol de la
France actuelle; qu'il s'en était retiré pendant une
assez grande période de siècles pour que la végétation et les animaux terrestres et fluviatiles réparus-
sent et pullulassent sur le terrain qui avait été le lit
de la mer; que l'Océan était revenu une seconde
fois et probablement une troisième, après de longues intermittences.

Il est étonnant que l'esprit de dispute ne se soit
pas emparé des belles démonstrations de M. Cuvier pour nous replonger dans les querelles religieuses. Cet Océan qui reparaît trois fois à
d'immenses intervalles, et qui laisse à chaque
réapparition des témoins séculaires de son séjour,
paraissait un fait indubitable, mais en opposition
formelle avec le texte de la Genèse. Cependant on
n'éleva pas la voix contre l'authenticité des découvertes. On se souvenait sans doute que Buffon s'é-
tait réconcilié avec la Sorbonne, en interprétant
d'une manière plus logique le mot hébreu *barà*,
qui, selon le naturaliste, signifie *organiser* et non
pas *tirer du néant*, comme nous l'entendons par
le mot créer. Il appuyait son opinion sur une foule
de raisonnemens très-conformes au sens réel de la
Bible, et dès-lors on laissa librement circuler les
Époques de la nature, ouvrage dans lequel il accu-
mulait les siècles par milliers, comme les cosmogo-
nistes ses successeurs les ont entassés par millions.

Il paraît que M. Cuvier a la même opinion sur
le mot hébreux que nous traduisons par *créer*, et
qu'il ne compte le temps écoulé depuis la création
que de l'existence de l'homme, doctrine qui devrait être admise par les esprits les plus religieux ;
d'abord, parce qu'elle est prouvée par des faits
évidens, et ensuite parce qu'il ne peut exister de
religion sur la terre que du moment où l'homme y
existe. Avec cette explication nécessaire, les conjectures de M. Cuvier sont parfaitement orthodoxes,
puisqu'en déclarant qu'aucun *fossile humain*
ne s'est trouvé parmi les innombrables débris d'un
ancien monde, il semble confirmer la chronologie
de Moïse au lieu de la combattre. Dans le commencement du siècle dernier, on crut avoir trouvé,
près du lac de Constance, un véritable fossile humain, et en 1726, un savant en fit le sujet d'une
dissertation intitulée : *Homo diluvii testis ;* mais
M. Cuvier, ayant depuis examiné ce squelette,
reconnut qu'il était celui d'une espèce de salamandre aquatique d'une taille gigantesque.

Ce préambule est un peu long, je l'avoue ; je
le crois cependant utile pour faire comprendre à
un grand nombre de personnes toute l'importance d'un fossile humain, si celui qu'on a découvert près de Moret est le contemporain des
anoplotherium, et surtout des *palæotherium* de
M. Cuvier.

Comme tous les habitans de Paris pourront
voir le merveilleux fossile, je ne perdrai pas mon

temps à le décrire. Je dirai seulement que, selon
M. Barruel, une partie de ce corps humain a conservé ses formes et ses proportions parfaitement
belles, et que la tête du cheval est admirable. La
belle statue équestre, si le déluge ne l'avait pas en-
dommagée! Ce n'est pas en vain que je parle ici
du déluge ; car l'auteur de la notice est bien persuadé que l'époque où l'homme et le cheval ont
vécu, *est bien antérieure à la dernière catastrophe
qui a bouleversé la surface de nos contrées.* Ainsi,
Montmartre, le mont Valérien et les rochers de
Fontainebleau pourraient bien n'être que des enfans en comparaison du centaure fossile de Moret.

Dans cette notice, qui n'a que huit pages, on
trouve une analyse chimique par laquelle on s'est
assuré que l'homme-pierre n'est point un jeu de la
nature, et que ses débris appartiennent bien à l'espèce humaine, puisqu'on y a trouvé les principes
contenus dans les substances animales, et notamment le phosphate de chaux.

Mais cette analyse chimique, par laquelle on démontre la nature animale du fossile, n'apprend
rien sur sa haute antiquité. Dans mille endroits de
la surface du globe, un homme à cheval peut être
tombé dans un précipice ; y avoir été recouvert par
des éboulemens, enveloppé par les terres ou sables
qui, délayés par des infiltrations successives, se
seront moulés sur les formes de l'homme et du cheval, et se conserver ainsi pendant plusieurs siècles,
sans qu'on puisse assurer que l'accident est anté-

rieur au déluge ; le déluge, en effet, a dû être une épouvantable catastrophe qui aurait bien pu déranger l'homme et le cheval, et les faire sortir de la niche où ils étaient incrustés. Il y a cinquante ans environ que les journaux de Paris annoncèrent un accident affreux arrivé à Belleville Une famille assez nombreuse dînait sur l'herbe dans un verger, lorsque le terrain, avec les arbres et les convives, s'enfonça tout-à-coup à une immense profondeur, et disparut totalement. J'ignore si l'on a retrouvé les corps de ces infortunés ; mais si l'extraction n'en a pas été faite, et si quelque jour on les découvre encaissés dans le gypse ou dans la marne, on ne manquera pas, n'en doutez point, d'en faire des hommes antédiluviens et peut-être antéadamites.

Il ne suffit donc point d'examiner l'homme fossile pour connaître la longueur de son existence souterraine ; il faut encore observer la roche où il a été trouvé, reconnaître si le terrain environnant est de première ou de dernière formation, si le fossile était assez profondément enfoui pour que le dernier cataclysme n'ait eu aucune action sur lui, et si des corps marins superposés indiquent un long séjour de la mer au-dessus du fossile humain. Sans tout cela et beaucoup d'autres choses qu'un savant exigerait sans doute, comment pourrait-on affirmer que ces débris appartiennent à des êtres organisés, antérieurs à la dernière irruption de l'Océan ?

Je m'arrête ici; j'attends la décision des observateurs, et je m'embarque dans la nacelle aérostatique de M. Dupuis-Delcourt.

Le titre de ce Mémoire m'annonçant *la direction* des aérostats, je lus les trente-sept pages dont il est composé avec un empressement et une curiosité incroyables. J'étais fort incrédule sur le succès de cette entreprise; mais l'annonce était formelle; et croyant enfin que M. Delcourt allait nous révéler le grand secret de la direction, j'admirais déjà des vers placés en tête du Mémoire, dans lesquels Gudin de la Brenellerie dit, en parlant de l'homme, avec un enthousiasme prophétique :

. . . . Ce roi des élémens
Dans son vol à son char attellera les vents,
Et des monts aplanis l'impuissante barrière
Ne l'arrêtera plus dans sa noble carrière.

Un avis préliminaire redoublait mon espoir : M. Delcourt y dit que, dans les différens essais tentés pour arriver à la direction des ballons, il en est quelques-uns de basés sur les vrais principes, et qui eussent conduit à la solution du problème, si on avait su leur donner tout le développement et la perfection dont ils étaient susceptibles. Oh! certainement, pensai-je avec une joie mêlée d'impatience, M. Delcourt tient sûrement les vrais principes, il va donner à ses essais toute la perfection désirable; et j'étais tenté de sauter des pages entières pour arriver au moyen si bien trouvé par

M. Delcourt. Je me souvenais qu'en 1805 on avait proposé très-sérieusement de porter cent mille hommes en Angleterre par le moyen bien simple de deux ou trois mille ballons d'une dimension gigantesque. J'ignore si M. Delcourt était du nombre des physiciens qui conçurent ce beau projet ; mais, comme il parle d'une flotille aérostatique, il mérite d'être associé à leur gloire. Cependant, comme un homme de beaucoup d'esprit nous a prouvé que tout a sa compensation en ce monde, d'autres physiciens voulaient enseigner à nos braves guerriers à marcher dans le fond de la mer, et à s'élancer à l'improviste sur les rivages d'Albion, comme les crocodiles du Nil ou de l'Orénoque se jettent sur les bords de ces fleuves pour y saisir une proie. Je voudrais bien savoir si ces méchans Anglais ont eu plus peur des soldats-oiseaux que des soldats-poissons ; cela déciderait la question en faveur des aérostats.

Une introduction bien plus grave que l'avis préliminaire peut passer pour un fort beau discours sur la nature et les propriétés de l'air atmosphérique et des gaz aériformes qui s'y mêlent. Le noms de Galilée, de Torricelli et de Fourcroy m'ont inspiré beaucoup de respect pour le citateur, mais je ne vis rien là qui eût trait à la direction des ballons.

A l'introduction succède *l'historique de l'aérostation* : j'y trouve le récit très-succinct des expériences et des catastrophes aérostatiques, mais la

direction est encore ajournée. J'y arrive enfin dans
la troisième section de l'ouvrage, car le mot *direction* reparaît dans le titre. Je vois d'abord toutes
les fautes, toutes les erreurs, tous les faux raisonnemens qui ont empêché les autres aéronautes de
se diriger dans le vague des airs : bon, me disais-
je tout bas, le secret va venir. Je trouve ensuite
des conseils fort sages sur l'emploi des rames, des
ailes ou des voiles ; puis je lis une comparaison
entre la navigation maritime et la navigation aérienne ; puis enfin.... le chapitre se termine par
les immenses avantages que procureront les aérostats quand la direction sera trouvée.

Qui le croirait ? je ne désespérais pas encore ;
car enfin je ne pouvais supposer que M. Delcourt
eût voulu se moquer de son lecteur ; le grand secret sera donc dans la *conclusion*, et, en effet,
j'ai encore quatre pages à lire ; mais, hélas ! l'auteur
se contente de nous dire : « Cessons de plaisanter
sur les ballons. » Oh ! certes, mon sérieux prouve
à M. Delcourt combien j'ai respecté ses ordres. Il
ajoute : « Essayons, et si nous ne sommes pas assez
heureux pour arriver au but, pour trouver cette
direction, aplanissons du moins par nos efforts
le chemin à quelqu'autre plus heureux que nous. »
Ainsi le Mémoire qui porte en titre : *Direction
aérostatique*, est renfermé tout entier dans le mot
essayons.

L'auteur a essayé ; il annonçait l'expérience de
sa flotille aérostatique pour les premiers jours du

mois de juin ; ces premiers jours sont passés, et même les derniers depuis six semaines, et l'état nébuleux du ciel a sans doute dérobé la flotille à mes yeux, car je n'ai vu en l'air que des hirondelles qui savent se diriger sans avoir dit : essayons.

Je n'ai qu'une observation à faire sur la direction essayée par M. Delcourt : on peut comparer la navigation aérienne à la navigation maritime pour les avantages qu'on en espère, avec cette différence cependant que l'air déplacé par le plus gros ballon ne tiendrait pas en suspension un poids égal à celui que supporterait l'eau déplacée par un petit vaisseau. Mais négligeons cette différence ; il n'en serait pas moins absurde de comparer les deux navigations relativement à la manœuvre et aux moyens de direction.

Une anecdote dont je garantis la vérité, car j'y suis pour quelque chose, prouvera que des hommes pleins d'esprit et d'instruction, capables de concevoir les idées les plus ardues, peuvent cependant ne pas voir les choses les plus simples que saisissent facilement les esprits les plus médiocres. Les personnes qui savent l'histoire de notre révolution ont entendu parler du conventionnel Salles : c'était un homme d'un caractère plein de douceur, d'une probité sévère et de mœurs irréprochables ; mais la politique romantique du *Contrat social* avait troublé son jugement, et l'avait poussé dans les aberrations révolutionnaires : il fut sacrifié par ses chers

collègues quand il témoigna de l'horreur pour les
crimes qu'on exigeait de lui. Salles était médecin,
géomètre et physicien. Quelque temps avant nos
troubles civils, il vint me voir (il avait été mon
condisciple), et il me dit avec la joie la plus vive
qu'il avait trouvé un moyen sûr de diriger les ballons; et, pour me convaincre de la réalité de sa
découverte, il me laissa une brochure dans laquelle
il expliquait et croyait prouver sa théorie. Cette
brochure se vendait chez Buisson ; elle était ornée
d'une planche représentant les instrumens et la
manœuvre nécessaires à la direction. On la retrou-
verait peut-être encore aujourd'hui , car je doute
que l'édition se soit écoulée. Cet ouvrage était remarquable par une foule d'idées ingénieuses , et
surtout par l'emploi de quatre cylindres autour
desquels des cordes étaient roulées en sens contraire, et qui, par leurs oscillations alternativement
directes et rétrogrades, faisaient toujours agir quatre
rames quand les quatre autres se replaçaient en
avant, après avoir donné leur impulsion. Par ce
moyen, le mouvement était continu , et le ballon
ne restait point stationnaire , ou ne déviait pas par
la nécessité de replacer les rames.

Mais la théorie de Salles reposait sur un principe dont il tirait une fausse conséquence : en
comparant son ballon à un vaisseau, il pensait
que l'air étant huit cent fois plus rare que l'eau,
il lui suffisait de donner à ses rames une puissance
huit cent fois plus grande , soit par l'impulsion ,

soit par la dimension. Et quand même ce calcul serait juste, comment, dans sa petite nacelle, eût-il fait mouvoir de pareilles rames avec une pareille force! Mais il y avait une autre erreur. Quand il revint s'informer de l'effet qu'avait produit sur moi sa découverte, je l'attérai par une réflexion d'une simplicité presque niaise : « Vous avez oublié, lui dis-je, que le vaisseau nage SUR l'eau, tandis que le ballon nage DANS l'air. » Il resta tout stupéfait, et après un long silence, il sortit en disant : « Comment n'ai-je pas deviné cette bêtise!»

J'invite donc les chercheurs de direction à ne pas oublier cette bêtise ; avant de calculer la puissance de leurs voiles, de leurs rames ou de leurs ailes, ils doivent bien se rappeler que leurs aérostats ne nagent pas sur l'air, mais dans l'air, tandis que le vaisseau ne nage pas dans l'eau, mais sur l'eau, et ils en concluront qu'ils ne doivent point comparer la navigation aérienne à la navigation maritime.

GÉOGRAPHIE PHYSIQUE DE LA MER NOIRE,

DE L'INTÉRIEUR DE L'AFRIQUE ET DE LA MÉDITERRANÉE;

Par A. Dureau de la Malle fils.

Lorsqu'un écrivain se présente avec une grande étendue de connaissances ; quand il expose une opinion fondée sur des probabilités , bien qu'elles soient contraires aux idées reçues; lorsqu'il s'appuie sur des autorités nombreuses et respectables , sur des faits même qu'on ne peut guère contester, on doit lire son ouvrage avec une scrupuleuse attention , être très - circonspect dans la critique , et craindre de décider légèrement sur une matière qu'une vaste lecture et de longues méditations n'ont point encore approfondie.

M. Dureau de la Malle discute trois points obscurs de la géographie , l'état des mers Noire et Caspienne avant les temps historiques , et l'intérieur de l'Afrique , que l'on connaît si mal aujourd'hui. A l'égard de cette dernière contrée , il s'étonne avec raison de notre profonde ignorance ; car, tandis que le vaste continent de l'Amérique est assez bien connu, même dans la partie du nord-ouest, nous n'avons aucune notion précise sur l'Afrique

intérieure, où des nations civilisées ont pénétré
depuis quarante siècles, et sur laquelle les Grecs,
les Romains, les Arabes et les modernes nous
ont donné de si nombreux renseignemens.

Quoique l'auteur paraisse avoir eu spécialement
le dessein de donner une géographie physique du
Pont-Euxin, de la Méditerranée et des pays arrosés par le Nil et le Niger, la lecture de son ou-
vage fait découvrir un autre but. Il semble, en effet,
qu'il ait eu principalement l'intention de venger
les anciens du reproche d'ignorance qu'on leur
fait indiscrètement. Chacun de ses chapitres justifie
un ou plusieurs savans de l'antiquité, et il ne néglige ni recherches ni preuves pour nous démontrer qu'Homère était aussi parfait géographe qu'il
était grand poète. « L'étude assidue, dit-il, que
» j'ai faite des ouvrages des anciens, et des faits
» qu'ils nous ont transmis, m'a fortement con-
» vaincu que les connaissances géographiques, les
» sciences physiques et mathématiques étaient plus
» avancées antérieurement aux temps historiques,
» qu'elles ne le furent aux époques connues par
» l'histoire...... » Cette assertion paraîtra bien
étrange aux modernes qui ont soutenu la thèse
contraire. En effet, depuis quelque temps, on
semble avoir pris à tâche de détruire notre estime
pour les écrivains de l'antiquité. Ici, l'on ose dire
qu'ils n'avaient aucune idée raisonnable sur la
géographie ; là, qu'ils n'ont pas connu l'Afrique,
et qu'ils l'ont supposée trois fois plus petite qu'elle

n'est ; plus loin , qu'ils ne se sont jamais avancés
jusqu'à l'équateur , dans la ridicule persuasion où
ils étaient que l'homme ne peut exister dans la
zone torride ; ailleurs enfin , qu'ils ne naviguaient
que sur les côtes , qu'ils redoutaient la haute mer,
et qu'un périple autour de l'Afrique devait être
regardé comme une fable avant l'expédition de
Vasco de Gama.

Tous ceux qui ont adopté ces préjugés les per-
dront entièrement en lisant l'ouvrage de M. Dureau de la Malle : il prouve que jusqu'au siècle de
Ptolémée les connaisances géographiques étaient
plus étendues et plus exactes qu'elles ne l'ont été
depuis , et qu'en astronomie même , les anciens
n'étaient pas aussi peu avancés qu'on le suppose
ordinairement.

Eratosthènes (*apud* Strab. l. 1, p. 56.) savait
que le globe n'est point une sphère parfaite, mais
un sphéroïde. Il savait que la terre, à l'équateur,
est plus élevée que dans les autres points de sa surface ; ce qui paraît indiquer l'opinion de l'aplatis-
sement des pôles : il savait que la mer des Indes
communique à l'Océan Atlantique , en faisant le
tour de l'Afrique. Cette vérité, méconnue de Ptolémée, a été soupçonnée par Diaz, et constatée
par Vasco de Gama. Fernand Colomb, qui a
écrit la vie de son père, nous dit que c'est cette
opinion qui a engagé ce célèbre navigateur à tenter
sa grande expédition ; et en effet, Christophe, persuadé que l'Océan faisait le tour du globe , voulait

aller aux mers d'Asie par l'ouest, et c'est en cherchant les Indes qu'il rencontra l'Amérique.

Hérodote paraît à l'auteur un écrivain très-savant et très-exact. Sans doute M. Dureau de la Malle ne veut parler ici que des choses qu'Hérodote a décrites après les avoir vues, et, dans ce cas, nous ne contestons point sa véracité ; mais on ne peut disconvenir que ce père de l'histoire s'est souvent laissé conter des fables qu'il nous rend naïvement comme il les a reçues ; témoin l'aventure d'un Aristée de Proconèse, qui mourut deux fois, et reparut trois siècles après sa seconde mort. Nous pourrions considérablement multiplier les citations de ce genre ; mais M. Dureau de la Malle ne cite lui-même que les endroits où Hérodote paraît exact.

La formation récente du Delta en Égypte est le premier objet qui occupe notre auteur. Il renouvelle l'ancienne opinion des Égyptiens, que le Delta est un bienfait du Nil. Bien des auteurs l'ont dit avant M. Dureau de la Malle ; mais aucun n'a étayé ce sentiment de plus d'autorités, de plus d'observations, et surtout ne l'a poussé plus loin. L'auteur croit que les limons charriés par le Nil ont conquis sur la mer, non-seulement la partie septentionale du Delta, mais même tout l'espace qui existe entre Rosette et l'ancienne Memphis. Les observations géologiques viennent à l'appui de ce système, qui a tous les degrés de vraisemblance. Nous pensons, comme lui, que les alluvions, les atterrissemens changent à la longue la figure d'une contrée ; les embouchures des grands fleuves apportent sans cesse de nouvelles terres qui font varier le littoral d'un pays ; mais nous croyons que l'auteur fait faire au Nil des opérations trop promptes, et qu'il n'a pas assez reculé l'époque du premier envahissement des terres sur les eaux de la Méditerranée. Il penche vers cette opinion de quelques anciens, que la fondation de Memphis est postérieure au siècle d'Homère. Il se fonde sur ce que ce poète, qui est allé à Thèbes *Hécatompyle*, ne parle pas de Memphis, qu'il a dû cependant traverser en remontant le Nil. Le silence d'Homère sur Memphis ne prouve pas d'abord que cette ville n'ait point existé ; en second lieu, les pyramides de Djizé, qui n'ont pu être construites que par un peuple nombreux, prouvent qu'elles avaient une très-grande ville dans leur voisinage ; nous opposons enfin à l'auteur, l'auteur lui-même, qui dit, dans les pages suivantes : « Les prêtres égyptiens dirent à Hérodote » que *Ménélas remonta le Nil jusqu'à Mem-* » *phis.* » Memphis existait donc au temps d'Homère, qui nous décrit les courses de Ménélas.

Mais, en faisant abstraction du temps plus ou moins long que le Nil a employé à former tout le Delta, l'idée de M. Dureau de la Malle nous en fait naître une autre. Si, à une époque quelconque, la Méditerranée formait un grand golfe dans la partie de l'Égypte qui est devenue le Delta ; si ce golfe se prolongeait jusqu'à Memphis, et au

lieu où l'on a bâti le Caire, les voyages des Ty-
riens dans la mer des Indes n'ont plus rien d'extraordinaire. Nous n'avons plus besoin de recourir
aux périples, ni même aux canaux de communication entre le Nil et le golfe Arabique pour porter
des vaisseaux de la Méditerranée dans le golfe
Persique. Si la mer parvenait à la hauteur de
Memphis et du Caire, la mer Rouge et la Méditerranée devaient se joindre ; car les montagnes
de l'Arabie-Pétrée, et celles qui sont à l'est du
Caire, ne forment pas une digue assez continue
pour avoir empêché la communication.

Au reste, il faut lire dans l'auteur même l'exposition et la preuve de cette opinion. Cette partie
est pleine de recherches savantes, les extraire serait les affaiblir.

Un autre point plus intéressant encore, parce qu'il
est plus obscur, est la jonction du Nil et du Niger.

Il établit : 1° que le Nil et le Niger sont deux
fleuves différens ; 2° que le premier coule au nord,
le second à l'est ; 3° que ces deux fleuves se communiquent, non pas immédiatement, mais par
une autre rivière nommée *Misselad*, qui coule au
nord-ouest ; 4° qu'un bras du Bahr-el-Abiad ou
du Nil se détache vers l'occident, et va rejoindre
le Misselad ; 5° que le Misselad, grossi de ce bras,
se rend dans le lac Couga ; 6° enfin, que ce lac
Couga communique lui-même, pendant la saison
des pluies, avec le grand lac Ouankarah, dans lequel se jette le Niger qui vient de l'occident.

Quelque plaisir que nous ayons à admettre un système qui explique tout, et une opinion qui termine tous les débats, nous ne pouvons nous empêcher d'exposer quelques doutes. D'abord la branche que l'auteur fait sortir du Bahr-el-Abiad, vers le 10ᵉ degré de latitude, est-elle bien un bras du Nil, ou plutôt un affluent de ce fleuve? Ensuite, sa jonction au Misselad, est-elle bien constatée? L'auteur lui-même ne fait que pointiller sur sa carte cette jonction, de même que la partie du Misselad où elle doit se faire ; ce n'est donc qu'une conjecture. Une autre objection se présente. Nous étions déjà bien embarrassés de chercher ce que devenait le Niger : les uns le faisaient se perdre dans les sables, d'autres le faisaient entrer dans un lac Bournon, dont il ne sortait plus. Il était également difficile d'admettre l'une de ces deux explications. Un très-grand fleuve ne se perd pas entièrement dans les sables sans reparaître ; d'un autre côté, il n'était pas aisé de croire que toute cette masse d'eau fût employée à l'évaporation exercée sur un lac. Ce n'est point la masse du fluide qui détermine l'évaporation, mais c'est l'étendue de sa surface ; et le lac Bournon n'était pas supposé égaler à beaucoup près la mer Caspienne. Maintenant, au lieu d'un fleuve qui ne reparaît plus, il faut en admettre deux, le Niger, le Misselad, et outre cela le bras du Nil qui s'y joint : voilà bien de l'eau dans la contrée qu'occupent les lac Couga et Ouankarah! Ce dernier lac n'a même pas une

étendue constatée, puisqu'il est également pointillé
sur la carte. Enfin, l'auteur ayant placé au centre
de l'Afrique le lieu où le Niger et le Misselad terminent leur cours, ce centre de l'Afrique est-il
donc d'un niveau assez bas pour que deux grands
fleuves s'y rendent à de grandes distances de deux
côtés opposés?

Nous avons, à la vérité, l'exemple d'un fleuve intermédiaire qui réunit le Maragnon et l'Orénoque ;
mais cet exemple est le seul connu ; et d'ailleurs
ces deux grands fleuves portent leurs eaux à la mer
par deux larges embouchures.

M. Dureau de la Malle n'est point le premier
qui fasse couler un bras du Nil vers l'ouest. Nous
avons une mappemonde de Magini (de l'an 1610),
où un bras du Nil, non pointillé, mais tracé, va
se rendre dans un lac Terga, et rejoindre le Niger,
qu'il fait couler à l'ouest. Ce lac *Terga*, placé de
même au milieu de l'Afrique, ressemble bien au
lac *Couga* : et c'est aussi vers le 10° degré que ce
bras quitte le Nil pour couler à l'occident.

Au reste, l'ignorance où nous sommes encore
sur l'étendue de ces lacs, et même sur leur existence, nous empêche de considérer comme une
vérité de fait ce que les raisonnemens de l'auteur
nous font envisager comme vraisemblable : tant il
est vrai que les plus ingénieuses hypothèses, les
plus savantes recherches ne suffisent pas pour constater un point de physique et de géographie, sans
le secours de l'observation !

Les conjectures de l'auteur sur la mer Noire présentent tous les degrés de probabilité qui peuvent approcher de la démonstration. Il pense que la mer Noire, celle d'Azof, la mer Caspienne et le lac Aral, ne formaient qu'une étendue de mer continue, dont les rivages étaient beaucoup plus reculés qu'ils ne le sont aujourd'hui. La Caspienne et l'Aral réunis se joignaient à la mer d'Azof par un détroit situé entre l'Hippanis et le Tanaïs des anciens, qui sont le Kuban et le Don de nos jours. L'époque où toutes ces mers ne formaient qu'une même masse d'eau est antérieure aux temps historiques, et l'union de tous ces grands lacs présentait une étendue presque égale à la Méditerranée.

Cette mer, dont les limites en longitude étaient entre les 25ᵉ et 60ᵉ degrés à l'orient de Paris, et en latitude entre le 37ᵉ et le 53ᵉ, n'avait aucune communication avec la Méditerranée, ni même avec la Propontide, et son niveau était supérieur à celui des mers situées au midi.

Ce que nous nommons le Bosphore de Thrace ou le détroit de Constantinople, était fermé par un isthme semé de montagnes volcaniques ; tel est en raccourci l'état de ces mers avant le déluge de Deucalion.

Enfin, à une époque que l'auteur fixe à l'an 1529 avant l'ère chrétienne, les volcans de l'isthme firent une éruption si considérable, qu'ils détruisirent la barrière du Pont-Euxin, et les restes de cet isthme volcanique devinrent des îles nommées Cya-

nées (sans doute de leur couleur bleuâtre), et
que l'on voit encore sous les eaux à l'est et à l'ouest
du Bosphore. L'Euxin, réuni alors à la mer d'A-
zof, à la Caspienne et au lac Aral, versa un immense volume d'eau par l'ouverture que firent les
volcans : « Il s'introduisit d'abord dans la Propon-
» tide, puis dans la Méditerranée......, submergea
» les plaines basses des côtes de l'Asie-Mineure,
» de la Thrace, de la Grèce, de l'Egypte et de la
» Lybie ; catastrophe épouvantable, dont les mo-
» numens, les traditions, la poésie, l'érudition, la
» chronologie et l'histoire avaient conservé d'inef-
» façables souvenirs, et à laquelle on a unanime-
» ment appliqué le nom de déluge de Deucalion... »

Nous rapportons ici très-succinctement ce que
l'auteur démontre avec une justesse et une clarté
qui touchent de bien près à l'évidence. Les preuves
qu'il allègue sont fondées sur une multitude de
faits et d'écrits, dont la réunion suppose une étude
immense, et la classification une excellente méthode. Il n'est, dans l'antiquité, aucun poète,
aucun historien, aucun philosophe que l'auteur
n'ait interrogé sur cette matière ; il n'est, chez les
modernes, aucune observation géographique ou
géologique qu'il n'ait discutée et fait concourir à
sa démonstration.

M. Dureau de la Malle ne se borne pas à prendre dans les écrivains de l'antiquité ce qui lui est
strictement nécessaire, il recueille, chemin faisant,
des faits curieux et peu connus qui intéressent le

lecteur en l'instruisant. Tels sont : 1° un extrait du
Timée de Platon, où l'on trouve le discours d'un
prêtre égyptien à Solon le législateur; 2° l'origine
de la fable de Deucalion et Pyrrha ; 3° le sentiment
et les raisonnemens d'Aristote contre l'opinion
bien ancienne du desséchement constant et successif des mers, opinion renouvelée de nos jours,
et étayée d'une découverte chimique sur la décom-
position de l'eau ; 4° l'opinion de Varron sur l'ancienne langue des Pelasges, langue qui a formé le
latin ; 5° un chapitre court et curieux sur le *papier*,
dont l'usage remonte à la plus haute antiquité :
tout enfin est amusant dans les détails, comme
tout est instructif pour le fond.

Passons maintenant au détroit de Messine, et
à celui de Gibraltar. Presque tous les auteurs anciens, poètes, historiens, géographes, philosophes,
ont pensé, plusieurs même ont affirmé que la
Sicile a été séparée du continent par un tremblement de terre ou une grande secousse volcanique. Ici l'auteur passe en revue tous ceux qui
en ont parlé, et cité même avec assez d'étendue
leurs expressions sur cette révolution physique.
Hésiode seul croyait, au contraire, que le détroit
de Zancle ou de Messine était plus considérable
autrefois, et qu'il a été resserré peu à peu. M. Dureau de la Malle, qui aime toujours mieux concilier les anciens que de les trouver en défaut, explique comment l'une et l'autre de ces opinions
peut être admise. Selon lui, la première est évi-

dente ; et quant à la seconde , il dit que depuis la séparation de la Calabre et de la Sicile, des concrétions pierreuses qui s'attachent aux bords et au fond du canal, ont resserré et resserrent encore successivement le détroit.

Il donne ensuite une ample description des écueils de Charybde et de Scylla, et il rapporte un grand nombre de passages des anciens, relativement à ces deux objets de terreur, qui, quoi qu'on en dise, sont assez dangereux même aujourd'hui. C'est encore ici que l'exactitude d'Homère lui paraît admirable ; et la description de Scylla dans ce poète est telle, qu'on y reconnaît même à présent toutes les particularités de cet écueil fameux. Il n'est pas moins exact, dit l'auteur, dans la description de la vraie Charybde ; car M. Dureau de la Malle en admet deux différentes, qui ont alternativement servi à infirmer ou à confirmer la description d'Homère.

Ici, le doute vient nous saisir malgré nous. Comment des rochers qui bordent un détroit, n'auraient-ils subi aucune altération dans le laps de trente siècles ? Quoi ! la mer, les ouragans, les fréquens tremblemens de terre qui désolent cette contrée, n'auront apporté aucun changement à la configuration littorale du détroit de Messine ? L'accroissement rapide et successif de la concrétion pierreuse alléguée par l'auteur, suffirait seule pour en altérer les formes en moins de trois mille ans ; et plus la description d'Homère paraît fidelle, plus on doit croire que ce n'est pas de ces deux écueils qu'il a voulu parler.

D'ailleurs, est-il bien certain que les douze vers où ce poète décrit les Cyanées qui se trouvent à l'entrée du détroit ; est-il certain, dis-je, que ces vers aient été intercalés dans le texte d'Homère ? M. Dureau de la Malle le prétend ; et en effet, sans cette supposition, la description d'Homère ne s'appliquerait plus au canal qui sépare la Sicile de l'Italie. Si la figure de ces deux écueils est si parfaite et si reconnaissable dans l'Odyssée, pourquoi tant d'auteurs ont-ils différé sur les voyages d'Ulysse et sur la situation des pays qu'il fait parcourir à ce héros ? Les noms de Charybde et de Scylla n'ont-ils pu être appliqués à d'autres rochers dangereux ? Les îles de Grèce ont eu toutes différens noms : celle de Rhodes en a eu jusqu'à douze ; le même nom a quelquefois aussi servi à désigner des îles, des villes, des contrées différentes. Rhodes, comme la Sicile, s'est nommée *Trinacrie;* l'île de Crète a eu, comme Rhodes, le nom de *Macarie;* celui de Samos a été commun à trois îles fort éloignées l'une de l'autre ; Naxos a eu celui de *Strongyle,* comme celles de *Lipari* que nous nommons Stromboli. On ne finirait pas, si on voulait rapporter tous les noms qui ont désigné différens pays, ou tous les pays qui ont eu différens noms. N'en est-il pas de même de Charybde et de Scylla ? Leur étymologie, soit grecque, soit phénicienne, indique, dans la première, une excavation, un

trou, un enfoncement, et donne, pour la seconde,
l'idée de la fatigue et de la tourmente : ces noms,
par cela même qu'ils sont caractéristiques, ont
dû appartenir à beaucoup d'autres écueils qui
offraient les mêmes signes et présentaient les
mêmes dangers. Le mot *Cyanées* lui-même peut
appartenir à tous les rochers qui ont une couleur
d'ardoise ou bleuâtre. Toutes ces considérations
ont un peu diminué notre confiance sur l'exactitude d'Homère relativement au détroit de Messine,
dont peut-être il n'a pas voulu parler.

Le détroit de Gibraltar paraît à l'auteur être dû
à une cause violente, telle qu'un tremblement de
terre ou une éruption volcanique, comme la séparation de la Sicile et de l'Italie. Il pense qu'une
irruption soudaine de l'Océan dans la Méditerranée a divisé l'Europe et l'Afrique, et séparé l'Espagne de la Mauritanie. Les preuves qu'il apporte
de ce grand cataclysme paraissent irrécusables ;
elles sont appuyées sur de nombreuses et savantes
autorités ; et l'érudition de l'auteur brille dans cette
partie de son ouvrage comme dans toutes les autres.

Mais, dans la conclusion, il émet une opinion
que nous ne pouvons concilier avec l'un des principes qu'il a exposés antérieurement. Pour expliquer les histoires et les traditions anciennes sur les
déluges partiels, il suppose qu'avant l'irruption de
l'Océan par le détroit de Gadès, et avant la rupture du Bosphore de Thrace par le Pont-Euxin,
« la Méditerranée n'était qu'un lac d'une médiocre

» étendue, formé par les eaux du Nil, du Rhône,
» du Pô, et de plusieurs autres rivières moins con-
» sidérables..... »

Il a dit plus haut, d'après les observations de
Dolomieu, et ses propres connaissances : « Les
» coquilles fossiles maritimes sur les flancs de
» l'Etna, à plus de trois cents toises au-dessus du
» niveau de la mer, sont une preuve non dou-
» teuse que la mer a baigné pendant long-temps
» les flancs de cette montagne, et s'est élevée à
» plus de quatre cents toises au-dessus de son ni-
» veau actuel. »

Si la Méditerranée s'est élevée à quatre cents
toises au-dessus de son niveau actuel, elle n'était
certainement pas un lac médiocre, mais elle devait
s'unir à l'Océan, couvrir une grande partie de
l'Europe, de l'Afrique et de l'Asie ; et bien loin de
recevoir des eaux du Pont-Euxin, elle devait en
verser au-delà des limites les plus anciennes de la
mer Noire. Où donc ont reflué ces eaux immenses ?
Comment une mer de quatre ou cinq cents toises
de profondeur est-elle devenue un lac médiocre ?
L'auteur ne dira pas sans doute que cette élévation
de quatre cents toises, en plus, n'a eu lieu qu'a-
près la rupture du détroit de Gadès ; car, comment l'Océan aurait-il donné à cette mer une
hauteur qu'il n'avait pas lui-même ; ou s'il l'avait,
comment n'avait-il pas franchi dès long-temps la
barrière infiniment plus basse que lui opposait
l'isthme de Cadix ?

Il ne dira pas non plus que cette prodigieuse élévation a eu lieu à des temps très-antérieurs à la rupture des deux isthmes ; car comment cet énorme amas d'eau serait-il devenu un lac médiocre ? Il faudrait donc admettre le dessèchement des mers ; et que de temps pour dessécher quatre cents toises d'eau en profondeur dans une immense étendue ! ou il faudrait penser, comme le savant Laplace le croit possible, qu'une révolution céleste a changé l'axe de la terre, et porté les eaux vers un nouvel équateur.

Nous pensons que cette contradiction, au moins apparente, méritait d'être expliquée. Quant au style de l'ouvrage, il est toujours correct, et autant orné que le permet un sujet purement scientifique. Nous croyons seulement que l'auteur aime un peu trop les périodes : ses phrases sont en général extrêmement longues ; quelques-unes, telles que le second paragraphe de la page 47, ont jusqu'à vingt-quatre lignes sans qu'on puisse prendre le moindre repos. Ce n'est pas même là longueur seule qui gêne le lecteur ; mais la phrase principale est souvent chargée d'une foule de membres incidens, qui diminuent l'attention due à la première. La lecture d'un livre de sciences et plein de recherches, exige déjà une assez grande tension d'esprit ; nous pensons qu'il serait utile de soulager le lecteur en divisant les objets, et en lui offrant de fréquens repos. Les anciens aimaient beaucoup les périodes : ce goût aurait-il aussi influé sur celui de l'auteur ?

5.

M. Dureau de la Malle nous promet un autre ouvrage sur *les changemens arrivés à la surface de la
terre*, depuis les temps historiques jusqu'à nous :
c'est nous promettre un nouveau plaisir, et piquer
vivement notre curiosité ; mais le livre dont nous
venons de rendre compte était déjà suffisant pour
ranger l'auteur dans la classe des hommes de lettres
lés plus érudits.

PRÉCIS DE LA GÉOGRAPHIE UNIVERSELLE,

OU DESCRIPTION DE TOUTES LES PARTIES DU MONDE, SUR UN PLAN NOUVEAU, D'APRÈS LES GRANDES DIVISIONS NATURELLES DU GLOBE ;

Précédée de l'Histoire de la Géographie chez les peuples anciens et
modernes, et d'une Théorie générale de la Géographie mathématique, physique et politique, et accompagnée de cartes, de tableaux
analytiques, synoptiques et élémentaires, et d'une Table alphabé-
tique des noms de lieux ; par M. MALTE-BRUN.

M. MALTE-BRUN s'est constamment déclaré l'ennemi des systèmes qui ne sont point fondés sur les
faits, et des théories qui n'ont point l'expérience
pour base. Il a eu tort sans doute ; car jamais on
n'a vu éclore autant de systèmes que dans ce siècle,
et il faut avouer qu'il y en a de fort jolis. Tel sa-

vant, avec un fragment de rocher, nous apprend
à connaître la structure du globe ; tel autre voit
des volcans dans toutes les éminences de la surface
terrestre ; un troisième couvre toute notre planète
d'un océan qu'il dessèche par degrés, et y laisse enfin paraître la pointe du Caucase, tandis que le
Chimboraço, plus fier et plus élevé, réclame en
vain l'honneur d'être le berceau du genre humain ;
ainsi, nous avions le choix de descendre d'une
salamandre ou d'un poisson, faculté fort utile aux
progrès de l'histoire naturelle. La géographie n'a
pas rêvé d'une manière moins agréable ; on nous
a donné des cartes fort exactes sans doute de ce
qu'était le monde il y a soixante mille ans ; j'ai
même vu, dans un atlas, une fort belle topographie de la lune, et j'ai regretté que ce satellite n'ait
jamais voulu montrer que l'une de ses faces à ce
géographe planétaire. D'autres géographes, bien
plus savans que M. Malte-Brun, ont fait parcourir toute la surface du globe aux Égyptiens, aux
Phéniciens, aux Carthaginois et aux Grecs. Ces
érudits étaient si sûrs de leurs systèmes, que les
uns, sur le texte d'Homère, faisaient voyager
Ulysse jusqu'au fond de la mer d'Azof, tandis que
d'autres le jetaient dans les marais Pontins, et que
de plus savans encore le promenaient jusqu'aux
îles Canaries, et peut-être à celles du Cap-Vert.
M. Malte - Brun a osé renvoyer au Parnasse les
voyages des poètes, et circonscrire les connaissances
géographiques des anciens. Les érudits, qui ont si

bien expliqué Homère de vingt manières différentes, ne pardonnent pas ce crime de lèse-antiquité.

Un autre tort, non moins grave, lui est reproché avec autant de fondement. Il a dit que la France, parvenue à un si haut degré de gloire, si riche de sa littérature, et qui compte aujourd'hui tant de savans du premier ordre, n'a cependant pas une bonne géographie élémentaire. Cette observation, qui n'est que trop vraie, a été ridiculement travestie, et présentée comme une insulte faite à tous les géographes de l'Europe. Ceux qui ont crié au scandale, n'ont pas seulement senti que des savans tels que d'Anville et autres, pouvaient avoir fait les plus profondes et les plus utiles recherches, sans que nous eussions pour cela une géographie élémentaire; ils n'ont pas même vu que cette science ayant fait d'étonnans progrès depuis un demi-siècle, nos cartes et nos traités géographiques demandaient une grande réforme, pour ne pas dire une refonte complète. Dans quel livre d'ailleurs nos jeunes gens s'instruiront-ils? Sera-ce dans le Dictionnaire de Vosgien, dans la Géographie de Lacroix?

Jetons les yeux sur nos cartes, voyons ce qui leur manque, et nous examinerons ensuite si M. Malte-Brun a rempli les lacunes qui y existent, s'il en a rectifié les erreurs : cette comparaison vaudra mieux que toutes les discussions et que tous les écrits polémiques dont il ne reste rien au bout de vingt-quatre heures.

La géographie politique de l'Europe exige une nouvelle division. Pour s'en convaincre, il suffit de se rappeler tout ce qui s'est fait depuis vingt ans. Nos cartes sont même incomplètes relativement à la géographie physique ; le vaste empire de Russie, les sinuosités des côtes septentrionales, toute la Finlande, les nombreuses anfractuosités de son littoral, les rivages de la mer Blanche, n'y sont point figurés d'une manière satisfaisante.

L'Asie offre bien d'autres erreurs. La direction et la figure de la mer Caspienne, la mer d'Aral, les lacs de Van et d'Urmia y sont mal décrits ou mal situés ; la configuration littorale de la Sibérie y est vicieuse ; la manche de Tartarie et les îles qui la resserrent y sont mal indiquées ; l'empire chinois n'y a pas la moitié de son étendue réelle ; l'empire des Birmans, les possessions anglaises de l'Inde, les divisions de cette vaste presqu'île, le royaume de Perse enfin, y demandent des additions ou des corrections nombreuses ; le centre de l'Arabie y présente un vide immense ; et nos géographes, prenant à la lettre la qualification de *déserte*, n'ont pas cru pouvoir mieux l'exprimer qu'en laissant la place en blanc.

En Afrique, autres incertitudes, autres erreurs. Les sources du Sénégal et du Niger mal situées ; le prétendu Nil de Bruce considéré comme le vrai Nil ; le Niger se perdant toujours dans un lac Bournon, dont on ne connaît cependant ni la situation, ni l'étendue, et la partie méridionale de cette grande presqu'île dépourvue de toutes les découvertes qui y ont été faites, telles sont les imperfections qu'il était, je ne dis pas utile, mais nécessaire de corriger.

L'Amérique exigeait d'autres soins; sa côte occidentale, depuis les missions espagnoles, jusqu'au détroit de Berring, y était tracée arbitrairement : dans des cartes même qui servent à l'instruction de la jeunesse, on laissait subsister l'apparence, ou au moins l'espoir de voir communiquer la baie d'Hudson à la mer Pacifique ; toute cette immense contrée qui s'étend à l'ouest des États-Unis n'offrait que quelques lacs aussi mal circonscrits que mal situés; le Mexique, que l'on devait mieux connaître, offrait cependant une foule d'erreurs. L'Amérique méridionale y est encore plus incomplète. Le Pérou, très-resserré, et le Brésil, ne présentant que l'étroite lisière de ses côtes, laissent entre eux un vide immense, où l'on ne remarque que quelques fleuves dont le cours est incertain, dont la direction est fausse : l'Orénoque, par exemple, y a sa source de près de trois cents lieues trop à l'ouest. La vaste et nouvelle partie du monde, dont la Nouvelle-Hollande forme en quelque sorte le continent, y est considérée comme une dépendance de l'Asie, quoique ses îles les plus orientales soient à trois mille lieues du continent auquel on les attache.

Pour terminer la nomenclature des objets qui nous manquent, je ferai observer qu'on ne nous avait pas donné les tableaux successifs et raisonnés de la géographie chez les Grecs, chez les Romains,

après l'invasion des Barbares et dans le moyen âge,
comparés à l'état actuel de la géographie : de là,
cette foule d'erreurs dans la discussion des faits historiques, et l'impossibilité de comprendre les écrivains de l'antiquité quand ils tracent les marches
des armées, les courses des voyageurs, et quand
ils parlent des différens peuples qui couvraient
alors la surface du monde connu. Je n'ai ici considéré que les grandes divisions. Si j'entrais dans la
discussion des détails, les erreurs se multiplieraient
d'une manière effrayante, et nous ne sentirions
que mieux ce que nous devons au savant et laborieux étranger qui a entrepris de faire disparaître
tant de défectuosités, et de nous donner une géographie digne du siècle où nous vivons, digne de
la nation à laquelle il en fait hommage.

M. Malte-Brun a remonté aux textes les plus
anciens, ceux de Moïse et d'Homère, et il nous a
tracé les limites de l'antique géographie, telle qu'on
peut raisonnablement la conjecturer d'après le premier des poètes. Des courses des Phéniciens, il
passe aux notions recueillies par Hérodote ; les
voyages de Pythéas, les conquêtes d'Alexandre,
les écrits des Ératosthènes, des Strabon, des Pline,
des Ptolémée, sont soumis à une analyse rigoureuse ; l'*orbis terrarum* des Romains est fidèlement circonscrit d'après les monumens historiques,
discutés et comparés entre eux avec autant d'impartialité que de justesse ; les irruptions des Barbares,
les divers changemens de dominations qu'elles oc-

casionnent, lui offrent ensuite de nombreuses difficultés dont il triomphe à force d'érudition et de
patience ; l'auteur sort de l'obscurité du moyen
âge pour suivre les Arabes aux Moluques, les Scandinaves dans l'Amérique septentrionale, et il raconte enfin les grandes découvertes du quinzième
siècle, avant d'exposer l'état complet de la géographie moderne. Les cartes qui offrent tous ces changemens où ces progrès de la science, sont tracées
avec autant de soin que de savoir, et les moindres
linéamens qu'elles présentent sont autorisés par
une foule de citations que l'auteur réduit à leur
juste valeur, en opposant l'esprit de critique à l'esprit de système, et la sagesse de l'historien au vain
luxe de l'érudit. Cette *Histoire de la Géographie*
est écrite d'un style noble, rapide, remarquable
par la méthode et la clarté... ; mais j'oublie que je
dois m'interdire les éloges ; exposons donc le plus
succinctement possible ce que l'auteur nous offre
de nouveau.

L'Europe est tracée par lui selon les nouvelles
révolutions politiques qui ont fait varier ses divisions, et il a fait, en outre, disparaître tous les défauts que l'on remarquait sur nos cartes dans cette
belle partie du globe.

L'Asie se montre sur trois cartes différentes, et
ne laisse plus apercevoir les erreurs grossières et
nombreuses dont j'ai parlé. La carte de l'Asie occidentale est entièrement neuve ; toute la partie septentrionale y est refaite d'après l'atlas russe en cent

feuilles ; les lacs Van et Urmia s'y rapprochent de deux degrés de la mer Caspienne ; l'Arménie et la Perse y sont retracées d'après des renseignemens nouveaux et plus certains.

L'Afrique offre le cours et la source du vrai Nil ; les sources du Niger et du Sénégal, d'après Mungo-Parck ; le cours certain du premier de ces deux fleuves jusqu'au Ouankarah, et son cours incertain pointillé sur la carte jusqu'au cap Formose, d'après une nouvelle conjecture qui a de nombreux partisans, mais que M. Malte-Brun laisse dans le vague jusqu'à nouvelle confirmation. La partie méridionale de cette vaste péninsule est habitée par les Boshouanas, ou Betjouanas, et autres peuplades avancées en civilisation, mais dont les noms sont inconnus sur nos cartes antérieures.

L'Amérique septentrionale présente le Mexique, d'après les nouvelles observations de M. de Humboldt ; la vaste côte du nord-ouest, qui s'étend depuis le 42e degré jusqu'au 61e, a été figurée d'après l'expédition de Vancouver ; mais l'auteur a partagé ces découvertes entre les Anglais et les Russes, précaution que l'on n'a pas prise sur les cartes même les plus récentes. Dans l'Amérique méridionale, le cours circulaire de l'Orénoque offre une espèce de phénomène géographique, et le centre de cette grande presqu'île n'est plus sur la carte un immense désert sans indications.

La cinquième partie du globe, à laquelle on avait donné le nom de Polynésie ou d'Australasie,

et que M. Malte-Brun nomme Océanique, est
marquée d'une couleur particulière sur la mappemonde, et se retrouve plus étendue sur une carte
spéciale. Pour la présenter sous un même point de
vue, l'auteur a changé la situation des deux hémisphères, et placé l'Amérique à la droite du lecteur;
par ce moyen, toutes les îles qui composent l'O-
céanique se trouvent réunies, tandis que, dans nos
cartes, les deux moitiés de cette grande partie du
globe sont séparées par tout le diamètre de la
mappemonde.

Les lecteurs qui ne connaissent pas où en était
la science géographique chez les anciens, rencontrent à chaque instant des passages obscurs ou inintelligibles chez les écrivains de l'antiquité. Dans les
quatorze premiers livres de son ouvrage, M. Malte-
Brun expose avec méthode et clarté la géographie
des Hébreux, des Phéniciens, des Grecs et des
Romains, et les progrès successifs qu'ils ont faits
dans cette science. Il pouvait sans doute se dispenser de discuter la géographie d'Homère; nous
ne sommes plus au temps où l'on étudiait les
sciences chez les poètes; mais quand on songe qu'on
a voulu faire d'Homère un savant universel et in-
faillible; quand on pense que ses connaissances
géographiques, toutes grossières qu'elles étaient,
ont passé pour des vérités incontestables; quand
on sait qu'elles faisaient loi chez les anciens, qu'elles
ont même été reproduites, comme des autorités,
par quelques modernes, on doit savoir gré à

M. Malte-Brun de s'arrêter quelque temps sur cette enfance de la géographie. D'ailleurs, cette partie de son ouvrage fournit les moyens d'éclaircir les nombreuses difficultés qui se rencontrent sans cesse chez les auteurs grecs et latins.

Les voyages des Phéniciens et des Carthaginois, ceux d'Hérodote, l'analyse de la Géographie de Strabon, occupent ensuite M. Malte-Brun ; il sépare avec soin la vérité de la fable ; il discute les diverses opinions des savans, qu'il cite toujours *par la page et par la ligne,* et il en rapporte même de nombreux extraits. L'analyse de Strabon offre surtout les détails les plus intéressans; et le Voyage de Pythéas, que l'auteur défend contre M. Gosselin, prouve que M. Malte-Brun, en rendant hommage à ce savant, ne s'est pas cru obligé à une soumission servile. C'est dans ce livre que l'on trouve les différentes opinions sur la fameuse *Thulé,* que l'on regardait comme l'extrémité de la terre.

La géographie des Romains devient plus importante par de nombreuses découvertes. Les ouvrages de Pline et de Ptolémée sont examinés par l'auteur, et soumis à une critique rigoureuse. Les idées de M. Malte-Brun sur les SINES et la SÉRIQUE, ne s'accordent point avec l'opinion commune ; mais, en établissant une doctrine nouvelle, il rapporte fidèlement tout ce qui peut favoriser l'opinion contraire ; ainsi le lecteur peut juger et choisir entre toutes les probalités qu'il présente.

La migration des peuples que nous nommons barbares était peut-être la partie la plus difficile et la plus ingrate de ce travail. Les gens qui ne veulent entendre parler que des Grecs et des Romains, diront sans doute : Qu'avons-nous besoin de nous occuper des Barbares? Que nous font les Goths, les Visigoths, les Hérules, les Huns et les Vandales? Mais si nous réfléchissons que nous descendons nous-mêmes de ces *Barbares*, qu'ils ont conquis toute l'Europe, que nous leur devons un grand nombre de nos institutions, que nous conservons encore plusieurs de leurs préjugés, que leurs monumens sont encore debout dans nos villes, nous sentirons que nous n'avons pas le droit de les mépriser. D'ailleurs, voudrions-nous renoncer à toute histoire de l'Europe, depuis le cinquième siècle jusqu'au règne des Médicis? La géographie surtout a éprouvé de fréquentes révolutions par les migrations de ces peuples, et ces divers changemens sont parfaitement décrits dans l'ouvrage de M. Malte-Brun. Comme l'auteur n'a consacré qu'une seule carte au tableau de toutes ces migrations, on sent que le synchronisme y était impossible; mais le texte supplée à tout ce que la carte laisse à désirer.

Ceux qui n'ont de la géographie qu'une connaissance superficielle, ceux qui ne voient dans cette science qu'une longue nomenclature et des lignes tracées du nord au sud, de l'est à l'ouest, seront bien étonnés d'apprendre que vingt siècles d'observations et de discussions n'ont pas toujours suffi pour détruire une seule erreur, pour constater une seule vérité géographique. Cette belle science, où il semble qu'il n'y ait rien à faire qu'à voir et à mesurer, nous présente un grand nombre de difficultés qui, depuis Hérodote jusqu'à nous, ont fait le désespoir des savans, et préparent des tourmens aux géographes futurs.

Il est, à la vérité, des géographes qui se tirent fort *habilement* de ces mauvais pas; ils rejettent tout le fatras de l'érudition, se dispensent des recherches, évitent les discussions comme *trop ennuyeuses*, ne consultent point les auteurs, dans la crainte de se trouver embarrassés, et décident en deux mots sur toutes les questions, sans prendre la peine de motiver leur jugement. Il faut avouer que ce procédé est le plus commode de tous; c'est, si j'ose le dire, jeter une opinion *à croix ou pile*; et si l'on a du bonheur, on peut rencontrer la vérité.

Le long passage que je vais transcrire, et qui fait partie des recherches sur la mer Caspienne, prouvera que M. Malte-Brun n'a pas choisi là route la plus courte et la plus facile; le lecteur jugera si sa méthode est plus conforme à la dignité de la science; et il verra combien de peines, combien d'embarras cet écrivain se serait épargnés s'il avait suivi la *routine* géographique.

« Il est peu de sujets qui aient fourni matière à » plus de discussions que la *mer Caspienne* : la » géographie physique en a examiné avec étonne-

» ment la nature particulière ; la géographie cri-
» tique en a changé vingt fois la situation , la con-
» figuration et l'étendue sur les cartes , quoique
» vraisemblablement ni l'une ni l'autre n'aient
» éprouvé aucun changement réel depuis les pre-
» miers siècles de l'histoire.

» Telles que les dernières observations astrono-
» miques et mesures locales nous présentent la
» mer Caspienne , elle s'étend du nord au sud avec
» une sorte d'étranglement produit par la saillie de
» la péninsule d'Apchéron : la partie septentrio-
» nale de cette mer forme , pour ainsi dire , une
» grande baie qui se courbe du nord au nord-est ,
» et qui s'approche du bassin du lac Aral. En me-
» surant la mer Caspienne par les seules lignes
» droites qu'on y puisse tirer, elle a une longueur
» de 122 $\frac{3}{8}$ myriamètres (275 lieues), et une lar-
» geur de 17 $\frac{1}{8}$ myriamètres (41 lieues) à l'endroit
» le plus étroit; mais de 44 $\frac{1}{4}$ myriamètres (100
» lieues) à l'endroit le plus large.

» Il n'en était pas ainsi il y a cent ans. L'erreur
» presque générale de l'antiquité, qui avait regardé
» la mer Caspienne comme un golfe de l'Océan
» septentrional , avait disparu au deuxième siècle
» de l'ère vulgaire; Ptolémée avait rappelé la vérité
» connue d'Hérodote et peut-être d'Aristote ; la
» mer Caspienne était redevenue sur les cartes un
» lac, ou une mer Méditerranée, séparée de toutes
» parts de l'Océan et de toute autre mer. Mais, au
» lieu de lui donner sa plus grande étendue du

» nord au sud , on se laissa entraîner à l'étendre
» dans une direction est et ouest : d'abord , parce
» qu'on se figurait l'Océan septentrional beau-
» coup plus rapproché qu'il n'était ; ce qui obli-
» geait à trouver , comme on le pouvait , la place
» exigée par les dimensions connues de la mer Cas-
» pienne ; ensuite , parce que le lac Aral , connu
» très-imparfaitement, était censé faire partie de
» la mer Caspienne , ainsi que le prouve l'opinion
» des anciens sur l'embouchure de l'Oxus, opinion
» que nous discuterons dans la suite de ce Mé-
» moire. »

A ce préambule, succède la longue et savante
analyse des discussions, des observations, des tâ-
tonnemens, des erreurs, auxquels cette mer a donné
lieu depuis Ptolémée jusqu'à nous. Dans toutes les
cartes du moyen âge, elle occupait 20° de l'est à
l'ouest ; le Gihon ou l'Oxus s'y écoulait ; le lac Aral
y était réuni. En 1558, l'Anglais Jenkinson fut le
premier qui distingua ce lac de cette mer ; en 1580,
Christophe Burrough y détermina quelques latitudes ; en 1633, le savant Oléarius fit le même
travail sur la côte occidentale et méridionale : malgré ces observations, aucune carte française ou
allemande du dix-septième siècle ne donnait à la
mer Caspienne une forme tant soit peu rapprochée
de la véritable ; enfin , Pierre Ier s'en occupa. En
1717, il fit parcourir cette mer, et lever une carte
à laquelle il travailla lui-même, mais qui contenait
encore beaucoup d'erreurs. Une nouvelle carte

parut en 1745, et fut suivie d'une autre qui laissait encore beaucoup à désirer. Le célèbre d'Anville lui-même, travaillant d'après d'autres renseignemens, se trompa de deux degrés sur la position de cette mer. Vingt ans plus tard, l'hydrographe Bonne renouvela une ancienne erreur sur la longitude de Trébisonde ; erreur qui influa sur la situation de la mer Caspienne, parce que la Georgie, portée trop à l'est, envahit la place que devait occuper cette mer, et lui fit prendre une direction oblique du nord-ouest au sud-est ; enfin, les expéditions dont Gmelin et Hablitz firent partie, les observations de M. Beauchamp, et les itinéraires des officiers français revenant de Perse, paraissent avoir fixé l'étendue et la position de cette mer si rebelle à la science, qui nous laisse cependant encore quelques incertitudes sur plusieurs points de sa côte orientale.

Après cet exposé que j'ai été forcé de morceler indignement, M. Malte-Brun s'excuse d'avoir présenté des détails si arides ; mais, malgré ses scrupules, j'ai cru devoir en transcrire une partie, parce qu'ils prouveront à l'ignorance dédaigneuse combien il en coûte pour s'assurer de quelque chose dans une science quelconque.

La description physique de la mer Caspienne dédommagerait les lecteurs de la sécheresse de l'exposé historique ; mais elle est trop étendue et perdrait trop à être mutilée. J'indiquerai seulement une dissertation curieuse sur la prétendue jonc-

tion du lac Aral avec la mer Caspienne, et de
celle-ci avec la mer Noire, sur les systèmes que
cette supposition a fait éclore, sur le prétendu déluge occasionné par le brusque écoulement de ces
eaux ; et je me hâte d'arriver à cette question si
célèbre : *Le fleuve Oxus ou Gihon a-t-il jadis eu
son embouchure dans la mer Caspienne ?* Ici, je
laisse parler M. Malte-Brun, et je vois avec peine
que je serai trop tôt forcé de l'interrompre.

« Si l'on se borne à lire superficiellement les
» géographes grecs et romains ; si, au lieu de peser
» leurs témoignages, on les compte, on ne remar-
» quera qu'une opinion assez unanime au sujet de
» l'Oxus ; il est censé s'écouler dans la mer Cas-
» pienne, en allant droit de l'est à l'occident ;
» Strabon et Pline le supposent ; Ptolémée le dit
» expressément ; mais diverses circonstances en-
» lèvent à cet accord des auteurs tout ce qu'il offre
» d'imposant. D'abord, l'extension trop grande
» donnée par ces géographes à la mer Caspienne,
» du côté de l'est, et leur silence à l'égard du lac
» Aral, doivent faire croire qu'ils regardaient ce
» lac comme une partie de la mer Caspienne, et
» que, par la prétendue jonction de l'Oxus avec
» cette dernière mer, ils n'entendaient parler que
» de sa jonction réelle avec le lac. C'est ce qui pa-
» raîtra surtout probable à ceux qui, la carte à la
» main, réfléchiront sur ce passage où Strabon af-
» firme que l'Iaxarten, ou le Syr-Daria, s'écoule
» *également* dans la mer Caspienne ; chose que la

6.

» direction du cours de ce dernier fleuve a dû de
» tout temps rendre impossible ; donc, l'erreur évi-
» dente qui a existé au sujet de ce fleuve a facile-
» ment pu s'étendre à l'Oxus : ce qui est fabuleux
» à l'égard de l'un l'est également à l'égard de
» l'autre. Il existe d'ailleurs un témoignage formel
» d'un ancien, qui marque le cours de l'Oxus con-
» formément à l'état actuel des lieux ; c'est celui
» de Pomponius-Mela, qui, après avoir fait couler
» ce fleuve de l'orient en occident, le conduit di-
» rectement *au nord*, et lui donne une embou-
» chure dans le *golfe Scythique*. Il est évident que,
» pour arriver à la mer Caspienne, le fleuve devait
» continuer à couler dans la direction est et ouest ;
» s'il tournait au nord, il ne pouvait rencontrer
» d'autre bassin que celui du lac Aral, considéré
» sans doute, par les auteurs que suivait Mela,
» comme un golfe de l'Océan septentrional ou Scy-
» thique. L'ordre dans lequel Denys le Périégète
» nomme l'Oxus, indique que bien qu'il le fasse
» couler dans la mer Caspienne, il place son em-
» bouchure dans la Sogdiane ou dans la Chorasmie,
» et non pas chez les Derbices, peuple qui occu-
» pait les environs du lac Balkan ; il semble donc
» avoir connu l'inflexion de ce fleuve vers le nord.»

» Un passage très-important de Patrocle, cité
» par Strabon, prouve encore d'une manière for-
» melle que l'Oxus avait son embouchure au même
» endroit où nous la trouvons. »

Ce passage est concluant, mais trop long pour

être cité tout entier. En comparant l'intervalle qui sépare actuellement l'embouchure méridionale de l'Iaxarten et l'embouchure orientale de l'Oxus avec le nombre de *stades* et de *farsangs* indiqués par les anciens auteurs, on retrouve les mêmes distances, et tout concourt à prouver que ces deux embouchures avaient la position respective qu'elles ont encore aujourd'hui. M. Malte-Brun discute de même les autorités des géographes arabes et persans, et il en tire les mêmes inductions ; il passe ensuite à l'examen des voyageurs européens des seizième et dix-septième siècles, et il démontre qu'ils se sont tous contredits sur la situation de la prétendue embouchure du Gihon dans la mer Caspienne.

Il arrive enfin à la fameuse expédition ordonnée par Pierre-le-Grand, et faite avec un corps russe de trois mille hommes commandés par Alexandre Beckewitz. Le récit de ce voyage, qui finit d'une manière tragique, est intéressant sous tous les rapports, mais il ne conclut rien sur le point contesté. Après ce long mélange de savantes discussions, de descriptions agréables et de récits pleins d'intérêt, M. Malte-Brun termine cet important chapitre en disant : « Nous ne pouvons juger ce procès, mais » nous en avons fait un rapport aussi clair que les » connaissances actuelles le permettent. »

Les géographes vulgaires n'ont pas pris tant de soin et n'ont pas été aussi timides ; l'un d'eux s'est contenté d'assurer que l'Oxus se jetait autrefois dans la mer Caspienne, et qu'il a été détourné par les Usbecks ; un autre, plus laconique encore, dit simplement que ce fleuve se perd dans le lac Aral, sans parler de l'ancienne opinion ; un troisième enfin affirme, sans daigner citer aucune autorité, que l'Oxus entrait autrefois dans la mer Caspienne, *au moins par une double embouchure*. Si de pareilles décisions suffisent à la science, si elles satisfont les hommes instruits, si nos lecteurs, enfin, aiment mieux être trompés d'une manière décisive que d'être laissés dans une savante incertitude, il faut avouer que M. Malte-Brun a pris une peine bien inutile : il pouvait, comme un autre, prononcer doctoralement sur ce que tout le monde ignore, et au lieu d'un Traité complet de Géographie universelle, nous donner un simple *abrégé*.

Ce n'est pas seulement sous le rapport de la science que cette géographie est éminemment recommandable ; ce qui la rend véritablement classique et attrayante à la lecture, c'est l'art de présenter les tableaux sous les couleurs qui leur conviennent, et de choisir toujours le trait caractéristique des contrées et des peuples qui les habitent. Entre deux pays dont la situation et la physionomie paraissent absolument semblables, l'auteur fait remarquer des différences qui nous empêchent de les confondre dans notre mémoire entre des contrées qui semblent appartenir à deux mondes différens ; il fait apercevoir des analogies qui les rangent sous les mêmes lois de la nature. Le style de M. Malte-Brun est au niveau de ses connaissances, extrê-

mement varié, clair, précis, remarquable par une
grande propriété de termes, fort de logique dans
la discussion, plein d'élégance dans la description
des phénomènes. Une qualité bien rare qui distingue ce géographe de la plupart de nos savans,
est une grande sagesse dans les conjectures, et une
espèce d'aversion pour l'esprit de système ; je serais
même tenté de prendre sa modération pour de la
timidité, si la réflexion ne me faisait reconnaître
que dans un corps de doctrine géographique tout
doit être le résultat de l'observation, et que des
probabilités, en quelque nombre qu'elles soient,
n'équivalent jamais à une certitude.

L'auteur avait cependant une belle occasion
d'établir un brillant système, et de se livrer à des
conjectures dont l'audace ne déplaît pas toujours
au lecteur. La manière dont l'Amérique a été peu-
plée, l'origine des peuples que les Espagnols y
trouvèrent, sont une difficulté qui, en exerçant la
sagacité du savant, tend un piége à son amour-
propre. Quand les vraisemblances sont frappantes,
quand les analogies sont nombreuses, il faut bien
de la sagesse pour résister au désir de tirer des conséquences. Nous allons voir jusqu'où M. Malte-
Brun a été entraîné dans cette discussion, et à quel
point il a su s'arrêter.

Plusieurs écrivains avaient prétendu démontrer
la migration de quelques peuples d'Asie vers le
nouveau continent, qu'ils supposaient absolument
désert. Un jésuite né au Mexique, connaissant les

langues des indigènes, et sachant lire les anciennes écritures, ou plutôt les hiéroglyphes de ces peuples, assure qu'avant l'invasion des Espagnols, les habitans d'Anahuac ou du Mexique croyaient au *déluge universel*, conservaient une tradition de la *Tour de Babel*, et plusieurs autres conformes au texte de la Bible ; il ajoute, ce qui est plus extraordinaire, qu'ils regardaient *Votan*, petit-fils de Noë, comme le premier homme qui mit le pied sur le sol de l'Amérique et la peupla. Le jésuite auquel nous devons ces renseignemens, a malheureusement parlé d'un *miracle*, et d'une *vision prophétique qui s'est vérifiée*, et ce seul épisode d'un long ouvrage a suffi pour faire rejeter tout ce qu'il contient d'excellent, dans un temps où un livre était condamné par cela seul qu'il n'était pas philosophique. D'autres auteurs ont prétendu démontrer l'identité du nouveau continent avec la fameuse Atlandide que des savans ont successivement placée dans toutes les parties du Monde.

Les erreurs d'un écrivain ne détruisent pas les vérités qui sont mêlées à ces erreurs ; nous devons être moins dédaigneux et plus circonspects dans nos jugemens quand nous voyons qu'un savant tel que M. de Humboldt a reconnu les analogies nombreuses qui existent entre l'Asie et l'Amérique. Dans son bel ouvrage intitulé *Vues des Cordillières, et monumens des Peuples indigènes du Nouveau Continent*, il a décrit les pyramides mexicaines, les arabesques qui couvrent les ruines

de Mitla, des idoles en basalte ornées de la *calan-
tica* (coiffure des statues d'Isis), et un grand
nombre de peintures symboliques représentant *la
Femme au Serpent*, *le Déluge*, et les premières
migrations des peuples Astèques, que Clévigéro
nomme *Atlantides*, pour indiquer sans doute
qu'ils sont les Atlantes de Platon. M. de Humboldt a d'ailleurs trouvé, dans le calendrier de ces
peuples, des ressemblances avec celui des Tatars et
des Thibétains ; et dans un de leurs manuscrits, il
a reconnu les *Kouas* des Chinois. Nous savons
aussi que les anciens Mexicains avaient une division de l'année plus parfaite que celle des Égyptiens et des Grecs.

Les langues sont des monumens plus durables
que les édifices et les statues, et c'est dans les
langues américaines que l'on a trouvé la preuve
certaine d'une très-ancienne communication entre
l'Asie et l'Amérique. Des savans en avaient conclu
que le Nouveau-Monde devait sa première population à la migration des peuples d'Asie.

M. Malte-Brun, d'après les recherches de ces
savans, et celles qu'il a faites lui-même, a d'abord
cru qu'il pourrait établir comme une vérité historique l'origine *tout asiatique* des langues américaines. Il avait retrouvé l'enchaînement géographique et incontestable de plusieurs mots
principaux qui se sont propagés depuis le Caucase
jusqu'au Chili. *Ce ne sont point des syllabes rapprochées par des artifices étymologiques*, mais des

mots entiers où le radical est toujours le même , et
qui ne diffèrent que par les désinences , mots enfin
aussi évidemment identiques que le mot *pain* des
Français et le *panis* des Latins. Les objets les plus
frappans dans les cieux et sur la terre , tels que le
soleil , la lune , les étoiles , les vents , les fleuves ,
les montagnes , etc.....; les relations les plus douces
de la nature humaine , telles que *père, mère, fils,
frère, etc......;* tels sont les chaînons qui lient les
langues d'Amérique à celles de l'Asie : les pronoms
même et les noms de nombre y présentent des
rapports. M. Malte-Brun a réuni ceux de ces mots
qui lui ont été fournis par plusieurs savans , il y en
a lui-même ajouté un grand nombre qu'il a découverts ; il en a formé un vocabulaire assez étendu
pour ne laisser aucun doute sur l'origine commune
de ces idiomes , et ce tableau n'est pas la partie la
moins curieuse de son cinquième volume.

Mais ce n'est pas tout : l'enchaînement géographique de ces langues si nombreuses s'est souvent
montré sous une ligne double et quelquefois triple ;
ces lignes se confondent vers les points où les deux
continens se rapprochent , puisque les différens
peuples émigrans ont dû se porter vers les lieux où
le passage était plus facile , mais cette confusion
cesse , et les divers idiomes se séparent aux extrémités de la chaîne. *Enfin*, dit notre géographe, *ce
n'est pas une seule dénomination du soleil, de la
lune, de la terre, des deux sexes, des parties du
corps humain , qui a passé d'Asie en Amérique ;*

ce sont deux, trois, quatre dénominations diffé-
rentes, provenant de langues asiatiques, recon-
nues pour appartenir à diverses souches. Ces dernières observations, que M. Malte-Brun ne doit à
personne, et dont il fournit la preuve, démontrent évidemment qu'il y a eu plusieurs émigrations
de nations asiatiques étrangères l'une à l'autre, et
que ces émigrations ont eu lieu dans des temps
très-différens.

Tant de rapprochemens qui se sont offerts aux
yeux de ce géographe, et que ses devanciers n'a-
vaient point aperçus, lui donnaient le droit d'affirmer que l'Amérique devait entièrement à l'Asie
ses habitans et les langues que parlent toutes les
peuplades américaines. Mais de nouvelles observations ont forcé l'auteur à modifier son opinion.
Il a d'abord reconnu que le nouveau continent
nourrit des animaux qui lui sont propres, et qui
n'ont pu y venir de l'Ancien-Monde, soit parce
que leur conformation s'opposait à ce qu'ils tra-
versassent l'Atlantique, soit parce que, destinés à
vivre dans la zone torride, ils n'ont pu se porter
vers les terres arctiques ou la mer glaciale, seules
contrées qui auraient pu leur offrir un passage.
Pour expliquer cette migration de tant d'espèces
qui habitent le Nouveau-Monde, et ne se trouvent que là, des savans ont supposé une grande
révolution physique, un bouleversement du globe
qui aurait submergé une terre existante alors entre
l'Afrique et l'Amérique méridionale; mais, outre

qu'une supposition ne se prouve point par une
autre supposition, je demanderais à ces savans
pourquoi l'Ancien-Monde ne conserve plus un
seul individu de ces espèces dont les colonies ont
peuplé l'Amérique. Il faut donc reconnaître que
le nouveau continent a son tapir, par exemple,
qui lui est propre, comme la Laponie a ses rennes,
et l'Afrique méridionale ses girafes.

Des animaux en remontant jusqu'à l'homme,
l'anatomie a trouvé dans la race américaine des
traits caractéristiques qui ne lui sont communs
avec ceux d'aucun peuple de l'Ancien-Monde ; la
face, le front, le nez, les dents, les jambes, les
pieds, les cheveux, la barbe, la couleur de la
peau, la conformation des diverses parties du
crâne, ainsi que d'autres particularités, font des
Américains indigènes une race absolumeut dis-
tincte. Comme le géographe n'est pas tenu de
rendre compte de ce qui s'est passé sur le globe
dans des temps qui précèdent de loin toutes nos
annales, il est autorisé à regarder comme autoc-
thone tout peuple qui, par les caractères physiques
diffère des autres peuples de la terre ; Kœmpfer a
dit naïvement que les Japonais viennent du Japon,
sans que personne lui en ait fait un crime, et cette
opinion sur l'indigénéité des Américains n'empêche
pas de supposer que, dans la plus haute antiquité,
des peuplades d'Asie ont passé en Amérique, et que
leurs traits s'y sont altérés par la lente influence du
climat. Quoi qu'il en soit, l'Américain ne ressemble

à aucun autre homme de la terre, et aucun raisonnement ne peut détruire cette vérité physique.

Après avoir observé l'homme et les animaux,
il était naturel de rechercher si les langues américaines ne présentaient pas aussi des caractères absolument étrangers à toutes les autres langues de
l'ancien continent. M. Malte-Brun a fait cette
étude pénible, et il a reconnu que la masse des
langues américaines *présente, comme les hommes
quiles parlent, un caractère distinct et original.*
Il entre, à cet égard, dans un long détail de
preuves que le défaut d'espace m'interdit. Résu-
mons maintenant les conséquences qui découlent
de toutes ces données.

« 1° Des tribus asiatiques, liées de parenté et
» d'idiome avec les nations finnoises, ostiaques,
» permiennes et caucasiennes, ont émigré vers
» l'Amérique en suivant les bords de la mer gla-
» ciale, et en passant le détroit de Berring. Cette
» émigration s'est étendue jusqu'au Chili (au sud),
» et jusqu'au Groënland (à l'est). »

Avant de continuer la série de ces conséquences,
je fais observer que *le tableau de l'enchaînement
géographique des langues asiatiques et américaines,* placé à la fin de ce chapitre, offre la suite
non interrompue de ces longues migrations.

« 2° Des tribus asiatiques, liées de parenté et
» d'idiome avec les Chinois, les Japonais, les
» Aïnos, les Kouriliens, ont passé en Amérique
» en longeant les rivages du grand Océan. Cette

» émigration s'est étendue, pour le moins, jusqu'au
» Mexique.

» 3º Des tribus asiatiques, liées de parenté et
» d'idiome avec les Tongouses, les Mantchoux,
» les Mogols et les Tatars, se sont répandues, en
» suivant les hauteurs des deux continens, jusqu'au
» Mexique et aux Apalaches. »

L'auteur ajoute qu'aucune de ces migrations n'a
été assez nombreuse pour effacer le caractère ori-
ginaire des indigènes d'Amérique, ce qui est prouvé
par les traits physiques de ces peuples, et la comparaison entre les caractères distinctifs de leurs
langues. Il dit aussi que l'on retrouve dans les
langues américaines des mots malais, javanais et
polyséniens, même des mots africains; que les
mots européens qui ont passé dans le nouveau continent, sont tirés des langues finnoises et lettones;
mais que rien, dans les langues persane, germanique
et celtique, n'indique d'anciennes émigrations vers
le Nouveau-Monde.

Des écrivains dégoûtés par les erreurs et le char-
latanisme de quelques étymologistes, se sont jetés
dans l'excès opposé, et ont absolument rejeté toutes
les preuves fondées sur les étymologies et la ressemblance des mots. C'est ici qu'il faut établir une
distinction bien importante. Sans doute des peuples
étrangers l'un à l'autre ont pu concevoir l'idée
d'exprimer une image physique par des sons analogues à l'une des propriétés de l'objet. L'onoma-
topée a pu faire désigner, par des mots à peu près

semblables, et dans différentes contrées, le bruit du
vent, des torrens, du tonnerre, etc... Les habitans
de quelques îles de la Polynésie ont bien pu for-
tuitement donner le même nom de *pous-pous* aux
canons européens, et nos enfans s'accordent de
même à prononcer le mot *pou-pou* quand ils fei-
gnent de tirer un coup de fusil. Mais il n'en est pas
de même quand il s'agit d'exprimer une idée métaphysique ou abstraite qu'aucun son ne peut rendre,
et qui ne peut avoir de nom spécial que par une
convention des peuples. Les mêmes sauvages qui
n'ont pas eu besoin de convention pour nommer
un canon *pou-pou*, ont dû nécessairement se communiquer leurs idées pour s'accorder à nommer
un cimetière *moraï*, pour donner la dénomination
de *tous-tous* aux hommes de la dernière caste, et
et celle d'*éarées* aux hommes de la caste noble. Ce
n'est pas sans communication que des insulaires,
séparés par de grandes distances, ont donné le
même nom d'*eatuas*, *ituas* ou *eatoas* aux dieux
et aux génies supérieurs, et qu'ils ont désigné par
le mot *tabou* toute interdiction politique ou religieuse. Ce seul mot *tabou* que l'on trouve depuis
la Nouvelle-Zélande jusqu'aux îles Sandwich, suffirait pour prouver que toutes ces peuplades éparses
dans un immense Océan, sont les débris d'une
ancienne et grande nation civilisée qui parlait originairement la même langue. J'ai déjà fait un pareil
rapprochement. Robertson nous dit, dans son
Histoire de l'Amérique, qu'avant l'invasion des

Européens, les seigneurs de la cour de Montezuma
et du Mexique en général, ajoutaient à leur nom
propre l'article et l'adjectif *ta-zin*, qui signifient *le
grand*. Quand il faisait cette remarque, l'historien
anglais ne se doutait pas que lord Macartney re-
trouverait à la cour de Pékin les mêmes mots avec
la même signification, et tout le monde sait que les
deux mandarins nommés pour accompagner l'em-
bassadeur britannique, se nommaient Van Ta-Zin
et Chou Ta-Zin, c'est-à-dire Van-le-Grand et Chou-
le-Grand. Ces trois similitudes du rang, de l'article
et de l'adjectif, ne démontrent-elles pas une ancienne communication entre la Chine et le Mexique?
Une triple conformité dans l'expression d'une idée
abstraite peut-elle être l'effet du hasard?

Or, maintenant si un seul mot de ce genre présente une probabilité si voisine de la certitude, les
centaines de mots que M. Malte-Brun compare
dans son tableau ne forment-ils pas une preuve
complète en faveur de son opinion?

Cent quatre-vingt-quatorze pages du cinquième
volume de l'ouvrage de M. Malte-Brun sont con-
sacrées à l'Afrique méridionale et aux îles africaines.
On y trouve les détails les plus curieux sur les nouvelles découvertes et sur celles qui restent à faire;
sur une peuplade de juifs noirs qui vivent dans le
Congo; sur une communication entre la côte occidentale et le Mozambique; sur le fleuve Zébée,
qui roule un volume d'eau plus considérable que
le Nil; sur la conjecture que le Zaïre est le même

fleuve que le Niger, conjecture que M. Malte-Brun combat par les raisonnemens les plus péremptoires, quoiqu'elle ait été adoptée par Mungo-Park : si cependant elle se vérifiait contre toute probabilité, ce fleuve aurait un cours plus long que l'Amazone ; ainsi nous sommes encore incertains si le Niger communique avec le Nil ou avec le Zaïre, ou s'il a son embouchure dans le Ouankarah. Cette discussion me rappelle une vieille carte de Magini où ce géographe faisait sortir le Nil et le Zaïre d'un même lac qu'il plaçait fort au-delà de l'équateur, opinion qui ferait du Nil le plus long fleuve du monde. Tous les renseignemens que donne M. Malte-Brun sont fondés sur les observations les plus récentes qu'il a toujours soin de comparer aux relations anciennes. Le pays des Hottentots, des Boschimens, des Cafres, offre les particularités les plus nouvelles et les plus curieuses. Les Betjouanas, et surtout les Barrolous, ne sont point des nations sauvages ; les premiers sont excellens forgerons et construisent les maisons avec beaucoup d'art ; les Barrolous fondent le fer et le cuivre ; ils ont de grandes villes ; ils savent sculpter le bois et l'ivoire. Chez les peuples les moins policés de l'Afrique méridionale, on est étonné de trouver des idiomes dont la syntaxe et les formes grammaticales, compliquées avec art, semblent indiquer une civilisation anciennement perfectionnée, et qui s'est éteinte sans altérer le langage.

Les côtes orientales n'offrent pas moins d'intérêt. M. Malte-Brun accorde un livre entier à la description du Zanguebar et d'Ajan, que les compilateurs de géographies anglaise et française expédient en quelques lignes. Les détails sur les tribus nomades nommées *Jagas*, sont piquans par leur singularité ; les mœurs et les lois des Gingirains ne sont pas moins extraordinaires. Je recommande surtout le livre où le géographe fait le tableau le plus complet de Madagascar, dont autrefois on ne connaissait guère que les côtes. Je voudrais bien indiquer au moins quelques-uns des phénomènes que présentent les îles de l'Afrique ; mais la vaste Amérique réclame tout l'espace qui me reste.

L'esprit de système, dit l'auteur, a exagéré tantôt les similitudes, tantôt les différences qu'on a cru observer entre l'Amérique et l'ancien continent. Tout est ressemblant dans les deux Mondes, mais rien n'y est identique. Ce n'est pas par la prodigieuse élévation des montagnes que l'Amérique se distingue, puisque le Thibet en a qui égalent celles du Pérou, et peut-être les surpassent ; mais dans le nouveau continent, elles s'élèvent brusquement au-dessus des plaines immenses, et la chaîne la plus considérable par son étendue comme par sa hauteur, suit constamment le rivage occidental depuis le détroit de Magellan jusqu'au-delà du soixantième degré de latitude boréale. Cependant, la structure de cette chaîne n'est pas la même des deux côtés de l'équateur : au sud de la ligne, la Cordilière est profondément déchirée et interrompue par d'énormes crevasses, tandis qu'au Mexique, c'est le dos même des montagnes qui forme le plateau. L'étendue et l'uniformité des plaines donnent aux fleuves d'Amérique un cours extrêmement long. Plusieurs rivières y parcourent un espace de six, sept, huit et neuf cents lieues, et celle des Amazones plus de douze cents, si le Béni, l'un de ses affluens, doit être considéré comme le fleuve principal. Ces rivières ont cela de particulier qu'elles s'écoulent presque toutes dans la mer Atlantique, dont le golfe du Mexique fait partie; tandis que, dans l'Ancien-Monde, les fleuves se dirigent assez également vers tous les point de l'horizon. Cette dernière phrase étonnera ceux qui pensent avec le vulgaire que le Danube est le seul de nos fleuves qui coule vers l'orient. Je ne sais qui a pu établir une opinion aussi absurde : le Hoang-Ho, le Kiang-tse-Kiang, le Gange, le Zambèse, et en Europe même, le Volga et le Pô s'écoulent également vers l'est.

La plus grande différence qui existe entre les deux continens est celle de la figure : le grand axe de l'île immense que forment l'Asie, l'Afrique et l'Europe, est fort incliné à l'équateur; celui qui partage les deux Amériques se prolonge, au contraire, dans le sens des méridiens. L'isthme qui sépare les deux portions du Nouveau-Monde ne ressemble en rien à celui qui unit l'Asie à l'Afrique; les grands golfes, ou plutôt les méditerranées d'Amérique présentent, comme la plupart des fleuves, leur ouverture à l'orient ; et la côte occidentale, toujours unie et continue, ne laisse voir d'interruption qu'au golfe peu profond de Guayaquil, et de dentelures qu'à ses deux extrémités.

Ces différences, dit M. Malte-Brun, disparaissent quand on considère le globe dans son ensemble. Alors on reconnaît que la longue chaîne d'Amérique n'est qu'une continuation des terres élevées qui, sous le nom de plateaux de Cafrerie, d'Arabie, de Perse, de Mongolie, forment le dos de l'ancien continent, et qui, à peine interrompues au détroit de Berring, forment les monts Colombiens, la chaîne du Mexique et celle des Andes. « *Cette ceinture de montagnes et de plateaux, semblable à un anneau écroulé et retombé sur la planète, présente, généralement parlant, une pente plus rapide du côté du grand Océan (dont la mer des Indes fait partie), que du côté des mers Atlantique et Glaciale.* »

Le règne animal offre aussi ses analogies et ses différences dans les deux continens ; mais les différences sont telles, qu'elles constituent des espèces et même des genres distincts. La manie de poser des règles générales a fait dire que tous les animaux d'Amérique étaient plus petits que leurs analogues dans l'Ancien-Monde : cela est vrai pour le llama, le guanaco, l'auti, l'yaguar, et beaucoup d'autres quadrupèdes ; mais le bison de l'Amérique septen-

trionale, l'autruche magellanique, égalent les espèces correspondantes de l'Afrique et de l'Asie ;
le cerf de la Nouvelle-Californie atteint même une
taille gigantesque ; et si des quadrupèdes nous passons aux oiseaux et aux reptiles, le condor et l'é-
norme boa démentent complètement la prétendue
règle générale.

Le contour de l'Amérique nous est parfaitement
connu ; à l'exception de la partie septentrionale :
ici tout est incertitude et conjecture. Quoiqu'on
soit dans l'usage de rattacher le Groënland à l'A-
mérique, on ignore s'il y est uni par une grande
terre ou par un isthme, ou s'il fait partie d'un continent polaire dont les côtes méridionales du côté
de la Sibérie auraient été nommées par les Russes
grande côte d'Ielmer et *terre de Liakaf*. On ignore
si les eaux vues par Mackensie et Hearne sont des
lacs, des golfes, ou une partie de la mer Boréale ;
si la baie de Baffins est réellement un golfe sans
issue ou le commencement d'une mer qui se prolonge jusque sur les côtes de l'Asie, en séparant
l'Amérique des terres polaires. Cette lacune dans
nos connaissances géographiques subsistera long-
temps, et peut-être toujours : les mers de ces contrées ne sont pas ou ne sont plus navigables, et les
voyages par terre n'offrent guère plus de facilités.
On sait cependant que les Groënlandais ont communiqué avec des tribus de leur race au nord de
la baie de Baffins, *après avoir passé un détroit ;*
mais ce détroit est-il celui qui conduit à un golfe,

ou sépare-t-il deux mers glaciales? En compensant toutes ces probabilités, M. Malte-Brun, considérant que les glaces polaires ne se fondent presque jamais; qu'il n'y a point de flux et de reflux au nord de la Sibérie orientale ; que des troupes d'ours et de renards *bien nourris* arrivent en Sibérie après avoir traversé la mer sur les glaces, ce qui exclut la supposition d'une vaste mer, a été conduit à penser que *le continent d'Amérique s'étend très-loin au nord, et qu'il forme une troisième péninsule sous le pôle même*. Cependant, comme cette opinion, toute probable qu'elle est, n'est pas fondée sur des observations directes, il se garde bien de la placer parmi les vérités géographiques : plus prudent que les faiseurs de système, il laisse subsister l'incertitude sur ses cartes, et il ne donne à cette partie de Nouveau-Monde qu'une figure indéterminée. Les chapitres très-étendus où il discute toutes les opinions, les observations et les relations diverses sur le nord, le nord-est et le nord-ouest de l'Amérique, sont pleins d'aperçus ingénieux et de faits absolument neufs pour presque tous les lecteurs.

Si, en quittant les régions glacées, nous nous rapprochons des contrées où la nature est moins marâtre, nous trouvons le Canada, puis les Etats-Unis, et l'immense contrée qui s'étend à l'ouest de ces deux pays civilisés par l'Europe. Cette partie occidentale deviendra sans doute un jour le sujet de quelques guerres ; car il n'est pas aisé de décider si l'Angleterre, les Etats-Unis, la Russie et même l'Espagne n'y ont pas des droits égaux, droits que la politique de chaque Etat ne manquera pas de déclarer exclusifs et incontestables. Déjà les chasseurs anglais et américains se croisent dans la recherche des fourrures précieuses ; et la Russie, qui faisait déjà ce commerce avant même de savoir qu'elle était si voisine de l'Amérique, n'a pas formellement renoncé à la partie de ce continent que ses navigateurs ont découverte. D'ailleurs, en étendant le territoire des Etats-Unis jusqu'aux rivages du grand Océan, parallèlement aux degrés de latitude, on envahit des côtes qui portent des noms anglais, et qui ont été soigneusement explorées par Vancouver. Mais que d'années s'écouleront avant que ces vastes solitudes puissent être parcourues par des armées ! N'imitons donc pas les hommes qui anticipent sur les siècles, et bâtissent déjà des villes opulentes sur les rives solitaires de la Colombia.

Si l'on veut connaître parfaitement les Etats-Unis, la géographie physique et politique de leur immense territoire, les productions du sol, les usages des habitans, la constitution générale et particulière de la république et de ses divers Etats, leur commerce, leur population totale et relative, l'accroissement de cette population depuis la guerre de l'indépendance, on peut lire avec confiance les trois livres que M. Malte-Brun a consacrés à cette intéressante partie du Nouveau-Monde, et consulter les tableaux analytiques qui y sont annexés.

Les écrivains qui ne rêvent que troubles, scissions, et révolutions, et qui prédisent une séparation prochaine entre les Etats confédérés, y apprendront que les Etats du nord, du midi et de l'intérieur, ont le plus grand intérêt à rester unis, par cela même qu'ils sont très-différens entre eux. Cette différence dans la situation, dans les productions et dans les moyens commerciaux, les rend tous dépendans l'un de l'autre par les besoins, et l'union fondée sur l'intérêt est toujours la plus durable.

Les vastes possessions de l'Espagne appartiennent aux deux Amériques, et se partagent presque également par l'équateur. Dix articles n'en donneraient qu'une idée très-imparfaite : que serait-ce donc s'il me fallait suivre l'auteur dans les déserts qu'arrosent l'Orénoque, le Rio-Negro et l'Amazone, à travers l'immense Brésil, qui touche d'un côté aux pieds des Andes, et s'avance de l'autre jusqu'aux rivages de l'Atlantique les plus voisins des côtes africaines, et l'accompagner, à travers les terres Magellaniques, jusqu'à l'extrémité méridionale du Nouveau-Monde? Qu'il me suffise de dire que tout est décrit avec le même soin, la même clarté et la même élégance. Ce n'est point un géographe qui se contente de tirer des lignes et de calculer les distances ; c'est un voyageur qui parcourt la surface du globe, sait tout observer et sait tout décrire. La critique savante et pleine de logique à laquelle il soumet les diverses relations, ne peut être appréciée que par les hommes instruits ; mais

la peinture animée qu'il fait des sites, des phénomènes naturels et des mœurs de tous les peuples,
ne peut manquer de plaire aux lecteurs de toutes
les classes. Dans l'impossibilité où je suis d'embrasser une masse d'objets si variés et si nombreux,
je renonce à toute analyse, et je vais terminer par
une réflexion sur l'idée fausse que nos politiques
vulgaires se font de l'Amérique. Puisse cette réflexion leur inspirer le désir d'acquérir une connaissance au moins superficielle des pays qu'ils
partagent et qu'ils bouleversent dans leurs discours
et dans leurs écrits !

On tombe déjà dans une grande erreur quand
on juge d'un objet inconnu par les notions que
l'on a sur un objet connu ; mais l'erreur devient
ridicule lorsque, connaissant fort mal l'état politique et géographique de l'Europe, on applique ces
notions erronées ou imparfaites à l'immense territoire du nouveau continent. L'habitude de consulter des cartes à petite échelle, où une mappemonde de six pouces de diamètre, donne l'idée la
plus fausse des grandes divisions du globe et des
sinuosités des limites. J'ai vu de ces discoureurs
politiques faire d'étranges bévues, et prouver avec
beaucoup d'esprit qu'ils ne connaissaient pas même
l'ABC de la géographie. Ayant remarqué, sur une
carte de France, que les quadrilatères formés par
l'intersection des latitudes et des longitudes étaient
de vingt-cinq lieues, ils évaluaient de la même
manière les carrés tracés sur la carte d'Amérique,

et trouvaient, par cette belle méthode, que Quito n'est pas plus éloigné de la capitale du Mexique, que Bordeaux ne l'est de Paris. L'un de ces prophètes ou politiques révolutionnaires, n'ayant vraisemblablement vu que des cartes en miniature, sans savoir évaluer les degrés, comparait le golfe du Mexique à celui de Gênes, et affirmait que Mexico n'est pas loin de l'Orénoque; il fut fort étonné d'apprendre que le golfe mexicain est deux fois plus considérable que la mer Noire, et qu'il y a plus de distance entre l'Orénoque et Mexico, qu'entre Paris et Constantinople.

Mais que diront-ils quand ils reconnaîtront que les seules possessions espagnoles du Nouveau-Monde ont autant d'étendue que la Russie d'Europe et d'Asie, depuis la Vistule jusqu'au Kamtschatka? Combien de temps leur faudrait-il employer pour bâtir des cités populeuses et faire voyager des armées dans l'Amérique septentrionale, où l'on trouve des lacs de trois, quatre et cinq cents lieues de circonférence, entourés de cent autres lacs tous très-considérables, et d'un millier de plus petits? Quelle comparaison peut-on faire de l'Europe où les lieux habités se touchent, avec ces immenses solitudes parcourues de loin à loin, par quelques hordes sauvages ou des troupes de chasseurs? L'Amérique méridionale offrira-t-elle un théâtre plus commode à leurs expéditions imaginaires? Qu'ils lisent dans M. de Humboldt ou dans la Géographie que j'annonce, par quels af-

freux défilés on passe d'une possession dans une
autre, quelles fatigues on y endure, quels dangers
on y court. Qu'ils se représentent cette vaste
péninsule, ses innombrables rivières dont plusieurs ont une profondeur de quarante, cinquante
ou cent brasses, ces montagnes dont l'élévation
est de dix, quinze et vingt mille pieds ; ces vallées
ou plutôt ces énormes crevasses dans l'une desquelles la montagne du Puy-de-Dôme serait totalement engloutie ; ces savanes noyées, ces forêts
ténébreuses remplies d'insectes malfaisans et de
hideux reptiles; ailleurs, des déserts de sables
mouvans qui ressemblent aux syrtes de la Lybie :
puis des plaines marécageuses, des fleuves placés
à de grandes distances, et qui communiquent
ensemble par un fleuve intermédiaire, un luxe de
végétation qui défend aux rayons du soleil de pénétrer jusqu'à la surface du sol; ici, des contrées
toujours humides ; là, une côte immense où il ne
pleut jamais ; des sommets couverts de neige qui
dominent un rivage où l'on éprouve les chaleurs
de la zone torride, des capitales situées à mille et
quatorze cents toises au-dessus du niveau de la
mer ; nulle part enfin de communications faciles,
même pour un simple voyageur : est-ce là le pays
dont on puisse juger d'après ce qui se passe en
Europe ?

Je conseille donc à ces faiseurs de prédictions
d'étudier un peu l'histoire, de comparer les différens peuples, leur génie, leurs habitudes, les pro-

ductions de leur sol, leur industrie, leur commerce, l'intérêt général qu'ils ont à faire la guerre,
leurs moyens de la soutenir ; qu'ils consultent
ensuite de bonnes cartes, qu'ils lisent surtout ce
cinquième volume : alors il leur sera permis de
raisonner sur les destinées de l'Amérique ; mais,
avec toutes ces connaissances, ils se tromperont
encore souvent quand ils s'aviseront de prédire.

MARAIS PONTINS.

*Description hydrographique et historique des Marais-Pontins ; relief
du sol, cadastre, détails intérieurs ; analyse raisonnée des principaux projets proposés pour leur dessèchement ; histoire critique des
travaux exécutés d'après ces projets ; état actuel (1811) du sol
Pontin ; projets ultérieurs pour son dessèchement général et complet,
avec l'exposition des principes fondés sur la théorie et l'expérience,
qui ont servi de base à ces projets : rédigés d'après les renseignemens
recueillis sur les lieux par l'auteur, l'examen détaillé des marais où
il a séjourné, et qu'il a visités et parcourus plusieurs fois, et les
opérations de jaugeage, nivellement, etc..., qu'il y a faites pendant
les années 1811 et 1812 ; par M. DE PRONY, chevalier de l'Ordre du
Roi, officier de l'Ordre royal de la Légion-d'Honneur, membre de
l'Académie des sciences, etc...*

J'AI copié ce long titre pour indiquer l'étendue
des travaux auxquels M. de Prony s'est livré, et
pour faire sentir toute l'importance de son ouvrage.
Le livre, considéré uniquement sous le rapport
de la publicité, se divise en deux parties bien différentes aux yeux des lecteurs : l'une, presque en-

tièrement inaccessible aux ignorans tels que moi,
intéressera vivement les savans qui s'occupent du
génie, de l'hydrographie et de la géométrie relative
à l'économie publique ; l'autre, moins ardue, présente des détails fort curieux pour tous les hommes
qui ne sont pas entièrement dépourvus d'instruction. L'atlas qui accompagne cet ouvrage, n'offre
aux lecteurs vulgaires que deux excellentes cartes
dont l'une présente la partie des États romains
comprise entre Rome et le golfe de Gaëte, de
l'ouest à l'est, et entre l'Abruzze et la mer de Toscane, du nord au sud ; l'autre carte se réduit au
bassin du sol Pontin, avec tous les versans qui les
inondent. Mais les savans y trouveront de plus un
grand nombre de planches relatives aux opérations
des ingénieurs.

En écartant ce que ce livre a de trop scientifique, il faut au moins prouver que le reste est de
nature à intéresser le plus grand nombre des lecteurs ; et cette tâche n'est point facile. Nous parlons beaucoup des lumières du siècle, et cependant les livres les plus capables d'augmenter ces
lumières sont ceux que nous recherchons le moins:
l'amusement le plus léger est un attrait bien plus
puissant que l'utilité la plus évidente ; et comment
amuser en parlant du dessèchement des marais? et
d'ailleurs, que nous importent les Marais-Pontins? ils ne font plus partie de l'Empire français,
et les fruits qui naîtront un jour sur les bords du
fiume Sisto, ne paraîtront jamais sur nos tables,

Il est très-vrai que les Marais-Pontins sont devenus fort étrangers à la France ; mais on se trom-
perait beaucoup si l'on en concluait qu'ils ne doivent plus nous intéresser. D'abord, le sol que les
eaux stagnantes ont presque entièrement trans-
formé en désert, est une contrée éminemment
classique. Elle est une grande partie de cet antique
Latium, si célèbre dans les premiers siècles de
l'histoire romaine, et dont les points les plus importans sont désignés dans l'Énéide. Les ruines
d'*Antium*, d'*Ardea*, de *Lavinium*, les restes de
Velitræ, de *Privernum* et d'*Anxur*, forment encore aujourd'hui la ceinture des Marais-Pontins ;
la fameuse île d'*AEœa*, abandonnée par la mer et
attachée au continent, est devenue le mont *Circeo*
ou *Circello*, et la borne méridionale de ces marais. C'est à travers le sol Pontin qu'Horace fit le
voyage qu'il décrit si plaisamment dans sa cinquième satire, liv. 1er ; c'est là qu'était ce *Forum
Appi* où il trouva l'eau si mauvaise ; c'est là qu'il
navigua sur un canal où les piqûres des cousins
et le cri des grenouilles l'empêchèrent de dormir ;
à cet égard, rien n'est changé dans ces lieux, et le
voyageur peut encore aujourd'hui se rafraîchir à
la fontaine dont ce poète a dit :

Ora manusque tuâ lavimus, feronia, lymphâ.

Les personnes pour lesquelles les détails historiques et archéologiques ont peu d'attraits, consi-

déreront l'ouvrage de M. de Prony sous les rapports plus graves de l'utilité publique, et elles
sentiront que tous les travaux qui ont été faits et
qui sont à faire aux Marais-Pontins, sont applicables à nos marais de France; car, il faut bien en
convenir, nous avons aussi nos marais dont les
miasmes délétères affectent d'une manière fâcheuse
la population de nos côtes occidentales et méridionales.

Il faut avouer cependant que tous nos marais de
France le cèdent en étendue aux Marais-Pontins,
et qu'ils n'ont pas une si mauvaise réputation :
nous ne voyons, dans aucune de nos villes, des figures blafardes, œdémateuses et sans mobilité
comme on en rencontre à Terracine. Les enfans
surtout m'y faisaient pitié : ils n'avaient point l'hilarité de leur âge ; leurs regards fixes, la pâleur de
leur peau et même de leurs lèvres, me les aurait
fait prendre pour des morceaux de suif auxquels
on aurait donné l'empreinte de la figure humaine.
Un Français, nommé Monclergeon, qui avait fait
construire une auberge sur la lisière des marais,
me dit qu'il y avait perdu toute sa famille en fort
peu de temps, et qu'aucun domestique ne voulait
le servir à moins qu'il n'eût la liberté de passer alternativement huit jours à Gaëte et huit jours dans
les marais ; enfin, ajouta Monclergeon, il n'y a
que trois espèces de bêtes qui puissent vivre ici :
ce sont les poules, les buffles et moi.

Ce qui m'a le plus étonné quand j'ai visité ces

marais en juillet et en décembre, çà été de n'y
point ressentir cette odeur infecte dont on m'avait
fait peur, et qui m'avait paru si désagréable dans
les environs de quelques ports de l'Italie, et même
de la France. D'après ce qu'on m'avait dit à Rome
sur le danger de traverser *la Palude* pendant les
fortes chaleurs, je me comparais à Curtius qui allait se jeter dans un gouffre ; mais quel fut mon
étonnement de ne voir qu'une belle route plan-
tée d'arbres, et offrant à droite et à gauche un tel
luxe de végétation, que je crus entrer dans une
vaste pépinière ! Cependant, après le coucher du
soleil, je vis le sol se couvrir d'une vapeur blanche
comme la neige, qui s'épaissit peu à peu, sans
s'élever beaucoup, car assez dense, lorsque je
faisais une partie de la route à pied, elle me paraissait si légère dès que je remontais dans la voiture, qu'à peine elle altérait la transparence de
l'air. De cette vapeur s'exhalait une odeur absolument semblable à celle de la poudre à canon,
telle que j'en avais ressenti près de quelques marais de la Toscane, et mieux encore près de l'é-
tang de *Biguglia*, à une lieue au sud de Bastia,
dans l'île de Corse. J'ignore si cette odeur cause
tous les ravages que l'on attribue aux exhalaisons
des marais, mais elle est loin d'être infecte comme
celle qui émane de plusieurs points de nos côtes,
et notamment du littoral de cette ville d'Hières,
dont on vante la douce température et le site
agréable. Quoi qu'il en soit, l'air des Marais-Pon-

tins ne m'incommoda nullement, même en été ;
et, quand j'y repassai en hiver, je ne vis plus de
vapeur blanche, je ne sentis aucune odeur ; et,
lorsque j'approchai de la limite septentrionale,
ayant aperçu des pavillons qui s'élevaient au-dessus de la surface des marais, je ne fus pas étonné
d'apprendre qu'au milieu des monsignori qui s'offraient à mes regards, on remarquait le pape
Pie VI, qui s'était établi dans ce lieu redoutable
pour y inspecter les travaux, en bravant l'influence de la *malaria*.

Je demande pardon à M. de Prony de cette digression qui m'éloigne de son ouvrage ; mais,
comme il ne descend jamais au rôle de voyageur
vulgaire, ne pouvant le suivre dans ses savantes
observations, j'ai eu recours à mes souvenirs, et
j'ai cru pouvoir sans inconvénient exposer ici les
impressions qu'a produites sur moi l'aspect de ces
marais célèbres.

On comprendra facilement comment le sujet
traité par M. de Prony a pu fournir la matière
d'un gros volume in-4°, quand on connaîtra l'é-
tendue du sol Pontin : en ne considérant que la
partie marécageuse, sa longueur, dans le sens du
littoral, est de quarante-deux mille mètres, et sa
largeur de dix-huit mille ; mais, en y joignant les
pentes du périmètre qui versent leurs eaux dans
les marais, le bassin général présentera une longueur de soixante mille mètres du nord-ouest au
sud-est, et une largeur de quarante-huit mille

mètres dans le sens du parallèle de Piperno, c'est-
à-dire au 41ᵉ degré 27 minutes de latitude nord.
Ainsi, la surface du bassin général est de plus de
cent trente mille hectares, et celle des marais,
proprement dits, de plus de trente mille trois
cents, que l'on rendrait à l'agriculture si l'on parvenait à dessécher le sol et à l'assainir. La surface
des versans étant quatre fois plus considérable
que celle du bassin qui reçoit les eaux, on ne sera
pas étonné d'apprendre que la quantité d'eau plu-
viale annuelle, qui devient courante sur la surface
des marais, est de plus de neuf cent trente millions
de mètres cubes, abstraction faite de celle que l'on
suppose absorbée par l'infiltration et par l'évaporation.

Si la pente du sol Pontin avait été uniformément inclinée vers la mer, le déluge qui s'y verse
annuellement s'y serait écoulé, même sans le secours de l'art, mais plusieurs causes se sont réunies pour y arrêter le cours des eaux et les rete-
nir à la surface du sol. Les dunes que la mer a
élevées comme une longue digue, s'opposent à l'é-
coulement régulier de tous les courans d'eau,
soit naturels, soit artificiels, qui sillonnent cette
vaste surface ; aucun n'étant assez puissant pour
vaincre cet obstacle, les eaux ne peuvent forcer la
barrière que par l'excès même de l'inondation.
Les grandes inégalités du terrain, dans une étendue de trente lieues carrées, les enfoncemens où
l'eau se trouve à un niveau trop bas pour pouvoir

être dirigée vers la mer, l'encombrement ou l'obstruction totale des canaux et des rivières, présentent des difficultés qui ont triomphé des efforts de l'art; et à toutes ces causes il s'en joint une qui mérite d'être signalée parce qu'elle peut devenir une leçon pour tous les peuples. Je veux parler des défrichemens dans les montagnes. Bien loin d'augmenter les produits de l'agriculture et de contribuer à la prospérité publique, ils ne tardent pas à devenir une source de misère et de dépopulation. D'abord ils détruisent les bois; mais ce n'est pas là leur effet le plus funeste : en divisant les terres qui recouvrent les pentes des montagnes, en arrachant les plantes et les herbes qui les tapissent, en rompant le réseau de racines et de radicules qui retient les parties terreuses, ils facilitent l'action destructive des eaux pluviales; les terres sont entraînées dans les vallées, elles y obstruent le cours des eaux, et une campagne, jadis féconde, devient un vaste marécage et un foyer d'infection. C'est ce qui est arrivé aux montagnes qui enceignent les Marais-Pontins à l'est et au sud-est; elles ne présentent plus que l'ossature, et les torrens de pluie, glissant avec rapidité sur un roc dépouillé de végétation, se précipitent sur le sol Pontin et y augmentent les inégalités et l'inondation.

De tous les moyens que l'on a proposés pour le dessèchement de ces marais, je ne citerai que celui des *colmates*, parce qu'il est très-ingénieux, et qu'il consiste à employer l'eau même comme pré-

8.

servatif de l'inondation. Lorsque, par une grande dépression du terrain, les eaux reposent sur un fond trop bas pour s'écouler au dehors, et lorsqu'on n'a pas la ressource de combler ce fond par des terres rapportées, on dirige vers cet enfoncement les eaux les plus limoneuses et les plus troubles ; on les retient sur l'enceinte que l'on veut colmater, jusqu'à ce qu'elles y aient déposé les corps qu'elles tenaient en suspension, et on les évacue dès qu'elles se sont dépurées ; alors on introduit de nouvelles eaux troubles, et l'on répète l'opération jusqu'à ce que les sédimens successifs aient élevé le fond du bassin jusqu'au niveau d'écoulement.

Malheureusement cette méthode des colmates par laquelle on a obtenu des résultats si avantageux dans plusieurs contrées de l'Italie, n'est point applicable au vaste bassin des Marais-Pontins, si ce n'est comme moyen partiel ou accessoire ; on ne peut donc attendre le dessèchement total de cette immense surface que d'un système de canaux qui dirige toutes les eaux vers un même point, et présente une masse de forces capables de vaincre tous les obstacles qui s'opposent à l'écoulement. L'exposition de ce système si compliqué est le but de l'ouvrage de M. de Prony.

L'auteur le divise en quatre sections, dont la première comprend un précis géographique, géologique et historique ; la seconde présente l'état où se trouvaient les Marais-Pontins avant les travaux

ordonnés par le pape Pie VI ; la troisième offre le
tableau du sol Pontin au mois d'août 1811, avec
l'examen critique des moyens qui ont été employés
avant cette époque pour le dessèchement ; la quatrième expose les vues particulières et les projets
de l'auteur ; le tout est précédé d'un Mémoire qui
a été lu partiellement, en 1815, à l'Académie des
sciences, et d'une introduction dans laquelle M. de
Prony établit les principes qui concernent la direction des eaux courantes.

Lorsque j'ai cité l'île d'Aeœa parmi les lieux
anciennement célèbres qui environnent le sol Pontin, je me suis bien gardé de parler d'Ulysse et de
la magicienne Circé, comme l'ont fait les auteurs
italiens qui ont décrit ces marais. Il y a long-temps
que je doute de l'identité du mont *Circeo* avec l'île
où Homère fait aborder Ulysse, après que ce héros
s'est échappé des mains des Lestrigons. Une note
de M. de Prony n'a fait que me confirmer dans
mon incrédulité. Ce savant prouve fort bien que
l'état actuel des lieux n'offre aucune analogie avec
le récit d'Homère, et que l'éminence sur laquelle
Ulysse monta pour découvrir le pays, ne peut avoir
aucun rapport avec le mont abrupte et élevé que
l'on nomme aujourd'hui *Circeo*. Dans combien
d'erreurs pareilles ne tombe-t-on pas en voulant
appliquer des noms anciens à des noms modernes !

Quoi qu'il en soit, le sol où s'élève le mont de
Circé a été visiblement une île ; et, dans la surface
des Marais-Pontins, qui ressemble à l'arène d'un

immense amphithéâtre, on reconnaît un ancien
golfe au devant duquel s'élevait l'île de Circé,
comme s'élève celle de Caprée devant le golfe de
Naples. D'ailleurs, quand l'aspect des lieux ne ferait pas naître cette conjecture, des fouilles, pous-
sées jusqu'à la profondeur de cinquante-un pieds,
et qui ont fait découvrir des amas de coquilles et
de plantes marines, démontrent assez que la mer
a battu anciennement le pied des montagnes qui
sont aujourd'hui à trois ou quatre lieues du rivage.
On est également assuré que le mont Circéo a été
habité depuis bien long-temps, puisqu'on y voit
encore des constructions dites cyclopéennes, et
des restes de monumens religieux ou militaires. Je
crois même que Strabon y place un petit temple
de Circé; mais je me défie de ma mémoire, et je
n'insiste pas sur ce point. Il serait difficile, sans
doute, et vraisemblablement impossible de fixer
l'époque où ce grand golfe est devenu un vaste
marais, cette métamorphose ayant dû se faire successivement dans un grand nombre de siècles;
mais très-certainement l'existence des marais date
de loin, puisque Tite-Live, en parlant de *Tarri-*
cina, la désigne par ces mots : *Urbs prona in*
paludes.

En considérant les deux belles cartes de M. de
Prony, je les ai comparées avec une carte publiée
en 1620, sur laquelle les Marais-Pontins sont désignés par des traits qui indiquent les plantes pa-
lustrales. J'y ai reconnu qu'à cette époque la limite

orientale et méridionale était la même qu'aujour-
d'hui, mais qu'alors les marais s'étendaient à l'ouest
au-delà des ruines d'Antium, jusqu'à Saint-Anas-
tase, au sud-sud-ouest de Velletri. Au reste, j'y ai
remarqué les mêmes courans d'eau, tels que le
fiume Antico, le fiume Sisto, la Cavata, la Co-
darda, le Mazzocchio, et l'Uffente qui s'y trouve
confondu avec le canal Bandino ; j'y vois aussi que,
dans le dix-septième siècle, les eaux de tous ces
courans s'écoulaient par le point situé près de la
tour d'Olevola, où elles s'écoulent encore à présent, mais qu'elles avaient alors deux autres débouchés à l'ouest du premier, et qu'on nommait,
dans ce temps, *fiume Levola,* le canal de communication qui porte aujourd'hui le nom de Mor-
tacino.

Au total, ce livre est fort instructif s'il n'est pas
amusant ; et j'y ai lu avec intérêt tout ce qui ne
s'élevait pas au-dessus de la petite sphère de mes
connaissances.

VOYAGES.

VOYAGE EN NORWÈGE ET EN LAPONIE,

Fait dàns les années 1806, 1807 et 1808, par M. Léopold de Buch,
membre de l'Académie de Berlin, correspondant de l'Institut de
France; traduit de l'allemand par J.-B.-B. Eyriès; précédé d'une
introduction de M. A. de Humboldt; suivi d'un Mémoire de M. de
Buch, sur la limite des neiges perpétuelles dans le Nord, et enrichi
de cartes et de coupes de terrain.

La relation d'un voyage peut être considérée
comme un roman dont le lecteur est le héros. Il
s'embarque avec le voyageur, il partage tous ses
dangers, il s'enorgueillit de son courage, sans
courir aucun risque; il souffre avec lui le froid,
le chaud, la faim, la soif, sans éprouver le moindre
malaise; il découvre l'Amérique avec Colomb, il
double le Cap des Tempêtes avec Vasco de Gama,
il constate avec Cook que la Nouvelle-Hollande
n'est qu'une grande île; il reconnaît, avec Lapé-
rouse, que le prétendu détroit de Jesso n'est qu'un
golfe profond. Il fait même plusieurs voyages à la
fois; tandis qu'il observe avec Vancouver la configuration littorale du nord-ouest de l'Amérique,
et l'immense archipel dont cette côte est flanquée,
il suit Mackensie dans son voyage terrestre, et il

perd avec lui l'espoir de voir communiquer la baie
d'Hudson avec l'Océan pacifique ; il se rappelle en
même temps que Cook, Tzirikow et Berring avaient
visité quelques points de ces parages ; et fier de
toutes ces connaissances, il parle de l'Amérique
septentrionale comme s'il avait exploré ses rivages
et parcouru ses déserts.

Pour la première fois j'ai désiré voyager dans le
Nord ; jusqu'ici j'avais une répugnance invincible
pour tout voyage qui me rapprochait du pôle, ne
fût-ce que d'un degré. J'avais, à cet égard, toutes
les préventions, tous les préjugés du vulgaire ; je ne
me rappelais qu'en frissonnant l'hivernement de
Heemskerke à la Nouvelle-Zemble, le délaissement
volontaire et funeste de sept matelots hollandais
au Spitzberg, et le délaissement de sept autres
matelots au Groënland ; j'admirais tant que l'on
voulait, mais je n'étais pas tenté d'imiter ces généreux voyageurs qui, se dévouant aux progrès des
sciences, s'avancent intrépidement sur ces mers glaciales et brumeuses, ou dans des contrées inhospi-
talières, pour y observer une nature ennemie de
l'homme, et qui ne songent au retour que quand
des montagnes de glace les environnent de toutes
parts et ne leur laissent qu'une étroite issue pour
échapper à la mort. Je savais cependant que des
hommes vigoureux et bien constitués vivent et se
plaisent dans ces contrées boréales, qu'ils y trouvent des compensations à la rigueur du climat, et
qu'ils sont attachés à cette terre marâtre plus que

nous ne le sommes à notre terre indulgente et féconde. On m'avait parlé des beaux étés de la Russie , des grands progrès que l'agriculture a faits en
Suède ; je n'ignorais pas que dans les Orcades on
cultive encore les plantes céréales ; j'avais même
lu des voyages où l'on vantait les sites romantiques
des régions hyperborées, le doux éclat des neiges
et les agrémens des glaciers , mais cette prose poétique ne me séduisait pas ; j'étais bien intimement
persuadé que quand Virgile a dit : *Flumina amem
sylvasque*, etc.... il ne parlait ni des forêts de la
Norwège ni des fleuves de la Sibérie : ce nom seul de
Norwège était un épouvantail pour mon imagination ; j'avais bien quelques notions sur l'importance géographique et politique de ce pays , sur le
commerce de Bergen , sur la pêche du Loffodden,
sur les belles planches de Christiania ; mais j'aimais
mieux croire les voyageurs sur parole que d'aller
vérifier leurs observations.

M. Léopold de Buch a dissipé mon ignorance à
cet égard , et détruit des préjugés pires que l'ignorance même. Il me semblait l'accompagner dans
ce voyage : je n'étais pas trop effrayé d'entendre
nommer ces tristes latitudes de 68 , 69 et 70 degrés ; croyant causer avec lui , le charme de sa conversation , les beaux sites qu'il m'apprenait à considérer , les réflexions profondes ou agréables que
lui inspirait chaque objet nouveau , faisaient une
distraction si puissante à l'impression du climat ,
que je me sentais le courage de le suivre jusqu'à

l'île de Mageroe, dont une pointe forme le Cap-
Nord. J'admirais avec lui ces innombrables *fiords*,
ou golfes allongés, qui, pénétrant profondément
dans les terres, et serpentant entre les montagnes,
ressemblent à des fleuves majestueux. Je l'écoutais
sans le comprendre quand il me parlait de la stratification et de la nature des différentes roches ; je le
voyais, sans frémir, marquer la limite des hêtres,
puis celle des chênes, puis celle des pins, des sapins
et des bouleaux, qui finissent par devenir des plantes
rampantes ; et, pour tout dire enfin, je n'éprouvais
pas trop d'effroi quand je le voyais fixer par le calcul la ligne peu élevée où commencent les neiges
éternelles. Eh ! comment ne me serais-je pas en-
hardi, lorsqu'arrivé à Altengaard, je voyais (car je
croyais y être) une belle rivière serpenter entre des
champs et des prés fleuris, des îles verdoyantes,
des bois, des maisons, des métairies, et tout cela
sous le 70me parallèle, c'est-à-dire à trois cent
cinquante lieues plus au nord que Copenhague ?
Quel fut mon étonnement d'apprendre qu'on faisait la moisson si près du Cap-Nord ; que le thermomètre de Réaumur n'y descendait pas au-dessous de 14 degrés en hiver, et qu'il atteignait quelquefois à 20 et 21 degrés de chaleur en été ! Mais
j'ai cru que quelque enchanteur se mêlait du voyage
lorsque, parvenu au fond d'un *fiord* qui baigne
la stérile Mageroe, j'ai trouvé des maisons agréables, des hommes pleins d'instruction et de politesse, et des bibliothèques qui m'offraient Milton,

l'Arioste, le Dante, et Molière, et Racine! Dans
son *Voyage en Laponie*, Regnard a prétendu
avoir touché au point le plus septentrional de l'Europe; il donne au rocher qui fut le terme de sa
course, le nom barbare de *Meta-Wara*, composé du mot latin *meta*, borne, et du mot finnois
wara, roche; il grava ce vers fastueux :

Hùc stetimus tandem nobis ubi defuit orbis.

Mais Regnard était poète ; le *defuit orbis* est une
licence, car il n'a pas atteint le 69ᵉ degré, et il ne
se doutait guère qu'à trente lieues au-delà de son
Meta-Wara, un bourg nommé Rebvog donnerait
un jour asile aux muses françaises, anglaises et ita-
liennes.

M. de Buch parcourt rapidement le pays assez
triste qui sépare la ville de Berlin de celle de Hambourg; l'aspect de Boitzenbourg, la vallée de l'Elbe
et du Vierland lui rendent sa gaieté. A Hambourg,
il visite la collection de minéralogie de M. Rei-
marus et le cabinet de Rœding ; puis, il part pour
Kiel, ville dans laquelle il ne trouve pas l'activité
à laquelle il s'était attendu ; mais c'était en 1806.
Il s'embarque pour Copenhague. En s'approchant
de cette capitale, le nom de *Provesteen* sortit spon-
tanément de la bouche de tous les passagers : c'est
le nom de la batterie près de laquelle des vaisseaux
embossés résistèrent avec tant d'héroïsme, le 2 avril
1801, à toute la flotte anglaise commandée par

Nelson. « Ils l'eussent forcée à la retraite, ajoute le voyageur, si à terre on eût montré plus de résolution. » Ici, détails curieux sur Copenhague, sur sa bibliothèque royale, ses trottoirs de granit, quoique la Sélande n'ait pas une seule montagne granitique ; puis M. de Buch traverse le Sund, qui lui a offert un magnifique spectacle du haut de la colline qui domine Elseneur. Arrivé sur la côte de Suède, il parcourt une partie de la Scanie et du Holland : cette dernière province lui offre un aspect lugubre ; des rochers, du sable, et une bruyère noirâtre, y couvrent alternativement le sol qui jadis était ombragé par des forêts de chênes et de hêtres ; et, après quelques observations géologiques, il nous conduit à Christiania : c'est ici, à proprement parler, que commence le Voyage en Norwège.

Si l'on en croit M. de Buch, il y a peu de sites plus agréables que celui de Christiania : il rappelle le pinceau de Claude Lorrain ; et la ville elle-même, avec ses rues coupées à angles droits et ses maisons en pierre, est une des plus belles et des plus riches de l'Europe septentrionale. Il y règne la plus grande activité ; et dans le temps de la foire surtout, il y arrive de toutes les provinces voisines une foule de paysans dont les costumes sont aussi différens que s'ils venaient des contrées les plus éloignées. Peu d'hommes ont le caractère aussi sociable et aussi poli que les habitans de Christiania. Tout abonde dans cette capitale, et tout est payé avec des planches et du fer. Les Anglais, qui se connaissent en planches, ont une prédilection pour celles de Christiania, et les paient plus cher que les autres, non pas tant pour la qualité du bois que pour l'art avec lequel elles sont sciées, et le parallélisme parfait de leurs surfaces. En hiver, on voit arriver de longues files de traîneaux qui les portent aux chantiers, et il y en a une telle quantité, qu'elles forment une espèce de ville par le nombre de rues et de passages qui séparent les différens tas. Mais la manière dont se fait ce commerce est encore plus extraordinaire. Dès que les paysans ont livré leurs planches aux inspecteurs, ceux-ci leur font sur le dos avec de la craie des marques et des chiffres qui constatent la propriété et désignent la quantité de planches. Le paysan, qui porte sur son dos cette lettre de change d'une espèce singulière, se garde bien de se frotter à la muraille, car il perdrait son titre et sa marchandise ; mais il court au bureau du négociant, lui tourne le dos sans dire un mot : celui-ci le paie, et une brosse passée sur l'habit du paysan sert de quittance.

Dans la route pittoresque qui conduit de Christiania à Drontheim, M. de Buch fait une foule d'observations dont l'extrait le plus succinct remplirait plusieurs articles. Tout ce pays, qui nous paraît disgracié par la nature, offre continuellement de grandes métairies et des champs de blé. On croit généralement en Europe que les Norwégiens se nourrissent de pain d'écorce ; c'est une erreur : il n'y a que la nécessité la plus urgente ou une suite

d'années malheureuses qui ait pu forcer les gens de
la campagne à recourir à cet expédient aussi funeste
à la santé que désagréable au goût ; et même dans
ces extrémités, il n'y a qu'un petit nombre de
cantons qui soient réduits à dépouiller les jeunes
pins pour faire des espèces de galette avec leur
écorce. Il est vrai de dire cependant que la longueur des hivers et le séjour prolongé des neiges
sur le sol exposent souvent le bétail à manquer de
nourriture ; mais l'impérieuse nécessité a suggéré
aux habitans des cantons les moins favorisés un
artifice qui leur a complètement réussi. Dans quelques endroits où la pêche est extrêmement abondante, on nourrit les vaches avec des têtes et des
arêtes de poisson que l'on réduit en pulpe en les
faisant bouillir : cela paraît à peine croyable aux
habitans de la France ; mais cette particularité me
rappelle un usage qui a lieu dans le Mekran, province méridionale de la Perse, où l'on nourrit
quelquefois les chevaux avec des têtes de mouton,
ce qui paraît encore plus extraordinaire. Mais voici
un fait que l'on traiterait de fable absurde s'il n'é-
tait attesté par un voyageur aussi véridique et aussi
sévère que M. de Buch. Dans les vallées qui environnent Drontheim, et particulièrement à Ro-
craas, on ramasse soigneusement le crottin des
chevaux, qui sont nombreux dans ce pays ; on le
fait bouillir dans de grandes chaudières, on le mêle
avec un peu de farine, et l'on distribue cette bouil-
lie non-seulement aux vaches, mais aux moutons,

aux oies, aux poules et aux canards, qui tous s'en trouvent très-bien ; les chevaux même la mangent volontiers. Il y a grande apparence que cette étrange nourriture est d'une invention assez récente, et que la diminution de chaleur qui se fait sentir dans cette contrée depuis un demi-siècle, rendant les fourrages plus rares, a fait imaginer ce triste expédient.

Malgré les efforts que fait M. de Buch pour combattre l'opinion sur le refroidissement du globe, il est évident, par son Voyage même, que le refroidissement a lieu depuis long-temps en Norwège. Un disciple de Linné, qui voyageait dans ce pays en 1742, avait déjà entendu dire aux habitans que les hivers n'étaient pas plus rigoureux, mais que les étés étaient moins chauds qu'au commencement du dix-huitième siècle. Les vieillards norwégiens que M. de Buch a consultés, se sont plaints d'une diminution de chaleur toujours croissante : ainsi cet abaissement de température daterait de plus d'un siècle ; et ce qui le confirme malheureusement trop bien, c'est qu'autrefois le territoire de Drontheim produisait des fruits de plusieurs espèces, et qu'on n'y en voit plus depuis long-temps. Ce réfroidissement n'est donc pas dû à l'une de ces irrégularités atmosphériques qui changent la température pour quelques années seulement, ni à une de ces variations périodiques dont on peut calculer les phases, mais à une cause inconnue qui étend sa puissance sur d'autres pays que la Norwège.

Mais laissons une discussion qui demanderait trop de développemens.

Voici un autre fait auquel on refuserait toute croyance s'il ne s'était pas reproduit récemment quand M. de Buch est arrivé à Forvig dans le Helgoland. Nous savons que la nature a doué différentes especes d'animaux d'un instinct dont la sûreté et la finesse font souvent honte à la raison de l'homme. Les singes, l'éléphant, quelques oiseaux, les insectes même, ont des procédés, des habitudes, des ruses qu'on est tenté de prendre pour le résultat d'une intelligence peu commune ; mais ce que rapporte M. de Buch surpasse presque tout ce qu'on a lu dans ce genre. Dans les îles qui forment le golfe ou plutôt la mer intérieure connue sous le nom de Loffodden, si célèbre par les pêches abondantes qu'on y fait de temps immémorial, les aigles sont des animaux très-redoutables. Ils ne se contentent pas de dévorer des moutons et de petits quadrupèdes, ils attaquent même les bœufs, et parviennent souvent à les vaincre. La ruse dont ils se servent suppose une combinaison d'idées qui paraîtrait ingénieuse dans l'homme même. L'aigle se plonge dans les flots de la mer, se relève tout mouillé, et se roule sur le rivage jusqu'à ce que ses plumes soient couvertes et en quelque sorte imprégnées de sable et de gravier. Dans cet état, il plane sur sa victime, lui secouant ce sable dans les yeux, et la frappe en même temps de son bec et de ses ailes. Le bœuf, désespéré et aveuglé, court çà et là pour éviter un ennemi qui l'atteint partout. Il tombe enfin épuisé de fatigue, ou il se précipite du haut d'un rocher; l'aigle fond alors sur lui, et déchire tranquillement sa proie. Un habitant de l'une de ces îles venait de perdre un bœuf de cette manière quand M. de Buch arriva au Loffodden.

Il n'est guère de personne tant soit peu instruite qui n'ait entendu parler du fameux gouffre nommé *Malstroem* ou *Moskestroem*; on nous le représentait comme une Charybde gigantesque, dont l'énorme gueule attirait de loin les vaisseaux, les engloutissait inévitablement, et en vomissait les débris. Le Malstroem ne jouit pas en Norwège de cette effrayante célébrité; il n'est vraiment dangereux que quand le vent du nord-ouest souffle en opposition avec le reflux, ce qui n'arrive qu'en hiver; et comme on ne visite guère le cercle polaire dans cette saison, le Malstroem n'offre rien d'extraordinaire aux yeux des voyageurs qui le visitent en été. Le *mascaret* de la Gironde, et surtout l'*ororoca* du Maragnon, produisent des effets aussi redoutables quand les eaux de ces fleuves se trouvent en opposition avec la marée.

Ce prétendu prodige n'est pas le seul que M. de Buch réduise à sa juste valeur. On nous parle ici des aurores boréales comme d'un effet journalier qui ne manque jamais de consoler les habitans du Nord pendant les longues nuits de l'hiver. C'est encore une erreur : ce phénomène n'est pas, à

beaucoup près, aussi fréquent, même au cercle
polaire, qu'on le croit dans l'Europe méridionale.
Il est, comme les orages, au nombre des effets qui
se montrent assez rarement et sans régularité ; les
habitans de la Norwège n'ont même jamais remarqué que les aurores boréales fissent entendre ces
craquemens, ces *frémissemens*, et ces bruits
étranges qui les accompagnent toujours, selon le
rapport de quelques voyageurs. En général, les
hommes qui s'avancent les premiers dans des régions inconnues, y voient toujours un grand
nombre de merveilles ; ceux qui les suivent retran-
chent successivement quelques prodiges, et quand
le pays est mieux observé, on s'aperçoit un peu
tard que toutes les parties du monde se ressemblent beaucoup plus qu'on ne pense, et les effets
naturels prennent la place des miracles.

Un phénomène dont on ne peut pas douter,
puisqu'il y a plus de mille ans qu'on l'observe,
c'est cette prodigieuse quantité de poissons qui
viennent remplir tous les ans les golfes et les dé-
troits du Loffodden pour s'y faire prendre, sans
que l'énorme déconfiture qu'on en fait en ait depuis dix siècles diminué le nombre. Il y en a une
telle abondance qu'ils forment souvent une masse
solide depuis le fond de la mer jusqu'à sa surface:
ce sont, à proprement parler, des bancs de poissons qui voyagent. Les autres pêcheries de la Norwège ont perdu de leur célébrité, mais celle du
Loffodden est toujours la même.

Tout le monde sait que l'eau de la mer est d'une amertume extrêmement désagréable, et tous les efforts tentés jusqu'ici pour la rendre potable ont été plus dispendieux qu'utiles. On est étonné d'apprendre que les rennes boivent avidement cette eau salée, pour laquelle tous les autres quadrupèdes ont tant de répugnance. Lorsque les Lapons conduisent leurs troupeaux au-delà des montagnes qui partagent la presqu'île scandinave, les rennes sentent de loin l'eau de la mer; ils y courent avec une rapidité qui tient de la fureur, et en boivent une quantité incroyable. C'est une espèce de remède que l'on croit nécessaire à leur santé, et cependant on ne leur permet d'en user qu'une seule fois par an, puis on les ramène vers les montagnes. Il serait curieux d'observer, si, étant libres, ils en feraient leur boisson habituelle.

A Cassness, où l'on trouve les beaux grenats, le blé mûrit encore, et ne gèle jamais : à la vérité il ne produit que le quatrième grain : mais n'est-ce pas beaucoup pour un pays où il est presque abandonné à lui-même, et qui est situé à plus de soixante lieues au-delà du cercle polaire? N'avons-nous pas mauvaise grâce de craindre une disette sous notre ciel tempéré, quand nous apprenons qu'on récolte du blé près du Cap-Nord? Lingen, plus septentrional encore que Cassness, passe pour un *excellent pays à blé*, et produit en outre une grande quantité de pommes de terre.

Qu'on n'aille pas croire cependant que le Nord

land et le Finmark ressemblent à la Beauce ou à la Picardie : il y a bien des ombres dans le tableau présenté par M. de Buch ; la configuration de ce pays tout composé de vallées, de montagnes et de golfes profonds, fait varier la température dans des lieux très-rapprochés, et les quatre saisons se trouvent réunies en même temps dans un espace peu considérable. Les bords de tel golfe sont couverts de belles forêts, tandis que sur le côteau voisin, des arbres chétifs s'élèvent à peine au-dessus du sol. A Finkrog, par exemple, on attendait encore le printemps au mois de juillet, quand M. de Buch y a passé. Dans d'autres cantons, des brumes continuelles couvrent la terre, et l'apparition d'un rayon de soleil y est un phénomène ; mais rien n'égale dans ce genre l'aspect lugubre de Masoe. Les nuages y sont tellement amoncelés et d'une telle épaisseur, que le soleil y est un météore à peu près inconnu ; les rochers qui avoisinent le Cap-Nord se montrent rarement au-dessus des vagues toujours mugissantes, et, semblables à des fantômes, ils ne tardent pas à s'ensevelir dans les brouillards. Le ciel, la mer, les montagnes, les brumes et la pluie se confondent en ce lieu ; on n'y voit rien qui ressemble à un arbre, et des herbes rares y tapissent une roche froide et humide. Eh bien ! des hommes vivent sur cette terre ingrate, et lui donnent le nom de patrie ! l'étranger y périt ordinairement après quelques mois de séjour, et les plus vigoureux y résistent quelques années jusqu'à ce

que le scorbut ou le désespoir les précipite dans
la tombe. Les ministres du culte qu'on y envoie
s'y succèdent avec une effrayante rapidité ; les
Russes seuls, les Lapons, et quelques Norwégiens,
peuvent subsister et vieillir dans ce séjour maudit.

Les moutons cependant n'y sont pas aussi malheureux que les hommes ; ils y vivent, et même ils
y prospèrent. L'herbe qu'ils savent trouver sous la
neige suffit à leur nourriture ; quelquefois même
ils s'enfoncent dans cette neige à douze ou quinze
pieds de profondeur, y passent tout l'hiver, et on
les retrouve au printemps plus gros et plus gras
qu'ils n'étaient auparavant. Ce fait m'aurait beaucoup surpris, si je n'avais pas su qu'on en avait
des exemples en Ecosse.

Le retour de M. de Buch par la Laponie n'est
pas moins curieux que sa promenade en Norwège ;
mais il me reste bien peu de place pour en parler
avec quelque étendue. L'isthme qui sépare la mer
Glaciale et le golfe de Bothnie a bien changé d'aspect depuis le temps où les académiciens français
sont allés à Pello, pour y mesurer un degré du
méridien. La culture a couvert de moissons des
lieux qui n'étaient que de vastes solitudes. La population s'y est accrue dans une progression étonnante, puisque la Westro-Bothnie qui, au milieu
du siècle dernier, ne comptait que cinquante mille
âmes, en renferme aujourd'hui près de soixante-
douze mille. Qui le croirait ! sur la frontière de la
Laponie, à Skelefteo, on trouve un bâtiment carré,

décoré sur chacune de ses faces de huit colonnes
doriques qui supportent un attique ; des colonnes
ioniques soutiennent une coupole, et le tout est
surmonté d'une lanterne avec une horloge. S'il n'y
avait là ni horloge ni campanille, je m'écrierais :
« Où l'architecture grecque va-t-elle se nicher? »

Voici encore une de ces questions qui partagent
nos savans, et dont la solution appartient aux races
futures. Il s'agit de la diminution des eaux de la
mer dans le golfe de Bothnie. Des physiciens, des
géographes, la nient formellement ; d'autres physiciens, des géologues, la regardent comme incontestable ; et M. de Buch, qui ne peut se résoudre
à l'admettre, paraît cependant ébranlé par la masse
des preuves qu'on oppose aux incrédules. D'abord,
tous les habitans du golfe de Bothnie sont tellement convaincus de cette diminution, qu'on se
donne un ridicule à leurs yeux quand on soutient
l'opinion contraire Le Vieux-Luleo, de ville maritime qu'il était, est devenu ville de l'intérieur.
On passait autrefois en bateau devant la ferme
curiale ; on y voit aujourd'hui des champs et des
prairies. En 1736, les académiciens traversèrent
dans des bateaux le bras de mer qui coupe la route
entre Seivitz et Nikkala ; aujourd'hui, ce bras n'a
plus assez d'eau pour porter la plus frêle embarca-
tion. D'autres bras de mer considérables sont devenus des marécages, et bientôt ils seront rempla-
cés par des champs et des métairies. « Il n'est
guère possible, dit notre voyageur, de révoquer

en doute cette diminution. Ces bras de mer ne sont pas comblés par le limon que charrient les petits ruisseaux qui s'y jettent ; les premiers sont trop larges, et les ruisseaux trop peu considérables. La mer ne dépose pas non plus une assez grande quantité de vase pour les remplir. *On peut remarquer d'ailleurs que les rochers le long du rivage restent saillans au-dessus de la surface de l'eau, bien loin d'être enterrés sous la vase et sous le sable.* » Cette dernière observation me paraît concluante ; car si la terre avait envahi le littoral, si la retraite des eaux était due aux terres que les pluies et les torrens détachent des montagnes, ou aux masses de sables rejetés par la mer même, les rochers du rivage en auraient été recouverts, et leurs crêtes saillantes ne s'éleveraient pas, comme elles font, au-dessus du sol. M. de Buch, forcé de reconnaître cette diminution, cherche à expliquer ce phénomène, et la manière dont il le fait me paraît incompréhensible. « Il ne reste, suivant notre opinion, dit-il, d'autre idée à embrasser que celle que la Suède entière s'élève lentement depuis Fridericks-Hall jusqu'à Obo, et peut-être jusqu'à Saint-Pétersbourg. » Soit la faute du traducteur, soit la mienne, je n'entends rien à cette explication. S'il veut dire que le sol se soulève insensiblement tous les jours, voilà un phénomène bien étrange et unique, je pense, en géographie. S'il prétend seulement que la surface de ce sol est naturellement inclinée vers l'orient, cela n'explique pas l'ancienséjour de la mer dans les lieux qu'elle a abandonnés ; et d'ailleurs l'excédant des eaux se verserait sur l'Ostro-Bothnie et la Finlande ; ce qui est contraire à l'observation.

Je terminerai par deux remarques qui tendent à rectifier deux erreurs graves en géographie. Sur toutes nos cartes, nous voyons la chaîne des Alpes scandinaves séparer exactement la Suède et la Norwège. Vaugondi nomme ces montagnes les *Ophrines*; M. Malte-Brun, les *Dofrines*, mot qui est vraisemblablement celui de *Dovre-Field*, francisé ; mais ce nom ne se donne qu'à la partie centrale de la chaîne ; la partie méridionale prend celui de Lang-Field, et l'on nomme *Kioel* la partie septentrionale. La preuve, dit M. de Buch, que cette chaîne ne court pas entre les frontières des deux pays, c'est qu'on peut aller du Kantokeino jusqu'au golfe de Bothnie sans avoir à franchir la plus petite montagne, tandis qu'on n'arrive à Alten qu'après avoir traversé toute la largeur de la chaîne. Le voyageur se plaint aussi de ce que les géographes ont placé des montagnes considérables entre la Néricie et la Westro-Gothie, tandis qu'il n'y a vu que d'humbles collines.

J'ai oublié de dire que M. A. de Humboldt a trouvé ce voyage assez important pour y attacher une introduction pleine d'intérêt et très-propre à disposer le lecteur en faveur de l'ouvrage.

VOYAGE D'UN FRANÇAIS EN ANGLETERRE,

PENDANT LES ANNÉES 1810 ET 1811,

Avec des Observations sur l'état politique et moral, les arts et la littérature de ce pays, et sur les mœurs et les usages de ses habitans.

Il est très-difficile, pour ne pas dire impossible, de s'affranchir entièrement des préjugés nationaux, et de secouer le joug de l'habitude. Les impressions que nous avons reçues depuis l'enfance, les opinions que nous avons conçues ou adoptées, les images qui nous sont devenues familières, sont la base de nos comparaisons, de nos jugemens et la règle dont nous nous servons pour apprécier les nouveaux objets qui se présentent à nos yeux. Nous avons bien l'intention d'observer avec exactitude, de décrire avec impartialité, de ne céder à aucune prévention ; mais, quelle que soit notre bonne foi, nos jugemens sont toujours fondés sur des opinions faites d'avance. Ces opinions elles-mêmes sont formées par l'habitude, et ce que nous nommons *évidence* peut bien paraître douteux, ou même absolument faux aux yeux de ceux qui observent sous d'autres rapports.

jugent d'après d'autres principes, et ont obéi dès leur enfance à d'autres impressions. Ne soyons donc pas étonnés de trouver, dans les récits des voyageurs, des jugemens tout-à-fait contradictoires portés sur les mêmes objets. Un Français et un Anglais, voyageant en Turquie, paraîtront deux hommes différens, et ils jugeront aussi les Turcs d'une manière différente. Sur ce point, on nous accuse d'être plus injustes que les autres peuples, et de déprécier tout ce qui ne nous ressemble pas. Je ne sais trop si nous devons nous offenser de ce reproche : l'homme né dans le pays où la société a le plus d'agrémens doit être le voyageur le plus difficile à satisfaire, et la mauvaise humeur peut quelquefois le rendre incivil envers les autres nations. Un Parisien d'ailleurs veut trouver Paris partout, et le mot *étranger* s'offre à son esprit comme synonyme d'*étrange*. On sait qu'un de nos gentilshommes, dînant à la table d'un prince d'Allemagne, et ne voyant que des Français parmi les convives, s'écria naïvement : *Il n'y a ici d'étranger que monseigneur !* Si ce gentilhomme avait écrit son voyage, on sent bien qu'il y aurait eu bonne dose de prévention nationale ; mais tous les hommes sont également soumis à l'empire de l'habitude. Lorsque le *Directoire exécutif* fit la paix avec la régence d'Alger, nous vîmes arriver un mamamouchi qui venait cimenter la bonne intelligence entre les pirates révolutionnaires et les pirates musulmans. Au nom

de la liberté et de l'égalité, nos cinq rois sans-cu-
lottes nommèrent des commissaires pour promener
l'envoyer du despotisme, et lui faire voir le château de Versailles. Le Barbaresque admira tout ;
mais, oubliant qu'il parlait à de fiers républicains,
il leur dit avec une grande exclamation : *Cela devait être bien beau quand le roi y était !* Ce mot
n'était pas trop prudent, et il flatta médiocrement
les commissaires démocrates ; mais il prouve que
l'Algérien n'avait pu séparer l'idée d'un palais de
l'idée d'un maître, et que, malgré la dissimula-
tion obligée d'un ambassadeur, il avait cédé à
l'impulsion de l'habitude et au préjugé national.

Pour écrire un voyage avec une parfaite impartialité, pour observer et décrire avec une exactitude
rigoureuse, il faudrait avoir été assez long-temps
éloigné de sa patrie, non pour l'oublier entièrement, mais pour que les premières habitudes
n'eussent plus aucune influence ; il faudrait avoir
vécu sous de nouvelles lois, avoir contracté de
nouvelles mœurs qui contrebalanceraient l'effet
des premières, et qui, pour me servir de l'expression à la mode, *paralyseraient* la puissance
des impressions et des préventions originelles.

Si ces réflexions ont quelque justesse, l'auteur
anonyme du Voyage que j'annonce a réuni toutes
les qualités qui inspirent la confiance ; et s'est
trouvé dans la situation la plus favorable pour
bien voir et bien décrire. Né à Lyon, il quitta la
France dans le commencement de nos troubles

civils, se fixa à New-Yorck, devint citoyen des
États-Unis ; et c'est après vingt-deux ans de séjour
dans sa nouvelle patrie qu'il lui prit la fantaisie
de faire un voyage en Angleterre. Non-seulement
il possédait parfaitement la langue anglaise, mais
cet idiome lui était devenu plus familier que sa
langue maternelle ; c'est en anglais que les pensées
se forment dans son cerveau, et il a été obligé de
les traduire en français pour écrire son Voyage,
ce qui lui fait dire assez plaisamment que cet ouvrage est *né traduit*. Son long séjour parmi les
Anglo-Américains l'avait assez habitué aux mœurs
anglaises, pour qu'il ne fût pas choqué du contraste en arrivant dans la Grande-Bretagne ; et il
avait assez vu le revers de la médaille, pour ne le
pas juger trop favorablement. Il échappait donc aux
deux écueils contre lesquels va se briser la raison
de nos voyageurs en Angleterre, qui n'y portent
presque jamais que les préventions d'une haine
aveugle, ou n'en rapportent que l'enthousiasme
d'une ridicule anglomanie. Les impressions reçues dans sa nouvelle patrie furent donc pour
notre anonyme un heureux intermédiaire qui l'ha-
bitua lentement à considérer des objets nouveaux,
et le laissa libre dans ses observations comme
dans ses jugemens. Cette liberté, cette impartialité,
se font remarquer dans toutes ses descriptions, et
dans toutes les considérations qu'il présente ; il
n'envisage jamais les choses sous une seule face ;
il fait observer un inconvénient dans une bonne

institution, comme un avantage dans une mauvaise ; il discute le pour et le contre avec la même
force de logique , et lorsque le bien et le mal lui
paraissent balancés l'un par l'autre , il ne prend
aucun parti , et abandonne la question à la sagacité du lecteur. C'est avec ce dégagement de tout
préjugé, cette absence de toute haine et de toute
affection , qu'il expose son opinion propre sur la
constitution anglaise , sur le gouvernement , sur
les finances , la dette nationale , le papier-monnaie , la liberté de la presse , les élections , la corruption constitutionnelle , les taxes, le commerce,
les manufactures et l'état militaire de la Grande-
Bretagne. Il n'a pas même pour sa patrie adoptive
une prévention trop favorable ; le peu qu'il en dit
paraît être appuyé sur des faits positifs et dictés
par la raison : et (je n'ai pas besoin de le faire observer) des jugemens formés par une cohabitation
de vingt-deux ans méritent une tout autre confiance que les remarques fugitives des voyageurs
qui n'ont vu souvent que des cafés et des auberges.

Je ne dois pas omettre l'une des conditions
les plus essentielles pour la rédaction d'un bon
voyage : c'est que l'anonyme voyageait uniquement pour son plaisir ; aucun but commercial ,
aucune vue d'intérêt , aucun système politique ,
ne préoccupaient son esprit ; ses journées de route
n'étaient ni tracées ni obligées ; aucun devoir ne
l'appelait dans tel endroit à telle époque ; le terme

du voyage et la manière de le faire dépendaient uniquement de son goût ou de son caprice. Cette liberté absolue, cet affranchissement de tout soin, de toute obligation, sont, comme je l'ai dit, des conditions bien essentielles ; car les plus belles montagnes, les gazons les plus verts, les rochers les plus pittoresques, et les ruisseaux les plus limpides, ne sont que de l'eau, des pierres et de l'herbe aux yeux du marchand qui craint de ne rien gagner, du militaire harrassé de fatigue, ou du solliciteur qui n'a rien obtenu. On peut, on doit même ajouter à tout ceci, que pour se promener en Angleterre, dans le pays de Galles et en Écosse, il faut avoir une bourse bien garnie. Ailleurs, on ne donne rien pour rien ; ici, l'on ne donne rien pour peu. Notre voyageur avait sans doute pris ses précautions, car il lui a fallu quelquefois payer jusqu'à deux cents francs pour passer un bac ou traverser une baie, semer les schellings à poignée pour visiter de pauvres collections de tableaux ou des cabinets d'antiques mutilés ; mais ces petites vexations ne paraissent pas avoir altéré sa bonne humeur, ou influé sur ses jugemens.

Les amis de l'auteur lui ont reproché le désordre qui règne dans ses descriptions : ils n'auraient pas voulu qu'il passât brusquement des cascades et des prairies aux pièces de théâtre, des scènes d'auberge aux finances, et de la politique au pugilat. Ils lui conseillaient de soumettre son journal à un ordre méthodique, et de classer sous différens chefs la *constitution*, l'*économie politique*, les *fi-nances*, etc..... Je lui sais gré d'avoir résisté à ces conseils qui auraient substitué la discussion à l'ob-servation, et nous auraient donné un livre au lieu d'un voyage. Quoique l'auteur n'énonce pas les motifs de son choix, je crois les connaître. Une classification méthodique l'obligeait à écrire au-tant de *traités* que de chapitres ; pour le faire d'une manière tant soit peu satisfaisante, il lui aurait fallu remplir les lacunes, coordonner les matières, em-ployer les transitions ; et comme il n'a pu tout ob-server lui-même, il aurait souvent mis à contribu-tion des remarques, des opinions, des réflexions étrangères, et ses tableaux auraient autant perdu sous le rapport de la vérité que sous celui de l'a-grément. Il décrit, au contraire, comme il voyage, dessinant les objets à mesure que le hasard les pré-sente à ses yeux. Si, au sortir de la Chambre des communes, il est entré au théâtre ; si, après avoir entendu une discussion politique, il a été voir des boxeurs, pourquoi suivrait-il un ordre différent dans sa narration? D'ailleurs, entre les débats du parlement et le pugilat, entre la politique et la co-médie, il n'y a pas toujours une assez grande dif-férence pour qu'on soit rigoureusement obligé de recourir aux transitions. Concluons donc qu'il a eu raison de nous offrir ses tableaux tels qu'il les a tracés. Ce désordre, qui est celui de la nature, ce mélange, ces contrastes, loin de nuire à l'in-térêt du voyage, soutiennent l'attention du lecteur et préviennent la satiété. Des Anglais, des Allemands auraient mieux aimé sans doute un arrangement symétrique et des traités *ex professo;* mais les Français n'aiment pas à s'appesantir sur un sujet, et l'anonyme semble avoir songé surtout à ses anciens compatriotes, quand il a préféré la variété à la méthode.

D'après les éloges que je donne à cet ouvrage, aussi agréable qu'instructif, quelques lecteurs s'imagineront sans doute que notre voyageur va leur révéler le secret de la prospérité britannique, dévoiler le mystère de son système de finances, et prédire le moment préfix où ce colosse doit s'écrouler. Je me hâte de les désabuser. Notre anonyme n'est pas un prophète : il retrace d'une manière originale tout ce qu'il a observé ; il discute ce qu'il a entendu ; mais, quoiqu'il ait conversé avec des personnes qui, par état, sont parfaitement instruites, il ne décide rien d'une manière tranchante ; moins présomptueux que nos publicistes du Palais-Royal, il ne prédit pas la chute prochaine de l'Angleterre, il ne prétend pas non plus que cette puissance soit éternelle ; et, en nous faisant voir les ressorts de cette grande et belle machine, il ne nous donne aucun moyen de prévoir sa destinée future. Eh ! comment demanderions-nous des certitudes à un voyageur français, quand nous voyons que les écrivains les plus estimés et les hommes d'état d'Angleterre se sont si souvent trompés dans leurs conjectures ? Les Smith, les

Kaimes, les Blackstone avaient posé en principe que l'agiotage et la hausse du prix de toutes choses détruisaient le commerce, les manufactures, et même la population; et cependant, jamais il n'y eut plus grande cherté, jamais plus d'agiotage, plus de commerce, plus de manufactures qu'on n'en voit aujourd'hui dans la Grande-Bretagne. Pour donner un démenti complet aux *règles générales*, on n'y a jamais fait autant d'enfans que depuis qu'on ne sait plus comment les nourrir; et la population, qui s'y accroît en dépit de tous les pronostics, y est devenue, par son exhubérance, l'un des plus grands embarras du gouvernement. Nous parlons beaucoup ici de la dette nationale et du papier-monnaie comme des deux fléaux qui vont punir l'orgueilleuse Albion, et lui arracher le trident de Neptune, et nous ne disons rien de sa population, qui est pour elle un danger plus sérieux et plus imminent. Rappelons-nous aussi ce que le docteur Price, ce grand calculateur d'abstractions, écrivait en 1790 : « Une caisse d'amortissement, disait-il, nous sauverait avec le temps; mais *nous sommes arrivés si près de la fin de nos ressources*, qu'il n'y a guère de temps pour nous. » Eh bien! depuis cette effrayante déclaration, la dette a quadruplé, et le gouvernement anglais n'avoue pas encore qu'il soit à la fin de ses ressources. Cependant, le docteur Price est un écrivain d'un *considérable mérite*: M. Pitt le consultait, suivait ses conseils; et le docteur Price s'est trompé.

En général, nous avons d'étranges idées sur la politique et l'administration publique de l'Angleterre ; nous voulons toujours y voir du merveilleux, et attribuer les effets qui nous étonnent à quelque grand secret d'économie politique, déposé dans le sein de quelques initiés, et impénétrable au reste des hommes. Nous ne réfléchissons pas que depuis vingt-cinq ans des membres de l'opposition sont devenus ministres, et des ministres sont rentrés dans l'opposition ; que des partis se sont formés et divisés ; et que le mot de l'énigme serait connu depuis long-temps, si l'énigme avait un mot.

Nous nous efforçons de deviner de grandes conceptions où il n'y a très-vraisemblablement qu'une marche simple et naturelle. Je suis persuadé que le ministère britannique a été, comme la nation elle-même, entraîné par la force des choses ; qu'en suivant le torrent, il a eu l'habileté de le diriger, *jusqu'à un certain point*, sans pouvoir y résister entièrement ; qu'il a craint souvent, sans jamais désespérer ; qu'il a tiré des événemens le meilleur parti possible, mais qu'il ne les a pas fait naître ; qu'il n'a pas toujours pu les prévoir, ni en modérer le cours, et qu'il n'a point agi, comme on voudrait nous le faire croire, d'après un plan tracé d'avance, invariable et indépendant des bizarreries de la fortune.

Plus j'y pense, plus il me semble que la politique ressemble beaucoup à la médecine ; le pro-

nostic y est beaucoup plus incertain que le dia-
gnostic : on y prescrit des remèdes pour l'état
présent du malade et non pour son état futur. Que
dirait-on d'un docteur qui, à l'invasion d'une ma-
ladie, écrirait une série d'ordonnances qu'il se
proposerait de suivre, quelque chose qu'il pût arriver? La moindre métastase, la plus petite com-
plication dérouterait notre Hippocrate. Pourquoi
donc voulons-nous que le génie d'un gouvernement soit immuable comme le destin, quand nous
savons qu'il n'y a rien d'invariable chez les hommes,
pas même dans leur manière de voir les mêmes
choses, considérées sous le même aspect?

Défions-nous surtout des calculs des économistes, des conjectures des philosophes et des prédictions des politiques. Que n'a-t-on pas dit sur
l'Inde, quand Buonaparte feignait de vouloir attaquer la puissance britannique dans la plus riche
de ses colonies? Il ne s'agissait que de conduire,
par terre, une armée de cent mille hommes à deux
mille lieues d'ici, et de passer par la Russie pour
arriver à la zone torride. Rien n'était plus facile ;
les journaux traçaient la route. En sapant les rem-
parts de Calcutta, il était évident qu'on faisait
crouler le palais de Saint-James. Rappelons-nous
surtout que douter du succès de cette petite expédition, c'était se montrer fort mauvais citoyen.
Qu'auraient dit cependant ces imitateurs d'A-
lexandre, s'ils avaient pu lire alors les réflexions
que je trouve aujourd'hui dans le Voyage de notre

anonyme? Il ne nie, pas que l'Inde ne puisse être
arrachée à la Grande-Bretagne, mais il ajoute que
ce serait un petit malheur pour l'Angleterre, et il
est tenté de dire que cette perte lui serait avantageuse. Voyons si ce paradoxe peut devenir une vérité. « Que n'avait-on pas prédit des suites de la
» séparation des colonies anglaises en Amérique?
» Voyez, au contraire, quel essor a pris le commerce
» depuis qu'elles sont devenues indépendantes.
» L'Angleterre a doublé sa marine depuis qu'elle
» a perdu quarante mille matelots américains; elle
» a quadruplé son revenu depuis qu'elle a renoncé
» pour jamais au droit de taxer l'Amérique. » Pré-
tendrait-on que ces deux choses n'ont aucun rapport entre elles, et que la perte des colonies n'a
point influé sur l'accroissement du commerce britannique? Voici une note qui répond à l'objection : « Avant d'avoir reconnu l'indépendance des
États-Unis, l'Angleterre y exportait pour neuf
millions sterling annuellement ; au commencement de la révolution française, pour quinze millions ; et maintenant (1811), malgré tous les obstacles, pour quarante-deux millions sterl. en valeur
réelle. » Le voyageur en conclut fort judicieusement
que si la prospérité de l'Angleterre a augmenté
d'une manière prodigieuse depuis la perte des colonies américaines, elle n'éprouverait, à plus forte
raison, aucun échec quand on lui enlèverait *un pays
qui ne fournit ni hommes, ni revenus, et qui ne
consomme aucunes marchandises anglaises.*

Ceci nous conduit à une considération tout-à-
fait neuve pour nous, et que le même voyageur
présente d'une manière aussi claire. « En général,
» dit-il, on exagère l'importance du commerce
» que l'Angleterre fait au dehors. J'ai sous les
» yeux un rapport public du tonnage entré et sorti
» du port de Londres dans une année : ce ton-
» nage est employé aux deux tiers dans le cabo-
» tage ; c'est-à-dire, que de 1,779,826 tonneaux,
» il y en a 1,250,000 de bâtimens côtiers. » Il
conclut que le commerce interne de l'Angleterre,
ou avec ses propres colonies, emploie les quatre
cinquièmes du tonnage et les trois cinquièmes du
capital. Si on lui objecte qu'une partie du cabo-
tage est occasionnée par le commerce étranger,
il répond que, d'un autre côté, la plus grande
partie du transport d'un port à l'autre se fait par
terre ou par canaux, et qu'ainsi les proportions
restent au moins comme elles sont énoncées ci-
dessus. Ce n'est donc pas dans le commerce étranger, mais dans l'immense circulation intérieure,
qu'il faut chercher les sources de la richesse britannique.

Cette opinion est tellement opposée à celle que
nous nous formons de la prospérité de la Grande-
Bretagne, nous nous sommes fait une idée si gigantesque de son commerce universel, on nous a
si souvent entretenus des innombrables comptoirs
que cette nation éminemment industrieuse a semés
sur toute la surface du globe, que l'assertion du

voyageur doit nous paraître un peu suspecte ; mais
si le calcul froid d'un homme d'esprit qui n'admire
rien et ne méprise rien doit inspirer plus de confiance que les déclamations de la haine et les exa-
gérations de l'enthousiasme, il faudra bien nous
rendre aux preuves que l'anonyme administre :
« Il est à peine croyable, et pourtant vrai, dit-il,
» qu'en 1807, dans le fort des vexations commer-
» ciales, les États-Unis exportaient pour la valeur
» de vingt-quatre millions sterling de marchan-
» dises, employant 1,397,000 tonneaux, presque
» tous navires américains. Les exportations de la
» Grande-Bretagne elle-même, de cette maîtresse
» absolue des mers, ne se sont portées (pendant
» cette même année) qu'à trente-quatre millions.
» Le revenu net des droits d'entrée, et le revenu
» direct du commerce, produisirent en Angleterre
» neuf millions sterling, et dans les États-Unis,
» 15,845,000 dollars, ou environ trois millions et
» demi sterling. » J'oubliais de dire que le tonnage
de l'Angleterre fut moindre que celui des États-
Unis d'Amérique.

Ainsi, une puissance que nous avons vu naître,
un État qui n'est indépendant que depuis trente
années, sans marine militaire, sans colonies, avait,
à l'époque même où son commerce éprouvait le
plus d'entraves, un plus grand nombre de navires
marchands que la Grande-Bretagne ; ce commerce
surpassait les deux tiers de celui de l'Angleterre, et
son revenu commercial était à celui de sa rivale,

comme trois et demi sont à neuf. Certes, voilà des
proportions qui nous étonnent : nous ne voudrons
jamais reconnaître dans ce tableau l'énorme supériorité de l'Angleterre, et les faibles commence-
mens d'une puissance naissante ; mais on n'argumente pas contre les faits, et mes lecteurs ne
conserveraient plus le moindre doute, si je pouvais
faire entrer les démonstrations dans cet article, et
s'ils reconnaissaient, comme moi, que notre voyageur, loin de vouloir rabaisser la gloire britannique, sait rendre justice aux bonnes institutions
de l'Angleterre, et apprécier le génie de son gouvernement. Impartial sur tout autre point, pourquoi cesserait-il de l'être sur le seul commerce,
lui qui, loin d'avoir pour les États-Unis une
aveugle prédilection, leur fait, au contraire, plusieurs reproches aussi sévères que bien mérités ?

On sera bien persuadé que l'intention de l'anonyme n'était pas de déprécier l'Angleterre, lorsqu'après l'avoir vu appuyer ses propositions sur
des calculs, on l'entendra déclarer que *l'Angle-*
terre peut se passer du commerce de l'Europe
(démenti formel donné au système continental) ;
qu'elle pourrait même se passer du commerce de
ses colonies, si elle n'avait besoin d'élever des
matelots pour sa défense naturelle ; *qu'elle est in-*
vincible quel que puisse être le nombre de ses enne-
mis, et SOLVABLE *quel que puisse être le montant*
de sa dette, pourvu qu'elle se la doive à elle-
même ; et qu'il n'est pas d'une importance vitale

pour cette nation qu'elle manufacture des draps et de la mousseline pour ses voisins, et qu'elle consomme leurs vins, leurs eaux-de-vie et leur soie. Ces assertions sont si étranges que, pour ne pas les déclarer absurdes, il faut avoir entendu l'auteur discourir sur la *dette publique*, sur *la dépréciation du signe*, sur *la banque*, et sur *les taxes*.

Cependant il ne faut pas croire que ce voyageur ne s'occupe que de chiffres et de tonnage; voici une observation d'un genre tout différent. Il s'agit du Birth-Day (la fête du Roi). « Les dames » qui vont rendre leurs devoirs à Sa Majesté, à » Saint-James, sont habillées suivant la mode qui » régnait il y a un demi-siècle; elles s'y rendent en » chaises à porteurs, qui peuvent pénétrer plus » loin que les voitures; et il est vraiment curieux » de les voir arriver à la file, leurs grands paniers » repliés comme deux aîles, et braqués en avant, » la tête fixée entre deux, le visage relevé, afin de » faire place derrière pour la coiffure, qui a une » coudée de haut. Ce visage vieux et laid, attendu » que les jeunes personnes ne sont pas de la fête, » est immobile par sa position, fardé jusqu'aux » yeux, et tout encadré de diamans; les glaces de » la chaise sont fermées à cause de la poussière; » et cette pièce d'histoire naturelle, vue ainsi dans » sa boîte de verre, ne ressemble pas mal à un fœtus » d'hippopotame dans son bocal d'eau-de-vie. »

Avant d'exposer l'opinion de notre voyageur sur les finances de l'Angleterre, je vais mettre

sous les yeux du lecteur une observation qui l'é-
tonnera sans doute, et que je n'oserais transcrire,
tant elle est incroyable, si des écrivains anglais
n'en confirmaient la vérité. On sait que l'ancien
Code criminel de la Grande-Bretagne est d'une sévérité que l'on a droit de nommer une barbarie.
Des philosophes ont prétendu que l'excessive rigueur des lois pénales ne diminuait pas le nombre
des crimes; et cette considération avait fait abolir
la peine de mort dans l'un des États d'Italie. Voici
des faits qui militent en faveur de la philantropie,
et nous prouvent que, cette fois au moins, les philosophes ont eu raison. Sous le règne de Henri VI,
malgré la terreur que devaient inspirer des lois san-
guinaires, il y eut plus de personnes exécutées
pour vol *en une seule année*, que dans toute la
France *pendant sept ans*. Si l'on compare la population des deux pays à cette époque, on verra
dans quelle énorme proportion les bourreaux anglais l'emportaient sur les nôtres en importance et
en activité. Sous le règne d'Elisabeth, qui fut de
quarante-cinq ans, et qui a été plus calme que les
règnes précédens et les suivans, le nombre des exécutions donne l'effrayant total de dix-huit mille; et ce
ne fut rien en comparaison de celui de Henri VIII,
qui, dans trente-huit années, avait compté soixante-
seize mille hommes morts sur l'échafaud.

Les idées libérales ayant dominé en Angleterre
depuis la révolution de 1688, et les lois criminelles étant restées les mêmes, il est résulté de cette

contradiction entre la législation et les mœurs un système tout-à-fait opposé, et les tribunaux se sont jetés dans l'excès contraire. L'extrême sévérité du Code a produit un système tacite d'évasion, par lequel les accusateurs, le jury, le juge, et même le conseil du roi, s'accordent, chacun dans son département, à violer le serment d'exécuter une loi barbare. Et en effet, le nombre des supplices a tellement diminué, qu'en 1806, sur trois mille quatre cent vingt-six personnes envoyées par-devant le grand jury, il n'y a eu que deux criminels exécutés ; en 1807, sur trois mille quatre cent quatre-vingt-douze, une seule a subi la peine de mort ; et en 1808, sur trois mille sept cent quarante-huit, pas une seule exécution. A la vérité, on envoie beaucoup de criminels à Botany-Bay ; mais quel trajet ! quelle dépense ! et le public se plaint de ce qu'on fait voyager à ses frais des hommes qui ont mérité la corde !

On a proposé à la Chambre des communes de remédier à cet inconvénient en réformant la loi ; mais *les ministres*, dit notre voyageur, *ont opposé leur redoutable phalange*, et M. Windham, qui a fort bien parlé contre la loi telle qu'elle est, n'a pas moins bien parlé contre sa réformation. Cependant la majorité pour les ministres a été faible ; on reviendra sur la réforme, et vraisemblablement on l'obtiendra ; ainsi, les mauvais sujets de l'Angleterre doivent se hâter : le temps présent est l'âge d'or des voleurs.

Si de la législation criminélle nous passons aux finances, l'anonyme nous apprendra que, sous ce rapport, le gouvernement britannique ne court pas de grands dangers, malgré son énorme dette et son papier-monnaie. Tout, dans ce pays, repose sur la confiance : on y a la conviction parfaite que le gouvernement n'attentera pas à la propriété, et que les mœurs publiques garantissent la fidélité de l'administration. « En Turquie, dit le voyageur, on cache son or ; en France, il est l'otage des échanges ; en Angleterre, on se fie à une institution publique, sans otage. » Il y a plus : le gouvernement y est investi d'une telle confiance, que, dans un moment de crise, il a pu violer un engagement sacré, sans porter la moindre atteinte à son crédit. L'autorisation donnée à la Banque, de cesser tout paiement en espèces, est une mesure qui, dans tout autre pays, aurait été dangereuse, et qui ne causa pas même des murmures chez cette nation commerçante et jalouse de sa liberté. « On vit qu'il n'y aurait ni premiers ni derniers servis, point d'inégalités, point de salut que dans le salut de tous, et l'on fit tête à l'orage. » Ainsi, il y eut un accord général de considérer le papier de la Banque comme égal aux espèces, et ce fut un coup d'autorité qui releva l'esprit public.

On me demandera sans doute pourquoi les guinées ont disparu, malgré cette grande confiance et cette égalité entre l'or et le papier? L'anonyme répond parfaitement à cette objection. Depuis 1797

jusqu'en 1806, il n'y eut aucune différence entre
le papier et les espèces. Si le change étranger fut
un peu défavorable à l'Angleterre, la perte n'é-
gala ou ne surpassa point les frais de transport
de numéraire, qui sont de six à sept pour cent ;
et le prix de l'or fut au pair du papier, c'est-à-
dire à trois livres sterling dix-sept schellings dix
deniers l'once. Il augmenta dans la suite jusqu'à
quatre livres sterling, et la Banque continuait d'a-
cheter et de fournir des guinées à la circulation ;
mais vers la fin de 1808, le prix de l'or en lingot
augmentant encore, la Banque cessa d'acheter ; et
lorsqu'il s'éleva jusqu'à quatre livres sterling quatorze schellings, il y eut un bénéfice de près de
vingt pour cent à fondre les guinées, ce qui les fit
disparaître.

Ce ne fut donc pas la défiance, mais la cupidité,
qui causa cette disparition ; et encore ne fut-elle
pas complète, car beaucoup de guinées échappè-
rent à la fonte, mais une fausse mesure du gouvernement les fit cacher avec soin : une loi pénale
défendit de payer une guinée d'or plus de vingt et
un schelling en papier. L'anonyme blâme cette
loi, qu'il assimile au *maximum* de la révolution
française ; et il pense que si l'on admettait fran-
chement deux prix, les guinées cesseraient d'être
cachées, exportées ou fondues, et qu'il en resterait
peut-être assez pour permettre à la Banque de
reprendre ses paiemens en espèces. Certes, je ne
prononcerai point entre l'opinion du voyageur et un

acte du gouvernement anglais ; mais il me paraîtra toujours absurde que de deux morceaux d'or de même poids et de même valeur intrinsèque, celui qui est la monnaie de l'État, et qui porte l'effigie du souverain, vaille un cinquième de moins que l'autre : c'est cependant ce qui existe , puisqu'on gagne vingt pour cent à convertir l'or monnaie en or brut. Mais venons à la dette publique.

« Les finances de l'Angleterre , dit l'anonyme ; sont un monstre en économie politique ; elles présentent des quantités qui effraient l'imagination ; on les voit en chiffres, mais l'esprit ne saurait presque y attacher aucune idée ; c'est le fruit de la santé même et de la vigueur de sa constitution politique , et de la confiance qu'elle inspire , comme la corpulence des hommes qui ont un trop bon estomac. » Ce début prouve que ce voyageur n'attache à l'énorme dette de l'Angleterre aucune idée de ruine , et n'en conçoit aucun présage alarmant. Ce n'est cependant point par anglomanie qu'il présente des résultats favorables , car il ne perd jamais l'occasion de blâmer ce qui lui paraît vicieux dans les institutions britanniques. Je suis d'autant plus porté à l'en croire , que j'ai vu les événemens démentir constamment, depuis vingt-cinq années, toutes les prédictions sinistres, et tous les savans calculs d'après lesquels l'Angleterre n'existerait plus depuis long-temps comme puissance du premier ordre , s'ils avaient été justes.

Notre auteur ne se contente pas de faire des

raisonnemens sur la dette publique : il trace rapidement son histoire depuis son origine en 1688
jusqu'à l'année 1812. Un tableau synoptique
présente l'accroissement de cette dette, à différentes époques, avec l'augmentation successive du
revenu public et des dépenses annuelles. A ce
tableau, il en joint un autre qui offre le renchérissement progressif des substances alimentaires depuis le onzième siècle jusqu'à la même année
1812. Ces deux progressions ont de grands rapports entre elles, et démontrent que les produits
du sol, et conséquemment la valeur des terres, se
sont accrus à peu près dans la même proportion
que la dette, ce qui diminue beaucoup son énor-
mité apparente. Si, par exemple, les revenus du
sol ont quadruplé depuis vingt ans, comme l'auteur le prouve, une dette de quatre mille livres se
paie avec autant de facilité que mille livres se
payaient alors, et conséquemment il faut réduire
au quart l'effrayante série de chiffres qui expri-
ment la dette. Voilà, en substance, ce que le voyageur expose en plusieurs pages. Mais, où je n'entends absolument rien à ce calcul, ou il pèche par
quelque endroit, car je vois, d'autre part, que les
créanciers de l'État ne reçoivent pas des intérêts
quadruples : ils sont donc quatre fois plus pauvres
qu'autrefois ; les produits de l'industrie ne se vendent pas quatre fois plus cher, quoique le prix des
matières premières ait quadruplé. L'auteur avoue
que les ouvriers, bien loin de recevoir un salaire

quadruple, se proposent dans plusieurs ateliers pour la moitié du prix qu'on léur donnait il y a vingt ans ; et quand même ces considérations seraient peu importantes pour la stabilité du gouvernement, pour que le calcul de l'anonyme fût juste, il faudrait supposer la dette stationnaire , car alors sa valeur réelle diminuerait chaque jour par la dépréciation du signe ; mais si les besoins du gouvernement augmentent dans une plus grande proportion que les revenus des particuliers , et si le capital de la dette s'accroît d'une manière effrayante, comme on l'a vu surtout depuis dix ans, la dépréciation du signe peut bien modérer cet accroissement réel ; mais certes , elle ne peut pas diminuer la dette elle-même , et tout ce qu'elle produirait ce serait la consolation d'être ruiné quelques jours plus tard.

L'auteur essaie de détruire ces difficultés, et je veux bien croire qu'il y réussit aux yeux des personnes qui sont très-éclairées sur ces matières ; mais je ne suis pas de ce nombre , et je n'essaierai pas de faire comprendre à mes lecteurs ce que je ne comprends pas bien moi-même.

Si la diminution de la dette, fondée sur la dépréciation du signe monétaire, n'est pas bien certaine, comme je le crains, il ne reste au gouvernement britannique d'autres ressources que celle de la caisse d'amortissement, proposée par le docteur Price, et adoptée par le Parlement en 1786 : « Le » secret du docteur Price consiste en ceci, que la

» dette s'accroît simplement par le capital de chaque
» nouvel emprunt, puisque l'intérêt est payé tous
» les ans aux prêteurs et éteint; tandis que la caisse
» d'amortissement, convertissant les intérêts qu'elle
» reçoit en capital, par de nouveaux achats de fonds
» publics, s'augmente dans une progression géomé-
» trique; et pour pousser l'incrédulité jusque dans
» ses derniers retranchemens, le docteur Price dit
» comment un denier mis à intérêt le jour de la
» Nativité de Notre-Seigneur, et intérêt sur inté-
» rêt, représenterait, en 1791, plus d'or que trois
» cent millions de fois le volume de notre globe,
» tandis qu'à intérêt simple, il n'aurait produit que
» sept schellings six deniers. » Ce calcul paraît fort
extraordinaire; mais comment argumenter contre
un docteur dont le Parlement d'Angleterre a converti la proposition en loi, et dont les idées ont
été adoptées par un ministre tel que M. Pitt?

Si notre voyageur ne craint rien pour l'Angleterre sous le rapport de la dette, il s'en faut bien
qu'il montre la même sécurité relativement à la
taxe des pauvres. Je ne puis offrir ici que le résultat de ses raisonnemens; mais le lecteur sera suffisamment instruit, quand il apprendra que cette
taxe, qui s'accroît tous les jours avec une déplorable rapidité, s'élevait, il y a six ans, à la somme
de sept millions sterl., c'est-à-dire cent soixante-huit
millions de francs. Dans plusieurs paroisses, elle
absorbe le quart du revenu de tout immeuble, et
l'on sent combien cette surcharge doit être pesante

dans un pays où les autres taxes paraissent intolé-
rables. M. Malthus, dans son *Essai sur la Population*, ouvrage que l'on place, pour le mérite,
à côté du *Traité sur la Richesse des Nations*,
propose quelques remèdes. Notre voyageur en présente aussi ; mais l'effet qui en résulterait doit se
faire sentir si lentement, qu'une crise aura lieu
très-vraisemblablement avant qu'on se soit accordé
sur les moyens de la prévenir. Quoi qu'il en soit,
tout ce que notre voyageur dit sur cette taxe et sur
la population de l'Angleterre est du plus grand intérêt pour les hommes qui aiment à réfléchir ; et
c'est là qu'il faut chercher le côté faible de la puissance britannique.

Je ne me lasse point de parler de l'anonyme ;
mais comme mes lecteurs pourraient se lasser, je
vais leur présenter des objets plus variés et moins
sérieux.

Depuis long-temps on vante l'industrie anglaise :
c'est là partie la plus incontestable de la gloire de
cette nation. On peut même la considérer comme
la véritable cause de sa puissance, en y comprenant l'agriculture, qui est la première industrie de
l'homme. Les penseurs, qui aiment à rechercher
le *pourquoi* de toutes choses, ont attribué cette
perfection des arts mécaniques en Angleterre à la
division du travail et au *caractère flegmatique* des
Anglais. Si l'on y réfléchit, on trouvera cette idée
aussi juste qu'ingénieuse. La division du travail
change l'ouvrier en automate, puisqu'elle le con-

damne à faire toute sa vie une seule partie d'une
même chose, sans rechercher quel rapport il existe
entre cette partie et le tout ; mais elle lui permet
d'atteindre à une perfection dont il n'eût pas approché, si son attention et ses mouvemens avaient
été partagés entre un grand nombre d'objets : c'est
la supériorité de l'instinct animal sur l'orgueilleuse
raison de l'homme. Mais un peuple d'une constitution sanguine ou nerveuse, d'un esprit vif, ambitieux, enthousiaste, se serait-il soumis à cet auto-
matisme, et aurait-il voulu sacrifier la vanité de
l'invention à l'utilité du perfectionnement ? Il fallait
donc trouver des tempéramens flegmatiques, des
hommes dont les chairs molles et grasses, les
formes arrondies, les cheveux blonds ou cendrés,
les yeux bleus et calmes, le visage rond et le double
menton, annonçaient une grande aptitude à tourner éternellement dans un même cercle, et à devenir des parties vivantes des grandes machines
mortes qui ont fait la prospérité de l'Angleterre.
C'est chez la nation la plus fière, la plus libre, la
plus turbulente, qu'on a trouvé cette résignation
et cette docilité !

Après de longues recherches et des tentatives
multipliées, on a reconnu que moins il y a de
l'homme dans les machines, plus elles sont par-
faites, et l'on est parvenu à supprimer presque tout
ce qu'il y avait d'animé dans la mécanique indus-
trielle. La force élastique de l'eau en ébullition et
réduite en vapeur est devenue le levier presque

11.

unique des machines anglaises; et comme si l'on avait craint qu'il restât quelque chose d'humain, même dans la spéculation, on n'a pas calculé la puissance d'une *pompe à feu* sur la force musculaire de l'homme, mais sur celle des chevaux : ainsi l'on dit que telle machine à vapeur est de la force de trente chevaux, telle autre de quarante, etc...

Je m'abstiendrai ici d'examiner s'il est fort heureux pour l'Angleterre d'avoir substitué la puissance du feu à la puissance de l'homme, et d'avoir économisé le travail des bras dans un temps où elle a tant de bras oisifs, et où une grande partie de sa population est à la charité publique ; mais en examinant ces machines en elles-mêmes, on est forcé d'avouer que leurs effets sont admirables, qu'ils semblent tenir du merveilleux, et qu'ils frappent d'étonnement les observateurs même, qui, par des descriptions détaillées, avaient été préparés à leurs prodiges. Ici, d'énormes marteaux mis en mouvement par une pompe à vapeur de la force de 120 chevaux, écrasent des barres de fer sortant de la fournaise, les convertissent en rubans flexibles, ou les roulent autour d'une verge métallique qui détermine le calibre d'un mousquet; là, d'autres barres de fer de plus d'un pouce d'épaisseur se présentent à des ciseaux gigantesques qui les découpent comme du papier ; ailleurs le cuivre s'étend sous l'inévitable cylindre comme la pâte sous le rouleau du pâtissier ; çà et là le fer et le cuivre, mis en fusion, s'écoulent en ruisseaux de feu, et vont prendre des formes prescrites dans des moules de toute espèce.

Ce n'est pas seulement sur les corps durs que ces machines exercent leur puissance : les ouvrages les plus délicats et les plus compliqués s'achèvent sous leur impulsion. Cette force, qui ne se lasse jamais, fait tourner d'innombrables roues, dont les dents laissent échapper la laine et le coton en longues cordes blanches que d'autres roues saisissent pour les tordre, qui coulent ensuite en fontaines de fils, et se perdent dans le tourbillon des fuseaux. La navette, obéissant à cette force aveugle, mais plus sûre que la main du tisserand, va, vient, retourne, et forme en un jour dix fois plus de toile que n'en aurait pu faire l'ouvrier le plus actif. Plus loin, une multitude d'aiguilles qui semblent se mouvoir d'elles-mêmes, ou obéir à l'intelligence d'une fée, produisent, comme par enchantement, un dessin régulier que l'on peut varier en changeant la disposition du mécanisme.

L'étonnement a dû tenir de la stupeur, quand on a vu pour la première fois de longues files de voitures s'avancer sur une route, sans chevaux et sans guides. On demandera sans doute comment elles peuvent conserver une direction déterminée; la voici : une tige de fer carrée est fixée sur le sol, et s'unit à d'autres tiges dans toute la longueur de l'espace à parcourir. Une autre tige s'étend parallèlement à la première et à la distance de la *voie* d'un chariot. Pour me faire mieux comprendre, je comparerai cette disposition à celle des coulisses que l'on fixe sous nos lits pour y faire mouvoir les roulettes sans laisser de traces sur le parquet. Il y a cependant cette différence qu'ici c'est la roulette qui entre dans la coulisse, tandis que les roues des voitures dont je parle ont la jante creuse de manière à ce que la tige de fer s'y introduise et empêche le char de dévier.

La pompe à vapeur qui travaille les métaux, qui fait voyager des voitures, qui file la laine et le coton, qui fait de la toile, et qui brode de la mousseline, fabrique aussi les objets de consommation, et peut-être qu'un jour nos petits-neveux pourront se livrer à la paresse, et rester couchés comme les Orientaux, tandis que la vapeur fera leur pain, tournera la broche, fabriquera leurs vêtemens et leur bâtira des maisons. En attendant ces nouveaux prodiges, parlons de ceux qui s'opèrent tous les jours dans la brasserie de MM. Barclay, située dans un faubourg de Londres. Une pompe à feu dont la force égale celle de trente chevaux, y produit tous les mouvemens nécessaires à la fabrication de la bière. Quoique MM. Barclay emploient deux cents hommes et autant de chevaux, ces êtres animés ne leur servent que pour les travaux du dehors. Dans l'intérieur de cette immense brasserie on ne voit absolument personne ; une puissance invisible y met tout en mouvement. La pompe à feu, qui est l'âme de ce grand corps, est construite avec tant de justesse, il y a si peu de

chocs et de frottemens, qu'elle ne fait guère plus de
bruit qu'une montre, et le plus profond silence règne
dans toute l'étendue de l'édifice. De grands rateaux
montent et descendent sans cesse et comme spon-
tanément, dans des chaudières de douze pieds de
profondeur et de vingt pieds de diamètre; des éléva-
teurs transportent, chaque jour, deux mille cinq
cents boisseaux de drêche au sommet du bâtiment.
Les tonneaux se meuvent et se dirigent sans qu'on
les touche. Les cuves où la liqueur est versée sont
de dimensions gigantesques; la plus grande contient trois mille barils, dont le contenu forme une
quantité égale à celle d'un vaisseau de 375 tonneaux, et l'on sait que par *tonneau* l'on entend
un poids de deux mille livres. Il y a cinquante de
ces cuves, dont la plus petite contient 800 barils, et vaut, quand elle est pleine de bière,
3000 livres sterling, ou 72,000 francs. Les barils
seuls qui servent à transporter cette boisson chez
les consommateurs, coûtent 80,000 livres sterl.,
ou 1,920,000 francs de notre monnaie. Le bâtiment est incombustible, les planchers étant en
fer et les murs en brique; il en sort annuellement 250,000 barils de bière, qui chargeraient
une flotte de cent cinquante navires du port
de 200 tonneaux chacun. Cent chevaux d'une
taille colossale sont employés journellement à
transporter la bière dans la ville; et, pour terminer cette série de quantités effrayantes par
un corollaire plus étonnant encore, cette seule

brasserie paie annuellement en droit d'*excise* la somme prodigieuse de 400,000 livres sterling, ou 9,600,000 francs argent de France. L'auteur de ce Voyage, observateur exact et judicieux, a craint sans doute que le lecteur n'attribuât cet énorme résultat à quelque erreur de chiffres; car il prend le soin de nous assurer que cette somme égale la principale branche, c'est-à-dire la sixième partie du revenu des États-Unis d'Amérique. Sans doute, dira-t-on, cette brasserie suffit pour abreuver non-seulement Londres, mais la moitié de l'Angleterre. Désabusez-vous : cette usine ne sert qu'à un seul faubourg; la ville en renferme douze d'égale dimension, sans compter *un grand nombre d'autres*. Ne nous étonnons donc plus si le Rabelais de l'Angleterre, Jonathan Swift, a représenté John Bull comme un gros butor *ivre de bière*, et se croyant bien fin quoiqu'il soit trompé du matin au soir.

Je joins ici une observation qui paraîtra peu importante, mais qui peut devenir utile. En France, les moulins à vent exigent la constante vigilance du meunier; si le vent vient à changer de direction, un levier en forme de queue sert à faire tourner le moulin jusqu'à ce que le vent soit perpendiculaire au plan des ailes; mais il faut recommencer cette manœuvre chaque fois que le vent souffle d'un nouveau point. En Angleterre, le meunier peut boire sa bière ou dormir en paix; son moulin tourne tout seul, et présente constamment ses ailes

au souffle qui peut les faire mouvoir. Une roue
ailée est placée de manière à faire un angle droit
avec les grandes ailes : toutes les fois que ces
grandes ailes perdent le vent, les ailes de la roue
le prennent ; car la direction ne peut être dans le
plan des unes sans être perpendiculaire aux autres.
L'axe de la roue fait tourner l'axe des ailes du moulin, jusqu'à ce qu'elles se trouvent dans la ligne du
vent, et le service se fait sans interruption, et sans
que le meunier s'en occupe.

Comme je n'ai parlé que des observations du
voyageur sur l'économie politique, les finances,
l'industrie, etc....., on pourrait croire que l'anonyme ne s'est occupé que de ces objets, et qu'il
a présenté une suite de discussions au lieu d'un
voyage : ce serait une erreur ; la partie descriptive
de cet ouvrage est aussi agréable que variée ; les
routes, les champs, les diverses cultures, les rivières, les montagnes, les mines, les grottes, les
villes, les villages, les costumes, et les traits distinctifs des habitans de l'Angleterre, de l'Écosse,
et du pays de Galles, reçoivent tour à tour quelques coups de pinceau toujours caractéristiques ;
le pittoresque est mêlé à la discussion de manière
à former d'heureux contrastes, et à bannir la mo-
notonie. En lisant cet ouvrage, on sent combien
l'auteur aurait eu tort de le diviser par ordre de
matières ; et le mélange produit par les hasards du
voyage, paraît être un effet de l'art. Je recommande surtout à l'attention du lecteur la descrip-

tion d'Édimbourg, capitale qui, depuis quelques
années, s'est tellement accrue sous tous les rapports, qu'elle peut rivaliser, dans tous les genres
de connaisances et d'industrie, avec les villes les
plus célèbres de l'Europe.

Je n'ai point parlé des observations du voyageur
sur la littérature et les beaux-arts ; c'est la partie
faible de son livre. Son goût en peinture, ses jugemens sur les peintres les plus estimés, sont tellement en opposition avec l'opinion générale, qu'il
n'y a pas moyen d'entreprendre sa justification. Ce
n'est pas qu'il approuve tous les monstres roman-
tico-dramatiques dont les disciples de M. Schlegel
font leurs délices ; il va même jusqu'à dire que la
comédie anglaise n'est pas digne d'amuser un
homme raisonnable ; il fait observer que le beau
monde de Londres a renoncé à la comédie, et ne
se porte qu'à l'opéra ; mais malgré ces retours
vers le bon goût, qui sont sans doute des réminis-
cences de sa jeunesse, notre voyageur paraît avoir
trop oublié les chefs-d'œuvre de l'antiquité et ceux
du siècle de Louis XIV, pour qu'on puisse espérer le convaincre par le raisonnement.

Son style est souvent négligé, quelquefois très-
incorrect ; mais il nous a prévenus sur ce défaut
qu'il faut attribuer uniquement à la longue habitude de parler une autre langue. A cela près, son
Voyage est très-remarquable ; c'est l'ouvrage d'un
observateur instruit, exact, impartial, plein d'esprit, de finesse, de sagacité, et doué de cette dose

de philosophie qui nous fait voir les choses telles qu'elles sont, mais qui nous empêche de les présenter d'une manière dangereuse.

L'ANGLETERRE ET LES ANGLAIS,

OU PETIT PORTRAIT D'UNE GRANDE FAMILLE, COPIÉ ET RETOUCHÉ PAR DEUX TÉMOINS OCULAIRES.

J'AI rendu compte du *Voyage d'un Français en Angleterre*; j'en ai fait bien sincèrement l'éloge; et depuis que j'ai lu beaucoup d'autres ouvrages sur le même sujet, je regrette beaucoup de n'avoir pas donné au premier des louanges encore plus magnifiques. En effet, il n'est rien venu à ma connaissance de plus impartial, de plus agréable et de plus instructif que ce Voyage d'un Français chez nos voisins. Tout ce que j'ai lu depuis m'a confirmé dans cette opinion; et si l'on pèse bien toutes les difficultés qui s'opposent à une bonne description de la Grande-Bretagne sous le triple rapport de la géographie physique, des mœurs et de la politique; si l'on observe que les Français sont peut-être le peuple le moins disposé à juger sans prévention de ce qui passe en Angleterre, on ne pourra trop s'étonner de voir

un de nos compatriotes apprécier nos rivaux avec
plus de justice que ne l'ont fait plusieurs Anglais.

Cette dernière réflexion me ramène naturellement au livre que j'annonce. Il se distingue de tous
les ouvrages de ce genre en ce qu'il porte sa critique
avec lui. Un Anglais anonyme prend le nom et le
manteau d'un Espagnol très-pieux et très-bon catholique, et, sous ce déguisement physique et
moral, il juge sa patrie et ses compatriotes. Il est
beau pour un catholique de haïr l'hérésie, mais ce
n'est pas une raison pour haïr les hérétiques,
puisque notre religion nous interdit la haine,
même contre nos ennemis. Pourquoi donc le faux
Castillan se croit-il en droit d'être injuste envers
les Anglais ses frères, par cela seul qu'ils sont hérétiques? Dès qu'on voyage en Angleterre, on
s'attend à y trouver des anglicans, des presbyté-
riens, des luthériens, des calvinistes, des ariens,
des arméniens, des anabaptistes, des hernutes,
des insermentaires, des millénériens, des pédo-
baptistes, des quakers, des sandémoniens, des
swendenborgiens, des universalistes, et une foule
d'autres sectes dont les noms formeraient un dictionnaire. Il était donc au moins inutile de nous
parler sans cesse de *l'infâme hérésie*, de *l'exé-
crable hérésie*, de se passionner aujourd'hui contre
la reine Élisabeth, ce *gran'cervello di princi-
pessa*, et de joindre à son nom des épithètes in-
jurieuses. Cette ferveur de zèle, louable dans son
intention, convient mal à un observateur : quand

on est si chaud catholique on fuit l'hérésie, et l'on
ne reste pas en Angleterre.

J'ai dit que l'ouvrage porte avec lui son correc-
tif, et c'est ce qui donne au livre une physionomie originale. Deux écrivains, dont l'un est
Français et l'autre Anglais, ont traduit les lettres
du faux Espagnol; ils ont relevé ses erreurs dans
des notes critiques et instructives, et les additions
qu'ils y ont faites sont si considérables, que les
traducteurs peuvent réclamer plus de la moitié du
travail. Sous le rapport du mérite, ils obtiendront
encore une meilleure part dans notre estime; car
les notes et les additions, recueillies séparément,
formeraient un livre infiniment préférable au texte
dépouillé de son commentaire.

Notre Espagnol de Londres est sans doute un de
ces philantropes cosmopolites qui aiment beaucoup
les sauvages de l'Amérique et de la Nouvelle-Hollande, pour avoir le droit de haïr sa patrie; il la
dénigre sans cesse sous presque tous les rapports;
et si quelquefois l'éloge sort forcément de sa plume,
il l'empoisonne par une réflexion désobligeante.
Parle-t-il de la cathédrale de Saint-Paul : « Aucun
» autre peuple des temps modernes, dit-il, n'éleva
» à la piété un monument si magnifique. » Puis il
ajoute : « C'est le sanctuaire de l'hérésie, un sé-
» pulcre blanchi; la mort seule habite au-dedans. »
De ces deux phrases, la première est fausse, la
seconde est déplacée. Saint-Paul n'est pas le plus
vaste et le plus magnifique des édifices élevés à la

piété. La Canadienne, que l'anonyme introduit sous le dôme de Saint-Paul, et qui s'écrie : *L'homme l'a-t-il fait? ou a-t-il été posé là?* aurait fait une toute autre exclamation si elle s'était trouvée dans l'église de Saint-Pierre à Rome, qui surpasse la première de cent cinquante pieds en longueur, et de cent soixante-deux pieds en largeur. Notez que l'auteur a reconnu ailleurs la supériorité de Saint-Pierre, preuve qu'il écrit à tort et à travers, sans s'inquiéter des contradictions.

S'il n'est pas d'accord avec lui-même, il ne l'est presque jamais avec ses commentateurs. Quand l'un des traducteurs nous a dit, en parlant de l'Angleterre, qu'il a passé quinze années *sur cette terre hospitalière*, et qu'il y est attaché *par le sentiment du bienfait reçu*, n'est-on pas étonné de lire, dans le commencement du premier volume, que le peuple anglais est *d'une inhospitalité notoire?* Mais continuez la lecture, et vous verrez bientôt que ce peuple inhospitalier a recueilli les religieuses qui avaient échappé à la persécution en France, qu'il les a secourues, qu'il leur a permis de se réunir, de *vivre suivant leur règle*, et, ce qu'il y a de plus fort, *de recevoir des novices.* C'est cependant le même observateur qui associe des choses aussi étranges ; mais cet observateur est un Anglais, et il est permis à ces messieurs de se faire des complimens. Ah! si un Français avait écrit ce livre!...

Dirai-je avec l'auteur qu'en Angleterre l'esprit mercantile fait considérer les hommes et les che-

vaux comme de véritables machines, et qu'on les
sacrifie sans regret ; que la jurisprudence militaire
anglaise est la plus barbare qui existe en Europe ;
que les bouchers anglais forment une classe féroce,
qu'ils mutilent et ensanglantent les moutons et les
bœufs avant de les tuer ; que l'inquisition religieuse
en Espagne n'a jamais été aussi odieuse que l'inquisition politique en Angleterre ? Parlerai-je des
infamies, des crimes, des trahisons dont le système
d'espionnage a été la source ? Un Anglais a-t-il pu
écrire que *les Anglais aiment le spectacle de la
guerre, et n'aiment pas à en payer le billet ?* Ah !
si un Français avait dit cela !...

Les ridicules d'une nation sont la proie de tous
ceux qui veulent les fronder ; nos auteurs comiques
et satiriques n'ont pas moins aimé leur patrie pour
avoir lancé des traits acérés contre nos sots, nos
fats et nos intrigans. Les prédicateurs et les moralistes ont tonné contre les vices et les crimes : mais
aucun de ces orateurs ou de ces écrivains n'a jamais dit à ses compatriotes : « Vous êtes une nation inhospitalière et barbare ; c'est chez vous que
l'on trouve les crimes les plus nombreux et les
plus horribles ; vous vous vantez d'être libres, et
n'y a de libre chez vous que le riche ; le pauvre y
est plus esclave qu'il ne le serait en Barbarie ; *s'il
n'est pas vendu avec la glèbe, il ne peut quitter
la glèbe,* et il est traité en criminel s'il veut sortir
de sa paroisse dans l'espoir d'améliorer son sort. »
En dévoilant les vices de ses compatriotes, ce

généreux Anglais a toujours grand soin d'employer le superlatif; ainsi, quand il parle d'infamies, de scélératesses et d'horreurs, elles sont toujours les plus grandes dont on ait entendu parler, elles surpassent toujours celles qui affligent les autres peuples. Les Anglais se nomment sans façon *la première nation du Monde;* l'anonyme ne leur dispute pas cette prérogative, mais c'est en l'appliquant seulement aux vices, aux crimes et aux ridicules. Ah! si un Français....!

Ce n'est pas qu'il n'y ait par-ci par-là de bonnes vérités dans les déclamations de l'Anglo-Castillan; s'il a été injuste, ce n'est pas une raison pour que je le sois envers lui; je suis tenté de le croire quand il assure que les Anglais aiment mieux la table que la prière; quand, rejetant les fêtes de notre Église, ils ont soigneusement conservé celles où l'on mange; que le Vendredi-Saint les touche beaucoup, parce que de larges gâteaux de prunes, nommés *plum-cakes,* sanctifient ce grand jour; que le Jeudi-Saint passe assez agréablement à l'aide des *hot-buns,* jolis petits pains chauds sur lesquels une croix est empreinte; que saint Michel est en vénération chez eux par rapport à l'oie grasse qui accompagne sa fête; que les *christmas pies,* ou tourtes de Noël, ont une bonne part dans la pieuse joie qu'ils font éclater alors, et que le jour *des Rois* les intéresse uniquement par ses gâteaux. Si l'auteur n'a voulu parler que des enfans, tout cela est fort naturel; à cet égard, les nôtres n'ont

rien à reprocher à ceux des Anglais : un de nos
petits gourmands à qui l'on demandait quelles
étaient les trois grandes fêtes de l'année, répondit
naïvement : *c'est Mardi-Gras, les Rois, et quand
ma mère accouche:* mais un voyageur n'en con-
clura pas que la bonne compagnie attend impa-
tiemment les grandes fêtes pour manger des petits
pâtés chauds et des gâteaux de prunes. Notre auteur fait une observation un peu moins puérile
quand il dit qu'en Angleterre le bas peuple s'enorgueillit du *roast-beef, comme s'il n'était pas
réduit à se nourrir de pommes de terre.* Je veux
le croire encore quand il assure que ses compatriotes nous haïssent, et qu'ils singent toutes nos
modes ; qu'ils blâment nos néologismes, et les
font passer dans leur langue ; qu'ils se moquent
de nos inventions, et se les approprient en les
imitant : mais je crois que le travers est réciproque.
Quelque justesse qu'il y ait dans les reproches de
ce genre, ce ne sont pas des traits propres à carac-
tériser une nation, et je n'aurais fait aucune attention à ces saillies de la malignité, si l'anonyme n'y
avait mêlé des accusations d'une nature révoltante.
Voici, par exemple, un fait que je m'obstine à regarder comme une odieuse calomnie, quoique
notre Anglais le donne comme certain: On sait
qu'en Angleterre les pauvres sont à la charge de
leurs paroisses respectives, et que la taxe, dont le
produit est destiné à leur subsistance, est extrêmement considérable ; il est naturel de penser que

chaque paroisse craint de voir multiplier ses pauvres, et qu'elle emploie tous les moyens permis pour s'en débarrasser ; mais qui pourra jamais croire que quand ces malheureux sont près de rendre l'âme, on les entasse dans des chariots où *ils achèvent de mourir en route*, ce qui épargne les frais d'enterrement, et que *des femmes sur le point de donner le jour à d'autres malheureux, comme elles, sont arrachées au lit de misère, jetées le long des routes, et là, livrées à une mort certaine, pour éviter que le triste fruit qu'elles portent ne devienne l'enfant de la paroisse et l'objet de sa charité ?* Celui qui déshonore sa patrie en présentant une pareille horreur comme une pratique générale, croit-il diminuer l'odieux du reproche en ajoutant que de tels faits sont blâmés, mais qu'ils restent impunis ? Parlerai-je maintenant de ces maisons de travail, *work houses*, où les pauvres sont entassés et traités inhumainement; de ces écoles de charité, où chacun des enfans mâles (*nemine excepto*) *se vante d'entretenir une de ces filles qu'ils appellent* FLASH OIRLS, *feux follets;* de ces enfans voleurs qui fourmillent dans la ville de Londres, qui commencent ce beau métier dès l'âge de six ans, et dont plusieurs ont été emprisonnés jusqu'à soixante-dix fois ? Faut-il en croire l'anonyme, quand il assure que les crimes sont plus nombreux et plus horribles en Angleterre que dans aucune autre contrée, que les prisons y sont plus vastes et plus pleines, que les supplices y sont plus fréquens? Un autre voyageur m'avait dit, au contraire, que les supplices y sont plus rares, par cela même que les lois criminelles y sont plus sévères; la peine de mort, ajoutait-il, étant infligée pour des délits peu graves, les jurés aiment mieux déclarer le *non coupable* que d'envoyer une foule d'hommes à l'échafaud. Ce même voyageur cite une circonstance où de soixante-onze accusés un seul fut condamné à mort. A qui dois-je m'en rapporter? Est-ce au Français qui a vu en Angleterre les jurés pencher vers la clémence, ou à notre Anglais qui voit partout des scélérats et des bourreaux? Celui-ci n'exagère-t-il pas ridiculement, quand il dit que dans le canton de *Staines* il n'y a d'autres bois *que des bois de potence*, et quand il parle d'une bruyère près de Londres, au-dessus de laquelle on voyait une centaine de squelettes de pendus agités par les vents? Il faut avouer que cet écrivain fait de jolis tableaux, et qu'il donne grande envie de voyager en Angleterre. Serait-ce pour n'avoir pas le désagrément de nous y voir, qu'il peint sa patrie sous des couleurs si peu attrayantes?

Les traducteurs, dont l'un est Anglais, sont beaucoup plus modérés et plus justes que le faux Espagnol, et cependant ils font quelquefois à la nation anglaise des reproches que presque tous les peuples méritent également. En voici un exemple : Voulant prouver que les Anglais ne sont pas aussi bons appréciateurs du mérite, et aussi généreux protecteurs des talens qu'on se l'imagine en France, ils citent Milton qui fut obligé de vendre son poëme pour quinze guinées ; Dryden , qui fut forcé de se mettre aux gages d'un libraire ; Otway, qui demanda l'aumône , et mourut en dévorant avec trop d'avidité un pain qu'il venait de recevoir de la commisération publique ; Savage , qui écrivait au milieu des rues , n'ayant pas d'autre asile ; Johnson , qui vécut et mourut dans l'indigence ; Hume , qui, à force de travail , fut trop heureux de se procurer un revenu de cinquante livres sterling ; Goldsmith enfin , l'auteur du *Vicaire de Wackefield*, que la misère chassa de sa patrie , qui parcourut l'Europe en jouant de la flûte pour vivre , et qui eut recours au suicide pour mettre fin à ses maux.

Ces faits sont exacts , mais ils prouvent seulement que les hommes supérieurs sont rarement appréciés avant leur mort. Pour démontrer que la misère de ces personnages illustres n'est pas un tort particulier à la nation anglaise , il me suffit d'opposer une autre nomenclature à la triste liste que je viens de transcrire. Homère vécut pauvre et méconnu de ses contemporains ; Plaute , pour subsister, tournait la meule d'un potier ; Xilander vendait ses notes sur Dion pour un peu de soupe ; Alde Manuce , assez connu ; le savant Galennius; Lelio Giraldi , qui a fait l'Histoire des Poètes grecs et latins ; Jean Bodin , auteur du *Livre de la République*, précurseur de l'*Esprit des Lois;* Castel Vetro , commentateur d'Aristote ; Usserius , savant chronologiste ; Corneille Agrippa , qui a écrit

sur l'excellence des femmes et sur la vanité des
sciences ; le célèbre Michel Cervantès ; Paul Bur-
ghèse, qui mourut de faim, quoiqu'il sût quinze
métiers, en comptant celui de poète ; le Tasse, qui
vécut une semaine avec un écu qu'il avait emprunté, et ne sortit de la misère que la veille de
sa mort ; le cardinal Bentivoglio, qui ne laissa pas
de quoi se faire enterrer ; l'historiographe André
Duchesne ; Baudoin, de l'Académie française, et
traducteur de presque tous les latins ; le gram-
mairien Vaugelas ; du Ryer, auteur tragique et traducteur du Koran, tous hommes qui ont joui
d'une grande célébrité, ont vécu dans l'état le plus
déplorable ; heureux encore ceux d'entre eux qui,
languissant dans un hôpital, n'ont pas été exposés, comme le savant Muret, à subir une expérience hippocratique !

Dans tous les ouvrages écrits sur l'Angleterre et
les Anglais, je cherche des traits caractéristiques
uniquement applicables à cette classe d'hommes,
et je ne trouve que des nuances confuses, des différences à peine sensibles, des observations, des
inculpations, des diatribes qui n'ont pas plus de
rapport à l'Angleterre qu'à tous les États civilisés.
Les vertus et les vices des Anglais, leurs facultés
intellectuelles, sont ceux et celles de l'espèce
humaine, et nous ne pouvons pas rire de leurs
travers sans leur donner sur nous le droit de
représailles. Les Anglais sont, comme nous, les
descendans de plusieurs peuples très-différens.

entre eux, qui eux-mêmes étaient un composé de
plusieurs nations différentes. Leur langue est,
comme la nôtre, un mélange de plusieurs idiomes ;
leurs usages, leurs habitudes, leurs préjugés, ont
avec les nôtres une origine commune. Au physique, nous appartenons à la même race, et leur
climat diffère très-peu de celui de la France septentrionale. Les Siciliens, les Dalmates, les Can-
diotes, les Italiens même et les Espagnols ont avec
nous bien moins d'analogie que les Anglais ; et cependant ce sont ces derniers que nos faiseurs de
brochures prennent toujours pour but de leurs
sarcasmes, et qu'ils nous présentent comme les
êtres les plus singuliers et les plus bizarres. Si la
nature avait coulé ce peuple dans un moule particulier, si elle lui avait empreint un caractère exclusif et constant, si elle lui avait donné un génie
propre, les Anglais d'aujourd'hui ressembleraient
à ceux du temps d'Alfred, ou tout au moins aux
fiers barons qui arrachèrent au roi Jean la grande
Charte dont on fait tant de bruit. Nous savons,
au contraire, que nulle part sur la terre il n'y a
eu plus de révolutions, plus de changemens dans
les opinions politiques et religieuses que chez ce
peuple, auquel on se plaît à supposer un caractère fixe et original, soit en mal, soit en bien.

A quoi donc l'Angleterre doit-elle la haine que
tant d'hommes lui ont vouée, l'admiration de tant
d'autres, l'attention de tous ? A sa puissance. Placée au second rang, comme elle l'était encore il y

a moins de deux siècles, elle perdrait à nos yeux
toute son originalité. Nous ne lirions pas chaque
mois un nouveau voyage en Angleterre, nous ne
disputerions pas sur sa constitution politique, sur
les débats de son parlement ; il nous importerait
peu de savoir si l'on sonne ou si l'on frappe aux
portes des maisons anglaises, si nos voisins mangent des gâteaux de prunes ou des tourtes de ce-
rises, et l'on ne s'aviserait pas de compter combien il y a d'hommes pendus en une année dans
la Grande-Bretagne.

Quand Venise fixait les regards de l'Europe, et
puisait largement à la source des richesses, les citoyens de cette république passaient pour des
hommes extraordinaires ; ils se croyaient aussi *la
première nation du Monde*, et ils disaient avec
orgueil : *Siamo Veneziani, poi Christiani*. Alors
le mariage du doge avec la mer était une auguste
cérémonie, et le ridicule *Bucentaure* une admirable machine. Les Portugais leur ont enlevé le
titre de première nation. L'Espagne a eu son tour ;
ses usages, sa langue, sa littérature, furent en Europe un objet d'imitation servile, et leurs trésors
un objet d'envie. La France a fait aussi parler
d'elle. Aujourd'hui, c'est l'Angleterre qui domine ; et si l'on recherche les causes de sa puissance colossale et imminente, on les trouvera
peut-être dans la conduite de ceux qui s'en plaignent. Tant qu'elle conservera son influence (et
je me sers ici d'une expression bien faible), les

moindres puérilités de Londres deviendront le
sujet d'une brochure, les scènes d'une taverne anglaise fourniront des paragraphes à nos moralistes;
les voleurs anglais seront tous des Cacus, leurs as-
sassins des Scyron et des Sinnis, leurs boxeurs des
Milon de Crotone, et les fous de Bedlam seront
bien plus fous que ceux de Bicêtre et de Cha-
renton.

J'entends plusieurs voix qui me crient : Et la
constitution! et l'empire des mers! et l'industrie!
et les finances! et la liberté! Je leur réponds :
Voyez d'abord ce qu'était cette constitution, et
ce qu'elle est aujourd'hui. Un Anglais a dit avant
moi: *Si le roi Jean revenait en ce monde, il serait
très-satisfait de voir combien peu il reste de cette
fameuse Charte qu'il a signée avec tant de répugnance.* L'empire des mers? Il faut bien que
vous le souffriez aujourd'hui puisque tous tant que
vous êtes en Europe, vous ne l'avez pas empêché
de se consolider quand il en était encore temps:
votre inertie a beaucoup aidé le génie britannique.
N'oubliez pas que sous Henri VII l'Angleterre
n'avait pas un seul marin en état d'aller explorer
les côtes du Monde récemment découvert, et
qu'elle appela le Vénitien Cabot. L'industrie? A
Dieu ne plaise que les Français deviennent jamais
assez industrieux pour voir le quart de leur population à la charité publique. Les finances? Leur
prospérité est encore fondée sur une énigme, et
si quelque Œdipe en devine le mot, qui sait si le

Sphinx ne tombera pas du haut de son rocher ? La
liberté enfin ? Comme ce mot nous a porté malheur, je ne l'écris jamais sans quelque appréhension ; et quand on me parle de la liberté d'un
peuple, je demande ce qu'elle coûte, quelles sont
ses limites, quelles restrictions on y apporte de
temps à autre ; quand on m'a satisfait sur ces questions, j'examine si cette liberté est bien réellement
la liberté, et si elle ne ressemble point au *juste prix*
de nos marchands.

L'Anglais qui, sous le manteau d'un Espagnol,
se plaît à dénigrer sa patrie, s'est aperçu sans doute
que la puissance de la Grande-Bretagne, sa marine, son commerce et ses finances ne prêtaient
pas aux railleries et aux épigrammes, car il garde le
plus profond silence sur tous ces objets. Il annonce
un chapitre sur Greenwich, et il ne parle que de
la route qui y conduit ; les manufactures anglaises
lui inspirent trop de dégoût pour qu'il ait cherché
à comprendre le jeu de toutes les roues et de toutes
les machines ; et s'il s'occupe un moment de cette
liberté tant vantée, c'est pour dire qu'en Angleterre les riches seuls sont libres, tandis que le
peuple est esclave et misérable.

Mais en revanche, la corruption et la vénalité
lui ont fourni un fort long chapitre, considérablement augmenté par ses commentateurs. Est-il vrai
qu'un membre célèbre du parti de l'opposition ait
dépensé jusqu'à cent mille livres sterling, c'est-à-
dire deux millions quatre cent mille francs, pour

se faire élire ? Si le fait est exact, il me prouve seulement qu'il y a des hommes excessivement riches en Angleterre, mais il ne forme pas un trait distinctif du caractère anglais. Partout où il y a des acheteurs on trouve des hommes qui se vendent; et l'honorable membre qui a donné plus de deux millions pour avoir le droit d'ajouter à son nom les lettres M. P., aurait trouvé des suffrages à meilleur marché dans toute autre partie de l'Europe. Je veux admettre encore que dans une ville du Buckingamshire on place sur la table du comité des votes un bowl rempli de guinées, dans lequel les électeurs puisent largement à de certaines conditions; que les journaux anglais proposent des *places à vendre dans une certaine maison;* que sur les affiches de vente, des terres sont annoncées *avec le précieux avantage de nommer à des places dans une certaine assemblée;* lord Cochrane enfin a dit avec son ingénuité ordinaire, en pleine Chambre des communes, que quand il fut élu comme représentant le bourg d'Honiton, il fit annoncer par le crieur public, armé de sa sonnette, *que les électeurs pouvaient se rendre chez le banquier du lieu, à l'effet d'y recevoir chacun dix livres sterling et dix schellings,* comme un gage de la reconnaissance du noble lord. Les dix livres sterling n'étonnent personne, mais les dix schellings sont fort plaisans; c'est une nuance particulière au pays. En France, où le bon ton prédomine, j'ai connu des hommes capables de recevoir six francs, mais vous les eussiez fait rougir si vous leur aviez offert six livres dix sous. Notre auteur et nos traducteurs prétendent aussi qu'on a imaginé en Angleterre un moyen fort ingénieux d'éluder le serment exigé en cas d'élections. On jure de ne pas se laisser corrompre, mais on ne jure pas de ne point parier. Or, un quidam se présente à l'électeur et lui dit : *Je parie contre vous telle somme que vous ne nous donnerez pas votre suffrage.* Pour un bon Anglais un pari est un cartel; l'honneur veut qu'on l'accepte; l'électeur parie donc, il donne sa voix et touche la somme, non comme prix de la corruption, mais comme prix de la gageure.

Ces faits étant attestés par des Anglais mêmes, et d'ailleurs conformes à tout ce que j'ai lu sur ce sujet, j'aurais fort mauvaise grâce de vouloir les contester. Il reste cependant sur ce point une difficulté dont je cherche en vain la solution : la Chambre des communes se compose de six cent cinquante-huit députés, mes auteurs prétendent que *sur ce nombre on ne trouverait pas soixante-six membres qui ne dussent leurs places à la vénalité, à l'intrigue, à la simonie.* Accordons-leur qu'ils ne se sont pas trompés sur cette proportion. Des hommes qui paient si chèrement leurs électeurs espèrent sans doute placer leur argent à gros intérêt; car, en pareil cas, on ne cherche à corrompre que dans l'espoir de se faire corrompre à son tour. Mais si les trois cent trente mem-

bres qui forment rigoureusement la majorité, et
dont le ministère a besoin, ont tous dépensé des
millions pour se faire élire, quel est le ministère
assez riche pour rembourser de pareilles avances
avec le bénéfice espéré ; quel est le Potosi capable
de fournir assez d'or ; quels sont les emplois et les
sinécures assez lucratifs pour couvrir cette énorme
mise de fonds ?

Que les auteurs de ce livre répondent ou ne répondent pas à cette objection, que tous les faits
attestés par eux soient indubitables, je ne verrai
dans cette corruption tant reprochée que l'histoire
de tous les hommes, et j'avouerai seulement qu'en
Angleterre la vénalité est plus franche et plus dépouillée d'hypocrisie. Aux grandes exclamations
que l'on fait sur la corruption anglaise, ne semble-
t-il pas que l'amour de l'argent soit un vice local
et nouveau ? n'ai-je pas lu que l'on reprochait aux
magistrats d'Athènes de se laisser corrompre par
l'or de Philippe ? L'adroit Périclès n'avait-il pas sa
troupe *corrompue* qui chantait ses louanges et vantait son administration ? Chez ces Romains qu'on a
voulu nous faire singer, les élections étaient-elles
plus pures qu'elles ne le sont dans la Grande-Bretagne ? L'histoire m'apprend que tout citoyen riche
y avait sa phalange de *cliens* toujours prête à faire
le coup de poing pour leur patron. Ces vertueux Romains arrivaient aux *Comices* avec un bâton plombé
caché sous la robe ; et quand les votes n'étaient
pas favorables à l'ambition des corrupteurs et à

l'espoir des corrompus, des cris s'élevaient de toutes parts, l'urne était brisée, les suffrages étaient dispersés, il se livrait une grande bataille, et le *Forum* a vu distribuer autant de coups de bâton qu'il y a eu de coups d'épée donnés sur les bords du Tibre, de l'Aufide ou de l'Allia.

Si la canaille du peuple-roi se vendait aux hommes à la toge, les patriciens eux-mêmes, les membres de ce sénat auguste ne dédaignaient pas toujours de recourir à l'usure et à la concussion pour grossir leur fortune. Il me semble voir encore Jugurtha sortant de Rome, se tournant vers la porte et s'écriant : « O ville vénale, si j'avais assez d'or, je t'achèterais tout entière ! » Je ne citerai pas un Verrès, mais Caton ; ce fier ennemi de la tyrannie s'opposa de toute son éloquence à la guerre de Chypre, *parce qu'elle était injuste ;* et quand le sénat lui en eut décerné le commandement, quand le vertueux Caton eut pillé cette île florissante et en eut rapporté jusqu'à sept mille talens, il rendit grâces aux dieux de l'avoir fait triompher dans *la plus juste des guerres.*

Des Romains du Tibre, passons aux Romains de la Seine : nous verrons de fiers républicains et des armées de tricoteuses, dignes auxiliaires de la Convention nationale, recevoir *quarante sous* par jour pour soutenir de toute leur énergie les nobles décrets de la *Montagne.* Or, si des patriotes purs et de vertueuses citoyennes se vendaient pour le modique prix de quarante sous *en assignats,* lord

Cochrane, qui paie dix livres sterling et dix schellings, nous éclipse par sa magnificence, et les Anglais sont encore ici la première nation du monde.

La corruption, la vénalité, l'amour de l'or, ne
sont donc pas des caractères distinctifs ; et quand
un peuple se moque d'un autre sous ce rapport,
il n'y a souvent de différence entre eux que dans
la somme. *Vous en direz tant !* répondait une
grande dame à un plaisant qui supposait des
sommes toujours croissantes pour tenter la vertu.
Il y a des gens partout auxquels il ne faut pas *en
dire tant ;* et j'espère que nos moralistes fixeront
un jour le nombre de louis ou de livres sterling
au-delà duquel on peut être corrompu avec honneur.

Que reste-t-il donc dans l'ouvrage dont je m'occupe que l'on puisse attribuer aux Anglais plus
spécialement qu'à tout autre peuple ? Des singularités, des bizarreries, des goûts étrangers, des ridicules d'une nature particulière. Oh ! sur ce point
nos voisins sont en fonds.

Paris est-il plus grand que Londres ? Grande
question, à laquelle les badauds des deux pays attachent une haute importance. Notre Anglo-Espa-
gnol prétend que Londres a une lieue et demie de
longueur, et une largeur d'une demi-lieue. S'il entend la lieue de 2400 toises, la surface de cette
capitale serait de 4 millions 320,000 toises carrées ;
et si la mesure de l'observateur est juste, nous
triomphons de l'Angleterre. La plus grande lon-

gueur de Paris est, comme celle de Londres, de
3600 toises; mais la largeur de notre ville est bien
supérieure à celle de la capitale britannique; dans
son moindre diamètre, elle n'a pas moins de
2500 toises, et de 2700, 2800 ou 3000 dans toutes
les autres dimensions. En prenant un terme moyen,
la glorieuse Lutèce s'étend donc sur l'immense
surface de 9 millions de toises carrées; mais je n'ai
garde d'insister sur cet avantage, je ne veux pas
blesser l'orgueil de John Bull dans un endroit si
sensible : j'ai lu la Henriade travestie; je me sou-
viens des conseils que Valois y donne au roi de
Navarre :

« Quand vous serez en Angleterre,
» Vantez jusqu'aux pommes de terre.
» . . . .
» N'allez pas leur dire surtout
» Que Paris est plus grand que Londre;
» Car ils seraient gens à vous tondre. »

Je profite de cet avis salutaire, et je déclare seulement que Paris et Londres sont deux grandes
villes.

Mais que voit-on dans cette dernière? Parlerai-
je de ces innombrables rues dont quelques-unes
sont d'une énorme longueur; de la boue noire,
épaisse et profonde qui en couvre le milieu; de ces
trottoirs garnis de grandes dalles, où l'on marche
suspendu au-dessus des caves à charbon; de ces
maisons uniformes et distribuées uniformément,

ayant toutes une petite porte garnie de son marteau? Peindrai-je ces ténèbres visibles que produit
la fumée du charbon de terre, ce brouillard en
permanence qui obscurcit le jour, et ces petites
lanternes non suspendues, qui éclairent si peu
pendant la nuit? Qui me dira le nombre de ces
boutiques brillantes où vous pouvez tout voir sans
rien acheter, et où vous êtes toujours bien reçu
pourvu que vous vous présentiez d'un air insolent
et le chapeau sur la tête? Non; j'ai promis des singularités, et, pour tenir parole, il faut que je con-
duise mon lecteur dans un mauvais lieu. Depuis
quelque temps, disent mes auteurs, il s'est établi
dans Londres une multitude effrayante de cabarets
qui sont autant de repaires où tous les voleurs, les
filous et les coquines de la capitale viennent se dé-
lasser de leurs nobles travaux, et former le plan
de nouveaux exploits. Le quartier de Bloomsbury
voit avec orgueil s'élever dans son sein les deux
plus belles maisons de ce genre. Chacune d'elles
contient deux cents lits, et telle est l'affluence des
coucheurs que le nouveau venu se promène souvent des heures entières avant d'en trouver un va-
cant. Les cellules de cette espèce de bagne se louent
trois ou quatre francs, non par semaine, non par
jour, ou même par nuit, mais par heure, et payés
d'avance. Cette précaution, disent les observateurs, n'est point inutile; car les habitués de ce
lieu de délices en sortent fort souvent pour aller se
faire pendre. L'un de ces temples de la crapule se

nomme *the Magpie* (la Pie voleuse) ; l'autre, plus
célèbre encore, est connue sous le nom des *Trois
Brasseurs ;* la propriétaire de cette maison de plaisance roule carrosse, possède une belle maison de
campagne ; et comme la fortune est tout chez les
peuples éminemment civilisés, la dame des *Trois
Brasseurs* est sans doute une femme de très-bon
ton, donnant chaque jour une de ces brillantes assemblées que l'on nomme un *rout,* bouffie de l'orgueil national, et parlant avec dédain de ces misérables Français. Je ne puis exprimer combien
cette idée m'afflige, car il n'est rien de plus dur
que d'être méprisé par les honnêtes gens.

Tout le monde sait que l'un des amusemens du
peuple de Londres est le combat du taureau ; mais
ce spectacle n'a rien de commun avec les fameux
Torreadores des Espagnols. J'ai plusieurs versions
sur ceux de l'Angleterre. Quelques voyageurs prétendent que le plaisir consiste à exciter un taureau
jusqu'à ce qu'il devienne furieux, et à le faire courir jusqu'à ce qu'il tombe d'épuisement ; mais l'auteur de l'ouvrage dont je m'occupe est sans doute
mieux instruit, puisqu'il est de Londres ; il assure
que la pauvre bête est attachée au milieu de l'a-
rène, et horriblement déchirée par des chiens,
dont quelques-uns sont éventrés ou lancés en l'air,
à la grande satisfaction de John Bull. Jusqu'ici je
ne vois rien de singulier : ce n'est pas en Angleterre seulement que la canaille est cruelle ; mais
voici le trait original : lorsque le Parlement tenta

d'abolir cette coutume barbare , un honorable
membre combattit la motion , se fondant sur ce
que cet exercice entretient le courage national , et
sur la probabilité que *le taureau même y prend
un certain plaisir.*

Notre frondeur reproche à ses compatriotes de
ne rien inventer et de s'approprier les inventions
des Français qu'ils méprisent. Heureusement il me
fournit lui-même les moyens de venger les bons
habitans de Londres , et de prouver que l'on fait
tous les jours dans cette capitale les découvertes
les plus ingénieuses et les plus utiles. En Italie ,
on possède des canevas de comédies que les ac-
teurs remplissent plus ou moins heureusement ,
selon la fécondité de leur génie ; un Anglais s'est
avisé d'appliquer cette invention à l'éloquence de
la chaire ; il a fait imprimer des canevas de sermons pour toutes les circonstances , et les prédicateurs n'ont plus à chercher que les transitions
et les développemens. Pourquoi ne donne-t-on
pas aussi des canevas de discours au Parlement ?
Il serait fort commode de trouver dans une boutique des thèmes ministériels et des thèmes d'opposition sur les taxes , sur *l'habeas corpus,* sur
les *sinécures*, etc.... Dans un temps où les hommes
ont le talent d'écrire et de parler pour et contre ,
les mêmes auteurs pourraient se charger de composer les demandes et les réponses. Mais voici des
découvertes plus importantes :

On brûle beaucoup de chandelles en Angle-

terre, et l'instrument qui sert à les moucher con-
servait, depuis un temps immémorial, son imperfection primitive. Mais à l'heureuse époque qui a
vu prospérer les manufactures et décliner toute
autre chose, un savant inventa des mouchettes qui
empêchaient la mouchure de tomber sur la table
ou de salir le chandelier. A peine jouissait-il de ses
glorieux succès qu'il fut éclipsé par un mécanicien
plus habile ; celui-ci, véritable créateur, imagina
des mouchettes automates qui, comme les trépieds
de Vulcain, se mouvaient d'elles-mêmes, faisaient
leurs fonctions sans avoir besoin d'une main auxiliaire, et mouchaient au moment précis où la chan-
delle, ne jetant qu'une lueur terne, réclamait ce
bon office.

Le génie anglais n'est pas seulement inventif,
il est encore très-varié dans ses conceptions : le
poisson, le beurre, le fromage, ont chacun leur
couteau particulier; il existe un instrument pour
tailler les plumes, un autre pour couper les ongles,
un pour mettre les souliers, un autre pour bou-
tonner les jarretières des culottes ; on porte avec
soi une fourchette pour griller le pain, et on a
imaginé un *garde-feu de poche*, qui coûte la modique somme de 4,000 francs. Quand on a vu de
pareils prodiges, on ne devrait plus être étonné
de rien ; et cependant je suis sûr d'exciter encore
l'admiration de mes lecteurs par deux autres miracles que j'ai gardés pour *le bouquet*. Un Vau-
canson, un Archimède, un Dieu vient d'inventer

13.

un rasoir avec lequel un chasseur peut se faire la
barbe en courant le renard ! Voilà sans doute un
merveilleux rasoir ; mais rien n'est comparable au
tire-bouchon dont je vais parler. Un de ces génies profonds et patiens ayant médité long-temps
sur les imperfections du tire-bouchon vulgaire, lui
reconnut trois graves inconvéniens : 1° l'opération
est fatigante pour le bras et quelquefois pour les
genoux ; 2° la secousse altère la limpidité de la liqueur ; 3° le goulot de la bouteille peut se casser
et blesser l'échanson. Après mille tentatives, il
parvient enfin à faire éclore une admirable machine qui saisit le bouchon rebelle et le fait sortir
doucement de la bouteille, sans autre effort que
de tourner un piston. On sent que la fortune de
cet homme était faite, dans un pays où le tire-
bouchon a une influence politique : mais sur quoi
peut-on compter en ce monde ? Un démon, jaloux de sa gloire, fait observer qu'il faut se salir
les doigts en retirant le bouchon de la machine qui
l'a saisi, et il invente une autre mécanique par
laquelle le bouchon est extrait, et se replace de
lui-même, sans que les doigts aient besoin d'y
toucher.

Le faux Espagnol cite encore le fait suivant
comme une singularité. Dans l'endroit où la Tamise sépare les comtés de Middlessex et de Surry,
on sentait le besoin de construire un pont ; mais
les magistrats des deux comtés ne purent jamais
s'accorder sur l'emplacement : ainsi chacun de son

côté assembla les matériaux nécessaires pour élever un demi-pont, mais non pas vis-à-vis l'un de
l'autre. On eut beaucoup de peine à leur faire
comprendre que ces deux demi-ponts ne feraient
point un pont entier ; et ici notre auteur se trompe,
car le pont qui unit Tarascon et Beaucaire est formé
de deux demi-ponts, qui ne sont point vis-à-vis
l'un de l'autre, mais ils sont unis par une chaus-
sée parallèle au cours du fleuve, de sorte que ces
trois parties présentent la figure d'un Z : les magistrats anglais pouvaient en faire autant.

On fait en Angleterre d'étranges collections :
les vieilles femmes font un amas de vieilles por-
celaines ; tel curieux n'achète des livres que pour
en déchirer le titre ; celui-là pour en détacher la
gravure qui accompagne le frontispice ; quelques-
uns attachent un grand prix à des livres qui n'ont
jamais été coupés, et qu'ils se garderont bien de
couper eux-mêmes ; d'autres ne composent leurs
bibliothèques que de livres en un seul volume ;
des amateurs font des collections des plus petites
pièces de monnaie ancienne ; d'autres, de toutes
les affiches de spectacles ; on trouve dans tel cabinet des échantillons de toutes les perruques connues de mémoire d'homme ; un gentleman enfin
a dépensé de grandes sommes pour acheter et recueillir les cordes de tout les pendus des trois
royaumes ; toutes ces cordes sont symétrique-
ment accrochées aux murailles de son cabinet,
avec des légendes contenant l'histoire des pendus

et les détails de leur procès. On espère que le propriétaire de ce beau muséum finira par se pendre
lui-même, et que sa corde aura l'honneur de com-
pléter la collection.

Le malin observateur ne reste pas toujours à
Londres. Dans la tournée qu'il fait en Angleterre,
il va visiter les lacs du Cumberland et de West-
Moréland. Il se trouve un jour dans un lieu plus
sauvage que le désert des Batuécas en Espagne.
L'absence de toute habitation, les rochers affreux
qui l'environnent, le lac silencieux qu'il côtoie,
lui font croire qu'il est séparé de l'espèce humaine,
quand tout-à-coup il voit paraître...... Qui? Un
loup, un serpent, un monstre! Non, c'est un Juif
qui lui offre des thermomètres et des lunettes.

La page 109 du troisième volume contient un
avis fort utile aux voyageurs : il existe en Angleterre une loi très-sévère, à laquelle il est d'autant
plus facile de contrevenir qu'elle est peu connue
des Anglais mêmes. Par cette loi, toute personne
qui apporte de l'étranger des billets de la Banque
d'Angleterre, est tenue de les présenter à cette
Banque avant de les mettre en circulation, et cela
sous peine d'être poursuivi pour crime de faux, si
le billet est faux lui-même. Pour avoir ignoré
cette loi, qui devrait être placardée partout, et
surtout dans les ports de mer, un étranger,
très-considéré dans son pays, ayant mis en émis-
sion à Londres des billets de Banque qu'il avait
achetés à Hambourg, et qui malheureusement se

trouvèrent faux, fut dénoncé, arrêté, jugé et condamné à la déportation. Son nom, son rang, son caractère intact, la certitude qu'il avait ignoré la loi, rien n'aurait pu le sauver, si enfin il n'avait obtenu comme grâce ce qu'il demandait comme justice.

Il me resterait beaucoup de choses à dire sur le bon ton des Anglais, sur leurs hommes à la mode, sur leurs *fops*, leurs *coxcombs* et leurs *fashionables;* mais voilà bien assez de critique, et quoique j'aie réduit au *minimum* les observations malveillantes de l'auteur, je suis persuadé qu'il y a encore beaucoup d'exagération dans le peu que j'en ai extrait. D'ailleurs, le livre change absolument de couleur vers le milieu du troisième volume, les éloges succèdent aux accusations les plus graves et aux sarcasmes les plus amers; mais ces éloges sont donnés par les traducteurs, et dans une contradiction trop évidente avec le texte. Comment, par exemple, quand on a dit que *que l'honnêteté ne caractérise pas la nation anglaise*, peut-on écrire que les Anglais et les Espagnols sont des nations trop sages pour ne pas s'estimer mutuellement? Quoi qu'il en soit, l'un des traducteurs paraît avoir beaucoup à se louer des dames et des demoiselles de Londres, car il les représente comme les femmes les plus vertueuses, les plus chastes, les plus instruites et les plus aimables qu'il y ait sur la surface du globe. A la vérité, il n'est pas aussi libéral envers les époux et les pères; ce sont, à l'en

croire, des *tyrans domestiques*, et ces fiers partisans de la liberté établissent dans leurs maisons le
despotisme le plus absolu. On trouve aussi dans
ce volume des détails agréables sur les eaux de
Bath, et un chapitre fort curieux sur la politique
des Anglais dans l'Inde. A tout prendre, le livre
est amusant, et ce qu'il renferme de plus instructif
est dû à MM. de Gourbillon et Dickinson, traducteurs et commentateurs.

LONDRES ET LES ANGLAIS;

Par L.-J. Ferri de Saint-Constant.

CET ouvrage embrasse tout ce qu'il peut y
avoir d'intéressant, de curieux ou d'instructif chez
une nation célèbre. Topographie, architecture,
caractères et mœurs des habitans, ressorts publics
ou secrets du gouvernement, lois et tribunaux,
agriculture, commerce, sciences, lettres, beaux-
arts, industrie, état militaire, marine, finances,
préjugés et vices nationaux, notices détaillées sur
les écrivains, les artistes et leurs principaux ouvrages : tels sont les objets importans que l'auteur
présente avec clarté, qu'il apprécie avec justesse,
et, sans doute, il y a peu de Français qui con-

naissent la France comme M. Ferri de Saint-Cons-
tant connaît Londres et les Anglais.

A mesure qu'on le lit, on se dépouille des préjugés trop favorables que l'on a conçus de l'Angleterre et de ses habitans. La première chose qui
frappe, l'architecture, y est encore dans une espèce
de barbarie, et l'on est étonné de voir que la capitale de la Grande-Bretagne a moins d'édifices
remarquables que les villes du cinquième ou sixième
ordre en Europe. Ce n'est pas qu'on ait voulu y
élever des monumens ; mais ils sont presque tous
des chefs-d'œuvre de mauvais goût. Plusieurs offrent quelque chose de plus choquant encore que
leur imperfection, c'est le but dans lequel ils ont
été érigés. Par exemple, on trouve à l'Hôtel-de-
ville une statue du lord Chatam : on croit d'abord
que quelques services signalés rendus à la patrie
ont fait décerner cette statue au ministre ; mais
l'admiration fait place au mépris, quand on apprend que le noble lord a reçu ces honneurs pour
avoir, *dans le sein de la paix, fait attaquer et
saisir les vaisseaux français désarmés sur la foi
des traités*, et pour avoir fait à la France une
guerre inopinée, sans provocation et même sans
déclaration.

L'auteur aurait dû terminer cette anecdote par
ce que nous rapporte Raynal sur le même fait :
« L'ambassadeur de France se plaignant de cette
violation de la paix, le ministre lui répondit froi-
dement : *Si nous voulions être justes envers les*

Français, nous n'aurions pas pour trente ans d'existence. » Cette insolente naïveté du ministre, ce monument honteux par lequel on immortalise une pareille action, nous feraient croire que nous avons effectivement certains *penchans irrésistibles,* et que le nouveau docteur trouverait chez les Anglais *l'organe de l'injustice* très-fortement prononcé.

Ce trésor inestimable que les Anglais se vantent de posséder seuls, cette liberté qui les rend si fiers, et qui leur donne le prétexte de mépriser tous les autres peuples du monde, ne paraîtra pas un bien si précieux et si désirable, quand on voudra peser les considérations suivantes : 1° L'acte d'*habeas corpus,* cette sauve-garde de la liberté individuelle, qui peut être suspendu, et l'est en effet chaque fois que cela importe au gouvernement ; 2° le droit d'être jugé par ses pairs, qui se restreint tous les jours, et qui déjà est aboli dans toutes les lois fiscales, financières, et partout où il est question des revenus de l'État ; 3° la presse des matelots qui s'exerce de la manière la plus révoltante, et qui est d'autant plus contraire à la liberté qu'aucune loi n'en a fait une mesure légale ; 4° enfin, une foule de lois prohibitives qui sont tellement tyranniques, que le despote le plus absolu n'oserait les dicter au peuple le plus façonné à l'esclavage : telles sont, avec beaucoup d'autres, les restrictions apportées à la liberté pour la conservation de laquelle ce peuple se croit en droit d'être injuste envers le genre humain.

L'agriculture anglaise est vantée dans toute l'Europe : elle le mérite à bien des égards ; mais il ne faut pas en conclure que ce pays soit le plus productif, et que rien n'égale la fertilité de la Grande-Bretagne. Quel sera l'étonnement du lecteur quand il apprendra que l'Angleterre, prise en général, est le pays le moins cultivé de l'Europe, et que les landes y sont dans une proportion effrayante avec les terres en rapport? S'il en doute, nous lui citerons une autorité non suspecte, l'anglais sir Morton Eden, dont voici les expressions : « Notre île » a plus de terres en friches, en proportion de son » étendue, qu'aucun autre pays civilisé du monde, » sans même excepter la Russie, dont les forêts, » n'étant pas sans produit, ne peuvent pas être » considérées comme des terres en friche. »

La prétendue générosité des Anglais perd un peu de son éclat, quand on remarque que Londres est la ville du monde où l'on voit le plus de pauvres ; et la bonne foi tant vantée des marchands perd beaucoup de son crédit, quand on apprend que leur réputation n'est fondée que sur un mot, et que ce *qu'on nomme extorsion ailleurs, se nomme chez eux spéculation.* On aura de même une idée assez nette des mœurs anglaises, quand on saura qu'il y a cinquante mille filles publiques dans la seule ville de Londres, ce qui fait le vingtième de sa population. Si maintenant on retranche la moitié de cette population pour les hommes, la moitié de ce qui reste pour les femmes

âgées ou établies, la moitié de ce qui reste encore
pour les filles en bas âge ; et si l'on fait une dernière réduction pour celles qui, par leur rang et
leur fortune, sont préservées de la prostitution et
du besoin, il résultera que, sur deux filles que
l'on rencontre dans cette capitale, il y a une fille
publique et souvent deux. Cette proportion de
cinquante mille filles nous a paru un peu forte ; mais
c'est sur des renseignemens pris à la police que
l'auteur fonde son assertion. Sur les fréquens
voyages des Anglais, nous citerons un mot de leur
compatriote Congrève ; il dit : « Qu'ils retournent
« à la maison paternelle, raffinés et polis comme
» un matelot hollandais qui a fait la pêche de la
» baleine. »

L'énorme différence qui existe entre l'hôpital de
Chelsea et celui de Greenwich, indique celle que
la nation a établie entre les troupes de terre et celles
de la marine : les premières jouissent de si peu de
considération, que la lie du peuple se permet d'insulter aux *habits rouges*. En confirmant cette pré-
férence pour les troupes de mer, le gouvernement
découvre assez le but de ses espérances, et l'espèce de gloire qu'il ambitionne.

Le commerce et les manufactures sont les véritables sources de la prospérité britannique. Ces
deux articles sont très-détaillés dans l'ouvrage que
nous annonçons ; et il y a un intérêt réel dans les
réflexions de l'auteur sur le danger d'un commerce
trop étendu. Le système de guerre fondé sur les

emprunts, les substitutions dans les héritages, les
voyages de long cours, les colonies nombreuses et
lointaines, y ont déjà sensiblement diminué la population, qui est la véritable base de la puissance
et de la prospérité chez tous les peuples. Nous ne
dirons rien des finances, de la constitution britannique, de son gouvernement, de son comité
secret supérieur aux ministres, etc. : ces objets
sont trop importans, et ils perdraient à être mor-
celés.

Quelques personnes nous ont paru peu satis-
faites du style de cet ouvrage, et lui trouvent un
air de négligence qui répond mal à l'intérêt du
sujet : ce reproche, quoiqu'assez juste, n'est cependant pas entièrement mérité. Le plus grand
nombre des chapitres n'exigeait que de la clarté et
de l'exactitude : qualités que l'auteur paraît posséder éminemment; et quand il s'élève à de plus
hautes considérations, l'intérêt consistant principalement dans les choses, il nous paraîtrait ridicule de le chicaner sur des mots.

Nous regrettons de ne pouvoir le suivre dans
l'examen qu'il fait des *différentes sectes, de l'état
des arts, des sciences, des mœurs, des usages* de
ce peuple si différent de nous, quoique si voisin ;
nous regrettons surtout de ne pouvoir citer un
grand nombre d'anecdotes, qui font mieux connaître le caractère d'une nation que les observations les plus fines ou les plus approfondies.

QUINZE JOURS A LONDRES

A LA FIN DE 1815; PAR M***.

Un Français va pour la première fois en Angleterre; il n'y voit que la route de Douvres à Londres; il passe quinze jours dans la capitale; il tient note de tout ce qui s'offre à ses observations, et ce journal forme un petit volume. Ce voyageur a de l'esprit, il est de très-bonne foi; il est, ou il croit être impartial, il ne rapporte que ce qu'il a vu ou entendu : faut-il en conclure qu'il ait pu juger les Anglais, leur caractère, leurs mœurs, ou même leurs bizarreries? Non, il est possible qu'il se soit trompé sur tout; et lorsque ses observations ont été matériellement vraies, faites avec soin, écrites avec sincérité et réduites aux termes les plus simples, alors même il est nécessairement trompé sur le jugement qu'il en porte, sur les conséquences qu'il en tire.

De quelque pays que nous soyons, notre jugement se forme de toutes les impressions bonnes ou mauvaises que nous avons reçues depuis notre enfance, de toutes les notions que nous avons acquises, de toutes les habitudes que nous avons contractées. Avec cette masse d'idées qui nous paraissent toutes justes, parce qu'elles nous sont naturelles, nous nous composons un régulateur dont nous nous servons pour juger les autres peuples, et même le peuple d'une autre province, d'une autre ville, d'un autre quartier. Tout ce qui est au-dessus ou au-dessous de notre échelle proportionnelle nous paraît monstrueux ou méprisable. Pour qu'une chose nous choque, il n'est pas nécessaire qu'elle soit réellement ridicule, il suffit qu'elle soit autre; et ce qu'il y a de plus bizarre, c'est que nous portons en nous-mêmes, sans nous en douter, les erreurs, les préventions et les défauts qui sont l'objet de nos reproches et de nos sarcasmes.

L'auteur des *Quinze jours à Londres* n'a pas tardé à me fournir la preuve de cette dernière proposition. Dès la vingtième page de son journal, il se moque d'un M. Scott qui a fait une *visite* à Paris en 1814, et qui, dans cette visite, a déjà connu et jugé notre caractère, nos mœurs, et jusqu'aux secrets les plus mystérieux de nos ménages : « Je crois, dit le voyageur français, que M. Scott n'a pénétré que dans nos antichambres, et a fait d'imagination le tableau des salons et des boudoirs. » Cela est possible; mais celui qui n'a vu qu'une auberge, une chambre garnie, un café, une salle de spectacle, et quelques rues de Londres dans le plus mauvais mois de l'année, jugera-t-il mieux l'Angleterre que M. Scott n'a jugé la

France? L'Anglais a blâmé Paris, parce que Paris n'est pas Londres ; le Français a fait la critique de Londres, par la même raison. Si un Italien, un Espagnol, décrivaient ces deux villes, ils y remarqueraient de nouvelles imperfections, parce qu'ils les jugeraient d'après le régulateur de Rome, de Naples ou de Madrid.

Il est vrai que notre voyageur, un peu caustique, s'est prescrit des limites très-étroites : il s'interdit toute discussion politique, toutes réflexions sur la puissance de l'Angleterre, sur son commerce, sa prospérité, et sur les ressorts de ce gouvernement dont tout le monde parle, que peu de personnes connaissent, et qui est jugé si diversement, selon les faces sous lesquelles on l'examine, et le régulateur dont on se sert pour l'apprécier. Notre anonyme n'a donc observé à Londres que ce que l'on voit partout : des costumes, des dîners, des théâtres, des boutiques, des rues et des maisons. Son ouvrage aurait fort peu d'importance, quand même il aurait toujours bien observé et bien décrit. Les grands traits de l'Angleterre sont sa constitution politique, son système de finances, son commerce et son industrie. Faites abstraction de ces quatre points caractéristiques, les Anglais sont des hommes comme les autres ; et les petites nuances qui les distingueront mériteront à peine l'attention de l'observateur.

On me répondra sans doute que le voyageur de quinze jours n'a pas eu de si hautes prétentions ;

qu'il n'a pas voulu faire un gros livre sur l'Angleterre, et qu'il s'est contenté de retracer brièvement
et légèrement les singularités et les ridicules qui
s'étaient offerts à ses yeux. En se renfermant dans
ce cercle très-étroit, il pouvait, je l'avoue, faire
un livre fort agréable ; mais alors il aurait dû s'attacher aux choses vraiment originales, aux objets
qui ne se trouvent que là, aux coutumes qui sont
vicieuses par elles-mêmes, et non point à celles qui
nous semblent ridicules par leur différence avec
les nôtres ; il fallait enfin ne pas dire que l'on sera
impartial, et l'être davantage. L'exemple des Anglais, qui ont été injustes envers nous, ne nous
donne pas le droit de tout blâmer chez eux à tort
et à travers : récrimination n'est pas justice. Un
défaut plus grave est celui de reprocher à Londres
ce que l'on trouve partout, et à Paris peut-être
plus qu'ailleurs.

Notre anonyme s'étonne d'abord de ce que le
garçon qui le sert dans l'auberge de Douvres place
sur la table *un couteau à droite, et une fourchette
à gauche,* ce qui me paraît fort naturel quand il
s'agit de découper ; mais il attend une serviette qui
n'arrive pas : l'absence de cette serviette fournit un
paragraphe qui finit par comparer un Anglais à
un chat. Que dirait-il donc s'il voyageait en Chine,
où il ne verrait sur les tables ni fourchettes, ni
couteaux ? Que conclure de cette différence dans
les usages ? C'est que deux ou trois cent millions
d'hommes ont pu dîner pendant deux ou trois

mille ans sans fourchette, et que la serviette n'est
pas d'une haute importance pour la gloire et la
prospérité d'une nation.

Notre voyageur est mal logé à Douvres : cela
est fâcheux ; mais je ne lui conseille pas d'aller en
Espagne ou en Italie, il y regretterait souvent les
auberges anglaises. En vertu de l'*Alien-bill*, il est
obligé de se faire recommander par un Anglais
pour obtenir la permission d'aller à Londres : je
ne vois là qu'une petite gêne pour les curieux, et
une grande sécurité pour le gouvernement. On ne
sonne pas aux portes des Anglais, mais on frappe :
voilà, je l'avoue, une énorme différence entre la
France et l'Angleterre ; mais plus on frappe fort,
plus on obtient de considération. Eh bien ! il suffit qu'on soit prévenu ; et vive le pays où l'on se
fait considérer à si peu de frais ! Logé à l'*Hôtel
Impérial de Saint-Pétersbourg*, l'anonyme y dîne
une seule fois, y couche deux nuits, y prend trois
fois du thé, et le mémoire s'élève à la somme de
126 livres 12 sous argent de France. Ceci, j'en
conviens, est un peu plus sérieux que la serviette
et le marteau de porte ; mais si vous voulez voyager économiquement, n'allez pas à Londres, et
surtout ne logez pas à l'*Hôtel Impérial*.

A Paris, les marchands ambulans annoncent les
différentes denrées par des cris qui ont obtenu l'honneur d'être notés comme des phrases de chant ;
à Londres, ces marchands coureurs se font connaître par des sonnettes. Je me déclare incompétent

pour juger la supériorité de l'une des deux nations
en une matière aussi grave : c'est à nos maîtres
en acoustique qu'il appartient de décider si le cri
d'une marchande de pommes devient plus doux ou
plus aigre par l'accompagnement d'une clochette.

Les théâtres de Londres représentent avec honneur les chefs-d'œuvre de notre boulevard du
Temple : qu'importe? Voltaire a dit qu'une nation
tout entière *ne peut se tromper en fait de sentiment, et n'a jamais tort d'avoir du plaisir.* Or,
si le sentiment et le plaisir se sont réunis en faveur de la *Pie voleuse*, pourquoi ne figurerait-elle
pas entre le spectre de Hamlet et les sorcières de
Macbeth ? Un Parisien n'a-t-il pas bonne grâce de
se moquer du goût des Anglais pour le mélodrame !

Un autre moyen de se faire considérer à Londres, est d'entrer chez un marchand sans ôter
son chapeau; mais on est à peine remarqué et l'on
est mal servi si l'on s'y présente avec politesse. Il
faudrait être de bien mauvaise humeur pour blâmer un usage aussi commode : le ciel de Londres
est brumeux; l'atmosphère y est froide et humide,
et vous vous plaindriez d'y être bien reçu, bien
servi, sans risquer de gagner un rhume! Cela serait un peu trop français. Chez les Anglais, dont
on vante la propreté, l'anonyme a vu un garçon
cabaretier portant de maison en maison ses pintes
de bière, et se désaltérant en chemin, en préle-
vant la dîme de chaque mesure; plus loin, c'était
un enfant qui s'amusait à lécher le morceau de

14.

beurre acheté par ses parens. Ceci est très-sérieux,
il faut le confesser ; mais si un Anglais s'avisait d'é-
pier nos enfans, nos cabaretiers, et même nos cuisiniers de bonnes maisons, la brochure qu'il ferait
sur un sujet aussi important serait-elle moins volu-
mineuse que celle de notre voyageur?

Maintenant, si nous récapitulons les griefs ex -
posés dans l'acte d'accusation que je viens de transcrire, nous verrons que notre supériorité sur l'Angleterre consiste en ce que, sur nos tables, on place
la fourchette et le couteau du même côté, tandis
qu'à Londres l'une est à gauche et l'autre à droite ;
que chez nous on sonne aux portes, et doucement,
tandis que là-bas on frappe, et l'on frappe fort ;
que nous avons besoin d'une serviette, dont les
trois quarts des Anglais savent se passer ; que nous
avons trois ou quatre théâtres spéciaux pour le mélodrame, qui partage à Londres, avec *Othello* et
Cymbeline, les honneurs des grands théâtres ; que
nous nous enrhumons par politesse, quand nos
voisins gardent le chapeau sur la tête ; et que nos
enfans sont toujours propres et réservés, quand
les petits gourmands de Londres sont assez *im-
moraux* pour lécher le beurre de leurs parens.
J'ai fait ce que j'ai pu pour diminuer les torts des
Anglais sur tous ces points : je sais ce que je dois
d'égards et de reconnaissance à cette grande nation, qui est si juste et si généreuse quand elle
parle de nous ; mais, d'un autre côté, si je prends
la défense de ces anciens ennemis, de ces éternels

rivaux, je pèche contre les idées libérales ; tâchons
d'éviter l'un et l'autre écueil, et laissons la question indécise : dans un temps où l'on fourre de la
politique partout, il n'est peut-être pas prudent de
parler de la serviette et du marteau de porte ; passons donc à d'autres objets, et traitons-les d'une
manière plus circonspecte.

Est-il vrai qu'on n'enterre les morts en Angleterre que dix, douze, ou même quinze jours après
leur décès ? Et le voyageur ne nous dit pas si l'on
fait des momies de ces morts que l'on garde si
long-temps dans une cité populeuse. Je consulte
le chapitre *des funérailles*, dans l'ouvrage intitulé
Londres et les Anglais; j'y vois que les morts de
ce peuple libre y ont des cercueils *charmans*, des
draps mortuaires *délicieux*; j'y apprends qu'un
marchand de chandelles de ce pays de Cocagne est
enterré avec une pompe extraordinaire ; que sa
veuve paie quarante livres sterling à l'office héral-
dique pour donner une cotte d'armes à son mari ;
dix livres sterling aux maîtres des écoles libres,
pour douze vers latins; cinquante livres sterling
pour un petit monument en marbre ; mais l'auteur de ce livre curieux ne parle pas du bel usage
d'honorer les morts en infectant les vivans.

Tout le monde connaît les assurances contre les
incendies ; mais notre observateur de quinze jours
m'apprend que l'Anglais, dont la maison est as-
surée, en fait assurer aussi tous les meubles ; et
quand le feu prend chez lui, il se contente de faire

un petit paquet de linge , et regarde brûler sa maison avec une stoïque indifférence. Cela me rappelle
un négociant de la même nation , qui , rassuré
contre le brigandage des Algériens par la leçon
qu'ils avaient reçue de lord Exmouth, disait avec
une candeur touchante : « Les pirates ne pil-
leront plus maintenant que des Italiens et des
Français. »

Après avoir reproché à nos voisins des torts
aussi graves que ceux de ne pas vouloir s'enrhu-
mer , de prendre du thé trop fort et du café trop
faible , de s'amuser à la *Pie voleuse* , et de faire
courir les rues aux sonnettes , tandis qu'ils n'en
mettent point à leurs portes , il fallait bien présenter quelques compensations pour ne pas ressembler à ce lord, auteur d'un voyage en deux
volumes , et tellement ennemi de la France , qu'a-
près avoir mangé avec plaisir des canards en Espagne , il ne trouvait rien de plus détestable qu'un
canard français. Notre anonyme est plus juste : sa
critique ne s'étend pas jusque sur les canards de
la Tamise ; mais aussi il est reconnu que nous n'a-
vons pas d'esprit public. Il fait d'abord observer
que le fameux *goddam* n'est pas le fond de la
langue anglaise , comme le dit Figaro , et que jamais on ne l'entend en bonne compagnie : ce que
je crois facilement ; il assure , en outre , que les
dames anglaises ne s'enivrent pas comme leurs
maris : ce que j'avais deviné avant de l'apprendre. Il
fait l'éloge des journalistes anglais qui , s'étant par-

tagés entre *l'Opposition* et les ministres, restent constamment fidèles à leur parti, et ne foulent pas aux pieds l'idole qu'ils ont encensée dans un autre temps. Je ne conçois pas trop comment l'honneur consiste à toujours donner raison à un parti, même quand il a évidemment tort; mais enfin c'est une louange accordée par le voyageur, et je la remarque avec d'autant plus de plaisir qu'il n'est pas homme à la prodiguer. Je terminerai par une observation plus sérieuse et plus édifiante. L'anonyme a trouvé les églises anglaises tellement pleines qu'il y avait du monde jusque dans la rue; il fut saisi d'un respect religieux en voyant l'ordre et le recueillement qui y régnaient; les jeunes gens ne s'y promenaient pas en long et en large pour y découvrir quelqu'un de leur connaissance, les femmes n'y jouaient pas des yeux et n'y faisaient pas des signes, et les assistans, uniquement occupés de Dieu, n'y étaient distraits ni par un loueur de chaises, ni par un bedeau, ni par des quêteuses. Après s'être moqué des Anglais, le malin voyageur ne veut-il pas ici se moquer un peu de nous?

Je rendrai compte incessamment des *Six mois à Londres* du même auteur. Si Barême est juste, les six mois vaudront douze fois les quinze jours. Je le souhaite pour le plaisir de mes lecteurs et pour le mien.

SIX MOIS A LONDRES EN 1816,

SUITE DE L'OUVRAGE AYANT POUR TITRE : QUINZE JOURS
A LONDRES A LA FIN DE 1815, PAR LE MÊME AUTEUR.

VOLTAIRE avait tous les moyens de bien observer ; sa réputation lui facilitait l'accès dans les
meilleures sociétés partout où il se trouvait, et
cependant il assure qu'un étranger ne connaît
jamais bien le pays qu'il habite, qu'il n'en voit que
les dehors, et que les dedans lui sont toujours
cachés. Il ajoute que, quand on parcourrait cent
fois la ville de Londres, quand on passerait de la
maison d'un lord à la taverne, du Parlement à la
Bourse, et du sermon à la comédie, on serait encore fort inhabile à juger du caractère et des mœurs
de la nation. Il raconte que, voulant aller à Londres, il s'arrêta d'abord à Greenwich. C'était le
jour d'une fête populaire : une foule immense y
arrivait de tous côtés ; la joie et la satisfaction écla-
taient sur tous les visages, la large Tamise était
couverte de chaloupes pavoisées, conduites par
des rameurs dont la petite veste était ornée de rubans. Partout des femmes proprement et riche-
ment vêtues, partout des jeunes gens de bonne
mine couraient sur des chevaux fringans ; des

espèces de champs clos, tracés sur la pelouse, étaient destinés à divers jeux et à des courses, et des mâts portaient le prix de la victoire. Voltaire était enchanté. Pour surcroît de bonheur, il rencontre dans la foule quelques Anglais pour lesquels il avait des lettres de recommandation ; il en est accueilli avec une politesse, un empressement et une gaieté qui l'étonnent. On lui amène un cheval, on le conduit partout, on lui fait voir tout, on lui explique tout, et on le quitte en lui faisant mille protestations de service. Si, dès ce moment, Voltaire eût écrit en France, il n'aurait pas manqué d'assurer que les Anglais sont le peuple le plus communicatif, le plus gai, le plus aimable et le plus éminemment social qui ait jamais existé sur la terre. Cependant il entre dans Londres ; dès le même soir il est introduit dans une société où plusieurs dames de qualité sont réunies. Il croit n'avoir rien de mieux à faire que de parler avec enthousiasme de la belle fête qu'il a vue, et du plaisir qu'elle lui a causé. Toutes les figures deviennent sérieuses, et personne ne lui répond ; plus il s'échauffe, plus les visages se glacent, et l'on se met à jouer sans l'écouter davantage. Une dame pourtant, plus charitable que les autres, le tire à l'écart et lui dit : « La fête dont vous nous parlez est celle du peuple ; la bonne compagnie n'a garde de s'y trouver ; les belles dames que vous avez vues sont des grisettes ou des femmes de la dernière classe, et ces écuyers élégans qui maniaient leurs coursiers avec tant d'adresse, sont des commis marchands qui caracolaient sur des chevaux de louage. » Notre voyageur était un peu honteux des belles expressions dont il s'était servi, mais il ne se tenait pas pour battu, et les nouveaux amis qui l'avaient reçu avec tant de cordialité devaient le dé-dommager du froid accueil des grandes dames. Il les trouve le lendemain dans un café où ils lisaient les papiers publics. Il les aborde avec la familiarité et la gaieté françaises ; on lui fait un salut très-bref, mais on ne lui répond pas un mot ; à peine a-t-on l'air de le connaître ; toutes les belles choses qu'il dit paraissent importuner ces hommes qui, la veille, babillaient autant que lui. Il demande enfin la raison de ce contraste ; et après plusieurs inter-pellations toujours plus pressantes, on lui répond enfin que *le vent d'est souffle,* et là finit la con-versation. La conclusion de cette petite historiette est que, quand le vent souffle de l'est, tous les An-glais ont le spleen, les uns se pendent, les autres se noient, et tous sont moroses ou désagréables.

Voilà de l'exagération dans deux sens opposés ; et si un homme tel que Voltaire s'est laissé trom-per ainsi par les apparences, que dirons-nous des voyageurs vulgaires ? Le *vent d'est,* l'appa-reil d'une fête populaire, la morgue de quelques grandes dames, n'influeront-ils pas sur leurs ju-gemens ? Concluons à notre tour que pour bien connaître une nation dont les usages diffèrent es-sentiellement des nôtres, il faut y voir toutes les

classes de la société, les voir dans toutes les circonstances, et y former des liaisons qui nous
donnent les moyens d'observer l'intérieur. Les
lieux publics ressemblent à des salles de bal, chacun a son masque et son domino : avant de juger,
attendez qu'on ait quitté le déguisement.

N'exigeons donc que des observations superfi-
cielles d'un voyageur qui passe quinze jours ou
même six mois dans une immense capitale, et
soyons satisfaits si, parmi ses remarques, il s'en
trouve d'originales et de plaisantes. L'anonyme
dont j'annonce l'ouvrage, a mieux vu en six mois
qu'il n'avait fait en quinze jours ; ses critiques,
quoique toujours malignes, sont moins tranchantes,
ses éloges sont moins restreints. Mais, je le répète, s'étant interdit toute réflexion sur les grands
traits qui distinguent la nation anglaise de toutes
les autres, les tableaux *de genre* qu'il nous présente se retrouvent, à quelques nuances près,
dans toutes les grandes villes de l'Europe.

Sa description de l'Opéra de Londres peut s'appliquer à bien d'autres spectacles, et je n'y vois
rien d'absolument original que la manière d'appliquer les affiches : à Londres, elles ne tapissent
pas les rues comme chez nous ; on les dépose dans
différentes boutiques, et notre voyageur a vu chez
un boucher une affiche d'Opéra *qui était attachée*
par un bout sur un gigot de mouton, et par l'autre
sur une longe de veau. Une bonne idée en fait
naître une autre, et je pense que si l'on plaçait

chez nos marchandes de modes des affiches de comédie attachées à des bonnets et à des chapeaux, il y
aurait beaucoup plus de jolies femmes à nos spectacles. Le gigot et le chapeau constitueraient une
différence nationale, beaucoup plus caractéristique
que le marteau de porte et la sonnette.

Les *modes* anglaises ont peu de grâce et de goût
aux yeux de l'anonyme : je le crois aisément ; mais
pouvons-nous disputer sur le goût et l'élégance
d'une mode, quand nous savons que la dernière
est toujours la meilleure ? Supposons que l'on pût
voir aux Tuileries, dans le même moment, une
femme mise comme on l'était avant la révolution,
une seconde mise comme on l'est aujourd'hui, et
une troisième comme on le sera dans trente ans,
ne seraient-elles pas des caricatures l'une pour
l'autre ? Nous sommes donc déjà ridicules pour
ceux qui viendront après nous, et tout homme qui
parle de modes devrait ajouter :

Celle que je décris est déjà loin de moi.

Le chapitre intitulé la *Veille de Saint-Valentin*,
sera tout neuf pour la plupart des lecteurs. Je me
contenterai de dire que cette fête est consacrée aux
déclarations d'amour. Les demoiselles reçoivent
de leurs amans de belles lettres, avec des vers et
même des gravures dont on tient boutique, pour
la commodité des amans qui ne sont pas poètes
ou qui ne savent pas écrire. Mais de quoi n'abuse-
t-on pas ? Les polissons de Londres, car il y en a

chez ce peuple philosophe, envoient, au lieu de déclarations, de véritables lettres de mardi gras, qui sont aussi une branche de commerce assez lucrative. Une grosse douairière reçoit une gravure représentant un amour affublé d'une énorme perruque, armé d'une flèche sans pointe, et conduisant un jeune homme efflanqué. Un autre espiègle, dont la verve est exaltée par les fumées du *porter*, écrit à une vieille femme qu'il désire l'épouser, parce que, dans les querelles de ménage, il ne risquera pas d'être mordu par elle. Plusieurs autres *valentines* (c'est ainsi qu'on nomme ces lettres gracieuses) renferment des traits aussi fins et aussi délicats.

Je ne m'arrêterai pas sur le chapitre qui traite de l'*Eclairage par le gaz;* il n'est qu'utile et instructif, et j'ai peur d'ennuyer.

Le Gascon maître de langue française est plus amusant ; mais ce n'est pas seulement en Angleterre que les Gascons enseignent à prononcer le français ; plus d'un seigneur russe a eu pour *out-chitel* (précepteur) un puriste des bords de la Garonne.

Greenwich méritait plus d'éloges que ne lui en donne le voyageur; il ne fallait pas le juger matériellement, mais relativement au but politique : cet établissement n'est pas une des moindres causes de la puissance de l'Angleterre ; cependant l'auteur y décrit une fête semblable à celle dont Voltaire a été l'admirateur et la dupe.

On voit que le voyageur s'est amendé pendant un séjour de six mois : les dames anglaises reçoivent de lui les plus magnifiques éloges ; elles sont sages et retirées ; elles cultivent les talens agréables ; elles parlent bien plusieurs langues ; elles ont des connaissances en littérature , et même dans les sciences. Cela me rappelle qu'à mon premier voyage à Rome , j'y vis un Français qui s'ennuyait à périr ; rien ne lui plaisait , ni les beaux restes des Romains , ni les nombreux muséums , ni les palais modernes , ni les beaux sites de Frascati , d'Albano et de l'Arriccia. A mon retour dans cette ville , je le trouvai plus enthousiaste qu'un antiquaire ; il avait fait une maîtresse dont il était très-amoureux ; il regardait Rome comme la première ville du monde ; il admirait la verdure d'une herbe jaune et brûlée par le soleil ; il chantait la majesté du Tibre , qui roulait ses eaux fangeuses sur des immondices et des décombres.

Nous autres badauds , nous croyons que tout Français est insulté par John Bull dans les rues de Londres ; le satirique , adouci par les charmes de quelque belle Anglaise , prétend que ce reproche est de toute injustice.

Les journaux anglais nous parlent assez souvent de maris qui vendent leurs femmes. L'anonyme a été témoin d'un marché de ce genre , et le mari avait choisi le lieu le plus convenable pour se défaire de sa marchandise , car il s'était placé au milieu d'un troupeau de bêtes à cornes. Il criait : *A*

quinze schellings ma femme! et la femme fut en-
levée. Il me semble que c'était un peu cher.

Au chapitre XVIII, on trouve la dissertation
plaisante d'un Gascon sur la langue anglaise ;
entre autres défauts qu'il lui reproche, j'ai remarqué celui *de ne pouvoir conjuguer un verbe sans
un auxiliaire.* Je demanderai au Gascon et même
au Parisien, quel est celui de nos verbes qui se
conjugue complétement sans auxiliaire ; et s'il était
étranger, que dirait-il de notre auxiliaire ÊTRE,
qui se conjugue avec l'auxiliaire AVOIR, et de
l'auxiliaire *avoir* qui se conjugue avec lui-même?
J'ai été, vous avez été, j'ai eu, vous avez eu,
paraîtraient fort plaisans à des hommes dont la
langue ne marque les temps des verbes que par les
désinences.

Je passe rapidement sur le chapitre du *Charla-
tanisme :* nous n'avons pas eu besoin de franchir
le Pas-de-Calais pour le connaître.

Celui des *Tribunaux* offre une anecdote fort
triste dont je ne dirai rien, et un procès comique
dont voici le sujet : Un fermier qui doit des loyers
voit entrer chez lui son créancier avec des officiers
de justice qui viennent procéder à une saisie mobi-
liaire. Le débiteur, pour n'être pas dépouillé entièrement, s'empare bien vite d'une culotte neuve
qu'il s'efforce de mettre par-dessus la vieille qu'il
portait. Il avait déjà passé une jambe, mais le dur
créancier saisit avidemment la partie du vêtement
qui était encore libre, et voilà la culotte tiraillée

par les deux compétiteurs ; elle eût été partagée
sans doute si la fermière ne fût accourue et n'eût
aidé son mari à mettre la seconde culotte sur la
première. Cette affaire grave est portée au tribu-
nal, qui allait comprendre l'objet contesté dans la
saisie, lorsque le débiteur démontre la nécessité
où il est de porter une seconde culotte, attendu
le délabrement de la première. Son plaidoyer n'a-
vait fait aucun effet, mais l'exhibition toucha les
juges, et la culotte neuve lui fut adjugée.

Je n'ai plus assez de place pour parler de la
Chambre des communes, d'un mariage anglais,
des combats de coqs et des combats de taureaux.
Je m'arrêterai un moment sur les *gageures*, parce
qu'il y en a deux qui prouvent de la philantropie, un goût délicat et un sentiment exquis de la
dignité de l'homme. La première consiste à faire
combattre onze invalides qui n'ont qu'un bras,
contre onze invalides à qui il ne reste qu'une
jambe. L'autre est encore plus jolie : un homme
parie qu'il mangera, *lui second*, notez bien cette
clause, un boisseau de pommes de terre, en une
demi-heure. La gageure est acceptée, les pommes
de terre sont mangées dans le temps convenu par
le parieur et son second ; et en effet ils étaient
deux, car le second était un cochon.

Je terminerai par cet avis que je crois utile :
C'est dans les écrits des Anglais qu'il faut apprendre à connaître l'Angleterre, les mœurs, le
génie et le caractère de ses habitans.

UNE ANNÉE A LONDRES ;

PAR L'AUTEUR DE QUINZE JOURS ET DE SIX MOIS
A LONDRES.

LA paix la mieux cimentée ne met pas fin aux rivalités nationales. L'épée est rentrée dans le fourreau , mais les plumes s'affilent, l'encre coule à grands flots sur un nouveau champ de bataille ; les sarcasmes , les bons mots, les gros et petits mensonges sont reçus et rendus avec une égale intrépidité , et le même paquebot lance sur les deux armées ces ridicules projectiles.

Comment deux nations , si long-temps ennemies, se priveraient-elles tout-à-coup des douceurs de la médisance , quand des peuples , sujets du même prince , placés sous le même ciel , vivant sous l'empire des mêmes lois et des mêmes habitudes ; entretiennent de petites rivalités dont la cause leur est inconnue , conservent des proverbes et des dictons injurieux à leurs voisins , et se caractérisent réciproquement par des dénominations outrageantes , sans que ces propos inconsidérés troublent les relations amicales et affectent les individus ? Toute inculpation générale étant absurde,

le particulier ne fait qu'en rire, et il fait sagement.
Que de plaisanteries n'a-t-on pas faites sur les ro-
domontades et la fausse bravoure des Gascons?
Cependant, lorsque dans un grand danger Henri IV
criait : *A moi, mes Gascons !* ces prétendus pol-
trons étaient des Spartiates. On parlera long-temps
encore des quatre-vingt-dix-neuf moutons cham-
penois, et cependant, parmi ces moutons, il y
avait un La Fontaine, bête d'une espèce si rare,
que tous les peuples et tous les siècles réunis n'en
formeraient pas un troupeau. Laissons donc les Anglais et les Français se moquer les uns des autres :
cette guerre de pamphlets fera sourire nos libraires,
et ne renchérira pas les denrées coloniales.

Dans cette lutte peu dangereuse, l'avantage doit
rester incontestablement au peuple qui y appor-
tera plus d'esprit, plus de finesse et plus de grâce;
et nous allons apprendre si ces qualités, en déser-
tant la France, ont passé le détroit pour aller
égayer les rives de la Tamise. L'auteur du livre que
j'annonce a eu le courage de réunir en un seul
chapitre les observations philosophiques, satiriques
et morales que des sages d'Albion ont faites sur nos
défauts, sur nos ridicules et sur nos vices. A la
tête de ces moralistes, il place avec raison lady
Morgan, si célèbre par la justesse de ses critiques,
la délicatesse de ses remarques, et sa profonde
connaissance de l'histoire et de la chronologie.
Après ce nom illustre viennent ceux de sir Charles
Morgan, John Scott, Jeorgeson, Israéli, Birberk,

Williams, et un anonyme qui n'a pas moins de renommée. Sans distinguer ce qui appartient à chacun de ces La Bruyères anglais, voici le résultat des reproches qui nous sont adressés par eux, et que je resserre à regret dans une étroite analyse.

« Nous avons la physionomie tartare. — La
» santé nous est inconnue ; nos rues et nos routes
» sont couvertes et encombrées de paralytiques.
» — Nous ne faisons aucune différence entre un
» chat et un lapin ; nous mangeons de la chair de
» cheval à demi-pourrie, et une immense quantité
» de graisse. — Si les riches Anglais tirent leurs
» cuisiniers de chez nous, la raison en est palpable :
» il faut, en effet, que ces artistes aient de grands
» talens pour rendre mangeables les viandes pu-
» trides et dégoûtantes dont nous faisons nos dé-
» lices. — Notre malpropreté est portée au degré
» le plus repoussant. Nous gardons les mêmes
» habits et le même linge jusqu'à ce qu'ils tombent
» en lambeaux ; le dimanche même ne fait pas
» exception à cette règle générale. Si nos dames
» font un usage du bain, plus fréquent et plus
» varié, c'est leur mauvaise santé qui les y oblige.
» — Nous logeons dans de grandes et vieilles mai-
» sons que notre pauvreté nous empêche de ré-
» parer ; nos portes ne ferment point, nos plan-
» chers sont en brique, et nos cheminées d'une
» grandeur immense. — Les arts et les lettres sont
» et ont toujours été chez nous dans un état dé-
» plorable ; nos savans ne font que copier les sa-

15.

» vans anglais ; le moindre barbouilleur peut passer
» à nos yeux pour un bon peintre ; nous n'avons
» pas un écrivain qui s'élève au-dessus du pam-
» phlet, pas un auteur dramatique, pas un seul
» bon poète ; nous n'en avons même jamais eu.
» Notre comédie seule est passable, parce que
» nous sommes un peuple comédien. — La civi-
» lisation n'a pas fait de progrès parmi nous : aussi
» la dépravation de nos mœurs est-elle complète.
» Nos femmes sont actives, adroites, intrigantes,
» ne font aucun cas de la fidélité conjugale, res-
» tent à table aussi long-temps que les hommes,
» et se permettent les conversations les plus li-
» cencieuses, etc., etc. »

Je transcrivais ces dernières lignes, lorsqu'un
Français, qui a vu de près les guerriers d'Angleterre, et qui ne les a pas toujours vus à Water-
loo, entra dans ma chambre et parcourut le
chapitre où nous sommes peints avec tant de vérité. J'ai cru qu'il allait mettre le livre en pièces et
lacérer mon extrait. Quel fut mon étonnement de
le voir rire de la meilleure grâce, et d'entendre le
discours suivant : « Excellent ! charmant ! admirable ! Oh ! certes, ce n'est pas un barbouilleur
qui a fait un pareil tableau ! Comme John Bull va
se désopiler la rate ! Les marchands de la cité riront
pour la première fois. Voilà de l'esprit public, voilà
comme on prouve la supériorité de sa patrie. Nos
Français n'y entendent rien. Quel dommage qu'il
se trouve quelques imperfections dans une œuvre

si remarquable ! Tâchons de les faire disparaître ;
je propose des variantes : après le passage où l'on
dit si élégamment que nous mangeons du chat pour
du lapin , et que nous vivons de chair de cheval à
demi-pourrie, ajoutez : « Observation prouvée par
la sobriété des Anglais qui cessent de manger et de
boire dès qu'ils ont le malheur d'être en France. »
Après le fréquent usage des bains, que les ingénieux auteurs attribuent à l'état maladif de nos
dames , et non pas à leur propreté, ajoutez ces
mots : « Les dames anglaises se portent toujours
bien. » Cela suffira pour rappeler une petite anecdote qui n'est pas sans agrément. Un de nos évê-
ques, dit-on , se trouvait en Angleterre, dans une
société où l'on agitait plusieurs questions de prééminence nationale. Après avoir parcouru tous les
points de comparaison, quelqu'un eut l'indiscrétion d'interpeller le prélat , et de lui demander qui
l'emportait des Anglaises ou des Françaises, sur l'article de la propreté. Le grave personnage, qui pouvait, qui devait peut-être se déclarer incompétent,
se tira cependant avec beaucoup d'adresse de ce pas
difficile : « Les Anglaises , dit-il , sont plus propres
aux yeux des hommes, et les Françaises aux yeux
de Dieu. » Mais revenons à nos auteurs. Ils ont
très-bien observé que les Français sont dans un
état permanent de paralysie , et qu'on les trouve
couchés dans toutes les rues et sur toutes les routes :
c'est ce que l'Europe peut attester , car on nous a
vus presque partout. Mais que vont dire les mi-

nistres de l'Angleterre? L'Opposition leur pardon-
nera-t-elle d'avoir dépensé des milliards, et formé
des coalitions d'un million de soldats pour combattre un peuple de paralytiques? Que pensera-t-
on d'une victoire où l'on a triomphé de pauvres
malades, et où nos rivaux ont été vainqueurs,
comme dit la chanson : *Accompagnés de plusieurs
autres?* Oh! puisque j'en suis sur les coalitions,
il me vient une bonne idée : invitez les Morgan,
les Scott, les William à imiter la sagesse du ministère britannique ; s'il n'a pas dédaigné d'appeler
toute l'Europe à son secours contre les moribonds
de la France, nos antagonistes littéraires ne de-
vraient-ils pas aussi se liguer avec les génies du
continent? Quand on est assez riche pour acheter
des armées, on peut bien, ce me semble, acheter
un peu d'esprit : c'est un auxiliaire aussi utile en
fait de brochures, que les escadrons en fait de batailles. Donnez ce conseil aux Scott et aux Morgan, et dites-leur que nos malades entreront en
lice avec eux, quand les juges du camp auront
trouvé les armes égales. » A ces mots, mon discou-
reur me quitte, et sort en disant : John Bull va
bien rire, mais pas autant que moi.

Toute plaisanterie à part, n'est-il pas bien étrange
que des Anglais s'abaissent jusqu'à publier des impertinences aussi absurdes et aussi grossières, et
s'exposent gratuitement à se faire mépriser par
tous les lecteurs de bon sens qui abondent en Angleterre? Des hommes nés dans une patrie qui,

sur tant de points, a droit à la prééminence, et
d'autant plus glorieuse que la nature l'a placée
sous un ciel moins clément, et circonscrite dans
des limites plus étroites, des hommes qui se disent
membres de la première nation du monde, ont-
ils bien pu signer des recueils de sottises qui démentent cette supériorité, en même temps qu'ils
la proclament? Dans quels salons de Paris les
graves observateurs que je viens de nommer ont-
ils vu *nos petits-maîtres portant de vieux chapeaux et des bottes rapiécées?* Dans quelle honnête maison leur a-t-on servi de la chair de cheval?
à quelle table ont-ils entendu nos dames tenir les
propos les plus licencieux? Ah! messieurs, ne parlons pas de corruption et de dépravation de mœurs;
ce reproche est une balle qui peut se renvoyer
comme se recevoir. Ne sait-on pas que là corruption s'accroît comme la civilisation? et vous pré-
tendez être le peuple le plus civilisé de la terre!
Ne sait-on pas qu'il y a toujours beaucoup de vices
dans les grandes réunions d'hommes, et ne ré-
pétez-vous pas sans cesse que Londres est plus
peuplé que Paris?

J'ai un tel dégoût pour ces injures adressées à
des nations entières, pour ces insolentes conclu-
sions tirées du particulier au général, que je me
garderai bien d'attester aucun des faits défavorables
à la nation anglaise, même quand ils sont consi-
gnés dans les journaux anglais, et, à plus forte
raison, quand ils sont rapportés par l'observateur

français, auteur de *Quinze Jours*, *de Six Mois*, et d'*Une Année à Londres*. Je m'obstine à ne pas croire ce que des Anglais même ont écrit sur la corruption, les marchés honteux et le scandale qui accompagnent les élections en Angleterre. Je ne vois rien de semblable chez nous ; et j'estime trop nos honorables voisins pour penser qu'ils ne nous valent pas. Je dénonce donc à la nation britannique ceux de ses membres qui la calomnient à cet égard. Je regarde comme une fable absurde le rapport des voyageurs quand ils me peignent les dîners anglais comme des orgies dégoûtantes, et quand ils prétendent que la prévoyance de l'ivrognerie y a fait placer près de la table chargée de bouteilles, un autre meuble qui rapproche l'effet de la cause, et qui révolterait jusqu'au dernier des Français qui prennent des chats pour des lapins. Je ne croirai pas davantage à ces procès que l'on dit si communs en Angleterre, et dans lesquels on suppose qu'un mari va conter aux tribunaux les turpitudes de sa femme, et réclame des dommages-intérêts, évalués en livres sterling, pour réparer la brèche faite à son honneur. J'ai lu qu'autrefois un prince italien, trompé par sa femme, avait fait placer deux cornes d'or sur son casque, et avait juré de les porter jusqu'à ce qu'il eût obtenu vengeance ; mais l'historien ne disait pas que l'or dont était formé ce bizarre ornement ait été demandé au séducteur.

Je serai moins incrédule sur des faits qui offrent

de la singularité , parce qu'il me semble que les
originaux ne sont pas rares en Angleterre. J'ai ri ,
par exemple , de ce prédicateur qui , ayant prêché
sur le mépris des richesses et sur le désintéresse-
ment , fait placer à la porte de l'église un homme
armé de plumes , d'encre et de papier, qui propose à tous ceux qui en sortent de souscrire pour
l'impression du discours. Je n'admire pas moins
la touchante naïveté d'un autre prédicateur qui
compare le christianisme au pot-au-feu. « Le pot
est l'Eglise , dit-il ; la viande , la parole de Dieu ;
le bouillon , la grâce d'en haut ; les trois pieds de
la marmite sont le symbole de la Sainte-Trinité. »
Voltaire avait raison de dire que les sermons anglais sont d'une grande simplicité , et l'on sait qu'il
n'y a de sublime que dans le simple. Voici une
anecdote plus agréable encore : Deux Anglais se
donnent rendez-vous pour se battre ; celui qui a
le choix des armes arrive le premier sur le pré avec
deux fouets de poste , et déclare qu'il ne se battra
que de cette manière ; son rival indigné saisit en
effet l'une de ces belles armes pour châtier l'impertinent , et le combat ne finit que quand les
deux champions ont le corps déchiqueté et tout en
sang. Je ne crois pas que nous imitions jamais
cette mode , au moins quand nous nous battrons
entre nous.

Mais à ces bizarreries , qui n'ont rien d'invrai-
semblable , l'observateur français fait succéder des
accusations plus sérieuses auxquelles il m'est im-

possible d'ajouter foi. Est-il bien vrai que la *taxe des pauvres*, si énorme et si onéreuse en Angleterre, fasse commettre sans cesse des crimes de lèse-humanité? Puis-je croire qu'on chasse un pauvre moribond du village où il n'est pas né, et qu'on le force à aller mourir dans un champ ou sur la route, afin de ne pas grever la paroisse des frais d'enterrement? Mais voici un trait qui touche au merveilleux : Dans la paroisse d'Epwell on empêche deux nouveaux mariés, mais pauvres, de consommer le mariage, dans la crainte d'ajouter à la taxe en multipliant les mendians. Rien n'est plus plaisant que la tactique de l'*overseer* pour empêcher les époux de coucher ensemble. Une inculpation plus grave, et si atroce que je la déclare calomnieuse, est celle que l'on fait à plusieurs lords de tendre dans leurs forêts des pièges à loups, des traquenards, des fusils cachés qui partent au moindre mouvement, piéges tendus contre les braconniers, mais qui tuent, blessent ou mutilent les pauvres qui vont ramasser le bois mort, les simples passans ou les promeneurs. En croirai-je l'observateur quand il ajoute que ces abus (et le mot est bien modeste) ne sont et ne seront jamais réprimés?

Pour finir par un trait saillant, je vais apprendre à mes lecteurs étonnés que dans ce siècle de lumières et de perfection, dans la patrie de la raison et de la philosophie, au mois de mai 1817 (et non pas 817 comme on pourrait le croire) la cour du ban du roi ordonna le combat en *champ clos* entre un homme accusé de meurtre et son accusateur. Cette historiette, qui rappelle les *jugemens de Dieu* des siècles barbares, prouve, si elle est vraie, que les extrêmes se touchent dans la Grande-Bretagne, et peut servir de pendant à celle des *serfs attachés à la glèbe* qui, selon un autre observateur, existent encore en Écosse, sous la plus libérale et la plus parfaite des constitutions.

RELATION

D'UN VOYAGE FORCÉ EN ESPAGNE ET EN FRANCE,

DANS LES ANNÉES 1810 A 1814;

Par M. le général-major lord BLAYNEY, prisonnier de guerre; traduit de l'anglais, avec des notes du traducteur.

Les Français, dit-on, n'ont pas d'esprit public, et le reproche me paraît fondé. Ce n'est pas qu'il n'y ait en France, tout aussi bien qu'en Angleterre, des hommes qui aiment sincèrement leur patrie, qui la préfèrent aux contrées les plus favorisées de la nature, qui contribuent de tout leur pouvoir à la gloire et à la prospérité de leur pays, qui gémissent quand leurs efforts sont impuissans;

qui supportent sans murmurer les charges publiques, quelque pesantes qu'elles soient; mais ce patriotisme des honnêtes gens n'est pas celui qui brille davantage : il en est un autre bien plus éclatant, quoique moins difficile, dont les Français sont entièrement dépourvus, mais qu'ils pourront acquérir s'ils veulent écouter et suivre les conseils que je vais leur transmettre, et qui viennent de bonne source.

Je suppose donc que vous êtes militaire et *officier de distinction*, comme l'auteur du Voyage que j'annonce : vous commandez un corps d'armée destiné à une expédition importante; malgré vos grands talens, votre haute valeur et vos savantes dispositions, vous êtes complètement battu et fait prisonnier par des troupes que vous méprisez même après votre défaite. Un officier ennemi vous sauve la vie en s'exposant lui-même; le général vainqueur vous accueille non-seulement avec humanité, mais avec la générosité la plus noble et la politesse la plus délicate; vous manquez de tout, il vous donne tout *jusqu'à son linge;* occupé de vos plaisirs autant que de vos besoins, il vous laisse disposer de ses chevaux, soit pour vous promener, soit pour aller à la chasse. Témoignez-vous de la répugnance à traverser les villes? on vous permet de prendre un chemin détourné pour rejoindre, quoique des troupes de votre parti puissent vous enlever. Partout on a pour vous les plus grands égards et la plus entière confiance : quoiqu'on s'é-

tudie sans cesse à vous donner le meilleur dîner,
si les mets ne sont pas accommodés selon votre
goût, le général appelle son cuisinier, et *lui com-*
mande d'obéir à vos ordres. Un officier, prisonnier comme vous, fausse sa parole d'honneur, et
s'évade ; le général ennemi n'en conçoit pas plus
de soupçons à votre égard, il vous laisse la même
liberté, et l'on pousse la délicatesse jusqu'à faire
un rapport favorable au déserteur. Vous n'avez pas
plus à vous plaindre du civil que du militaire : dans
vos longs voyages vous êtes reçu, fêté, caressé avec
des soins qui tiennent de la coquetterie ; les femmes
et les hommes rivalisent à qui vous fera passer les
momens les plus agréables : on a si peur de blesser
en vous l'orgueil national, que dans toutes les
conversations on met votre nation au-dessus des
autres, et l'on se rapetisse tant que l'on peut pour
que vous paraissiez valoir mieux que ceux qui vous
ont vaincu ; enfin, après avoir été prisonnier *pour*
la forme, comme vous l'avouez vous-même, vous
obtenez une liberté complète, et vous quittez avec
joie ces vilaines gens qui vous ont si bien traité.

Jusqu'ici vous ne devinez pas quel rapport ce
préambule peut avoir avec l'*esprit public ;* mais
redoublez d'attention, voici l'intéressant. Quand
vous serez rendu à votre patrie, ne manquez pas
d'y publier un gros livre où vous exprimerez toute
votre haine pour les hommes dont vous n'avez
qu'à vous louer, et tout votre mépris pour leur
politesse, leurs égards et leurs bienfaits : ces bien-

faits, dont vous faites l'aveu, vous disculperont
du reproche d'ingratitude, et les injures que vous
prodiguerez en retour feront éclater votre patriotisme. Quel agréable contraste présentera le récit
de votre voyage! Vos ennemis ont été envers vous
les plus polis des hommes ; vous soutiendrez, au
contraire, qu'ils sont d'une grossièreté rebutante,
que *tout est dégoûtant dans leur toilette, leur langage et leurs manières;* ils ont eu en vous la plus
franche confiance, vous direz qu'*ils sont dissimu-
lés, qu'ils savent non-seulement justifier les artifices les plus grossiers, mais qu'ils en font gloire;*
ils vous ont donné vivres, chevaux, vêtemens; ils
ont posé devant vous *des tas d'or, en vous priant
d'en disposer;* assurez qu'ils sont avares, et qu'*ils
ne boivent beaucoup de vin que quand on le leur
paie;* soutenez surtout qu'ils sont gourmands, tandis que vous avez eu la modération de ne mettre
sur votre voiture que *des jambons, des pâtés, et
un petit tonneau de vin;* ils vous ont battu et fait
prisonnier, mais affirmez qu'ils sont fanfarons et
lâches, *qu'ils pâlissent quand on leur parle de
l'ennemi, et que douze cents d'entre eux ont été
battus par deux cents brigands qui leur ont enlevé
un convoi;* la sottise et la poltronnerie de vos vainqueurs donneront le plus grand éclat à votre valeur et à vos talens militaires; en parlant de l'accueil bienveillant que vous aurez reçu partout,
déclarez modestement que vous ne le devez qu'à
la supériorité de votre nation, ce qui vous dispen-

sera de toute reconnaissance. Votre livre, n'en
doutez pas, fera la plus grande sensation dans toute
l'Europe ; et quand nous en aurons une vingtaine
de ce genre, on ne dira plus, j'espère, que les
Français n'ont point d'*esprit public*.

Le contraste que je viens de présenter au lecteur
n'est ni une fiction, ni un jeu d'esprit. Jamais prisonnier ne fut mieux traité que lord Blayney : jamais captivité ne fut plus douce, et jamais on n'a
calomnié plus gratuitement un ennemi plus généreux. Aucun patriotisme ne nous force à substituer
la haine personnelle à la haine politique ; et quand
même une guerre atroce porterait les hommes de
deux nations à se haïr personnellement, les bienfaits auraient toujours des droits sur les âmes honnêtes et généreuses. Les héros d'Homère sont aussi
patriotes que lord Blayney ; mais, dans la chaleur
du combat, le souvenir du plus léger bienfait sus-
pend tout-à-coup leur fureur : on les voit se serrer
la main ou faire l'échange de leurs armes, comme
pour nous apprendre qu'on est homme avant d'être
ennemi. Qu'un Anglais ne nous aime pas, cela est
tout simple ; que nos manières lui déplaisent, cela
se conçoit facilement : mais il est des circonstances
où l'honneur doit imposer silence à la prévention
nationale ; et si l'on a le courage de braver toutes
les convenances, il faut tout au moins ne dire que
la vérité. Mais à qui lord Blayney prétend-il prouver que les Français pâlissent à l'approche de l'ennemi ; qu'ils ne boivent de vin que quand on le

leur paie ; que leur conversation n'est qu'une suite
de bons mots usés, sans sel et sans agrément ; qu'ils
sont grossiers dans leurs manières, et qu'ils ne savent pas s'habiller avec goût ? Est-ce dans les ta-
vernes de Londres qu'ils iront étudier l'art de
plaire ? Et dans quel siècle ont-ils eu besoin qu'un
étranger vînt leur donner des leçons de bravoure ?
On cite un Anglais qui, ayant trouvé dans une auberge une femme rousse et de mauvaise humeur,
écrivit sur ses tablettes : *Notez que, dans cette
ville, toutes les femmes sont rousses et méchantes.*
Cette conclusion du particulier au général est assez
ridicule ; mais lord Blayney renchérit considérablement sur son compatriote : s'il est forcé de reconnaître quelque bonne qualité dans un Français, il en prend occasion de dire quelque injure
à la nation entière. Est-il témoin d'un procédé
honnête ? cela est étonnant dans un Français. Un
Français montre-t-il de l'esprit, de l'instruction
et du bon sens ? il ne ressemble guère à ceux de
sa nation. Plus il rencontre de Français estima-
bles, plus il se croit en droit de nous insulter en
masse ; et après avoir cité des traits qui nous ho-
noreraient aux yeux de tout homme raisonnable,
il dit avec sa modestie ordinaire : « *Ils nous en-
vient, et nous les méprisons.* » L'expression est
un peu dure, mais il est bien plus dur pour un
héros tel que lord Blayney d'avoir été battu et fait
prisonnier par des fanfarons qui tremblent, et
d'avoir tant d'obligations à des gens si méprisables.

Je m'aperçois un peu tard que je suis devenu sérieux : l'esprit public me gagne ; et si je n'y prends garde, il me donnera le spleen. Oublions donc la haine et le mépris du lord pour ne nous occuper que de son mérite.

Les deux talens que lord Blayney possède le plus incontestablement, sont celui de faire la soupe et celui de ferrer un cheval. Le premier lui a valu l'approbation de tous les officiers français dans le royaume de Grenade, et le second a excité l'envie des maréchaux ferrans des Deux-Castilles. Il a aussi donné d'utiles conseils sur l'art de faire rôtir les canards espagnols, qu'il trouvait excellens ; mais, soit qu'il ait changé de goût en France, soit que les canards français partagent avec nous le mépris du fier Breton, arrivé dans la ville de Blois, il conçoit une antipathie mortelle contre ces malheureux bipèdes, et l'aubergiste, qui n'avait pas deviné cette aversion, lui ayant servi un canard rôti, notre Anglais s'empare de l'animal et le fait voler dans le feu ; puis, saisissant tous les plats l'un après l'autre, il leur fait prendre le même chemin. Un valet et une servante s'étant permis une réflexion critique sur cet étrange procédé, le lord appelle le maître de la maison ; il lui demande si la révolution est terminée en France ; et sur la réponse affirmative de l'hôte, il dit avec une noble gravité : Eh bien ! monsieur, vous deviez apprendre à ces bêtes qu'il y a de nouveau en France des distinctions de rang et de personnes ; ainsi, je vous prie de vouloir bien les faire sortir à l'instant de ma chambre : sinon, vous n'avez qu'à faire seller mes chevaux, et je quitte votre hôtel. Ce discours, digne des Catilinaires, nous prouve évidemment que lord Blayney peut savoir faire la soupe et ferrer les chevaux sans être partisan de l'égalité.

Ce n'était point la première fois que notre voyageur donnait une leçon aux aubergistes. A Tours, une hôtesse entêtée ayant commencé le dîner du lord par le premier service, quand il avait ordonné de commencer par le second, l'Anglais irrité fit sauter par la fenêtre *tous les plats, vaisselle et viandes*, et l'hôtesse a conçu, dès ce moment, la plus haute idée de la supériorité britannique.

En Espagne, lord Blayney n'avait pas été aussi sévère ; il s'y était même quelquefois livré à un aimable enjouement. A Santa-Maria de Neva, par exemple, l'hôte qui l'avait accueilli s'étant endormi après le dîner, notre philosophe voyageur prit un bouchon brûlé et barbouilla la figure du sérieux Espagnol, ce qui excita parmi les convives un rire inextinguible, et donna au noble lord l'occasion de disserter gravement sur la frivolité française.

A Grenade, madame Milliones, chez qui demeurait lord Blayney, nourrissait un grand nombre d'animaux domestiques dont elle raffolait ; mais elle chérissait par-dessus tout deux chats, dont l'un était grand et l'autre petit. Cette dame, voulant que ces deux favoris pussent entrer dans sa chambre et en sortir librement, avait fait percer au bas de toutes les portes un grand trou pour le grand chat, et un petit trou pour le petit. Lord Blayney fait, à ce sujet, une réflexion pleine de sens : c'est que *rien n'empêchait le petit chat de passer par le grand trou.* Malheureusement cette observation est plus brillante que solide, car madame Milliones avait sans doute assez de perspicacité pour deviner qu'un petit chat peut passer par un grand trou ; mais elle avait aussi prévu qu'il n'y passerait pas avec plaisir, et en lui faisant faire un trou raisonnable, elle a prouvé qu'elle avait un sentiment très-délicat des convenances. J'approuve donc madame Milliones : je suis sûr même que nos jolies femmes imiteront l'aimable Espagnole, et qu'elles auront toujours dans leurs appartemens un petit trou pour le petit chat. Quoi qu'il en soit, on doit savoir gré à lord Blayney d'avoir provoqué une discussion aussi importante.

Les grands hommes en tout genre dont l'Angleterre se glorifie si justement, ne donneraient pas à un Anglais le droit d'insulter à une nation entière, quand même ce sévère censeur serait l'un des écrivains dont sa patrie s'honore : quel sentiment doivent donc inspirer les grossières injures d'un voyageur qui tombe à chaque instant dans les excès dont il nous accuse, et donne à chaque page des preuves évidentes de l'ignorance qu'il nous reproche ? Que lord Blayney nous méprise, je ne m'en étonne pas ; *nous ne restons que trois quarts d'heure à table, et nous avons une grande*

16.

aversion pour les coups de poing : voilà, je l'a-
voue, des motifs fort raisonnables, mais ils ne
sont pas suffisans pour faire oublier les égards les
plus délicats et les procédés les plus généreux.
Comment le noble lord, en parlant d'un misérable condamné aux galères pour concussion, n'a-
t-il pas eu honte d'écrire : « *Telle est l'influence*
» *de l'argent sur les Français !* » Que dirait-il de
nous si nous appliquions à la nation anglaise les
réflexions que font naître les *tragédies de Tyburn,*
et si nous méprisions l'Angleterre parce qu'en ce
pays on peut être *highwayman,* ou voleur de
grands chemins, sans cesser d'être homme d'honneur ? Il y a sans doute en France beaucoup
d'hommes que l'on peut corrompre, mais notre
censeur doit savoir que chez nous la corruption
n'est pas *constitutionnelle :* ce qui prouve qu'elle
n'est point encore générale, et il y a plus de maladresse que de malice à nous chicaner sur ce
point.

Eh ! quels sont, après tout, les titres de M. Blayney pour nous traiter avec tant de hauteur? « *Les*
» *Français bien élevés,* dit-il, *témoignent la plus*
» *grande attention et un intérêt extrême à un An-*
» *glais, comme s'ils découvraient en lui quelque*
» *chose d'extraordinaire, et qu'ils ne peuvent*
» *s'empêcher d'admirer.* » Oh ! certes, si nous
sommes assez niais pour admirer un homme par
cela seul qu'il est anglais, lord Blayney fait ce
qu'il peut pour nous corriger de ce défaut, et, à

cet égard, nous lui devons de la reconnaissance.
Mais peut-être ne nous dit-il des injures que par
droit de représailles ? Peut-être notre conduite a-
t-elle motivé son ressentiment ? Écoutons le lord
lui-même ; il n'est pas suspect quand il dit du bien
de nous : « .... Je rencontrai les prisonniers qui
» avaient été pris avec moi ; tous donnaient les
» plus grands éloges aux officiers de leur escorte....
» Ces officiers leur avaient toujours cédé la place
» d'honneur à table. Ils s'étaient trouvés à la ba-
» taille de Talavera, et rendaient justice avec une
» grande franchise à la belle conduite de nos troupes
» dans cette journée.... » Et ailleurs : « *Les Fran-*
» *çais traitent les soldats avec humanité, les offi-*
» *ciers avec politesse et égards....* » (1er volume ,
pages 73-77 de la traduction.)

Dieu soit loué ! Voilà donc les Français qui sont
humains, polis, et qui ont une grande franchise ;
mais ils sont de grands fous s'ils admirent lord
Blayney, qui n'est ni poli, ni franc à leur égard.
Il vient cependant de rendre hommage à la vérité,
mais c'est une indiscrétion qui lui échappe, et je
suis sûr qu'il s'en est repenti plus d'une fois. Maintenant que nous sommes disculpés sous le rapport
des procédés, voyons ce qui a donné au noble
voyageur le droit de dire qu'il règne en France,
même dans les classes élevées, l'ignorance la plus
honteuse en histoire et en géographie.

Les Caloandre, les Orondaate et les Amadis,
font des voyages de deux mille lieues sans parler

de boire ni de manger ; lord Blayney ne leur ressemble guère ; ce fier Breton

> Ne perd jamais, au milieu des combats,
> L'occasion de parler d'un repas.

Ses déjeuners, ses dîners, ses soupers, et les bouteilles qu'il vide dans les intervalles, sont la partie
solide de son Voyage ; la description des lieux n'en
est que l'accessoire : et encore comment décrit-il ?
Son traducteur, homme très-instruit, très-patient
et très-indulgent, a pris la peine de relever les innombrables erreurs du savant anglais ; mais peut-il
se flatter d'avoir tout vu ? Qui peut compter les
grains de sable que l'Océan jette sur ses rivages ?
Si le traducteur n'avait pas pris le parti de réunir
souvent dix ou douze bévues du lord dans une
seule note, les observations critiques auraient été
plus volumineuses que le Voyage même. C'est donc
à l'ouvrage que je dois renvoyer le lecteur ; car
vingt articles comme celui-ci ne feraient que commencer l'épuration du livre. Dirai-je que lord
Blayney a pris *les yeux de la Guadiana* (los ojos)
pour les sources de cette rivière ; qu'il a traversé la
Sierra-Morena et la *Guadarama*, sans faire la
moindre observation ; que, près de Saint-Sébas-
tien, il prétend avoir vu toute la baie de Biscaye
et reconnu les ports de Santander, de Santorin,
de Guetaria et de Bilbao ? Comme il n'y a guère
que cinquante lieues communes de Saint-Sébas-

dien à Santander, cela prouve seulement que lord Blayney a de fort bons yeux ; mais comment, placé sur les *Chartrons* à Bordeaux , a-t-il pu remarquer qu'il n'y avait que peu de barques sur la Garonne, et sur la *Dordogne* qui est visible à Bordeaux comme la Marne l'est à Versailles? Qu'il place l'embouchure de la Vienne où elle ne fut jamais, qu'il estropie les noms des villes et se trompe sur leur position, peu nous importe ; hâtons-nous d'arriver à Paris. Il y voit d'abord le modèle d'arc de triomphe en bois et en toile peinte, que l'on avait élevé à la barrière de l'Étoile, et il assure qu'on trouve partout à Paris de ces *monumens temporaires :* le lord aurait-il pris le Louvre et les Tuileries pour des châteaux de carte? Il dit ensuite que le *Palais-Royal* est un *édifice circulaire,* et dans le jardin, qui forme aussi *un cercle,* il voit des pavillons et des tentes qui n'y existaient plus depuis dix ans à l'époque où il prétend les avoir vus. Dussé-je affliger le bon M. Tortoni, je suis obligé de dire que lord Blayney n'a vu dans son café que des hommes mis sans goût, et qu'il a surtout été choqué de l'énorme boucle jaune qu'ils portaient sur un chapeau rond ; mais en revanche, à l'Opéra il a eu beaucoup de plaisir à voir danser madame *Gredall,* à entendre chanter madame *Branchard.* Je ne le suivrai point en Champagne où il décrit une bataille (qui n'a pas été livrée) dans laquelle le roi de Prusse (qui ne commandait pas alors) a fait des fautes essentielles ; je le

laisserai médire tant qu'il voudra des femmes de
Paris qui, selon lui, sont toutes libertines dans le
cœur, et encouragent leurs servantes à faire des enfans; je lui pardonne de trouver les Lorraines horriblement laides, parce qu'il ne faut pas disputer
des goûts; je lui permets d'admirer le *beau go-
thique* de la cathédrale de Nanci, qui est de l'architecture la plus moderne; mais je ne puis m'empêcher de relever une calomnie révoltante qui peut
ternir la réputation d'un fort honnête citoyen. Ce
brave homme se nomme M. Fatalot, aubergiste à
l'enseigne du Cygne, à Bar-le-Duc. Lord Blayney
prétend que M. Fatalot a cinq pieds de haut et autant d'épaisseur; cela est à peu près vrai, et c'est
la seule observation exacte que le lord ait faite dans
son voyage; mais il ajoute que M. Fatalot porte
sur le compte des voyageurs le vin qu'il boit lui-
même, et je déclare que c'est une imposture : on
peut avoir cinq pieds de long et cinq pieds de large
sans cesser d'être honnête homme, et ce n'est pas
le tout d'être Anglais, il faut encore être honnête.

Je passerai fort légèrement sur les bévues historiques de notre voyageur : quand on saura qu'il
fait de Galilée un contemporain de notre Charles V;
qu'il donne un Fernandès pour père à Charles-
Quint; qu'il ignore, lui Anglais, l'étymologie du
mot Gibraltar; qu'il confond le palais de Charles-
Quint avec l'*Alhambra*; qu'il attribue l'invasion
des Maures en Espagne au roi *Roger*; qu'il fait
naître à Amboise Hugues Capet, Charles VII et

François Iᵉʳ, et qu'il fait Voltaire gouverneur du château de cette ville, le lecteur n'en demandera pas davantage, et les *ignorans* français n'iront pas chez lord Blayney pour y apprendre l'histoire.

La philosophie du major-général n'est pas plus solide. A la page 88 du premier volume, il blâme un Français qui raisonne *sur les avantages résultant de l'abolition des institutions monastiques en Espagne;* puis, à la page 147, il dit : « On ne peut disconvenir que les Espagnols ne retirent un avantage de l'invasion des Français ; c'est la destruction de ces légions de moines qui, comme les bourdons dans une ruche, sont un poids incommode, etc. » Ici, il nous accuse d'avoir peu de religion ; là il se moque de la dévotion des Espagnols, et il nous reproche d'avoir des poètes dans tous nos villages, tandis qu'il n'y a point de philosophes dans nos villes. Le noble lord se trompe étrangement ; car nous avons bien peu de poètes, même dans la capitale, tandis qu'il y a malheureusement des philosophes dans tous nos villages.

Dans le nombre des étrangers qui nous font l'honneur d'habiter parmi nous, il en est sans doute quelques-uns qui sourient malignement des sarcasmes de lord Blayney contre la nation française. Qu'ils rient tant qu'ils voudront, mais qu'ils sachent qu'ils sont aussi couchés sur les tablettes du voyageur. Vous, par exemple, messieurs les Irlandais, vous nous ressemblez, dit-il, en ce que *vous vous déchirez entre vous ;* vous, messieurs les

Prussiens , *vous avez été battus par les carma-*
gnoles; vous, messieurs les Allemands, vous valez
moins que nous qui ne valons pas grand'chose ;
vous , messieurs les Espagnols, vous êtes *sans*
énergie , parce que *vous avez plus de confiance*
dans la protection d'un saint que dans votre va-
leur ; et vous , messieurs les Russes,.... oserai-je
le dire ? eh ! pourquoi pas ? c'est un Anglais qui
parle. Eh bien ! quand vous arrivez dans une ville,
les épiciers se hâtent de fermer boutique , parce
que vous avaleriez tout leur savon et toutes leurs
chandelles. Vous voyez que chacun a son paquet :
l'esprit public est un égoïste qui n'épargne person-
sonne. Malgré cela , si lord Blayney daigne un
jour vous faire sa visite , faites-lui beaucoup de
politesses , il l'exige ; donnez-lui d'excellens dîners,
il les aime ; présentez-lui ces énormes pièces de
viande *qui font gémir une table anglaise*, c'est son
expression ; restez très-long-temps à table , il le
recommande ; mais surtout faites-le jurer que
quand il sera de retour dans sa patrie , il n'im-
primera pas son voyage.

LETTRES

SUR QUELQUES CANTONS DE LA SUISSE,

ÉCRITES EN 1819.

Ce titre est un modèle de laconisme et de clarté ; il paraît cependant que quelques personnes n'ont pas pris la peine de le lire, car j'ai entendu juger l'ouvrage comme si l'auteur l'avait intitulé : *Description physique*, *historique*, *politique et morale de la Suisse*. Quand donc les lecteurs s'habitueront-ils à juger le livre qu'un auteur leur présente, et non pas le livre qu'il n'a point fait ? Un homme plein d'esprit et d'instruction fait une promenade en Suisse, depuis Motiers-Travers jusqu'à Genève, en passant par Neufchâtel, Fribourg, Berne, Lauterbrünen, la vallée de Grindelwald, Lucerne, Schwitz, Altorf, le Grimsel, le glacier du Rhône et Lausanne : il décrit avec chaleur, et souvent avec enthousiasme, les imposans spectacles et les scènes riantes que ce pays pittoresque lui offre tour-à-tour ; tantôt il contemple ces montangnes gigantesques dont les formes sont si variées, dont les divers aspects produisent

les plus étonnans contrastes ; tantôt il s'effraie de
se voir plongé au fond d'une vallée profonde où
des colosses amoncelés et suspendus sur sa tête lui
dérobent la clarté du jour ; ici, je le vois immobile, admirant pendant des heures entières les
magiques effets des cascades ; là, il sourit en fou-
lant la verdure de ces prairies étroites et sinueuses,
émaillées de mille fleurs, embaumées de mille parfums ; plus loin, sur les bords verdoyans d'un lac
pur et tranquille, il assiste aux fêtes agrestes, il
voit les jeux innocens et pleins d'hilarité de cette
jeunesse suisse qui n'est plus si voisine de la nature, mais qui ne connaît pas encore la corruption de notre perfectibilité ; dans les villes, il
interroge les pasteurs, les magistrats ; il apprend
d'eux quelles améliorations, quelles altérations a
subies l'ancienne constitution des cantons helvétiques, depuis la visite des Français ; ailleurs, il se
hâte de gravir sur une éminence qui lui cache l'horizon ; et tout-à-coup s'élève devant lui l'énorme
Iungfrau, fantôme couvert de la robe éclatante
dont le temps l'a revêtu au premier jour de la création ; ailleurs encore, l'irrésistible attrait de la
curiosité l'entraîne sur un glacier, où il se voit
dans la situation la plus périlleuse : échappé à une
mort imminente et cruelle, il reçoit une hospitalité non moins effrayante dans le site le plus sauvage, au milieu des élémens déchaînés ; il descend
enfin sur les bords du Léman ; et, fuyant de Genève où il ne retrouve pas la Suisse, il rentre dans

sa patrie, et se repose près de sa femme, à qui il
a écrit successivement les émotions qu'il avait
éprouvées, les dangers qu'il avait courus, les plaisirs dont il avait joui. Ce voyage n'a duré que
trente-sept jours; et lorsque, dans un si petit intervalle de temps, on a pu offrir tant de faits curieux,
tant de notions nouvelles, tant de tableaux intéressans, on est bien modeste d'annoncer tout
simplement des *Lettres sur quelques cantons de la
Suisse.*

L'auteur a voulu garder l'anonyme; mais, au
Parnasse comme à la comédie, il n'y a pas de secrets. On sait donc que ce Voyage, si court et si
plein de choses, est dû à l'un de nos érudits qui,
jeune encore, moissonne depuis long-temps dans
les champs toujours féconds de la Grèce antique.
J'avoue que j'ai ouvert son livre avec un peu d'appréhension. L'érudition en Suisse me paraissait
dépaysée, quoique cette contrée soit un sol classique pour les géologues. J'étais cependant curieux
de savoir comment un helléniste s'arrangerait de
la moderne Helvétie. Ce ne sont pas les monts
Acrocérauniens qui vont s'offrir à ses regards; ce
n'est point le sommet de l'Olympe, ce ne sont
pas les rochers sourcilleux du Pinde, ou les hautes
vallées des Athamantes qu'il va contempler amou-
reusement : c'est le Storck-Horn, le Schwartz-
Horn, le Righi-Stoffel, le Iungfrau, ce sont les
cascades de Staubach et du Schmadribach; ce sont
les ruines du château d'Unspunnen, les neiges du

Schreck-Horn et du Viesch-Horn qui, en charmant ses yeux, vont effrayer ses oreilles grecques.
Les héros du pays ne lui inspireront pas moins
d'effroi. Quand on a vécu familièrement avec Mil-
tiade, Léonidas et Thémistocle, on ne s'habitue
pas aisément à la conversation de Furz, de Melchtal et de Stauffacher. Parlez-moi des batailles de
Marathon, des Thermopyles et de Salamine, voilà
des mots harmonieux, et l'on a pu s'égorger là de
la meilleure grâce du monde ; mais Sempach, Morgarten et Nœfels ne seront jamais que des batailles
barbares ; et je ne conçois pas qu'on puisse entrer
dans le temple de la gloire quand on se nomme
Winckelried ou Gundoldingen. Qu'est-ce que
c'est que la renommée ? Un nom plus ou moins
sonore, une circonstance minutieuse, un misérable jeu de hasard, nous élève au pinacle ou nous
laisse au bas de l'échelle.

Boileau ne voulait pas entendre parler du héros
Childebrand, quels que fussent les vers du poème
ou les exploits du héros. Ce n'est pas le tout de
montrer de l'héroïsme, ce n'est pas le tout de
mourir pour la patrie, il faut que tout cela se fasse
avec de certaines formes ; il faut surtout porter un
nom qui ait de l'euphonie, et périr dans un lieu
qui ne soit point ignoble. Qu'on se précipite sur
une épée verticale, comme l'a fait Ajax ; qu'on se
plonge dans la poitrine une épée perpendiculaire,
comme l'a fait Caton, ou que l'on se poignarde
horizontalement comme Arria, en disant : *Pœte,*

non dolet, voilà des morts de bon ton, et l'on sera chanté par les poètes. Mais qu'on périsse dans un marais comme l'empereur Décius, ou qu'on se noie dans une fontaine comme le grand Varanne V, roi des Persans, la muse de l'épopée n'en dira jamais rien, et ne pardonnera pas à ces grands hommes d'être morts d'une manière prosaïque. Je suis certain que le second Pyrrhus n'est resté si loin du premier, malgré ses victoires et sa belle conversation avec Cynéas, que parce qu'il est mort d'un coup de tuile lancée par une vieille femme. Le brave chevalier de l'Underwald est mort de la manière la plus admirable ; voyant que le bataillon autrichien était inébranlable et tout hérissé de fer, il s'avance fièrement sur cette phalange, il embrasse autant de piques ennemies qu'il en peut réunir, se les enfonce dans le corps, entraîne dans sa chute autant d'Autrichiens, et fait une trouée par laquelle les Suisses se précipitent et remportent la victoire. Cela est beau, cela est grand, cela est sublime ; mais le héros est de l'*Underwald,* mais il se nomme *Winckelried,* il est mort à *Sempach,* et d'ailleurs, l'attitude qu'il a fallu prendre pour se fourrer tant de piques dans le ventre n'offre pas une image gracieuse. Aussi notre helléniste s'écrie-t-il avec une admiration douloureuse : « Que manque-t-il enfin aux Winckelried et aux Gundoldingen, pour être aussi célèbres qu'un Aristide ou un Léonidas, si ce n'est d'avoir eu des noms plus harmonieux, ou un historien comme Hérodote. »

Cette phrase est à peu près la seule où le voyageur rappelle ses études favorites ; dans tout le
reste il n'est qu'observateur, et dans deux lettres
seulement, adressées à un ami, il devient un politique raisonnable, également éloigné des deux
excès dans lesquels se jettent les publicistes imberbes de la capitale. L'air pur des montagnes,
l'aspect des glaciers et des neiges éternelles, ce
vaste théâtre des révolutions physiques, où la nature est si grande et l'homme si petit, réchauffent
dans l'âme de notre voyageur cet amour de la
liberté, dont ses anciennes connaissances, les Athé-
niens et les Spartiates, l'ont bercé dans sa jeunesse.
Voyez les Lettres sur Lucerne, sur les cantons de
Schwitz et d'Uri ; l'auteur fait un tableau charmant
des mœurs simples et douces, quoique un peu
grossières, de ces bons Suisses ; il nous trace les
constitutions de ces petits États ; il croit ces peuples
heureux, et il vante leur bonheur, leur respect
pour la religion, pour les lois, pour les magistrats ;
il fait sentir combien cette liberté sage et pleine de
probité diffère de cette liberté furieuse dont l'effrayante statue, semblable à la Diane de Tauride,
s'élevait sur la place de la Révolution, et y respi-
rait le parfum des victimes humaines. Quoique
l'enthousiasme de l'érudit voyageur ne ressemble
point à un excès de libéralisme, on y reconnaît de
l'exagération. Les objets qu'il nous montre sous
les faces les plus brillantes sont, à la vérité, fort
séduisans, mais il ne les a vus qu'un jour ; et les

bons prêtres ou les bons paysans magistrats qu'il a consultés, ne lui ont dit sans doute que ce qui peut honorer le pays, et se sont bien gardés de lui présenter le revers de la médaille. Il n'est pas étonnant qu'une république dont la population n'est que de douze mille âmes éparpillées sur un assez vaste espace, n'ait besoin que de deux gendarmes pour maintenir l'ordre parmi si peu d'hommes occupés sans cesse de rudes travaux. On a beaucoup vanté autrefois le code beaucoup trop libéral que le grand-duc Léopold avait donné à la Toscane; et des philosophes ont été assez fous pour croire que de pareilles lois pourraient être appliquées à la France : la seule ville de Paris aurait donné à Léopold plus d'inquiétudes que toute sa portion de l'ancienne Etrurie. Si notre savant était resté seulement deux mois dans chacun de ces heureux villages, métropoles d'un peuple libre, il aurait reconnu que les petits États et les petites villes ont aussi leurs inconvéniens ; la continuité des petits caquets, des petites coteries, des petites intrigues, est peut-être plus ennemie du bonheur que le tumulte et le mouvement des grands peuples. L'auteur n'a employé que trois jours à visiter ces deux cantons fortunés, et déjà il s'aperçoit que tout ce qui reluit n'est pas or. A Schwitz, les descendans de ces républicains, qui ont vaincu les hauts barons de l'Allemagne, ont une grande passion pour les armoiries : il est peu de maisons qui ne soient placardées de ces emblêmes ; on en trouve

jusque sous le chaume. Je ne suis pas étonné de
ce contraste; un de nos nobles pairs a déjà dit
dans un livre de maximes : « J'ai connu des partisans outrés de l'égalité, à qui il ne manquait
qu'une généalogie pour être les plus vains des
nobles. » Altorf a offert aussi à notre voyageur
matière à des réflexions critiques. La tranquillité
qui y règne indique moins, peut-être, une raison
forte, que de l'indifférence pour la chose publique
et le relâchement du patriotisme ; un petit nombre
de familles y accaparent les charges ; des membres
du conseil négligent d'y siéger ; le peuple lui-
même cesse de fréquenter les assemblées nationales ; et ces républicains tendent insensiblement
vers l'oligarchie. Or, si notre académicien a pu
voir tout cela dans quarante-huit heures, que
n'aurait-il pas vu dans une année ? Un philosophe
grec a dit un jour : « O mes amis, il n'y a point
d'amis ! » Je suis bien tenté de dire à tous les républicains du monde : « Hommes libres, il n'y a
point de liberté ! »

Le fameux Guillaume Tell a porté au plus haut
degré l'enthousiasme du voyageur. A chaque instant, il revient sur ce héros presque mythologique,
et notre helléniste ne s'est peut-être jamais transporté pour Léonidas comme il le fait pour le héros
à la pomme. Quand un homme aussi profondément instruit et d'un esprit aussi sage éprouve de
tels accès d'admiration, je suis porté à croire que
le sol helvétique est très-contagieux. Je n'ai pas

autant d'irritabilité dans les nerfs, et de sensibilité dans les fibres, et je suis un de ces profanes,
un de ces cœurs secs qui regardent Guillaume
Tell comme un personnage problématique. Je
conçois que M. Balthasar, de Lucerne, M. le baron Zur-Lauben, de Zug, et le fils du grand
Haller, aient écrit avec chaleur pour prouver
l'existence et les hauts faits de ce Tell, si cher à tous
les cantons helvétiques, et que le sénat de Berne
ait fait brûler une brochure où la tradition de
Tell est traitée de fabuleuse; et les sénateurs, et
les écrivains suisses, ont fait ce que j'aurais fait à
leur place. A Rome, je me serais bien gardé d'é-
lever des doutes sur la fameuse louve, si bonne
nourrice de deux rois; mais si je voulais citer tous
les auteurs remarquables aux yeux desquels le célèbre Guillaume n'a pas trouvé grâce, j'ébranle-
rais peut-être la foi de notre voyageur. Je me borne
à dire que M. Coxe, qui a écrit l'histoire de la
maison d'Autriche, qui connaissait bien la Suisse,
et qui admire sincèrement les véritables héros de
ce pays, n'a pas même cité le nom de Guillaume
Tell, quoiqu'il décrive avec de grands détails toutes
les phases de cette révolution. M. Koch, qui nous
a laissé l'excellent *Tableau des Révolutions de
l'Europe pendant le moyen âge*, n'a pas daigné
nommer Guillaume Tell dans son texte, et il n'en
parle dans une note que pour citer les écrivains
qui ont traité cette tradition de pure fable. L'auteur des lettres que j'annonce abandonne lui-

17.

même l'histoire de la pomme ; et, en effet, ce conte a non-seulement été fait en Danemarck, ce que tout le monde sait, mais je l'ai entendu reproduire dans l'île de Corse, et attribuer à un insulaire, avec cette différence qu'on y substituait une orange à la pomme. Maintenant, je demande à notre érudit ce qui reste à l'illustration de Guillaume Tell, si on lui enlève cette pomme merveilleuse à laquelle il doit l'honneur d'être connu de toute l'Europe. Il a repoussé une barque avec son pied, et il a tué Gessler d'un coup de flèche. Oh! certes, c'est bien peu de chose près du sublime dévouement de Gundoldingen et de Winckelried, et la Suisse a bien assez de braves auxquels on ne conteste rien, pour ne pas regretter un personnage qui devient un homme ordinaire quand on le dépouille du prestige de la fable.

Voici une anecdote assez peu connue en France, et que je laisserai conter à l'auteur même. « L'île d'Alstadt se recommande par une particularité assez étrange. Ce fut là que l'abbé Raynal, échauffé d'un bel enthousiasme pour la gloire des trois libérateurs de la Suisse (Furtz, Melchtal et Stauffacher), voulut élever, à ses dépens et à leur honneur, ou plutôt à son honneur et à leurs dépens, un obélisque de granit. On dut sans doute bien rire dans ce pays de voir un abbé français, de si fraîche date, se mêler d'ériger, en présence des Alpes, un monument à la gloire de trois hommes si chers à la Suisse ; mais on le laissa faire. L'obé-

lisque s'éleva jusqu'à la hauteur, assurément très-
imposante, de quarante pieds; ce qui ne laissa pas
de faire un fort bel effet dans le voisinage de ces
monts sublimes, dont tous les échos répètent depuis cinq siècles les noms des trois héros de l'Helvétie, et qui semblent n'être eux-mêmes qu'un
monument de leur gloire. Malheureusement on
avait oublié la précaution essentielle d'un para-
tonnerre : la foudre tomba sur l'obélisque et le
détruisit, au point qu'il n'en est pas resté une pierre.
J'ai visité la place, et tu peux juger si j'y ai médité
à mon aise sur la fragilité des grandeurs humaines. »

Après la description très-curieuse et très-ani-
mée des glaciers, de la mer de glace, des lavanges
perpétuelles, des cascades et des lacs, on lit avec
un intérêt toujours croissant et qui finit par devenir
dramatique, le voyage depuis Amsteg jusqu'à Lausanne, en remontant le cours de la Reuss, jusqu'au
pont du Diable et à la Roche percée, et de là jusqu'au lac de Genève par le Grimsel, le mont
Furca et Meyringen qu'habite une peuplade d'o-
rigine scandinave. L'auteur nous doit encore des
tableaux de la Suisse orientale et septentrionale,
et les amateurs des Voyages bien écrits attendent
avec impatience de Nouvelles Lettres sur la Suisse.

VOYAGE EN SUISSE,

FAIT DANS LES ANNÉES 1817, 1818 ET 1819;

Suivi d'un Essai historique sur les mœurs et les coutumes de l'Helvétie ancienne et moderne, dans lequel se trouvent retracés les événemens de nos jours, avec les causes qui les ont amenés; par M. L. SIMOND.

JE ne rappellerai pas ici tout ce qu'on a écrit sur la Suisse; la liste de ces ouvrages serait longue, et je me souviendrais difficilement de tout ce que j'ai lu moi-même sur ce sujet, quoique je sois loin d'avoir tout lu. Il me suffira de faire observer que l'on peut toujours trouver quelque chose de neuf et d'intéressant à dire sur un pays si remarquable sous le rapport de la géographie physique, des mœurs des habitans, de la diversité de formes qu'y a revêtue le gouvernement des peuples, et de son état militaire qui a eu tant d'influence sur les guerres européennes pendant les quinzième, seizième et dix-septième siècles. Malgré leur ceinture de montagnes, malgré leur vie pastorale et agricole, malgré leur caractère paisible et leur attachement à la religion et à la morale, les Suisses ont subi la loi du temps; et il ne faut plus les juger d'après Morgarten, Sempach, Nœfels, Grandson

et Morat, ni d'après les troubles que la Réformation excita chez eux, sans cependant rompre absolument le lien fédéral, et sans les empêcher de
former un corps de nation composé d'élémens
hétérogènes, mais unis. Par la fréquente communication des peuples entre eux, tout tend à se ni-
veler en Europe ; les différences du caractère primitif s'effacent tous les jours dans les diverses
peuplades, et c'est à leur vie agreste, et à la configuration singulière de leur pays, que les Suisses
doivent de ne pas ressembler tout-à-fait à leurs
voisins.

Il serait donc peu intéressant de reproduire iso-
lément le tableau de la Suisse telle qu'elle était
autrefois, ou de la représenter uniquement telle
qu'elle est aujourd'hui : la première description
nous montrerait ce qui n'est plus, et la seconde ne
nous ferait pas soupçonner ce qui a été. Pour piquer la curiosité d'un public à qui l'on a montré si
souvent la Suisse avec toutes ses montagnes, ses
lacs, ses avalanches et ses glaciers, pour ne pas
le fatiguer par une nouvelle répétition des combats
héroïques qui ont servi de texte à tant d'amplifica-
tions, et souvent à tant de mensonges, il fallait,
dans un même ouvrage, réunir avec art le passé et
le présent, offrir les divers âges de la Suisse sous
un point de vue synoptique, et faire voir dans
chaque objet toutes les dégradations qu'il a subies
pour arriver à l'état actuel. Telle est la tâche dont
M. Simond s'est acquitté, sans qu'il paraisse se

l'être imposée en méditant son ouvrage. Et en
effet, l'érudition se mêle si naturellement à la description des lieux ; le Voyage est écrit d'un ton si
dégagé de toute prétention à la science, qu'il ne
paraît être d'abord qu'une suite d'observations
fines, agréables ou plaisantes ; mais les réflexions
qui y sont jetées comme au hasard, les aperçus
pleins de justesse, les rapprochemens inattendus
qui lient et font contraster les différens tableaux,
et, par dessus tout, l'Essai historique auquel l'auteur nous renvoie souvent, et qui remplit tout le
second volume, font bientôt reconnaître que ce
voyageur amusant et spirituel est en même temps
un historien instruit, profond, plein de sagesse
et de philosophie, ce qui n'est pas toujours la
même chose, et complètement affranchi de tout
système politique.

J'ai quelque scrupule sur les derniers mots que
je viens d'écrire ; je crains que l'on feigne de ne
pas les comprendre. Quand je dis que M. Simond
s'est affranchi de tout système politique, je veux
dire qu'il considère les peuples tels qu'ils sont,
qu'il n'examine pas s'ils ont bien ou mal fait d'a-
dopter telle constitution, tel régime, mais si dans
tel régime ils font tout ce qui peut contribuer à
leur bonheur ; il paraît être, je le répète, fort indifférent sur la forme du gouvernement, mais il
recherche avec beaucoup de sagacité, si dans tel
système, quel qu'il soit, les gouvernans s'occupent autant de leurs devoirs que de leurs droits ;

et si le peuple, en proclamant ses droits, reconnaît aussi ses devoirs. Il voit enfin du même œil le grave sénateur de Berne et le paysan magistrat de l'Underwald ; il ne néglige pas même l'imperceptible république de Gersau, située sur le bord septentrional du lac des Waldstetten, et dont avec cinq cents coups de rame on peut longer toute la frontière.

Je vais faire une déclaration qui éloignera de cet ouvrage quelques lecteurs savans, mais qui tranquillisera les gens du monde. M. Simond ne se montre ni minéralogiste, ni géologue, ni géognoste, ni cristallographe. Quoiqu'il soit presque toujours dans les montagnes, il ne parle pas une seule fois du gneiss, ni du trapp, de la wacke, ni de la grauwacke, ni du feld-spath, ni du grünstein; au milieu d'une des plus belles collections de rochers qui existent sur la terre, il ne nous dit pas si ces masses contiennent de l'amphibole ou de l'actinote, de l'anthracite, de la syénite ou de l'augite. A peine a-t-il nommé le granite, et il ne nous expliqué pas s'il est gris ou rose, s'il est oriental ou graphite ; il nous fait voir une ou deux fois des masses calcaires, mais il a la cruauté de ne pas nous apprendre si ce calcaire est primitif ou de transition, s'il est coquillier ou compact ou grenu, s'il est intermédiaire, secondaire ou tertiaire. Voilà, je l'avoue, dans ce Voyage, d'ailleurs si agréable, une grande lacune qui lui procurera un grand nombre de lecteurs.

Il ne faut pas conclure de cette adroite négligence que M. Simond soit insensible aux phénomènes physiques et aux grandes scènes de la nature:
son Voyage renferme, au contraire, une quantité de
panorama dont le moindre ferait courir tout Paris, s'il pouvait se transporter au boulevard Montmartre. Ce voyageur sait, comme un autre, décrire
les cascades, les glaciers et la mer de glace; il a
aussi son grand tableau de la Iungfrau et des deux
Eigers. Il m'a fait frémir en me peignant la chute
d'une énorme portion du Rossberg, qui fit sortir
un lac de son lit, écrasa tant de maisons et tant
d'hommes, et lança ses monstrueux fragmens avec
une telle impétuosité, qu'ils remontèrent fort haut
sur la base d'une montagne voisine, après avoir
traversé et ravagé la plaine intermédiaire. A cette
avalanche de rochers succède une avalanche de gla-
çons et de neiges, et ce nouveau spectacle est présenté par M. Simond de la manière la plus pittoresque, avec des considérations fort curieuses sur
les causes de ce phénomène et sur ses résultats.

La chasse au chamois n'est pas moins intéressante, et offre des détails plus neufs à la plupart
des lecteurs. On ne peut s'empêcher d'admirer et
de plaindre cette classe d'hommes qui se consa-
crent à un exercice aussi périlleux. Quelle vigueur,
quelle patience ne faut-il pas leur supposer, quand
on les voit des journées entières sur le sommet de
ces monts qui n'ont jamais ressenti la tiède haleine
des Zéphirs! Quelle légèreté, pour courir sur les

aspérités saillantes et inégales de ces rochers cachés
dans les nuages! Quel courage, pour rester suspendus au-dessus de ces précipices qui leur présentent sans cesse la mort sous les formes les plus
hideuses!

L'histoire est toujours la fidèle compagne de
M. Simond; mais, dans l'un de ses deux volumes,
il ne s'en occupe pas tellement qu'il néglige la
beauté des sites et la peinture des mœurs, et dans
le Voyage, proprement dit, il place, dans l'intervalle des tableaux physiques, les faits historiques,
les anecdotes et les réflexions morales qui s'y rattachent. C'est surtout dans l'art de juger les hommes
que consiste le talent de ce voyageur philosophe;
d'autres se vantent de ne considérer que les choses
et les principes, mais M. Simond sait trop bien ce
que deviennent les principes et les choses sous la
main des hommes. Son ouvrage, divisé en deux
parties distinctes, n'observe, dans la première, aucun ordre, aucune méthode : le voyageur y décrit
les objets à mesure qu'ils se présentent à ses yeux,
sans chercher à réunir en différens groupes ceux
qui ont plus d'analogie entre eux; et c'est au hasard seul qu'il confie le soin de jeter de la variété
dans le récit. Le second volume est plus méthodique et plus raisonné. Ce n'est cependant pas une
histoire dans toute la rigueur de ce terme, mais un
choix de faits historiques les plus saillans, qui ont
le plus contribué à hâter ou à retarder la civilisation, et qui sont de nature à piquer plus vivement

la curiosité du lecteur. On y remarquera surtout
des réflexions pleines de sagesse sur les effets de la
Réformation en Suisse, sur l'altération de l'ancien
esprit helvétique, sur l'invasion des Français dans
ce pays à la fin du dernier siècle, et sur plusieurs
institutions modernes.

M. Simond n'attend pas qu'il ait franchi les
frontières de la Suisse pour commencer le récit
de son Voyage. A peine est-il sorti des barrières
de Paris qu'il trouve sur la route la plus fréquentée
l'occasion de faire des observations critiques, sérieuses ou plaisantes. Notre manière de dessiner
les jardins dans nos maisons de campagne excite
d'abord sa mauvaise humeur : ces gazons anglais
dont l'herbe est trop maigre pour former un pré,
et trop haute pour simuler un pâturage ; ces arbres
taillés, ces terrasses élevées les unes sur les autres,
ces treillages et ces jets d'eau lui paraissent fort
mesquins, et il déplore l'absence de ces beaux
groupes d'arbres croissant en liberté, qui anime-
raient le paysage, et qu'il n'a vus qu'à l'Opéra.
Fontainebleau lui offre déjà deux anecdotes : le
Cicérone, qui faisait voir aux étrangers les curio-
sités du château, plaçait au premier rang la fameuse plume avec laquelle le grand empereur a
signé sa première abdication. Un Anglais s'éprit
tellement de ce joyau, qu'il en offrit un prix auquel un cicérone ne peut pas résister. Mais le dé-
monstrateur, qui s'était engagé à montrer la précieuse plume à tous les curieux, eut grand soin

d'en produire une nouvelle, qui fut vendue comme la première. Autant d'Anglais survenans, autant de plumes étaient livrées : de sorte qu'il n'y a pas à Londres un seul *touriste* qui ne puisse léguer à ses héritiers la vraie plume de l'abdication.

On dit qu'à Fontainebleau Buonaparte traitait le pontife romain tantôt avec beaucoup de respect, tantôt avec assez d'insolence. Un jour, après s'être violemment emporté, et voyant que les menaces ne produisaient aucun effet, il passa aux cajoleries. Le pape, jusqu'alors silencieux, fit entendre ces mots si piquans dans leur simplicité : *Tragedia poi Commedia.* Je suppose que le héros se hâta de terminer une scène où il ne jouait pas le premier rôle.

En 1817, la ville de Sens était agitée par rapport à la cherté du pain, et la populace ne parlait que de pendre les accapareurs. Ici M. Simond s'élève contre le préjugé populaire sur les accaparemens, et il prouve qu'en cas de disette réelle, ils seraient *plutôt un bien qu'un mal,* puisqu'ils tendraient à répartir sur toute l'année l'économie des provisions et le renchérissement des subsistances, tandis que le prix deviendrait excessif et la disette extrême, si un prix élevé n'avait pas limité la consommation dès le premier mois ; et la cherté n'aurait plus de bornes, si elle ne commençait qu'à l'époque où la pénurie serait au comble. Je sens que l'on va crier au paradoxe, et qu'un préjugé ne peut être déraciné par une phrase ; mais je demande qu'on ne prononce qu'après avoir lu dans le livre même le développement de ce raisonnement, auquel je n'ai pu laisser toute sa clarté et toute sa force.

Les antiquités romaines sont assez rares en Suisse, et n'offrent que des vestiges pe uremarquables. La ville d'Orbe, située dans la vallée et sur la rivière du même nom, atteste l'ancienne domination des Romains par un assez grand nombre de mosaïques semblables à celles que l'on retrouve en Italie ; mais cette cité, bien déchue, figure dans les fastes du moyen âge : c'est-là que la trop fameuse Brunehaut fut livrée à la vengeance de Clotaire II; c'est aussi dans cette ville que les indignes fils de Charlemagne s'assemblèrent pour partager son vaste empire.

La moderne et modeste Avenches nous retrace l'*Aventicum* que les Romains regardaient comme la capitale de l'Helvétie ; car Tacite, parlant de la révolte de cette ville dans la guerre d'Othon et de Vitellius, dit que Cécina, général du dernier de ces empereurs, y prit *le Capitole* ; d'ailleurs, les colonnes milliaires qu'on a retrouvées comptent toutes les distances à partir d'Aventicum : c'était donc encore la cité principale, quoique alors l'Helvétie eût beaucoup perdu de son ancienne splendeur. La vaste circonférence de ses murailles est encore visible, et l'on peut suivre le tracé de ses anciennes rues, lorsqu'après quelques jours de sécheresse, l'herbe brûlée par le peu de profondeur du sol, indique le pavé romain qui s'oppose à l'ex-

tension des racines. Depuis des siècles on exploite
ces ruines, et le propriétaire d'un seul arpent, dit
M. Simond, a vendu tout récemment pour cent
louis de pierres, parmi lesquelles se trouvait un
bloc de marbre auquel il a fallu atteler trente chevaux pour le transporter. Une demi-colonne et un
pilastre prouvent encore que les Romains bâtis-
saient chez les Barbares avec autant de solidité que
dans l'Italie même, ce qu'ils n'eussent pas fait s'ils
avaient regardé comme un oracle ces expressions
de Virgile : *Res romanas perituraque regna.* Cette
demi-colonne et ce pilastre sont composés de treize
blocs de marbre ayant chacun huit pieds et demi
de long, cinq et demi de large, sur deux pieds
d'épaisseur.

Le petit village d'Augst nous rappelle, par son nom
moderne, l'*Augusta-Rauracorum*, dont les restes
se rencontrent à deux grandes lieues de Bâle, sur
la route de Schaffhouse. N'est-il pas étonnant que
la bibliothèque de Bâle possède encore douze mille
médailles romaines, extraites du village d'Augst,
sans compter toutes celles qui ont dû se disper-
ser en Europe depuis le siècle d'Auguste, et
celles qui sont encore enfouies sans doute sous
la partie de l'ancienne ville que les eaux du Rhin
ont envahie ? « Les modernes ne sèment point ainsi
leurs écus, dit M. Simond ; » et il s'appuie sur ce
fait pour prouver que notre état social est préférable à celui des anciens. Cette dernière proposition
peut être vraie sans qu'elle découle nécessairement

du fait des médailles. Un état de troubles et de décadence, succédant à la civilisation la plus perfectionnée, influe beaucoup plus sur l'enfouissement des monnaies que ne ferait un état de barbarie : d'abord, les Barbares ont peu de numéraire métallique, et ce n'est jamais que dans un état social très-perfectionné que les signes de la richesse sont très-abondans. L'énorme quantité de monnaies romaines que l'on a trouvées depuis la chute du grand empire, me ferait donc tirer une conclusion très-différente de celle que le voyageur en a déduite. La seule vérité incontestable qui résulte de son observation, est que l'instabilité du trône impérial, et les guerres continuelles suscitées par tant d'ambitieux, ont détruit toute sécurité dans la possession des biens, et ont fait enfouir les monnaies par des hommes dont la fortune était toujours en danger et qui ont emporté leur secret dans la tombe. Sous le régime de la terreur, un grand nombre de Français ont aussi caché leur or ; si cet état avait duré un siècle, il y aurait eu en France plus de monnaies fossiles que de monnaies en circulation ; et nos arrière-petits-neveux, au lieu d'en inférer que l'état social n'était pas très-brillant dans le dix-huitième siècle, auraient dû, au contraire, en conclure que nous avions subi la destinée qui menace tout excès de civilisation.

En voilà bien assez sur les antiquités helvétiques ; je passe à ce que Sénèque nommerait des questions naturelles. En naviguant sur le beau lac

de Thun, M. Simond a visité l'embouchure arti-
ficielle de la Kander. Cette rivière versait autrefois
ses eaux dans l'Aar, dont elle encombrait le cours
par la masse de terres et de pierres qu'elle y ap-
portait des hauteurs de l'Oberland. Les Suisses
l'ont détournée et l'ont forcée à déboucher dans
le lac : ce sont, dit le voyageur, les plus grands
travaux publics qui aient été faits dans la Suisse
moderne. Il ajoute que le lavaret, poisson du
genre *salmone*, qui était fort abondant, et fort bon,
dans le lac de Thun, en a presque entièrement
disparu depuis l'introduction des eaux de la Kander. Aux yeux de certains lecteurs cette remarque
n'aura d'importance que pour les gourmands de
Thun, de Spietz, d'Oberhoffen ou d'Interloken,
et cependant elle se rattache à une observation qui
a long-temps occupé M. de Humboldt sur les bords
de l'Orénoque, du Guaviare et du Rio Negro.
Pourquoi les eaux de deux fleuves, qui, puisées
dans un verre, paraissent semblables à l'œil et au
goût, sont-elles cependant assez différentes pour
que telles espèces de poissons ou d'amphibies af-
fectionnent les unes et fuient constamment les
autres ? Pourquoi se distinguent-elles par les noms
d'eaux noires et *d'eaux blanches*, quoique hors
de leur lit elles soient également incolores ? La
couleur plus foncée des unes n'est cependant pas
due à la plus grande profondeur, puisque la hauteur des deux fleuves est souvent la même ; ce n'est
pas non plus la différence de température qui dé-

termine le choix des poissons, puisque souvent le
thermomètre s'élève également dans les unes et
dans les autres. Il y a donc dans la composition
de ces eaux quelque élément, en excès ou en défaut, que la chimie n'a pu apprécier, mais qui n'é-
chappe point à la sagacité instinctive des poissons.
M. Pouqueville, dans son excellent Voyage en
Grèce, a aussi parlé des eaux noires d'une ou deux
rivières; moi-même, long-temps avant d'avoir lu
M. de Humboldt, j'avais été étonné de la différence
de couleur que je remarquais entre les eaux du Garigliano et celles du Volturne, quoiqu'elles fussent
également limpides. Mais M. Simond a négligé
d'indiquer la couleur comparative des eaux du lac
et de celles de la Kander, ainsi on n'en peut rien
conclure pour la disparition du lavaret. Je l'attribue donc, *meo periculo*, à la température trop
basse de la Kander, qui provient des glaciers, ou
à cette débâcle continuelle de pierres et de terres
qui ont fait fuir ce poisson délicat dans le lac de la
Brientz.

Voici une autre observation bien plus sérieuse,
et assez importante pour inquiéter les ingénieurs
de la Suisse. En allant de Sargans à Ragatz dans
le Rhin-Thal, on aperçoit avec étonnement le
faible obstacle qui empêche le Rhin de traverser
obliquement toute la Suisse en abandonnant la
vallée qui le conduit dans le lac de Constance.
Une élévation de dix-neuf pieds est la seule barrière qui s'oppose à l'irruption de ce fleuve dans

le lac de Wallenstadt, dans celui de Zurich et
dans le lit de la Limath. Ce cours serait plus naturel que la route actuelle du Rhin, puisqu'il sui-
vrait la diagonale au lieu de décrire les deux côtés
de l'angle droit. L'inspection des lieux fait bientôt
reconnaître que telle a été autrefois la direction
du fleuve. On remarque en effet qu'il a été anciennement arrêté, entre Sargans et Ragatz, par
le Schollberg et le Falkniss, montagnes alors réunies, mais entre lesquelles il s'est ouvert un passage, soit en détruisant, soit en dissolvant leur
base commune. Les témoins de cette rupture existent encore dans la comparaison des deux rives.
C'est ainsi qu'à Viviers, le Rhône a renversé l'obstacle que lui opposait l'union de la chaîne du Dau-
phiné à celle du Languedoc, et semble avoir laissé
des preuves de ce phénomène dans la conformité
et le parallélisme des deux murailles de rochers
entre lesquelles il se précipite. Avant la séparation
du Falkniss et du Schollberg, le Rhin formait en
Suisse un lac deux fois plus considérable que celui
de Constance, il franchissait à Bade une cataracte
comme il en forme une aujourd'hui à Lauffen. On
sent qu'une inondation extraordinaire rétablirait
l'état ancien du fleuve, au grand détriment de cette
partie de la Suisse, et la barrière de dix-neuf pieds
une fois renversée, il n'y aurait aucune raison pour
que le Rhin reprît la route bizarre qu'il suit aujour-
d'hui, puisqu'il en aurait trouvé une plus directe et
plus rapide dans les lacs de Wallenstadt et de Zurich.

Encore une observation géologique, puis nous passerons aux réflexions morales. N'est-il pas très-remarquable que le lac de Constance, situé dans une plaine du côté de la Souabe comme du côté de la Suisse, soit cependant trois fois plus profond qu'aucun des lacs de l'Helvétie? Il n'en est donc pas des lacs comme des mers, qui sont toujours plus profondes près des montagnes les plus élevées, tandis qu'elles n'offrent que des bas-fonds à l'atterrissement des plages. Autre remarque singulière : La profondeur du lac de Constance est de deux mille cinq cent soixante-seize pieds, c'est-à-dire, de plus de dix fois la hauteur des tours de Notre-Dame à Paris. Or, la surface de ce lac n'est qu'à cent quatre-vingt toises au-dessus du niveau des mers; donc, la plus grande partie des eaux de ce lac se trouve au-dessous du niveau de la Méditerranée.

A Constance, M. Simond prit une espèce de cicérone qui le conduisit à la salle du Concile. Le bon Suisse lui expliqua toutes les particularités de cette assemblée célèbre : voilà les marques des cloisons qui séparaient les cellules, voilà l'ouverture par laquelle chaque Père recevait son dîner. C'est ici qu'un comte et un évêque faisaient sentinelle nuit et jour; voici le fauteuil du pape Martin V, voici celui de l'empereur Sigismond. Dans la cathédrale, nouvelle nomenclature : c'est ici que Jean Hus entendit prononcer son arrêt; voilà la porte hors de laquelle il fut poussé à coups de pied pour aller au bûcher ; et le cicérone souriait de pitié et levait les épaules : il sourit encore, et de la même manière, en montrant deux Français qui se promenaient ensemble : *Ce sont deux régicides*, dit-il. — En avez-vous beaucoup ici ? — *Oui, autour de vingt-quatre bons vieux comme cela.* — Quoi ! déjà, s'écrie M. Simond ? Des hommes qui ont renversé un empire, envoyé leur roi à l'échafaud, et fait trembler l'Europe, *ne sont plus que de bons vieux !*

Dans le canton de Berne, le costume national est aussi constant qu'il est variable en France. En voyant les femmes dans leur parure on se croit transporté au milieu du moyen âge ; un corset noir, un jupon qui n'excède pas la longueur du kilt écossais, un bonnet monté avec deux ailes de papillon, *en dentelle de crin*, qui se lègue de fille aînée en fille aînée jusqu'à la dernière génération, et peut se nommer un majorat en quenouille, tels sont les atours de ces républicaines dont les charmes très-prononcés tiennent fort peu au beau idéal. En vérité, cette remarque de M. Simond n'est point galante ; car Vénus elle-même, si elle eût paru sur le mont Ida avec un bonnet à papillon, n'aurait certainement pas reçu la pomme.

Voyez quel enchanteur était ce J.-J. Rousseau ! En nous peignant les jolis châlets de la Dent de Jaman, il nous a fait regarder tout châlet comme l'asile du bonheur, et a inspiré à nos jeunes enthousiastes le désir de devenir les anachorètes de la

philosophie ; et voilà qu'un autre philosophe, moitié
français, moitié anglo-américain, vient profaner
le nom sacré du châlet par un tableau d'autant
moins séduisant qu'il me paraît s'approcher beaucoup plus de la nature. Le châlet visité par M. Simond est construit de troncs d'arbres grossièrement assemblés ; une couverture, à travers laquelle s'échappe la fumée, déborde de huit pieds
en dehors, et forme une galerie sous laquelle on
trait les vaches ; une soupente, abritée par cette
avance de toît, sert de chambre à coucher aux Ti-
tyres et aux Mélibées du canton ; ils y montent par
une échelle, et se jettent pêle-mêle sur une paille
rarement renouvelée ; les vaches, qui viennent se
faire traire sous ce péristyle romantique, le décorent d'une manière peu suave, et un troupeau de
cochons, attirés par le petit-lait dont on les ré-
gale, achève de rendre la place inabordable. Un
Anglais a dit que trois vaches maigres dans un pré,
avec un cheval dont les os percent la peau, forment
un tableau pittoresque : le pittoresque de M. Simond est bien autre chose, et j'espère qu'un de
nos peintres nous présentera bientôt une esquisse
fidèle du châlet d'Eselsrücken, pour nous faire
connaître les douceurs de la vie champêtre.

Êtes-vous économistes où hommes d'État ?
Voici une réflexion qui peut vous forcer à réfléchir vous-mêmes, quoiqu'elle contrarie les idées
des agronomes anglais. La campagne du canton
de Berne paraît fort bien cultivée aux yeux de

M. Simond, Les Anglais ne pensent point ainsi ,
et ils ont peut-être raison ; « mais, ajoute le voya-
» geur, l'état le plus favorable au bien-être des
» hommes en société n'est pas tant celui d'une
» perfection absolue que d'une amélioration gra-
» duelle. Sous le point de vue de l'agriculture ,
» l'abondance croissante des subsistances com-
» prend dans ses conséquences indirectes tous les
» biens moraux autant que physiques, à commen-
» cer par l'indépendance ; mais, lorsque le produit
» atteint son *maximum*, la population qui le suit
» de près ne s'arrête pas pour cela ; elle continue
» de s'accroître jusqu'à ce qu'elle ait changé l'a-
» bondance en disette , et l'indépendance en servi-
» tude, par la rivalité des besoins. Il importe peu
» au peuple que la terre produise tout ce qu'elle
» peut produire , mais que chacun ait une part
» suffisante dans ce qu'elle produit. Ces gens-ci ne
» manquent de rien ; par conséquent je ne leur
» souhaite pas de meilleures récoltes, et je leur
» conseille de faire durer le plaisir de l'améliora-
» tion le plus long-temps qu'ils le pourront. » Pour
éclaircir ce texte est-il besoin d'ajouter que, si ce
peuple atteignait plus tôt le *maximum* de l'abondance , il arriverait plus tôt aussi au *maximum*
de la population, et en subirait plus tôt les inconvéniens ?

Sur la façade du château de Chillon, dans le
Valais , M. Simond voit inscrits les mots *liberté et*
patrie ! avec la date de 1815 ; lorsque je rencontre

ces mots ainsi affichés, dit-il, je ne saurais m'empêcher de soupçonner qu'il y a fort peu de l'une, et que l'autre court quelque danger. Voltaire avait déjà dit quelque part que, si à la frontière d'un pays une inscription lui annonçait que tous les hommes y sont justes et honnêtes, il se garderait bien d'y entrer. Un marchand, en Chine, après avoir inscrit son nom sur son enseigne, ajoute : *il ne vous trompera pas;* et il n'y a pas de plus habiles fripons que les marchands de la Chine. Nos inscriptions de *liberté*, *égalité* et *fraternité*, ressemblaient singulièrement aux enseignes chinoises.

Je savais depuis long-temps que ce qu'il y a de bon dans la vaste compilation de Grimm, n'était pas de ce baron philosophe : M. Simond m'apprend qu'on en doit une grande partie à M. Meister de Zurich.

On attache assez peu d'importance aux réflexions présentées sous la forme de la raillerie ou de l'ironie, et l'on se persuade qu'une pensée n'est juste que quand elle est exprimée sérieusement. Il est cependant telle ironie plus propre à faire sentir une vérité que ne le ferait un précepte direct. En voici la preuve : A Genève, M. Simond voit faire le procès à deux voleurs à peine sortis de l'enfance ; ils sont condamnés à six ans de prison *correctionnelle*, notez bien ce dernier mot. En prononçant l'arrêt, le président leur fait une admonition qui pourrait se traduire ainsi, dit notre voyageur : « Mes enfans, vous êtes de petits scélérats, et, afin de vous corriger, nous allons vous enfermer pendant six ans dans un lieu où vous n'aurez d'autre société que celle de gens aussi mauvais sujets que vous, et rien à faire que d'écouter leurs discours. Nous nous flattons que, profitant de la leçon qui vous sera ainsi donnée, vous sortirez de prison bien sages et bien industrieux. » Cette plaisanterie me paraît passablement sérieuse.

On pense bien que M. Simond a visité le manoir de Voltaire. L'inscription : *Voltaire à Dieu*, qui était sur la porte de la chapelle, a été mise en pièces par les révolutionnaires dans le temps de la terreur. Il faut avouer que Voltaire a joué de malheur : il ne s'attendait guère à être insulté après sa mort pour avoir été trop religieux. Le philosophe de Ferney était tant soit peu aristocrate, et toujours en querelle avec la démocratie de Genève. *Quand je secoue ma perruque,* disait-il, *je poudre toute la république.*

Plusieurs voyageurs, et entre autres M. Raoul-Rochette, ont parlé de Scandinaves naturalisés en Suisse depuis très-long-temps. M. Simond fait observer que les chroniqueurs du moyen âge désignent la Suède et la Suisse par le même mot *Suecia :* il croit cependant que la migration de la Suède, de la West-Frise ou du pays des Cimbres, a un fondement dans l'Histoire. Gustave Adolphe parut y croire lorsqu'il envoya une ambassade au canton de Schwitz; mais je pense, moi, que l'é-

quivoque du mot *Suecia* a été suffisante pour trans-
former une méprise en vérité historique : il y en
a tant qui ne sont pas mieux établies !

Je suis forcé de négliger une foule de traits
remarquables ; je regrette surtout les excellentes
réflexions de l'auteur sur la prétendue balance du
commerce et sur le système prohibitif qui , loin de
s'affaiblir en Europe, paraît y reprendre une nouvelle vigueur. M. Simond prouve très-bien qu'on
a tort de vouloir toujours imiter le gouvernement
anglais , même lorsqu'il agit le plus sagement ,
parce que pour l'imiter utilement il faudrait avoir
les mêmes moyens et se trouver dans les mêmes
circonstances. Cette seule idée serait susceptible
d'un grand et sérieux développement. Je regrette
beaucoup aussi de ne pouvoir citer l'auteur sur
les causes et les effets de la Réformation en Suisse ;
mais je ne résiste pas au désir de rapporter un trait
admirable de naïveté et de bonhomie : Les magistrats du canton de Vaud , voyant qu'il leur était
impossible d'allier la paix publique avec les querelles religieuses , prirent un parti extrême , et
firent publier la défense expresse *de parler de Dieu,
soit en bien, soit en mal.* Que de choses on devrait
nous interdire , et dont nous parlons bien mal
depuis que nous avons tant de lumières !

De toute la guerre de Suisse , en 1799 , et qui
occupe une grande place dans ce Voyage , je n'ex-
trairai que quelques lignes. Les cantons démocra-
tiques , étonnés d'être si peu ménagés par leurs

frères et amis les républicains français, adressèrent au directoire exécutif un Mémoire qui resta sans réponse. Ainsi, dit M. Simond, le pouvoir qui proclamait partout *guerre aux châteaux, paix aux chaumières*, fit marcher une armée contre le seul coin de l'Europe où il n'y a que des chaumières et pas un seul château.

VOYAGE DE PLATON EN ITALIE,

Traduit en italien par VINCENT CUOCO, sur les manuscrits grecs trouvés dans Athènes, et de l'italien en français; par B. BARRÈRE.

CE titre annonce que les manuscrits grecs dont parle le traducteur ont été trouvés dans Athènes; et, dès les premières lignes de l'avant-propos, on apprend qu'ils ont été exhumés *du sol où fut jadis Héraclée,* ville de l'Italie méridionale. Ce n'est point par maladresse, sans doute, que M. Barrère laisse échapper cette contradiction; elle nous donnerait le droit d'en conclure qu'il ne faut point attribuer cet ouvrage à Platon ou au célèbre Archytas; mais bien à M. Barrère, qui, alors, deviendrait le Platon ou l'Archytas de notre siècle. En effet, si l'on a la force suffisante pour lire ces trois volumes philosophiques et moraux, on sera

tenté de croire que M. Barrère est un nouvel
Annius, qui se cache modestement sous les noms
obscurs de Platon, de Pythagore ou d'Alexide,
comme le dominicain de Viterbe se cachait sous
ceux de Caton, de Xénophon, de Manéthon et de
Bérose.

Mais M. Barrère affirme positivement que le
manuscrit est grec, qu'il est antique et authen-
tique; il offre de le montrer aux incrédules : il n'y
a plus moyen de douter. En y réflechissant bien,
la chose nous paraît moins extraordinaire. 1° On a
de tout temps reproché aux Grecs d'être de grands
parleurs, et, sous ce rapport, le manuscrit nous
paraît grec. 2° Homère même sommeillait quelquefois, et les écrivains médiocres, en Grèce
comme ailleurs, sommeillaient fort souvent ; ce
qui devenait contagieux pour le lecteur : nouvelle
preuve d'authenticité pour le manuscrit. 3° Platon,
tout divin qu'il était, a fait quelquefois du galima-
thias, comme, par exemple, quand il a dit que *la
matière est l'autre;* que l'univers est composé *de
douze pentagones; que le feu est une pyramide
liée à la terre par des nombres,* etc..... : troisième
preuve par analogie. 4° Enfin, nous savons qu'il
faut toujours un peu se défier de la morale grecque,
quelque pure qu'elle paraisse, *timeo Danaos....* :
dernière et forte preuve qui complète la démonstration. Cette idée nous soulage beaucoup, car
l'ouvrage nous a paru très-médiocre, et nous
sommes charmés de ne pouvoir l'attribuer à

M. Barrère, qui n'est pas médiocrement célèbre.

L'auteur, quel qu'il soit, qui ose faire voyager Platon en Italie, s'est imposé une forte tâche. Le lecteur, séduit par ce titre, croit qu'il va rencontrer un nouvel Anacharsis qui lui donnera sur l'ancienne Italie autant de renseignemens que l'autre a répandu de lumière sur l'ancienne Grèce ; mais, dès les premières pages, son espoir s'évanouit. Le style lâche, diffus et souvent incorrect, fait d'abord pressentir l'ennui qui se manifeste violemment avant qu'on soit arrivé à la moitié d'un volume. L'Italie méridionale, contrée si célèbre, et qui a éprouvé tant de révolutions physiques et morales, ne fournit à l'auteur que des lieux communs, de longs discours et de froides citations. Des philosophes tels que Platon, Archytas, Cléobule et Alexide, causent ensemble à Tarente ; ils causent encore à Crotone ; ils vont ensuite causer sur les ruines de Sybaris ; ils en sortent pour aller causer chez les Locriens, et ils causent toujours jusqu'à ce que l'auteur n'ait plus rien à nous dire ; ce qui arrive un peu tard. Leurs voyages se réduisent à quelques lignes ; leurs discours occupent des pages, des chapitres, des volumes.

M. Barrère, ou le Grec dont il se dit l'interprète, consacre le tiers de son ouvrage à la morale. L'humanité, la bienfaisance, le respect pour la religion, tous les beaux sentimens enfin y sont étalés avec

profusion, et en quelque sorte avec faste. La pro-
digalité, en ce genre, est peut-être plus nuisible
que la parcimonie; et de cette affectation de vertu
l'on pourrait inférer que la vertu était fort rare en
Grèce. Quoi qu'il en soit, M. Barrère répète le
mot vertu à chaque page, et presque toujours pour
dire la même chose. Ici, l'on trouve cette maxime:
Si vous voulez être des citoyens heureux, devenez
auparavant des hommes *vertueux*. Plus loin : Vos
ancêtres étaient libres parce qu'ils étaient *vertueux*.
Ailleurs il s'écrie : Insensés, vous voulez être heureux, et vous ne placez pas votre félicité dans la *vertu!*
Plus loin encore : Le bonheur est donné à l'âme : il
est le compagnon de la *vertu*. Dans un autre endroit :
Il n'y a point de beauté sans la *vertu*. Plus bas :
Non-seulement il n'y a point de beauté sans la
vertu, mais le pouvoir de sentir la beauté est refusé à celui qui n'a point de *vertu*. Il prouve ensuite
que la paix ne peut durer sans la *vertu*; il redit que
la paix publique est l'effet de la *vertu*; que le plus
grand ornement d'une femme est la *vertu*; que
les âmes heureuses habitent les corps des amis de
la *vertu*; que vainement on graverait les lois sur
le bronze, si dans le cœur des citoyens on n'a pas
gravé la *vertu*; et après mille autres phrases pleines
de *vertus*, on arrive au chapitre 23, où il est exclusivement question de la *vertu*. Dans ce chapitre,
les philosophes qui sont à table, qui parlent sans
cesse et ne font rien, terminent leur discours sur
la *vertu*, en concluant que la *vertu* n'est autre

chose que la tempérance et l'amour du travail.
Maintenant si l'on sent quel a été notre travail en
analysant toutes ces vertus, le lecteur conviendra
que nous avons aussi quelqu'amour pour la vertu.

La partie politique a été mieux traitée ou mieux
traduite par M. Barrère; il déteste les séditions,
les révolutions, et il en parle en homme qui possède bien sa matière. Voici le morceau le plus curieux de l'ouvrage : « Il vous fut facile de renverser
» les lois établies....; mais à peine vous essayâtes
» de reconstruire, qu'il s'éleva une foule de pas-
» sions particulières qui jusqu'alors ne s'étaient
» pas montrées. Chacun n'écouta plus que son in-
» térêt, et ceux mêmes qui n'en avaient aucun,
» s'agitèrent, excités qu'ils étaient par les fausses
» promesses que leur faisaient les ambitieux........
» Celui qui avait moins d'intérêt à faire le bien,
» eut plus d'impudence à faire le mal. Cette der-
» nière classe du peuple qui n'avait ni propriété,
» ni bon sens, ni vertu, devint l'arbitre de tout,
» l'idole de tous les puissans. Les uns lui promi-
» rent une division générale de toutes les terres,
» les autres une égalité insensée de tous les droits,
» *tous* promettaient les dépouilles de ceux qui gé-
» missaient sur les maux de la patrie.... (Ce *tous*
» est remarquable.) Les scélérats crurent avoir un
« moyen de se rendre chers au peuple sans avoir
» ni courage ni *vertu*. »

Il y a peu de tableaux aussi vrais dans le livre,
et l'auteur qui l'a tracé aurait dû s'en tenir à ce

qu'il savait le mieux. Sa métaphysique n'est pas
de la même force : il introduit un pythagoricien
qui raisonne et déraisonne sur l'âme, et qui veut
prouver que la partie spirituelle de l'homme peut
penser sans le secours des sens, et même après la
destruction du corps. « Nos âmes, dit-il, renfer-
» mées dans une prison, sont obligées de voir à
» travers un petit trou par lequel il n'y a qu'un
» seul passage pour la lumière. Tu dis mainte-
» nant : Si ce trou n'existait pas, je ne pourrais
» point voir ; et tant que tu es dans cette espèce
» de prison, cela est vrai. Nulle image ne peut ar-
» river à ton œil avant d'avoir passé par le trou.
» Mais ne confondons point l'instrument dont se
» sert l'âme avec l'âme elle-même. Si tu voulais
» soutenir que, même hors de la prison, ton œil
» ne peut pas voir sans un trou, tu soutiendrais
» une erreur. » Certes, ce n'est pas par ce trou-là
que l'auteur ira à la postérité.

Le lecteur veut-il une image gracieuse ? La voici :
Eson de Crotone, digne rival en force du fameux
Milon, va prendre un taureau dans la montagne,
le saisit par les jambes, et vient le présenter ga-
lamment à sa maîtresse. N'est-ce pas un fort joli
bouquet ? Ne semble-t-il pas qu'on lise ce vers de
Virgile :

Narcissum et florem jungit benè olenti anethi.

Veut-on des plaisanteries bien fines ? il faut lire
le dialogue de Crobile et d'Isostasiette. Ce Crobile

s'écrie sans cesse : *Garçon, encore du vin! Ma philosophie est toute dans une bonne table. Garçon, apporte-nous encore quelque chose; j'ai toujours faim. Apporte-moi de la pâtisserie. — Comment la voulez-vous? Apporte-m'en de toute sorte.* Ailleurs, c'est un médecin *qui n'ordonne pas un verre de tisane, mais de la tisane en un verre.* Plus loin, un Carthaginois qui examine un tableau de Zeuxis; ayant eu l'audace de dire que le peintre n'a pas fait Hélène assez belle, un Grec lui adresse cette belle apostrophe : *Vil marchand de fromages!* Dans un autre endroit, on critique un peintre pour avoir peint Thésée *comme s'il avait été nourri de roses,* et *non pas comme le Thésée nourri de bœuf.* N'est-ce pas là du sel attique?

Quant à la dialectique, elle ne brille pas dans l'ouvrage; mais c'est au moins la seule partie qui nous y offre quelque chose de nouveau. L'auteur entreprend de prouver que la civilisation, les arts, la législation et les sciences existaient en Italie longtemps avant que la Grèce cessât d'être barbare. Selon lui, il y avait dans ce pays de grands poètes avant Homère, de grands tragiques avant Eschyle, et la comédie italienne était très-supérieure à celle d'Aristophane. L'un des interlocuteurs élève même des doutes sur l'existence d'Homère et de Pythagore. L'Italie n'a pas dû ses lois à la Grèce, parce que, dit-il, les lois sont nées partout où il y a eu des hommes « *Je ne crois à aucune de ces préten-* » *dues imitations, de ces prétendus emprunts des*

» *lois des divers peuples dont on nous parle.* » Il serait plaisant de vouloir nous prouver que les peuples n'ont jamais emprunté des lois étrangères ; que les Anglais n'ont pas eu les chartes normandes ; que les Gaulois n'ont pas eu les lois des Francs , et que le Droit romain n'a pas existé en France.

Le style , comme nous l'avons dit , n'est ni correct, ni élégant ; et malheureusement ce n'est pas à l'auteur grec que nous pouvons reprocher les fautes de français. M. Barrère, qui est au moins le traducteur, a cru sans doute que l'on pouvait écrire un livre comme on improvise un discours ; de là il s'est permis des phrases telles que celles-ci : « Je ne crois à *aucune* de ces prétendues imitations , de ces *prétendus emprunts.* » — « Je me rappelle *de* son visage ; je me rappelle *de* Phédon. » — « Il *s'assoit!* » — « Nous *saurons* ce qu'il *saura* faire. » — » Il *serait par contre insensé de croire.* » — « *Hier soir.* » — « *J'ai resté* seul. » — « Que penses-tu qu'elle *m'a* dit ? » — « Peux-tu croire qu'il *est* tranquille ? » — « Il nous *fixa* , pour dire nous regarda. » Et mille autres locutions de ce genre : il a rarement le mot propre ; il n'est pas heureux en plaisanteries ; et le désir de montrer de l'érudition l'a rendu peu délicat dans le choix de ses citations et de ses notes. Par exemple , quand il a dit dans le texte : *A l'usage de nos ancêtres* , il a eu grand soin d'écrire en note : *More majorum* , comme ferait une femme qui, ne sachant que deux mots de latin, ne manquerait pas de les placer à la première occasion.

Il n'y a donc de vraiment estimable dans cet ouvrage que l'amour de la vertu, de la bienfaisance, de l'humanité, qui y est non pas très-bien exprimé, mais au moins souvent répété, ce qui est toujours fort honnête et fort édifiant. Il est fâcheux pour nous de ne pouvoir en faire honneur à M. Barrère, et de devoir cette belle morale à un Grec qui nous intéresse peu; mais en cela même le traducteur mérite quelque reproche. Pourquoi donc a-t-il tant tardé à publier ce manuscrit? Une morale si pure doit influer sur le bonheur des hommes; et puisque M. Barrère possédait depuis long-temps ce trésor de vertu, pourquoi n'en a-t-il pas fait usage quelques années plutôt.

L'ITALIE.

Par lady Morgan.

Jusqu'à quel point les dames ont-elles le privilége de l'impertinence et de l'impunité? jusqu'à quel point sommes-nous obligés d'être polis envers une femme sans politesse, sans égards et sans décence? Tout a des limites sur la terre et surtout dans la société. Notre esprit chevaleresque, notre galanterie tant vantée ne nous commandent pas sans doute de dissimuler un mépris légitime par un respect de convention, et de cacher un dégoût insurmontable sous l'apparence d'une urbanité délicate. Toute prérogative, tout privilége, existent sous des conditions, et quand toutes les conditions sont violées, le privilége cesse. Telles sont les questions que je me proposais, les réflexions que je faisais à mesure que je m'enfonçais avec lady Morgan dans cette Italie défigurée par ses descriptions, et flétrie par ses éloges. Le bon sens me criait que je suis affranchi de toute obligation envers une femme qui manque à tous les égards, et, cédant à une indignation, déraisonnable par cela même qu'elle est trop juste, j'allais user de représailles envers l'impertinent auteur, j'allais me mettre au niveau de mon sujet, et conséquemment écrire des sottises. Une dernière réflexion me sauva de ce danger. Homme faible, me suis-je dit, tu te mets en colère, et pourquoi? Ignores-tu le nom de l'auteur? et quand un arbre t'est connu, ne sais-tu pas quels fruits il doit porter? Ce livre qui s'enfoncera bientôt dans la vase du Léthé, a-t-il le pouvoir de faire le moindre mal? S'il t'ennuie à périr, c'est le juste châtiment de quiconque s'obstine à le lire jusqu'au bout. L'auteur n'était-il pas jugé avant de s'établir juge? Ses injures ne peuvent pas même honorer celui à qui elles s'adressent. Le *quos ego* de Neptune n'a pas mieux apaisé

la mer en fureur que cette réflexion n'a calmé ma
ridicule colère ; j'ai reconnu que j'avais sous les
yeux un fort mauvais livre, que lady Morgan en
était l'auteur, et j'ai cessé de m'étonner.

Je n'aurais plus rien à dire, si tout le monde
avait été, comme moi, condamné à lire les quatre
volumes de lady Morgan ; le jugement que je viens
de prononcer ne serait alors que l'écho du cri public ; mais la ci-devant miss Owenson ne séduit
plus personne depuis que, sous le faux air d'une
lady, la nymphe de Munster, la syrène de Shannon, la dryade du Knock-na-rée, s'est transfor-
mée en femme philosophante, raisonneuse, dé-
raisonnante, et politique très-insolente. Le nombre
de ses lecteurs sera donc infiniment petit ; or, les
personnes qui n'auront pas lu, qui n'auront pas
acheté, par une fastidieuse lecture, le droit de dire
la vérité toute sèche, auront besoin des preuves
les plus fortes pour comprendre *furens quid fe-
mina possit ;* car, ne nous y trompons pas, lady
Morgan est furieuse, le triomphe de la légitimité
l'a réduite au désespoir ; une face légitime fait sur
elle l'effet que produisait sur les possédés le Saint-
Suaire de Besançon ; et si pour conserver quelque
chose de son sexe, elle s'efforce de déguiser sa
haine sous les dehors d'une indifférence dédaigneuse, si elle appelle à son secours la raillerie,
l'ironie et le sarcasme, tous ses traits sont impré-
gnés d'un poison âcre, ses plaisanteries sont acé-
rées, et son rire est une grimace. Il faudra donc,

pour me faire absoudre du crime d'impolitesse,
prouver que la politesse m'était impossible si je ne
voulais pas encourir le reproche de complicité ; il
faudra dérouler cette longue liste d'impertinences,
d'expressions grossières, d'anecdotes ridicules,
d'assertions absurdes, d'opinions anti-sociales, et
prouver qu'avec l'érudition des domestiques de
place, et des *ciceroni* à trente sous par jour, la
femme philosophe, philologue, archéologue et politique, a cru pouvoir dissimuler l'ignorance la
plus complète et la plus présomptueuse.

Mais je retombe dans le sérieux.... Ce sera, j'espère, pour la dernière fois. Il suffit, pour m'é-
gayer, de me représenter la figure des radicaux ou
carbonari français qui m'auront fait l'honneur de
me suivre jusqu'ici. Lady Morgan, diront-ils, déteste la légitimité, et son légitime mari qui a revisé
son ouvrage, approuve sa doctrine. Les braves
gens ! *Digni, digni sunt intrare in nostro docto*
corpore. Oui, messieurs, ils en sont très-dignes ;
mais ne vous réjouissez pas trop, et surtout n'a-
chetez pas le livre en quatre volumes, avant de
savoir ce qu'il contient. Je suis plus libéral que
vous tous, puisque je vais vous donner un avis
charitable. Je ne veux pas vous constituer en dépense, comme disent les bonnes gens ; vous avez
besoin de votre argent pour payer de l'héroïsme
dans l'occasion. Apprenez donc que lady Morgan
ne respecte rien, pas même l'usurpation ; elle vous
traite presque aussi mal que si vous étiez les des-

cend ans de Hugues Capet ou de Rodolphe de Hapsbourg; elle prétend que les preux et les rois légitimes ne sont pas inférieurs à vos généraux parvenus
dans l'art de la spoliation; toute la différence que
son urbanité veut bien y mettre, c'est le soin de distinguer les *voleurs légitimes* des voleurs illégitimes;
elle est capable enfin de dire à chacun de vous:

Pour être plus qu'un roi, tu te crois quelque chose!

Le croiriez-vous, frères et amis! elle nomme toujours Napoléon *le soldat de fortune, l'usurpateur, le parvenu.* Passe encore d'outrager des rois
de France, des empereurs d'Allemagne et d'Autriche, un roi de Naples, un roi de Sardaigne, etc...
Une dame bien née, et qui a prétention au bon
ton, a pu dire de l'un que *son portrait est le beau
idéal de l'imbécillité;* elle a pu dire d'un autre
qu'il est *le roi des sardines, accompagné d'un
assez mauvais poisson, le comte Cérutti, son
grand-visir;* je suis sûr que, dans l'opinion de
quelques personnes, cela passera pour de l'esprit;
une lady, mêlant le style de l'histoire à celui du
voyage, a pu écrire que la paix de Cambrai était
*l'ouvrage de deux commères, dont l'une, reine
mère, a volé le trésor, et fait pendre un ministre
fidèle, en forme de réparation;* elle a pu nommer
en toutes lettres un grand monarque, et le qualifier *d'ancien, de féodal, de stationnaire et obscurant despote,* tout cela tombe sur la légitimité;

ainsi, vous devez une couronne civique à l'amazone qui réunit tant de courage à tant de délicatesse ; mais insulter à Buonaparte, le tourner en
ridicule, et le montrer comme un *condottiere* de
jacobins ! voilà de l'insolence, de l'indignité, de la
profanation. Vous refusez de m'en croire ? écoutez. Dans son livre sur la *France*, elle s'était déjà
permis de dire que l'ambition et la flatterie avaient
troublé le jugement *de l'homme ;* qu'au faîte des
grandeurs, il manquait de la qualité la plus importante, celle de savoir garder l'équilibre ; que
sa chute s'annonça par des symptômes d'erreur et
de fragilité ; que *son despotisme ne convenait plus
à la France ;* que l'opinion publique l'abandonna,
et que *l'explosion fut universelle contre cette tyrannie domestique :* ces phrases sont passablement
impertinentes, mais voyons si la dame s'est amen-
dée depuis quatre ans. Après avoir dit, avec son
élégance ordinaire, que les rois sont tous comé-
diens, et qu'ils aiment les représentations théâ-
trales, elle ajoute : « Mais aucun n'en a mieux
connu l'effet que l'usurpateur ; aucun ne les a plus
fréquemment appliquées *à la folie, à la vanité, à
la duperie de ses sujets.* » Oserai-je aborder la
page 321 du 1er volume ? J'y vois d'abord que Napoléon n'est qu'un *demi-grand homme,* expression qui mériterait déjà une punition exemplaire ;
mais quel supplice peut expier la phrase suivante ?
« Il a été entouré par tout ce que l'ancien et le
nouveau systèmes pouvaient offrir de plus pervers,

par la corruption du régime légitime , et (*horresco referens*) *par la scélératesse révolutionnaire.* »

Après cette boutade , lady Morgan reprend son sourire tant soit peu sardonique , nous peint le grand empereur faisant son entrée à Pavie , les badauds pavésans frappant l'air de leurs *vivat*, et courant à la rencontre du César du jour, « *à mesure* que sa barge, *poussée par des vents jacobins*, s'avançait sur les vagues classiques du Pô. » Croirons-nous à l'anecdote suivante ? Buonaparte, ayant laissé à la porte de l'Université de Pavie *la représentation bouffonne d'empereur et roi* (c'est lady Morgan qui profère ce blasphême), courut dans les salles avec tant de précipitation que sa suite avait peine à l'atteindre. Il fit la grimace et prit du tabac dans la salle de métaphysique , de cette *idéologie* qu'il détestait si fort. Cependant , se tournant vers un écolier, il lui fit cette question : *Qual' è la differenza frà la* SOMIGLIA *è la morte?* Ce mot *somiglia*, par gallicisme , ayant embarrassé l'étudiant et même le professeur, Napoléon s'aperçut qu'il n'avait pas été compris , et tourna le dos brusquement , en prononçant le mot *bêtise.* Dans la salle de *ses chères mathématiques* (c'est toujours lady Morgan qui raconte , et que j'abrège), Buonaparte s'adresse à un jeune savant, et lui donne un problème à résoudre ; il a la patience d'attendre que le jeune homme ait fini sa tâche, circonstance qui me rend l'anecdote bien suspecte ; mais je m'en lave les mains , c'est la véridique lady qui l'atteste. Le problème résolu, l'empereur l'examine, et dit : *Non è cosi*. L'écolier soutient qu'il ne s'est pas trompé ; le professeur a le courage de justifier l'écolier, et Buonaparte, piqué au jeu, prend l'ardoise et la craie, et résout lui-même le problème, sans pitié pour ses généraux qui bâillaient à se luxer la mâchoire. Enfin, s'étant convaincu de son erreur, il rend l'ardoise à l'étudiant, en lui disant : *Si, si, è benè* ; « mais (ici je copie littéralement), avec la mine *renfrognée* d'un écolier qui vient de perdre sa place à la tête de la classe. » En voilà bien assez sur Buonaparte ; maintenant MM. les libéraux achèteront, s'ils le veulent, *l'Italie* de lady Morgan ; je ne leur ai pas vendu chat en poche, et ce joli proverbe, qui me tient lieu d'esprit, prouve que je me suis mis en harmonie avec le style de mon auteur.

Convenons cependant que si les spoliateurs illégitimes reçoivent, pour la forme, quelques petits reproches du publiciste femelle, les *voleurs légitimes* (ce sont les honnêtes expressions de milady) sont incomparablement plus maltraités. Rien n'égale la dureté, l'insolent orgueil et la bassesse des expressions dont elle se sert en parlant des personnes les plus respectables. Avec toute la présomption de l'ignorance et toute l'audace de l'impunité, elle juge à tort et à travers les souverains et les peuples : elle a tellement passé les bornes du libéralisme que, même en la châtiant, on n'oseserait transcrire les injures qu'elle vomit, ni les noms augustes auxquels elle les adresse. L'Autriche surtout a le malheur d'être un objet d'aversion pour lady Morgan. Elle a l'impertinente naïveté de déclarer qu'elle a pour ce gouvernement *une haine abstraite ;* elle le proclame le plus oppressif de tous ; elle le compare à celui d'Alger ! Le peuple, ou plutôt les peuples qui composent cet Empire, ne sont pas plus épargnés que le souverain. En parlant de Joseph II, « son malheur, dit-elle, a été d'être placé à la tête *d'une nation dégradée et abrutie.* » Les *libérales,* les *radicaux,* les *carbonari* ont au moins du respect pour les nations, mais lady Morgan étend sa haine abstraite sur les peuples et les rois. Les uniformes autrichiens qu'elle a vus à Milan, lui ont presque donné des convulsions : il faut qu'elle ait été bien outragée ou bien négligée par les pandours et les croates. J'étais impatient d'apprendre les motifs d'une telle fureur ; ils m'ont enfin été révélés, et la cause principale de la haine abstraite est que le souverain a *le visage long,* ce qui déplaît par dessus tout à lady Morgan, et ce qu'elle exprime moins poliment que je ne l'ai fait. Elle devait se rappeler cependant qu'un poète, voulant peindre l'amitié, lui a fait dire :

J'ai le visage long et la mine naïve.

Mais l'amitié n'entre pour rien dans les affections de milady.

Je ne sais à quel point une face ronde et pleine
est nécessaire à la légitimité, et je soupçonne que
c'est la légitimité qui allongeait, au contraire, non
pas la face du prince, mais celle de lady Morgan.
Les autres reproches qu'elle fait au même monarque sont d'une nature encore plus grave. Ce
prince a eu le tort impardonnable de dire publiquement qu'il préférait un honnête homme sachant
seulement lire et écrire, à un savant séditieux,
maxime illibérale s'il en fut jamais, qui mérite une
haine abstraite, et même concrète! enfin, et dussé-
je être accusé de manquer de respect à la majesté
du trône, je laisse échapper cette affreuse vérité :
le même prince a poussé l'obscurantisme jusqu'à
dire qu'il y a *des gravelures dans l'Arioste.* J'a-
voue qu'une honnête femme doit être scandalisée
d'un pareil propos; et lady Morgan, en parlant de
Boccace, nous donne, dans une note, une fort
belle dissertation sur les gravelures, sujet qu'elle
traite *ex professo.* Voici sa théorie réduite aux derniers termes : on doit excuser les gravelures dans
les ouvrages anciens; mais elles sont condamna-
bles si elles sont publiées dans un siècle policé. Le
motif de cette décision est que les anciennes gravelures *sont des faits,* tandis que les nouvelles sont
le produit d'une imagination impure. Ainsi, lady
Morgan se déclare pour *les faits,* et je trouve son
choix fort raisonnable.

Je ne présenterai qu'en échantillon la logique
de milady : le peuple du Piémont, soumis dès

long-temps *à une obéissance passive et à un des-*
potisme de poche, était, dit-elle, plongé *dans l'i-*
gnorance la plus dégradante; mais voyez quel
magicien était ce Buonaparte! Un décret impérial
a fait trouver dans ce peuple si bête des savans du
plus grand mérite, des professeurs les plus illustres,
et une foule d'académiciens *nationaux* les plus dis-
tingués dans les sciences, tels que les Saluzzi, les
Caluzi, les Vasali, les Bandi, etc... etc...!

Le défaut d'espace me force à négliger les douceurs dont lady Morgan gratifie d'autres souverains, d'autres peuples, et l'Angleterre elle-même,
où elle ne voit que crime et duperie, et les dames
françaises, à qui elle trouve l'*air éveillé* et du
maniérisme, et nos gens de lettres qu'elle daigne
persiffler, et nos émigrés qu'elle accable d'ou-
trages, et toutes les vieilleries légitimes qu'elle déteste. Relativement aux vieilleries, je n'ai pas le
courage de la gronder ; elle a bien un peu le droit
de les mépriser, il y a si long-temps qu'elle est
jeune !

Jusqu'ici je n'ai considéré lady Morgan que
comme une femme honnête, décente, pleine d'esprit et de délicatesse ; passons maintenant à la
femme voyageuse, philosophe, archéologue, moraliste et politique. Je préviens le lecteur d'une singularité à laquelle il faudra qu'il s'habitue. Milady
déteste autant le classique que le légitime ; elle
nous dit, avec sa grâce ordinaire, que si les ruines
et les cloaques d'Irlande étaient épars sur le ter-

rain d'un duché d'Italie, leurs *porcs* même nous
inspireraient un intérêt classique.

Nous éprouvons un sentiment pénible quand
nous voyons un écrivain supérieur faire un usage
coupable des dons qu'il a reçus de la nature, et de
l'instruction, qu'il doit à l'étude. Le danger des
mauvais livres n'est pas dans les maximes qu'ils
renferment, mais dans le talent qui leur sert de
véhicule. Nous ne sommes pas tellement affermis
dans l'exercice des vertus, que le vice le plus séduisant ne puisse avoir aucune influence sur nous.
L'ouvrage le plus dangereux, mais empreint d'un
talent supérieur, circulera rapidement et passera
sûrement à la postérité la plus reculée, tandis qu'un
livre plein de sagesse et de raison, mais un peu
froid et faiblement coloré, reçoit de nous l'hommage d'une stérile estime, et se plonge bientôt dans
le néant de l'oubli. Ce triomphe constant de l'esprit
sur la morale n'est pas fort honorable pour nous;
mais il est un fait, et tellement incontestable, que,
s'il nous arrive de reprendre dans de grands écrivains des propositions réellement révoltantes, mille
voix s'élèvent pour nous rappeler au respect envers les beaux esprits qui n'ont rien respecté. J'é-
tais un homme perdu si lady Morgan avait eu
autant d'esprit que d'insolence, et si son talent avait
égalé ses prétentions. Fort heureusement pour moi,
sa philosophie, son érudition, sa logique et son
esprit observateur, sont de nature à m'absoudre
quand même je me serais livré à toute l'indignation

que m'inspirait son libelle. Vingt articles semblables à celui-ci ne suffiraient pas pour relever toutes
les bévues historiques , tous les traits d'ignorance
et tous les faux raisonnemens qui ont gonflé son
livre jusqu'à le porter à quatre volumes. J'ai eu tort
de parler de sa politique ; il me serait impossible
de la définir. On croit la connaître suffisamment
quand on lit certains passages dans lesquels éclate
le jacobinisme le plus furieux ; plusieurs phrases
sont tellement grossières, que l'on croit entendre
la vivandière d'un régiment tyrannicide ; mais
tournez le feuillet, milady se remontre à vos yeux
avec toute l'aristocratie d'une demi-grande dame,
et la puérile vanité qu'elle reproche aux *ultra*.

C'est toujours M. le comte qui est venu lui rendre
ses hommages, M. le marquis qui s'est fait un devoir de l'accompagner partout, c'est le duc qui,
pour la recevoir, a fait illuminer son palais *en
plein jour;* et si la nymphe du Shannon daigne
parfois se mésallier à la notabilité plébéienne, la
société qu'elle honore de cette faveur fugitive est
toujours composée des personnages les plus illustres dans les lettres , dans les sciences et dans les
arts, et notez bien qu'elle trouve toujours une
foule de génies illustrissimes dans la nation *la plus
abrutie et plongée dans l'ignorance la plus dégradante.* Après un tel miracle, est-il étonnant que
son orgueil ne connaisse plus de bornes ? Dans un
moment enfin où la grenouille irlandaise veut se
faire aussi grosse qu'un bœuf de Suisse , elle ne

crève pas, mais elle accouche d'une note où elle
nous dit que *sa liste de visites contenait près de
cinquante noms irlandais, autant de noms anglais, mêlés parmi ceux des Russes, Prussiens,
Polonais, Suédois, Allemands, Français, Italiens, Grecs et Américains.* On voit que lady Morgan tenait cour plénière ; elle régnait sur toutes les
nations, et, à la manière dont elle traite les rois
et les reines, je laisse à penser ce que c'était que
cette reine-là.

J'ai promis de m'occuper spécialement de la
femme savante ; je vais remuer ce fatras d'une érudition qui, certes, n'est pas d'emprunt, car jamais
un marmot, quittant l'enseignement mutuel ou le
lycée des frères ignorantins n'a dit autant d'absurdités. La manie de milady est d'être universelle ; elle
remonte à l'origine des peuples, et c'est dans une
incursion sur le terrain de l'archéologie qu'elle nous
donne la première preuve de son profond savoir.
Elle nous apprend (car c'est ce que personne n'a
jamais lu) que les Lombards viennent *des forêts de
la Pannonie.* Nous avons cru jusqu'ici qu'ils habitaient originairement l'espace qui s'étend vers
l'Elbe et l'Oder ; mais notre érudite les place, sans
le savoir, entre le Danube et la Save ; et malheur
à qui la contredira, car, à l'exemple de tous les
ignorans, elle traitera de pédans et de barbares
tous ceux qui sauront ce qu'elle ignore. Avec la
même érudition, elle établit une ligue entre l'empereur Frédéric Barberousse et le Pape Eugène III,

ligue par laquelle *des armées bénies par des prêtres furent déchaînées contre les droits des peuples et le bonheur des cités.* Je voudrais bien passer à milady cette petite erreur en faveur de sa haine pour les prêtres qui bénissent des bourreaux, mais il existe un léger inconvénient. Le pape Eugène III était mort depuis deux ans quand Frédéric vint à Rome se faire couronner par Adrien IV. Cet empereur Barberousse, qui le croirait? nous est donné par lady Morgan pour l'un des aïeux de l'empereur d'Autriche actuel, ce qu'elle exprime avec une politesse pleine de grâce, lorsqu'en parcourant la belle route du Mont-Cénis, elle s'écrie : « Princes légitimes, maisons d'Autriche et de Savoie, descendans de Barberousse ou d'Amédée, qui de vous a fait cela? » Nos écoliers croyaient bonnement que le dernier rejeton de la maison de Souabe, le jeune Conradin, avait péri dans le treizième siècle, sur la place de Naples; mais lady Morgan traite l'Histoire comme la légitimité, et trois fois elle nous présente les princes autrichiens comme les descendans de Barberousse.

Passe encore de déraisonner sur l'Histoire, une dame *comme il faut* doit en avoir au moins une teinture, et nous lui pardonnons volontiers quelques anachronismes; mais qui forçait lady Morgan à se jeter dans l'hagiologie? Ne pouvait-elle laisser nos saints en repos? Quel démon lui a suggéré l'idée de faire vivre saint Benoît autant que Mathusalem, pour lui faire poser la première pierre du pont d'Avignon ? Quand on se moque des Addisson, des Anacharsis et des Corinnes, il ne faut pas confondre un berger du Vivarais, qui vivait dans le douzième siècle, avec le saint, contemporain de Totila, qui aurait vécu huit cents ans, s'il était vrai qu'il eût construit le pont d'Avignon ; il ne faut pas placer le berceau de l'ordre des Bénédictins dans une petite ville du Piémont, confondre Mont-Cassin avec San Giorio, et le Garigliano avec la Doire.

Elle a cependant été si fière d'avoir si bien fouillé dans les archives du moyen âge, qu'elle en devient plus impertinente envers les souverains, et qu'elle termine une note injurieuse par une phrase assez ridicule pour être innocente. La voici dans sa pureté originelle : « La théocratie romaine elle-même a adopté l'absurde système des monopoles, et, dans toutes les villes et villages d'Italie, on peut se rappeler à chaque pas l'existence de François II, par la grâce de Dieu, marchand de papier timbré, et de Pie VII, manufacturier apostolique de tabac et de cartes à jouer. »

A ce trait si délicat, je ferai succéder de l'érudition archéologique d'aussi bon aloi que le trait d'esprit : « La route de Plaisance à Parme, dit la savante, est indiquée dans tous les itinéraires des voyageurs classiques, comme l'ancienne *Via Flaminia*. Evelyn, Addisson, Lalande, cent autres moins connus l'ont dit, et la médiocrité imitative continuera long-temps à répéter le fait scientifique en y joignant des notes d'admiration. » Il est faux qu'un homme tel qu'Addisson ait jamais dit une pareille sottise ; et, dans le temps où lady Morgan écrivait encore avec décence, je savais déjà que *la Via Flaminia* conduisait de Rome à Rimini, et que l'autre route qui conduit de Rimini à Césène, à Forli, à Faenza, à Imola, à Bologne, Parme et Plaisance, se nommait *Via AEmilia*. Si, au lieu de perdre son temps à faire des épigrammes, milady avait acquis un peu d'instruction, elle aurait su que la première de ces routes portait le nom de Flaminienne parce qu'elle traversait la Romagne, nommée alors *Flaminia;* elle ne passait donc ni à Parme ni à Plaisance, qui sont dans une tout autre direction.

Le latin porte malheur à notre érudite. En parlant de la duchesse de Parme, elle dit qu'elle a vu chez elle *toute la splendide paraphernalia* du cabinet des Tuileries. Je ne la chicanerai pas sur le genre et le nombre dans lesquels elle classe le grand mot *paraphernalia;* mais, puisque son légitime époux, sir Charles Morgan, est désigné comme auteur des Notices sur les lois, ce docteur aurait bien dû apprendre à milady que les biens paraphernaux ne sont pas ce que le mari donne à la femme, mais ce que la femme remet au mari *præter dotem*, outre la dot.

L'histoire la plus moderne n'est pas plus connue de lady Morgan que celle des temps héroïques. « L'ancienne duchesse de Parme, dit-elle, régna

20.

à Florence sous le nom de Reine d'Etrurie, tandis que son frère était prisonnier à Valençay, et que son père se faisait moine à Rome. » On sent tout ce qu'il y a de gracieux dans l'observation ; mais il est fâcheux pour la malice de milady que la reine d'Etrurie ait été dépossédée par le traité de Fontainebleau le 27 octobre 1807, et qu'elle ait signé sa renonciation le 10 décembre de la même année, tandis que l'escamotage de Baïonne n'a eu lieu que le 10 mai 1808. Si l'on en doute, on peut le demander à M. de Pradt.

Les bévues et les impertinences alternent constamment dans cet ouvrage. Milady fait une guerre furieuse à la mémoire des Médicis. A l'en croire, lorsque ces princes voulaient se débarrasser d'un patriote, ils paraissaient le prendre en grande affection, le nommaient à une ambassade, et le faisaient empoisonner dans telle ou telle résidence où ils entretenaient *des empoisonneurs d'État.* Cette imposture est digne de la femme qui, en parlant du supplice de la roue, termine sa note par cette phrase : « On pourra peut-être le rétablir comme faisant partie de l'ancien système du gouvernement paternel et légitime. »

Dans une longue dissertation sur la galerie de Florence (et Milady disserte toujours au lieu de décrire), elle croit nous apprendre que Cosme Ier construisit cet édifice pour y placer les chefs-d'œuvre de l'art. Elle se trompe en cela comme en toute autre chose. L'intention de Cosme était uni-

quement d'y réunir toutes les branches de la ma-
gistrature; François Ier, son successeur, fut le
premier qui fit placer des statues et des bustes dans
la *tribune* seulement ; Ferdinand Ier fit ensuite
transporter dans la galerie les statues qu'il possédait dans ses jardins de Rome, entre autres, la
Niobé et la Vénus de Médicis ; ce Muséum fut enrichi peu à peu, et complété par le duc François
de la maison de Lorraine. Mais, au lieu d'être
exact, il valait bien mieux tourner en ridicule l'intention des princes à qui l'on doit ce beau monument, et dire que *l'orgueil plus que le goût* avait
présidé à cette collection. Qu'un prince néglige les
arts, il est un *obscurant,* un vandale ; qu'il les
protège, il est un orgueilleux; l'esprit de jacobinisme englobe, dans la même proscription, le roi
conquérant qui mutile les chefs-d'œuvre, et le
prince éclairé qui leur élève un temple.

Je n'ai point considéré lady Morgan comme
voyageuse; mais, en vérité, je doute si elle a voyagé.
Se perdant sans cesse dans les ténèbres de l'antiquité, toujours occupée à bouleverser l'histoire,
à déclamer contre les souverains, et à détailler les
hommages qu'elle a reçus, elle ne donne qu'une
idée confuse et rétrécie des lieux qu'elle a parcourus, des villes où elle s'est fait admirer. A Gênes,
elle ne sait pas nommer le faubourg par où elle
entre ; elle place sur le bord de la mer le palais
Doria qui est à plus de six cents toises du rivage ;
puis elle décrit cette ville *au clair de lune,* comme

aurait fait madame Radcliff, A Florence, le génie romantique de la ci-devant miss Owenson
trouvait la plus heureuse occasion de présenter un
tableau charmant : ces belles rues, ces palais dont
plusieurs ressemblent à une prison bâtie par Jupiter pour y enfermer les Titans, l'Arno avec ses
quatre ponts, ce jardin Pitti qui commence sur le
sommet d'un côteau, se prolonge au fond de la
vallée, et remonte sur le côteau voisin ; ces monti-
cules ornés de bosquets et de maisons de plaisance,
et qui forment la première enceinte du territoire,
ces montagnes boisées qui décrivent un second
cercle, et ces hautes montagnes arides qui enve-
loppent le tout, et font ressortir les grâces du tableau par la sévérité du cadre, tout cela valait
bien des épigrammes contre les Médicis et un ca-
quetage sur les sociétés de Florence ; mais les jardins, les côteaux et les montagnes ne font point
de complimens, et milady en recevait dans les
sociétés ; aussi déclare-t-elle que le peuple italien
est le plus franc et le moins servile qu'il y ait en
Europe.

A peine entrée dans Rome, notre savante débute par un trait d'ignorance grossière : elle confond le siècle de Tarquin avec celui de César,
et Junius Brutus avec son homonyme Marcus.
Comme on croira difficilement à une pareille bévue dans *la femme la plus éclairée de l'Europe*
(expression de l'un de ses admirateurs), je renvoie le lecteur à la page 220 du 3ᵉ volume ; il y

verra, dès la première ligne, *Brutus et son poi-
gnard patriotique ;* puis, dans la note sur ce Brutus, cette autre phrase : « *Le meurtre de ses fils
était un acte de pure et simple barbarie.* » Étudiez
donc l'Histoire, avec cette femme éclairée! La topographie de Rome nous est donnée par lady
Morgan, de manière à ne pas être reconnue par
un habitant de Rome. Toute la surface du Capitole, avec ses trois palais, sa place où figure Marc-
Aurèle, l'église d'Ara-Cœli, les restes du temple
de la Concorde, les ruines d'un autre temple, etc...,
n'occupent pas un terrain plus vaste que la petite
maison d'un bourgeois de Londres. Cela me
prouve que les petits bourgeois de Londres sont
logés fort à l'aise. Elle place le Colysée à la gauche
de l'arc de Septime-Sévère, et décrit tout le reste
avec cette exactitude. Mais elle quitte bientôt le
rôle de voyageuse pour recourir à sa chère archéologie : elle a vu *sur la corniche du portique du Panthéon la même inscription qui arrêta les yeux des
empereurs romains.* Eh quoi! avec tant de lumières, elle ignore que le Panthéon a été brûlé
en l'an 80, sous Titus ; brûlé une seconde fois en
l'an 110, sous Trajan ; saccagé trois fois par les
Barbares, et que Domitien, qui le restaura le
premier, substitua son propre nom à ceux d'Au-
uste et d'Agrippa que portait l'inscription!

Je ne puis passer sous silence une observation
d'un goût charmant : après avoir décrit une pro-
cession d'un ton de parodie, milady nous montre

« les abbés et les princes se mêlant à la foule laï-
que, les cardinaux causant avec les jolies femmes,
faisant valoir leurs bas écarlates, et demandant
l'avis de ces dames sur la cérémonie, *comme un
merveilleux de l'Opéra de Paris demande* A SA
CHÈRE BELLE, *en prenant du tabac*, COMMENT
TROUVEZ-VOUS ÇA, COMTESSE? » N'ai-je pas dit
que lady Morgan n'avait jamais vu que la meilleure société?

Dans sa route à Naples, le romantique lui cause
d'étranges illusions, car, dans le triste désert qui
sépare Fondi de Mola di Gaëta, elle ne voit que
des orangers et des myrtes. Itri repose au milieu
de collines couvertes d'orangers, de myrtes et de
lauriers; puis elle voit un gibet dans un bois d'o-
rangers; en approchant de Mola, c'est un paradis
couvert d'orangers et de citronniers; puis, c'est
une ville cachée dans un bois d'orangers. Il semble
vraiment qu'elle parle de la Calabre. Cependant,
on sait que les orangers en pleine terre sont rares,
même à Naples; et il y en a dix fois plus dans le
jardin de M. Fille, à Hyères en Provence, que
dans toute la route parcourue par lady Morgan.

En empruntant les crayons de la voyageuse,
j'aurai bientôt peint la ville de Naples et ses délices : *En descendant la hauteur qui domine cette
cité* (notez qu'on entre à Naples de plein-pied, et
que la route, depuis Aversa, ressemble à une allée
de jardin), *on voit des tours qui ressemblent à des
minarets, des églises qu'on prendrait pour des*

mosquées, *des clochers brillans sur lesquels le Croissant pourrait être placé aussi bien que la Croix ; mais la ville élève ses tours sur la surface perfide d'un volcan, l'air y est de feu, le sol est une fournaise, les rayons du soleil y donnent la mort, et la terre, quand elle est frappée, exhale des vapeurs brûlantes.* Oh! le joli pays! et comme lady Morgan l'a bien observé! Après un tableau si gracieux et si fidèle, je n'aurais plus rien à offrir d'intéressant. Je néglige donc une centaine de remarques d'un égal mérite, et je ne parlerai pas même des emprunts que la savante a faits à des auteurs qu'elle traite, comme de raison, avec beaucoup de mépris. Le pauvre Vasi, auteur d'un itinéraire, est surtout sa victime, mais lady Morgan n'a pas même su le lire ; elle a pris les années qu'il compte depuis la création du monde pour la date de la fondation de Rome. Par ce trait jugez du reste.

Notre érudite n'aime pas les femmes savantes ; pour les tourner en ridicule, elle réchauffe un vieux proverbe, et assure *qu'une sotte savante est plus sotte qu'une sotte ignorante ;* en cela, je l'avoue, elle n'a pas à craindre les représailles ; personne ne la prendra pour une sotte savante.

VOYAGE CRITIQUE A L'ETNA

EN 1819;

PAR J.-A. DE GOURBILLON.

LE Vésuve, qui donne de si beaux spectacles, et qui fait souvent peur aux habitans de Naples, n'est qu'un volcan médiocre en comparaison de l'Etna. Celui-ci remonte aux temps mythologiques; et long-temps avant le siècle d'Homère, il ravageait et il agrandissait la Sicile, en opposant sans cesse de nouvelles digues à la mer qu'il forçait de reculer. Le sommet du Vésuve ne s'élève qu'à trois mille six cents pieds au-dessus du niveau de la mer; l'Etna, quoique toujours mesuré d'une manière peu exacte, paraît atteindre au moins la hauteur de dix mille pieds. La base du Vésuve offre une circonférence de vingt-quatre milles, ou huit lieues; celle de l'Etna présente un cercle de vingt lieues de diamètre, c'est-à-dire de soixante lieues, ou cent quatre-vingt milles de circonférence; encore faut-il observer que le cône principal étant situé à quelques lieues seulement du rivage, la base du volcan doit s'étendre fort loin sous la mer, dans sa partie orientale. Les premières éruptions de l'Etna se perdent dans la nuit des temps, et ont très-vrai-

semblablement précédé toute civilisation, peut-
être même toute population en Sicile. Le Vésuve
est peut-être aussi ancien ; mais ses titres authen-
tiques ne datent que de la soixante-dix-neuvième
année de l'ère chrétienne. L'éruption si bien dé-
crite dans une lettre de Pline le jeune à Tacite,
passe pour être la première ; mais c'est une erreur
évidente : sous le règne d'Auguste, Diodore et
Strabon peignaient déjà le Vésuve comme une
montagne conservant les traces d'une ancienne
déflagration, *multa pristinæ deflagrationes ves-
tigia reservans.* Et quand même les preuves historiques nous manqueraient, les villes enfouies par
la prétendue première éruption, sont des témoins
irrécusables d'une antiquité bien plus reculée,
puisque ces villes sont pavées de laves, et bâties
avec des produits volcaniques. Quoi qu'il en soit,
les cyclopes de Parthénope ne sont que des pygmées près du Polyphême de Catane ; car celui-ci a
quelquefois produit, par une seule éruption, des
enfans aussi grands que le Vésuve. Je fais cette
observation pour détruire un préjugé naturel aux
personnes qui n'ont aucune connaissance des volcans : elles se les représentent comme des montagnes *en pain de sucre,* jetant du feu ou des flammes
par le sommet, n'ayant chacune qu'un seul cratère,
et vomissant toujours les matières enflammées par
la bouche supérieure. Cette image convient à quelques-uns ; mais elle est très-incomplète et même
très-fausse, si on l'applique aux trois ou quatre

cents volcans qui brûlent sur la surface connue du
globe. Prenons l'Etna pour exemple : bien loin
d'être une seule montagne, il se compose de plusieurs montagnes séparées par des vallées et des
précipices, ayant chacune son ou ses cratères plus
ou moins conservés, plus ou moins déformés par
les éruptions successives ; ces montagnes, dont plusieurs égalent ou surpassent le Vésuve, sont des
produits du volcan principal qui les domine, mais
qui n'est pas toujours le foyer des éruptions. On a
vu souvent, en effet, le cône le plus élevé auquel
nous donnons spécialement le nom d'Etna, dans
une tranquillité parfaite, tandis qu'un ou plusieurs
de ses enfans s'agitaient d'une manière effrayante,
et vomissaient des torrens de laves. Il est même
rare que les laves sortent par la bouche supérieure ;
la force nécessaire pour soulever de pareilles masses
à une telle hauteur, est presque toujours suffisante
pour faire crever les flancs de la montagne, et pour
ouvrir des cratères subalternes. D'ailleurs, une
description rigoureuse d'un volcan est impossible,
ou du moins ne peut servir qu'à une seule époque,
puisque chaque éruption produit des changemens
considérables dans la forme du cratère, dans celle
de la bouche, et même dans la totalité du cône qui
s'élève, s'abaisse, se détruit même quelquefois entièrement par la commotion, quand elle est d'une
grande force. Pour concevoir les changemens qui
peuvent survenir dans la forme d'une montagne
ignivome, il suffit de lire les deux descriptions de

Cesare Braccini, l'une avant la fameuse éruption du Vésuve, en 1631, et l'autre immédiatement après cette éruption. Après être resté dans une inaction absolue pendant près de trois siècles, le Vésuve paraissait devoir être rangé dans la classe des volcans éteints. La végétation la plus vigoureuse tapissait alors ce cône, qui présente aujourd'hui un énorme amas de scories brûlées. Des arbres s'élevaient jusque dans le cratère ; et les habitans des villages voisins y allaient avec leurs ânes pour y couper du bois. Tout-à-coup de longs mugissemens se font entendre dans l'intérieur de la montagne ; le bruit s'accroît de jour en jour ; la terre éprouve des oscillations ; et les flots du golfe s'agitent par le temps le plus calme et sous le ciel le plus serein. Quel dut être l'effroi du peuple de Naples quand il vit la montagne grandir d'une manière sensible, et lancer de son sommet une colonne de fumée noire qui, s'épanouissant en s'élevant dans les airs, offrait l'image d'un pin gigantesque, et couvrait d'une ombre épaisse le golfe, la ville de Naples et les lieux environnans à une très-grande distance ? La terreur dut être à son comble quand on vit la moitié du cône volcanique se séparer de sa base, se briser en énormes fragmens, et se projeter dans les airs avec les terres, les rochers et les arbres qu'il supportait. Un vaste incendie remplaça le sommet détruit, et la colonne de feu s'élevait à une hauteur trois fois plus grande que celle de la montagne même. La relation de

Braccini est très-détaillée, très-curieuse ; et je suis étonné que M. de Gourbillon n'ait pas cité cet observateur parmi les auteurs qui ont écrit sur les volcans. Le témoin oculaire d'une grande éruption n'est pas un homme à mépriser ; et de pareilles descriptions sont les plus propres à faire connaître les étonnantes métamorphoses qu'éprouvent les montagnes volcaniques à chaque nouvelle commotion.

L'éruption que j'ai observée moi-même depuis le 8 du mois d'août 1787 jusqu'au 20 novembre de la même année, ne peut être comparée à celle de 1631 ; mais elle a été plus que suffisante pour me prouver que deux observateurs, décrivant le même volcan, à quelques jours d'intervalle, peuvent être fort exacts et dire des choses très-différentes. Dans mes premiers voyages au Vésuve, dès que je suis parvenu au-dessus du cône, et que j'ai dépassé les rochers brûlés qui bordent le *cratère antique*, je marche sur une surface qui s'incline vers le centre, mais dont la déclivité est presque insensible. Arrivé à ce centre, c'est-à-dire à l'axe perpendiculaire du volcan, au lieu de trouver une ouverture, un trou enfin, comme je m'y attendais, je vois une nouvelle montagne conique dont la base reposait sur les bords de la bouche. Cette montagne creuse, percée par le sommet, et s'élevant de plus de cent cinquante pieds au-dessus du grand cône du volcan, était aperçue de Naples, mais sa couleur, de même teinte que le reste de la

montagne, et surtout son éloignement, empêchaient
de soupçonner qu'il y eût une vallée assez large
entre ce point culminant et les bords du cratère
antique. Je gravis donc la petite montagne, et ce
n'est qu'à son sommet que j'ai pu contempler la
profondeur du gouffre. Ce monticule creux par lequel alors sortaient la fumée et la flamme, me rap-
pela cette phrase de Pline : *In ipso monte ignis
nona limentum habet, sed viam.* Cette vérité était
évidente pour moi ; je vis clairement aussi que
cette montagne *additionnelle* (qu'on me pardonne
l'expression) avait été récemment formée par les
scories qui, lancées verticalement, étaient retom-
bées très-près de la bouche. Je sentis alors que
M. Hamilton se sert d'une comparaison juste quand
il dit que les volcans *travaillent comme les taupes* ;
car les matières projetées par les éruptions successives s'accumulent en cône, comme les terres ou
les sables des taupinières.

A peine un mois s'était-il écoulé depuis mes premières visites, que le volcan m'offrit un nouveau
spectacle ; la montagne qui enceignait le cratère et
lui servait de cheminée, avait disparu, ses débris
avaient fermé la bouche, et les vapeurs, n'ayant
plus une issue libre, se faisaient jour par des fis-
sures répandues sur toute la surface du cratère. Je
pouvais encore y marcher ; j'ai pu même y dormir ; mais on me croira quand j'ajouterai qu'il est
des promenades plus agréables, et des lits plus
commodes.

Au mois de novembre, la scène avait changé d'une manière effrayante. Il ne restait du cratère antique qu'une margelle de trente à quarante pas de largeur qui environnait un énorme puïts. La surface sur laquelle j'avais marché, où j'avais pris mes repas, où j'avais couché, s'était précipitée au fond de l'abîme ; des débris de la petite montagne, il ne restait plus qu'un bourrelet de trois pieds de hauteur qui environnait les bords de l'immense entonnoir. Vainement je voudrais décrire ce que me présentait ce grand cône renversé : sa largeur, sa profondeur, le feu volcanique bouillonnant au fond (que ne puis-je dire *exestuant*, mot bien plus vrai), les parois de cet entonnoir, ornées de mille couleurs, brillantes de tous les cristaux dont elles étaient semées, le soleil éclairant cette scène étrange, et plongeant ses rayons jusqu'au fond de la fournaise ; la fumée qui, sortant du gouffre, paraissait d'abord noire comme de l'encre, puis laissait apercevoir un point rouge, puis, se dilatant, devenait successivement grise, blanche, jaune ou rouge, selon qu'elle était colorée en dessus par le soleil, et en dessous par le feu volcanique ; tous ces prodiges s'opérant sur un théâtre d'un immense diamètre, me faisaient oublier que je reposais sur un terrain mobile, et que le sol sur lequel je m'appuyais pouvait s'enfoncer en un instant comme celui sur lequel j'avais dormi avec une téméraire sécurité.

Supposons maintenant qu'à l'une de ces trois

époques j'eusse voulu décrire ce qui se présentait à mes yeux, et que je l'eusse fait avec une fidélité scrupuleuse ; supposons encore que d'autres curieux fussent venus à d'autres époques, et eussent présenté les autres tableaux dont j'ai tracé une si faible esquisse, le lecteur pourrait-il croire que ces diverses descriptions fussent les représentations du même objet ? Non, sans doute ; et plus les observateurs auraient été sincères, plus ils auraient mis d'exactitude dans leurs dessins, plus le lecteur aurait conçu de défiance, soupçonnant l'un de n'avoir pas vu l'objet, parce qu'il disait trop peu, accusant l'autre d'avoir peint une éruption imaginaire, parce que son tableau paraîtrait exagéré.

Ces détails qui m'éloignent du voyage à l'Etna, ne plairont guère à l'auteur du livre que j'annonce, mais comme les hommes qui n'ont pas vu de volcans sont en très-grand nombre, même à Paris, j'ai pensé que des notions préliminaires ne seraient point inutiles. Il faut un peu se familiariser avec les mots volcan, cône, cratère, bouche, laves, scories, etc...., avant de pouvoir suivre un explorateur des fournaises de Vulcain. Il faut surtout se défaire des préjugés et des fausses notions que l'on a puisés dans des descriptions incomplètes. Le savant M. de Humboldt dit qu'il ne suffit pas d'avoir vu l'Etna et le Vésuve pour connaître les volcans, je dis à mon tour qu'il ne faut pas comparer même au Vésuve, ni le mont Valérien, ni Montmartre, mais qu'en lisant un voyage à l'Etna, l'on doit s'attendre à une suite de tableaux dont on n'a aucune idée si on n'a pas visité une de ces montagnes brûlantes.

Quoique l'ouvrage de M. de Gourbillon s'intitule *Voyage à l'Etna*, la description de ce volcan n'occupe que la cinquième partie du livre. Naples, Pompeïa, Pestum, Calabre, Charybde, Scylla, Messine, les ruines de Ségeste, Catane, Syracuse, Agrigente, Sélinunte, Drapenum, et surtout Palerme, lui fournissent une foule d'observations critiques, souvent curieuses et quelquefois intéressantes. Je n'éléverai pas ici la question incivile *si l'auteur a réellement vu tout ce qu'il décrit*, et j'en aurais cependant le droit, car M. de Gourbillon est le censeur le plus impitoyable des voyageurs qui l'ont précédé. Brydone et le comte de Borch sont surtout les victimes du nouvel explorateur; il va jusqu'à vouloir prouver que Brydone a décrit l'Etna dans un couvent de bénédictins, sans être monté sur le volcan, sans avoir dépassé le village de Nicolosi. Les savans ne sont guère mieux traités par M. de Gourbillon; il en parle avec irrévérence lors même qu'il leur emprunte des chapitres entiers, et il fait pleuvoir les épigrammes sur les érudits de toutes les nations, quand il se jette lui-même dans l'érudition la plus épineuse, quand il s'enfonce dans les ténèbres de l'antiquité mythologique. Je n'ai vu ni Palerme, ni Ségeste, ni Syracuse, ni Agrigente; mon pied timide, qui a osé fouler le Vésuve, a reculé devant l'Etna, ainsi M. de Gourbillon n'a rien à redouter de ma critique sur tous ces points. Je veux croire que ses observations sont plus justes que celle de Brydone, de M. de Borch, de M. Halmiton, du chanoine Recupero et de Fazzelo même, à qui l'auteur a de grandes obligations. Mais s'il m'est permis de juger par induction, ma confiance sera singulièrement affaiblie; car j'ai vu aussi quelques-uns des objets décrits par M. de Gourbillon, et il faut nécessairement que j'aie été aveugle ou qu'il n'ait pas été exact, car ses idées et les miennes sont absolument inconciliables. J'ai remarqué d'ailleurs une foule d'erreurs géographiques ou topographiques, fort excusables chez l'auteur qui écrit dans son cabinet, mais qu'on ne pardonne point à celui qui a voyagé réellement, et qui dit *avoir vu*.

C'est une tactique bien usée, c'est une précaution bien maladroite que d'insulter à tous ceux qui ont écrit avant nous, pour faire prévaloir notre ouvrage. Quand même on m'aurait persuadé que tous les voyageurs se sont trompés ou ont menti en décrivant le royaume de Naples et la Sicile, serais-je bien disposé à croire que M. de Gourbillon n'a commis aucune erreur, et qu'il ne s'est jamais servi des yeux des autres pour observer les objets dont il n'a point approché? Si tous les voyageurs se trompent ou nous trompent, par quelle heureuse exception le dernier de tous serait-il sincère, exact et scrupuleux? Un grand nombre de villes et de sites décrits par M. de Gourbillon, ne me sont connus que par des relations antérieures, et ce voyageur *critique* a eu l'adresse de se mettre à l'abri des représailles, car si je lui oppose les asser-tions contraires des géographes et des voyageurs les plus estimés, sur telle ou telle ville que je ne connais point, il me répondra par cette formule qui lui est familière : « Cela pouvait être vrai il y a trente ans, mais tout a changé depuis cette épo-que. » Comment répliquer à cet argument? com-ment s'assurer de cette métamorphose du sol de la Sicile? Le seul moyen est d'y aller voir; mais M. de Gourbillon peut être fort tranquille sur ce point; je n'irai pas demander un *laissez-passer* aux héros de Palerme pour acquérir le droit de chicaner leur admirateur; ce dernier mot vient de tomber de ma plume, et je le laisse, d'abord parce qu'il est vrai, et ensuite parce qu'il arrondit ma phrase.

Malheureusement pour M. de Gourbillon, j'ai vu moi-même et j'ai observé long-temps plusieurs des choses qu'il prétend avoir vues, et qu'il m'est impossible de reconnaître à la description qu'il en fait. Je trouve d'ailleurs dans cette partie de son Voyage une telle confusion de noms, de sites et d'objets, un si grand nombre d'erreurs en topo-graphie et en physique, et des assertions si étranges, que je dois trembler pour son exactitude ou sa véracité sur les choses dont je ne puis juger d'après mes propres observations. Je sais à quel danger je m'expose en contredisant M. de Gourbillon; mes remarques seront *fausses* et *odieuses*; je serai

un écrivain *coupable*, un *copiste mercenaire*, car
c'est ainsi que notre voyageur traite un pauvre auteur qui a eu l'audace de voir les choses telles
qu'elles sont, dans un *Manuel du Voyageur en
Italie*. Mais à l'époque où j'ai visité le royaume de
Naples, je n'écrivais point, je n'ai pas publié de
Voyage, je n'ai conséquemment aucun intérêt à
faire prévaloir une relation que je n'ai point faite,
et que je ne ferai pas; je puis donc, sans être coupable ou copiste mercenaire, exposer librement
tout ce que *hisce oculis vidi*, et dont l'image est
encore présente à ma pensée.

Notre auteur abhorre l'exagération, voilà pourquoi il ne donne à la ville de Naples que vingt-
deux milles de circuit, c'est-à-dire un peu plus de
sept lieues. Il est vrai qu'on ne pourrait pas y trouver la moitié de cette étendue, quand on comprend-
drait dans l'enceinte de la ville la montagne que
domine le fort Saint-Elme, les villages d'Atti-
gnano et de Vomero, et la longue plage qui conduit à la Mergellina; mais depuis que nos publicistes ne comptent plus les hommes que par
millions, et les distances par milliers de lieues,
j'admire la modération d'un écrivain qui se contente de doubler les valeurs. M. de Gourbillon,
qui a vécu à Paris et à Londres, a sans doute
été charmé du calme et du silence qui règnent
dans ces capitales; car il n'a pu se faire au bruit
de Naples. J'avoue que le peuple napolitain n'est
pas muet, mais s'il paraît plus criard que les

autres, c'est que pour arriver à Naples il a fallu traverser des campagnes désertes, des villes et des villages où une vaste enceinte renferme une faible population, et faire plusieurs lieues de suite sans rencontrer des êtres vivans, ce qui arrive dans les États romains, et même au-delà, entre Fondi et Mola di Gaeta, avant et après le Garigliano, et même aux environs de Capoue. Les rues de Naples, pavées de larges dalles qu'on a soin de piquer pour faciliter la course des chevaux, sont certainement moins bruyantes que celles de Paris où l'inégalité des pavés fait éprouver aux roues des voitures des ressauts continuels, et produit l'effet d'un martellement peu ami de l'oreille. Cela n'empêche pas notre auteur d'assurer que Paris et Londres sont des *solitudes silencieuses* en comparaison de Naples.

Puisque je parle des rues, je demanderai à notre voyageur pourquoi l'on a pavé celles de Naples en dalles de *Piperno*, quand les environs de cette capitale fournissent de si belles laves. S'il avait été se promener à Pouzzolo par le chemin *de la Marine*, ou à Granatello près de Portici, il aurait vu des galériens occupés à exploiter des bancs de laves pour les pavés de Naples. Au surplus, ces pavés ont paru noirs à M. de Gourbillon, tandis que madame de Staël les a vus d'un beau blanc; puis fiez-vous aux descriptions des voyageurs.

Notre philosophe exhale une véritable fureur contre un écrivain qui a peint les lazzaroni comme des hommes sans état et sans profession, n'ayant rien de remarquable qu'une extrême misère, à demi-nus, sans demeure fixe, extrêmement paresseux, et couchant dans les rues de Naples. Puis, après deux pages de déclamations, M. de Gourbillon avoue que cela pouvait être ainsi à une époque antérieure. C'était bien la peine de se mettre en colère contre un homme qui a dit l'exacte vérité !

Je voudrais savoir quelle est la rue de Naples de laquelle on aperçoit le *Mont Misène*; et quelle est la promenade qui s'étend jusque-là : pour avoir opéré ce prodige, il faut avoir rendu diaphane toute la montagne du Pausilippe, et rétabli le pont de Caligula.

Depuis qu'il est de mode de prêter aux souverains des infamies et des ridicules dont on n'oserait taxer le plus simple particulier, je ne suis pas étonné de lire que le gouvernement de Rome et celui de Naples *signent* avec les brigands *des capitulations* en vertu desquelles ces honnêtes malandrini peuvent piller les voyageurs, et les tuer même si la politique des grands chemins le leur conseille.

Je trouve, en passant, un petit trait d'érudition qui donne à M. de Gourbillon le droit de se moquer des érudits. Il place en Sicile la patrie de Pindare et de Bion. De Bion, passe; on peut ignorer qu'il était né à Smyrne; mais Pindare! c'est un peu fort. Que dirait Alexandre-le-Grand, qui, en

saccageant Thèbes, voulut qu'on respectât la maison où était né Pindare?

Quiconque lira ce Voyage de M. de Gourbillon,
et n'aura pas vu les lieux qu'il décrit, s'imaginera
qu'un observateur placé sur un vaisseau dans le
golfe de Naples, peut contempler le lac *brûlant*
d'Agnano, la Solfatare, le lac Lucrin, l'Achéron,
le Styx, l'Averne et Linternum que le voyageur
nomme *Linturnum*. Si M. de Gourbillon a vu la
Sicile de la même manière, il peut avoir écrit son
itinéraire sans sortir d'un couvent de bénédictins,
comme Brydone l'a fait de l'Etna. Tous les lieux
que je viens d'énumérer sont aussi invisibles du
golfe de Naples, que le parc de Versailles du jardin des Tuileries. Notez d'ailleurs que ce lac *brûlant* d'Agnano est couvert d'oiseaux, peuplé de
tanches, d'anguilles, et d'une innombrable multitude de grenouilles. Voilà un homme qui observe
bien, et qui a grandement raison de faire la leçon
à tous les voyageurs.

Quant à Pompeïa ou Pompeï, il la représente
telle qu'elle était il y a quarante ans, et il s'appe-
santit sur la description de la maison Diomedès,
dont tout le monde a parlé. Il se distingue cependant encore par un trait d'érudition qu'il ne m'est
pas permis de négliger. Tout le monde sait que les
maisons de Pompeïa ont beaucoup de ressemblance avec nos anciens couvens. On entre d'a-
bord sous un portique, ou plutôt dans un véritable cloître dont le pourtour, supporté par des

colonnes, offre un grand nombre de portes ser-
vant d'entrée à autant de chambres qui n'ont aucune communication entre elles par l'intérieur;
ce sont de vraies cellules, habitées autrefois par
les esclaves. Le corps de logis, c'est-à-dire l'habitation du maître, est situé, comme nos hôtels,
entre cour et jardin, et la cour est l'espace vide
entouré par le portique. C'est cette dernière partie
qui fournit à M. de Gourbillon une remarque savante, car il est savant, tout en se raillant de la
science. Craignant que le mot *impluvium* ne soit
pas compris par ses lecteurs; il prend la peine de
l'expliquer; ce mot, dit-il, *fait allusion à l'abri*
qu'offrait le portique contre les eaux pluviales.
Mais, par malheur, la première syllabe d'impluvium n'est point une préposition négative, et le
mot vient de *pluere in*, et non pas de *non pluere.*
Il signifie tout simplement l'endroit où il pleut,
c'est-à-dire la cour, et une grille que l'on voit encore dans le centre de l'impluvium, est la couverture d'une citerne destinée à recevoir les eaux de
pluie. *Impluvium*, dit Varron, *est locus* SUB CŒLO,
in medio domûs. Que de vétilles pareilles ne pour-
rais-je pas relever si je suivais pas à pas notre spirituel voyageur!

De sa pleine autorité M. de Gourbillon place
l'ancienne Stabia près d'Herculanum; mais il est
évident qu'il confond Stabia avec Retina, ville
dont le nom se conserve, altéré, dans celui du
village de Resina. Des quatre villes enfouies par

l'éruption du Vésuve sous le règne de Titus, deux seulement ont été découvertes. Le nom de Resina semble indiquer le voisinage de la troisième; mais le lieu occupé par Stabia n'est pas connu avec certitude. On soupçonne cependant qu'elle était plus près du moderne *Castellamare*; Magini, dans ses cartes du royaume de Naples, nomme cette dernière ville *Castellamare di Stabbia*, ce qui n'est pas une preuve, mais l'indication d'une tradition ancienne. Nous savons, d'ailleurs, que Pline, étonné de voir le Vésuve se couvrir de feu et de fumée, quitta Misène où il commandait la flotte romaine, et se hâta de s'approcher du volcan pour observer l'éruption. Nous savons aussi qu'il débarqua sur le rivage, près de Stabia, nommée alors *Stabiæ*, et qu'il y fut étouffé par les cendres volcaniques, par l'odeur du soufre, et plus encore par un asthme dont il se plaignait depuis long-temps. Or, Pline, qui s'empressait de jouir d'un spectacle si nouveau pour lui, devait effectivement débarquer près du Sarnus, plutôt que d'aller au fond du golfe vers Herculanum. Ces détails ne sont guère plus importans qu'une dissertation sur le pavé de Naples, mais j'ai pensé qu'ils valaient bien le *Linturnum* (1) de M. de Gourbillon, et son lac brûlant où l'on pêche des anguilles.

J'arrive à Palerme, en sautant à pieds joints sur

(1) Ce *Linternum* est un lieu désert, où l'on trouve une tour ruinée, sur laquelle on lit encore le mot PATRIA; on prétend que ce mot est le reste de l'inscription: *Ingrata patria, ne mea quidem ossa habebis.*

les temples de Pestum que notre voyageur n'a sûrement pas vus, puisqu'il était sur un vaisseau, et
que pour aller de Naples à l'extrémité occidentale
de la côte de Sicile, on ne s'enfonce pas dans le
golfe de Salerne. M. de Gourbillon peut dire sur
Palerme tout ce qu'il lui plaira, je me plais même
à croire qu'il a été beaucoup plus exact sur la Sicile, but de son voyage, que sur Naples et ses environs. Je suis cependant fâché qu'il ait cru devoir
réchauffer l'histoire des Vêpres siciliennes, et la
raconter de point en point sans rien ajouter à ce
qu'on lit partout. Je ne répéterai pas tout ce que
j'ai déjà dit ailleurs sur ce fait historique, et je con-
viendrai que les héros de Palerme ont bien assez
d'esprit pour inventer une aussi belle conspiration,
et bien assez de *patriotisme* pour l'exécuter : *ab
actu ad posse valet consecutio.* Je ne ferai ici
qu'une seule question : Si tous les Français furent
égorgés le 30 mars en Sicile, à l'exception de Guillaume des Porcelets, pourquoi existe-t-il une capitulation datée du 28 avril suivant, par laquelle
on fournit à l'armée française des vaisseaux pour
évacuer la Sicile ? Pourquoi existe-t-il une autre
capitulation du 29, par laquelle les Français rendent le fort de Messine ? C'est François Pipino qui
le premier a parlé de *la cloche des vêpres*, plus
d'un siècle après l'événement ; tandis que Neocas-
tro, écrivain distingué et témoin oculaire, n'en dit
pas un mot. Spécialis, antérieur à Pipino, et beaucoup plus estimé, n'en parle pas davantage. Mais

le coup de la cloche convient parfaitement à un drame : il doit donc être classé parmi les *vérités historiques.*

Quoique j'aie renoncé à critiquer M. de Gourbillon sur les villes de la Sicile que je n'ai point vues, il m'est absolument impossible de me taire sur les assertions suivantes : Il place les ruines de Ségeste *à plus de cent lieues* de Catane; or, je défie le plus habile géographe, je dis plus, le plus savant ingénieur des ponts et chaussées, de trouver cent lieues dans aucune des dimensions de la Sicile; il faut en retrancher plus d'un tiers, et très-près de la moitié. Le temple de Ségeste donne à l'auteur l'occasion de parler du Colysée de Rome, où il n'a vu *que des briques.* Je déclare, moi, que ces briques sont des pierres de *travertino*, si belles que le pape Paul III en a dérobé un grand nombre pour en construire son palais Farnèse. Si, depuis trente ans, les pierres sont devenues des briques, je me tais et j'admire. Je ne connais point de Salente fondée en Sicile par les Phéniciens, mais une Salente fondée par les Crétois, près du promontoire Iapygium, au sud de la Calabre antique, assez éloignée de la Calabre moderne. Je ne puis admettre que le *Fretum Siculum* soit situé entre la côte *occidentale* de la Sicile et la côte *orientale* de la Calabre : il fallait dire le contraire. Je sais que l'eau de la mer est fort limpide; mais je n'admettrai pas que l'on puisse voir le fond à *cinq cents pieds;* Argus même rirait de cette gasconnade. Le corail n'est point un zoo-

phyte, mais l'ouvrage et la demeure d'un zoo-
phyte. Le nom de Xiphias donné à l'espadon par
les Grecs, ne vient point de ce que le souffle de ce
poisson semble articuler le mot *Xiph*, mais de
Xiphos, qui, en grec, signifie la même chose que
spada en italien : *pesce spada*, poisson épée. Oh!
certainement, du haut de l'Etna, l'œil ne plonge
point dans l'Adriatique jusqu'au golfe *Squillace*,
car ce golfe, fort loin encore de l'Adriatique, est
même plus occidental que celui de Tarente. Je ne
puis enfin reconnaître qu'Ephèse soit en Syrie,
pas plus que Rouen en Gascogne ; je ne croirai
jamais que le cap *Fero* soit le point de la Sicile
le plus voisin de l'Egypte ; et Strabon même ne
me ferait pas dire que l'île d'Eubée est dans l'Hel-
lespont, qui n'a point d'îles ; mais permettant aux
voyageurs de traiter la géographie comme le font
nos écrivains politiques, je vais m'occuper des
choses intéressantes contenues dans ce voyage.

Une excursion que M. de Gourbillon a faite aux
ruines de Reggio, lui fournit l'occasion de retracer
le désastre que le tremblement de terre de 1783 a
fait subir à la Calabre ultérieure. Tous les détails
que l'auteur nous présente sont connus depuis
long-temps, mais presque tous oubliés. Il est bien
étonnant, mais il est très-vrai, que les plus grands
malheurs physiques s'oublient en peu de temps,
ou du moins ne laissent que de faibles traces dans
l'esprit des hommes mêmes qu'un pareil danger
menace encore. Je voyageais dans le royaume de

Naples quatre ans après la grande catastrophe, et cette calamité était déjà l'histoire ancienne pour les habitans que j'interrogeais. Un homme échappé seul, disait-on, de la ruine de Palmi, me racontait avec une effrayante tranquillité la disparition de cette ville, sa patrie, la mort affreuse des personnes qui devaient lui être les plus chères; et quand je lui reprochais l'espèce d'insouciance avec laquelle il traçait de si étranges tableaux: « Vous vous trompez, me répondait-il, je regrette beaucoup ma belle-sœur qui a été tuée au moment où elle allaitait son enfant; *e poi, che fare quando il ciel vuole?* » Partout on cultivait ces mêmes champs qu'on avait vus s'agiter comme une mer orageuse; on construisait des maisons sur les décombres où des amis, des parens étaient ensevelis; et quand les témoins oculaires de cet épouvantable spectacle en répétaient les détails aux étrangers questionneurs, ils semblaient s'adresser plutôt à la curiosité qu'à la pitié de ceux qui les écoutaient. Ils disaient comme le Calabrois dont j'ai parlé : *Que faire quand le ciel veut?* Je l'avouerai cependant, ce calme un peu trop philosophique des Calabrois m'étonna beaucoup moins que la sécurité des habitans du Vésuve. Une éruption éclate, le flanc de la montagne s'ouvre avec fracas, et vomit un nouveau Phlégéton qui emplit une large vallée de sa lave brûlante; la bouche supérieure du cône volcanique lance dans les airs une colonne de feu et de scories enflammées, dont nos bouquets d'arti-

fice ne sont qu'une puérile imitation ; je crois que
tout le monde déménage dans les villes , bourgs ou
villages voisins de la fournaise ; j'arrive sur les
lieux ; je vois les habitans aller, venir, boire, manger , causer comme à l'ordinaire, et rire de ma simplicité quand je leur demande s'ils éprouvent
quelque appréhension. Combien de fois Catane
n'a-t-elle pas été ruinée en tout ou en partie par
l'Etna ! L'ancienne ville nommée *la Tour du Grec*
et située au pied du Vésuve , a été détruite à huit
époques différentes , et rebâtie autant de fois. Que
dis-je ? une maison royale , un lieu de plaisance ,
s'élève sur les ruines d'Herculanum et de Retina,
et les fondations de ce Versailles napolitain reposent sur la lave qui a détruit quatre villes , et qui ,
depuis dix-sept siècles, semble dire comme l'inscription placée sur le lieu même : *Fugite, posteri,
vestra res agitur.* Ne nous étonnons donc plus si
l'on est insouciant en Calabre où il n'y a pas de
volcan , où les grands désastres n'arrivent qu'à de
longs intervalles, et où l'on se croit rassuré contre
l'Etna par un espace de vingt lieues qu'occupe une
mer profonde.

M. de Gourbillon retrace dans son premier volume plusieurs effets du tremblement de terre de
1783. Il les a puisés, dit-il, dans le rapport fait au
gouvernement sur cette calamité , et dans les récits
que lui en ont faits les habitans. Les anecdotes
qu'il a recueillies sont très-intéressantes et vraies ,
quoique fort extraordinaires ; mais, comme il est

presque impossible que mille témoins du même
fait le rapportent de la même façon, toutes les relations de cet événement mémorable varient sur
les circonstances, quoique d'accord entre elles sur
les faits principaux. J'ai lu aussi un rapport fait au
gouvernement après la cessation de ce fléau; il est
bien plus étendu que le récit de M. de Gourbillon,
et il en diffère en bien des points. Ce voyageur,
par exemple, nous montre le prince de Scylla et
ses vassaux se jetant dans des barques, des felou-
ques, des tartanes qu'ils avaient chargées de leurs
effets les plus précieux, et périssant pour s'être
imprudemment embarqués; le rapport italien que
j'ai sous les yeux me paraît plus exact dans le paragraphe suivant, que je ne traduis point, la langue
italienne étant si facile à comprendre par ceux
même qui ne la parlent pas : « Lo scoglio, cosi
» famoso attese le descrizioni che ne fa Omero e
» Virgilio, si e diviso in due parti, è il castello
» che vi era sopra, si e profondato. Il principe di
» questo nome, noto per le sue prepotenze feo-
» dali, non credendosi più sicuro dal flagello nella
» sua torre, si era rifugiato in una *baracca* (et non
» pas *in una barca*), sulla riva del mare, pronto
» ad imbarcarsi ; ma un flusso straordinario lo
» sorprese, è lo inghiotti con suoi domestici, è
» sfortunatamente con 2700 di suoi vassalli, che
» si credevano in salvo in questa spiaggia. » Il est
donc vrai que ce prince et deux mille sept cents
de ses vassaux devaient périr, soit qu'ils s'em-

barquassent, soit qu'ils restassent sur un rivage
aussi agité que la mer même. Au reste, plusieurs
des anecdotes recueillies par M. de Gourbillon
sont aussi touchantes que curieuses, et si quelques
faits paraissent invraisemblables, ce n'est pas une
raison pour les révoquer en doute ; les effets des
tremblemens de terre, comme ceux du tonnerre,
offrent des bizarreries inexplicables. Une seule circonstance, rapportée dans les relations du temps,
est absolument fausse. On a parlé du feu du ciel
et de feux souterrains conspirant la ruine de la
Calabre avec l'agitation de la mer, des plaines et
des montagnes ; c'est une fable inventée pour em-
bellir l'horreur d'un pareil spectacle. Nulle part
le tonnerre ne s'est fait entendre, aucun feu souterrain ne s'est manifesté, et il n'y a eu d'incendies
que ceux causés par la chute des maisons dont les
débris s'enflammaient en tombant sur les foyers.

Il est temps d'aborder la plus belle partie de ce
voyage et de gravir sur l'Etna. Dès que vous arrivez à Catane, le port même vous offre une preuve
effrayante de la puissance du volcan. Ce port n'a-
vait point de môle, ou plutôt ce n'était point un
port, l'enfoncement de la côte, sur ce point, n'offrant aucun abri contre les vents de l'est et du sud.
L'Etna se chargea d'un entreprise que le gouyer-
ment projetait sans doute, mais qu'il n'exécutait
pas : dans la nuit du 23 avril 1669, le volcan fit
entendre sa voix sinistre ; et la terre fut ébranlée
à plusieurs lieues à la ronde. Cette fois la montagne

en travail n'enfante pas une souris : car on vit sortir
de ses flancs entr'ouverts deux autres montagnes
dont chacune égale le Vésuve ; la lave qu'elles vo-
mirent s'avança vers la ville de Catane, en détruisit
une partie, puis, se précipitant dans la mer qu'elle
fit reculer, elle y éleva un long promontoire, et y
dessina un môle dont les fondemens solides s'ap-
puient sur le fond de la mer. De quelle énorme
fournaise est sortie cette masse de pierres en fusion
qui, après avoir couvert un espace de quatre
lieues, est encore assez puissante pour combler la
mer, et y élever une jetée de plus de mille toises
d'étendue ? M. de Gourbillon passe rapidement
sur ce fait extraordinaire ; mais les personnes qui
voudront en connaître tous les détails doivent lire
la relation écrite par lord Winchelsea, qui, nommé
ambassadeur à la Porte, se trouvait à Catane au
moment de l'éruption. Ce rapport, extrêmement
curieux, est adressé au roi d'Angleterre ; je suis
étonné que M. de Gourbillon ne le cite pas.

Après avoir décrit les antiquités de Catane, misérables restes qu'il faut voir avec les yeux de la foi,
le voyageur raconte sa pénible expédition aux
quatre cratères de l'Etna. Dans son enthousiasme
d'avoir accompli ce grand dessein, dans sa joie
d'être revenu sain et sauf, il parodie et transcrit
ainsi un vers et demi d'Horace :

› Incedi *per ignes suppositos cineri doloso*,

sans s'inquiéter de la forme prosodique, ni du nou-

veau *parfait* qu'il donne au verbe *incedere*. La
première région que l'on traverse en sortant de
Catane pour monter sur le volcan, a quatre lieues
de largeur, et c'est un spectacle admirable que de
voir des prairies de la plus belle verdure, des jardins, des vergers, de rians côteaux et des champs
fertiles, entre la source des désastres et les témoins
de leurs ravages. Ici l'ordre est renversé, et le
paradis se trouve au-dessous de l'enfer. Sur cette
zone florissante, mais toujours menacée, s'élèvent
la petite ville de Mascalucia, celle de Massanun-
ciata, et le joli village de Nicolosi, dont les habitans, vivant dans une heureuse imprévoyance,
jouissent indolemment des dons de Cérès et de
Pomone, du plus doux climat, et de l'air le plus pur,
sans penser au monstre qui les domine, et qui,
comme une autre Méduse, peut changer en rochers
et ces prairies émaillées de fleurs, et ces vergers
où l'olive, le citron, le cédrat, l'orange, la pomme,
la grenade, le raisin et la figue semblent se disputer
l'honneur d'embaumer l'air et de flatter le goût. Ce
dernier mot sera contesté par l'auteur; il prétend
que les fruits qui mûrissent sur cette zone ont
moins de saveur que les nôtres; mais cette observation est-elle exacte? Le *lachryma Christi*, qui
provient d'un terrain volcanique, est un vin très-
généreux; les cendres de l'Etna seraient-elles
moins fécondes que celles du Vésuve?

Au-delà de Nicolosi s'élèvent deux volcans actuellement éteints, qui ont été enfantés par l'Etna,

22.

l'un en 1669, et l'autre trente-cinq ans auparavant. Après avoir foulé pendant plusieurs milles
le sol mal refroidi de cette vaste fournaise, M. de
Gourbillon arrive à la *regione selvosa*, et traverse
la forêt dont la longueur est, dit-il, de trois lieues
et un tiers. Il visite la fameuse *grotte des chèvres*,
qui ne mérite pas sa renommée, et il parvient aux
limites de la région *neigeuse*. Cette épithète paraît
fort inexacte à notre voyageur, et il répète fort souvent dans son livre que les prétendues *neiges éternelles* de l'Etna disparaissent annuellement depuis
le mois de juin jusqu'à la fin d'octobre. Il part de
là pour gronder les géographes, les auteurs et les
voyageurs qui ont parlé de ces neiges, sans épargner même son cher Fazzello, dont il a préconisé
l'exactitude. C'est ici une dispute de mots qui tient
beaucoup trop de place dans le livre de M. de
Gourbillon. Il ne s'agit pas de savoir si les neiges
de l'Etna blanchissent la partie supérieure du cône
dans toutes les saisons, et si elles sont visibles
comme celles du Mont-Blanc, mais de s'assurer
si elles s'y conservent. Or, ce dernier fait est incontestable, puisqu'en tout temps on y trouve une
neige compacte, aussi dure que la glace, et conséquemment ancienne. Ce qu'il y a de plaisant,
c'est qu'après avoir exercé sa dialectique contre
les *neiges éternelles* de l'Etna, M. de Gourbillon
nous raconte que s'étant reposé sur les cendres
volcaniques, se sentant épuisé de fatigue et de soif,
et ayant machinalement gratté le sol avec la main,

il trouva sous une légère couche de cendres ou de
sable, une belle et bonne neige dont la dureté lui
démontra qu'elle était là depuis bien long-temps :
la chaleur de l'été ne l'avait donc point fondue ;
l'Etna porte donc des neiges permanentes, et si le
vent ou les émanations du cratère les recouvrent
de cendres, de sable ou de scories, elles n'y existent pas moins, et M. de Gourbillon se trouvait
alors sur la pente méridionale de la montagne,
exposition la moins favorable à la conservation
des neiges ; elles y sont donc éternelles, et voilà
beaucoup d'esprit et de logique dépensés en pure
perte.

La troisième région que l'on nomme aussi *dé-*
serte ou *sublime*, et qui mérite ces deux noms à
juste titre, a aussi trois lieues de largeur. A l'exception de quelques chétifs arbustes et de quelques
lycopodes, que l'auteur nomme *lycopèdes,* sur
cette vaste surface on ne trouve que laves amoncelées, cendres et scories entassées les unes sur les
autres, et formant un système de montagnes et de
vallées dont une nouvelle secousse changera quelque jour l'ordre et la position. A l'extrémité supérieure de cette zone, s'élève la modeste maison de
refuge, nommée à bon droit *la Gratissima,* car
on doit être bien agréablement surpris de trouver
un asile, un lit, une table, quelques chaises, et
une espèce de cuisine dans le plus affreux des déserts et près de la gueule de Polyphème. C'est au
savant M. Gemellaro, de Nicolosi, que l'on doit

ce monument si utile aux voyageurs, et si remarquable par le lieu où il est situé.

La Gratissima, quoique prodigieusement élevée, est encore loin du sommet, et la partie du chemin qui reste à faire, est incomparablement la plus pénible et la plus dangereuse. Ici commence une quatrième région ; ici repose la base de la cheminée supérieure, celle qui porte spécialement le nom d'Etna. M. de Gourbillon se trompe sans doute quand il donne à ce dernier cône du volcan un tiers de lieue perpendiculaire, à partir de la maison de réfuge ; la montagne entière n'excédant pas dix mille pieds, cette dimension du sommet est certainement exagérée. Le voyageur a mesuré cette hauteur sur sa fatigue et son impatience. Quoi qu'il en soit, il arrive enfin sur cette plate-forme qui lui présente quatre cratères dont un seul a plus de treize mille pieds de circonférence. Je renvoie le lecteur à l'ouvrage même pour la description de ces cratères, et pour l'admirable tableau qui se découvre du sommet du volcan. M. Hamilton, qui a fait aussi ce voyage, estime à neuf cents milles ou à trois cents lieues la circonférence des terres et des mers que l'on contemple du haut de l'Etna. Quelle belle carte géographique développée sous les pieds de l'observateur ! Ceux qui connaissent la pureté de l'air dans les pays méridionaux, ceux qui savent que des hauteurs de Toulon on aperçoit les montagnes de la Corse, ne s'étonneront point du calcul de M. Hamilton. D'un lieu aussi élevé que l'Etna on peut bien découvrir une surface dont le rayon soit de cinquante lieues.

Je ne puis suivre tous les pas de notre voyageur, reproduire toutes ses observations, raconter le grand danger qu'il a couru ; mais je crois pouvoir déclarer en terminant, qu'au total son livre est amusant ; on y trouve un peu de tout ; et un assaisonnement très-libéral, répandu dans tout l'ouvrage, le rendra plus piquant pour le goût des lecteurs qui veulent trouver de la politique jusque dans les ruines des villes et dans les laves des volcans.

SÉJOUR D'UN OFFICIER FRANÇAIS

EN CALABRE,

Ou Lettres propres à faire connaître l'état ancien et moderne de la Calabre, le caractère, les mœurs de ses habitans, et les événemens politiques et militaires qui s'y sont passés pendant l'occupation des Français.

PAR quelle déplorable fatalité les contrées les plus favorisées du ciel, les plus comblées des dons de la nature, sont-elles précisément celles que l'homme s'efforce de rendre inhabitables ? Dans le nouvel hémisphère, voyez le Mexique, le Pérou, les rives de la Plata ; dans l'Ancien-Monde, la côte septentrionale de l'Afrique, l'inépuisable Égypte, l'Inde populeuse, la riante Asie-Mineure ; en Europe, la Grèce aux brillans souvenirs, et toute cette partie de l'Italie qui s'étend depuis les marais Pontins jusqu'à la mer de Sicile, partout la géographie est en contradiction avec les annales, partout vous êtes poursuivi par ces deux réflexions inséparables : beaux pays, malheureux peuples !

Mais qu'est-ce qu'un beau pays ? Il semble très-facile de répondre à cette question, et il y en a peu sur lesquelles les avis soient plus contradictoires. Il serait trop long, et peut-être fastidieux de discuter ce qui convient le mieux à l'homme civilisé, et ce qui peut lui procurer la plus grande somme de bonheur sur la terre : on n'arriverait à aucune solution ; les hommes sont loin d'être d'accord sur ce qu'on doit entendre par le mot *bonheur*, et, malgré leur prétendue sagesse, ils ne savent jamais ce qui leur convient. La divergence des opinions est telle, que les objets les plus matériels, les plus palpables, ceux conséquemment qui offrent le plus de prise à nos sens, sont jugés par différens hommes d'une manière tout opposée. Voici un exemple de cette discordance de sentimens et de jugemens sur une chose dont la nature paraît n'offrir ni doute ni équivoque. Loin de m'écarter de mon sujet, cet exemple m'y ramène et l'éclaircit.

Je rencontrai, il y a douze ans à peu près, dans une société, à Paris, un officier qui revenait du royaume de Naples, et qui avait parcouru précisément les provinces décrites par l'auteur anonyme du livre que j'annonce aujourd'hui. On me présente à ce militaire comme un voyageur qui avait vu les mêmes contrées vingt ans auparavant. Aussitôt il s'établit entre nous le dialogue suivant : Ah ! monsieur, me dit le militaire, quel abominable pays ! — Monsieur, vous faites bien de me prévenir, car j'allais m'écrier : quel pays admirable ! — Est-il possible ? — J'en suis convaincu. — Quoi ! vous avez pu vous plaire dans ce triste royaume, où tout est en désordre, où l'on n'a jamais songé au bien-être des peuples, à la commodité, à la sûreté du voyageur ! Des routes affreuses, des torrens sans ponts, des eaux stagnantes et infectes, des villes dont les rues sont de vrais cloaques, des villages dont les misérables habitans ont à peine la figure humaine, des auberges où le moindre risque est celui de mourir de faim ou d'être dévorés par des insectes immondes, un peuple dont la physionomie offre un mélange de férocité, de bassesse et d'hypocrisie ; des plateaux et des montagnes où l'on éprouve le froid de la Suède, des vallées et des plaines où l'on étouffe comme dans les sables du Sahara, des déserts inhabitables ou infestés par des brigands ; des terres mal cultivées ou tout-à-fait incultes, et, par-dessus tout cela, la crainte continuelle d'être assassiné par les hommes qui vous ont témoigné le plus de bienveillance, par ceux qui, rampant devant vous, vous ont salué

du titre d'*excellence* et d'*illustrisssime*, voilà donc
ce que vous appelez un pays admirable ! — Doucement, monsieur ! je voyageais avant la guerre,
et dans la belle saison ; je n'allais pas dans cette
contrée pour y soutenir le roi *Peppe* (1) ou le roi
Joachim ; je n'y vivais pas aux dépens de mes
hôtes ; on me parlait bien de brigands, mais je
n'en ai point vu ; le Laino et le Crate ne roulaient
pas une eau bourbeuse ; mais des ruisseaux d'une
eau fraîche et limpide coulaient dans des bosquets
de myrtes, de grenadiers et de lauriers. Dans un
espace de dix lieues, je trouvais plus de contrastes,
des sites plus variés et surtout plus pittoresques
qu'on n'en rencontre dans les cent cinquante lieues
qui séparent Strasbourg du Hâvre-de-Grâce ; un
ciel magnifique, un air pur et diaphane me per-
mettaient de discerner les objets à vingt-cinq et
trente lieues de distance ; à des montagnes couronnées de neiges éternelles, à des rochers stéri-
les, à des gorges étroites et sombres, je voyais,
en quelques heures, succéder des côteaux boisés,
des vallées riantes où l'oranger, le citronnier, le
bergamotier et le poncire se disputaient l'honneur
d'embaumer l'atmosphère ; ici, des pins à vaste om-
belle ; là, un bois de châtaigniers ; plus loin, des
vignes chargées d'énormes grappes d'un raisin
musqué ; d'un autre côté, le frêne qui produit la

---

(1) *Peppe*, contraction du mot *Giuseppe*, signifie *Joseph*; *Pepe*
veut dire *poivre* : c'est le nom d'un général napolitain.

manne, les chevre-feuilles, les myrtes, les arbou-
siers, mêlés à des *cactus* et à des aloès, me faisaient douter si j'étais en Europe ou en Afrique;
des villes presque toujours situées agréablement,
des points de vue admirables qui se succèdent
comme des décorations d'Opéra; partout une
terre féconde, chargée de fruits savoureux, ou
couverte de fleurs, des vins excellens, du pain
passable, souvent de bon poisson, et du gibier en
abondance, des habitans, enfin, qui me traitaient
en ami, parce que l'*illustrissime* ne leur demandait rien, ou payait ce qu'il demandait....... Vous
avouerez, monsieur, que j'aurais été bien difficile
si je n'avais pas trouvé ce pays fort agréable. — On
voit bien, reprit l'officier, que vous avez voyagé
fort à votre aise; et sans doute vous n'avez pas été
obligé de vous traîner dans les défilés du Campo-
Temèse, sur le plateau de la Syla, dans le gouffre
de Rogliano; vous n'avez pas été forcé de descendre dans les précipices de Mala-Spina, d'Orzo-
Marzo, de Volvicara; vous ne connaissez pas le
Lungo-Buco, ni l'épouvantable coupe-gorge *degli
Parenti*.......... — Vous avez, repris-je, un peu de
mauvaise humeur, car cette Syla et ce Campo-Te-
mèse offrent des sites bien curieux dans la belle
saison; mais en hiver, les rives même de la Seine,
celles de la Saône et de la Garonne, n'ont rien
de fort agréable. Vous vous plaignez des gorges et
des précipices; mais notre France méridionale
n'a-t-elle pas ses gorges d'Ollioules, ses défilés

de Roquevaire, ses combes de Valiguières, ses rochers du Querci, de l'Auvergne et du Gévaudan? Maintenant parlez-moi du magnifique golfe de Sainte-Euphémie, du site enchanteur de Nicastro, du spectacle dont on jouit à Nicotera, du golfe de Gioia; de Pizzo, célèbre par la mort de Murat; de Palmi, qui disparut le 5 février 1783, et qui est aujourd'hui la plus jolie petite ville du royaume : que dites-vous du panorama formé par les îles Lipari, la côte de Sicile, le phare et l'amphithéâtre de Messine, le littoral de la Calabre, et le rideau des Apennins, tableau ravissant qui a pour borne, au midi, le cône gigantesque de l'Etna?

La discussion se prolongea quelque temps encore, et, comme il arrive toujours en pareille occasion, nous restâmes plus divisés d'opinion après la dispute, que nous ne l'étions avant de la commencer.

Ce que je viens de rapporter ici se retrouve dans l'ouvrage que j'annonce, mais avec bien plus de détails, et une foule d'observations aussi curieuses qu'intéressantes. L'auteur n'a pas été injuste envers cette belle partie de l'Italie; ses fatigues, ses dangers et ses souffrances ne lui ont pas fermé les yeux sur la beauté des sites, les riches productions du sol, les magnifiques points de vue, ni même sur le caractère des habitans, parmi lesquels il a trouvé plus d'une fois de la politesse, de l'instruction et de l'aménité. Le chagrin de guerroyer en colonnes mobiles contre la bande de Francatripa, et

contre celle de Parafanté, ne l'a pas empêché de
reconnaître que tous les Calabrois ne sont pas des
brigands. J'ai peu lu de voyages plus exacts et
écrits avec autant d'impartialité. Cette qualité est
d'autant plus digne d'éloges, que l'auteur était plus
mal disposé pour concevoir quelque idée favorable
au pays et aux habitans. Outre les marches pénibles
dans une saison rigoureuse, les privations de toute
espèce, les dangers de tous les jours et de toutes
les heures, l'armée française en Calabre avait un
juste motif de mécontentement. Il faut bien le dire :
le roi Murat avait conçu le ridicule espoir de se
rendre indépendant même de Buonaparte, et de
se faire *adorer* de ses nouveaux sujets. Pour atteindre ce but chimérique, il accueillait toutes les
plaintes des Napolitains contre les Français, et il
repoussait les plus justes plaintes des Français
contre le *bon peuple* de la Calabre. La défiance
fut portée si loin, qu'un Français qui voulait écrire
en France, était obligé de confier ses lettres à un
voyageur, car elles auraient été interceptées à la
poste. Si, à ces désagrémens, on ajoute que la
guerre contre les bandes de voleurs ne procurait
aucun avancement, on conçoit facilement que l'officier dont j'ai parlé plus haut ne devait pas regarder le royaume de Naples comme un paradis
terrestre, et l'on doit en estimer davantage l'impartialité de l'écrivain qui n'a pas considéré le
malaise de sa situation propre comme un tort du
peuple au milieu duquel il était jeté.

La partie de ce voyage qui décrit le revers oriental de la Calabre, offre surtout des détails piquans
et plus nouveaux pour des lecteurs français. Le
rivage de la mer Ionienne, que l'auteur appelle,
par erreur, *golfe Adriatique*, le golfe Squillacé,
les rives du Crathis et du Sybaris, le cap *delle
Colonne*, que l'on devrait nommer *della Colonna*,
puisqu'il n'y en a plus qu'une, les lieux où floris-
saient les villes de Crotone, de Sybaris, de Thurium
et la nouvelle Locres, sont rarement parcourus
par nos voyageurs, et cette excursion, quoique trop
rapide, est un ornement particulier de ce voyage.

Quoique j'aie résolu d'en éviter la partie politique, il faut bien au moins l'indiquer : elle se
rattache d'ailleurs à de fort bonnes observations
sur le caractère et les mœurs du peuple, sur la
situation des Français en ce pays, et aux événemens qui ont accompagné le règne des Joseph et
des Murat. On lira sans doute avec intérêt le combat de Sainte-Euphémie contre les Anglais, celui
d'Orzo-Marzo contre les insurgés, les courses
nocturnes et pénibles contre les brigands, et l'expédition *manquée* contre la Sicile ; sur tous ces
points, l'auteur me paraît avoir été aussi sincère
que sur les autres particularités de son séjour en
Calabre.

J'ai remarqué cependant quelques erreurs, non
dans le récit, mais dans les observations de l'anonyme : il suppose au volcan de Stromboli une élévation plus considérable que celle du Vésuve ; le

petit diamètre de l'île où ce volcan est situé rend
le fait impossible. Il donne sept cents toises de hauteur aux rochers de Capri ; le Vésuve, qui est beaucoup plus élevé, n'en a que six cents. Il nomme
pente-dattolo, l'extrémité méridionale de l'Apen-
nin, à la pointe de la Calabre, il faut écrire *pente-
dattilo*, ou mieux encore *pente-dattili*, ce qui
signifie les *cinq doigts*, et, en effet, cette chaîne se
termine par cinq pointes, qui présentent l'image
grossière d'une main ouverte. Cette dénomination
est très-ancienne, et il faut la conserver comme
caractéristique.

Voici enfin une remarque plus importante qui
donnera lieu à une petite discussion philologique,
dont j'espère que le lecteur ne se fâchera pas. L'officier français à qui nous devons ce voyage a recherché l'origine et la cause de ces nombreuses bandes
de voleurs qui infestent la Calabre et surtout le
vaste plateau de la Syla. Il croit devoir attribuer
cette calamité politique aux vexations que les barons
calabrois faisaient éprouver à leurs vassaux, et qui
les ont forcés à abandonner la culture des terres
pour exercer le brigandage. Loin de moi l'intention de venger ou défendre messieurs les barons de
la Calabre ! J'en ai vu quelques-uns qui m'ont paru
fort ridicules, quoiqu'ils promenassent gravement
leur épée de trente-six pouces, leurs bas de soie
pleins de trous, et leurs habits pleins de taches ;
mais la Syla dont parlent Virgile et Salluste était
célèbre par ses troupeaux et par ses voleurs long-

temps avant qu'il n'y eût des barons. On la dési-
gnait de temps immémorial par ces mots qui lui
conviennent encore aujourd'hui : *Syla, mons Lu-
caniæ, crebris latrociniis infamis;* c'est-là que se
réfugiaient les hommes poursuivis par la justice,
les proscrits et les factieux dont le parti avait succombé; c'est là que se retiraient les fugitifs dont parle
Salluste. Mais comment faut-il écrire ce mot *Syla?*
Dans les éditions modernes des auteurs latins, et
notamment dans *le Virgile* stéréotype de M. Pierre
Didot, je lis au 12ᵉ livre de l'Énéide : *Ac velut in-
genti Silâ......* Je vois dans un Salluste : *In sylvâ
Silâ fuerunt......* L'auteur du Voyage en Calabre
écrit toujours *Syla*, et, à mes risques et périls, je
déclare qu'il a raison. Tous les érudits du dix-septième siècle croyaient que cette Syla, célèbre par
ses voleurs, avait été ainsi nommée du verbe grec
sulàn, ou du substantif *sulè*, qui signifient vol,
pillage, brigandage. C'est ainsi que le mot *asile*
prenait alors un *y* grec, parce qu'on le croyait
formé de l'*a* privatif et du même mot *sulè; asyle*
signifiait donc un lieu où l'on est à l'abri de toute
violence ; et sous prétexte de simplifier l'ortho-
graphe, on écrit *asile* qui n'a qu'un sens de convention, tandis qu'*asyle* vaut une phrase tout entière. Je demande donc, avec toute la modestie de
l'ignorance, que nos érudits rétablissent l'*y* grec de
Syla, ou qu'ils disent pourquoi ils le suppriment.

Puisque notre officier voyageur a passé plusieurs
fois le Crathis, il devrait bien aussi nous dire si les

eaux de ce fleuve ont la propriété de teindre les cheveux et la barbe en jaune, comme Strabon le rapporte dans son 6ᵉ livre; et comme Ovide l'exprime dans ces deux vers, où il attribue la même vertu au Sybaris :

Crathis et huic Sybaris nostris conterminus arvis,
Electro, similes faciunt auroque capillos.

VOYAGE HISTORIQUE ET POLITIQUE

AU MONTÉNÉGRO;

Par M. LE COLONEL L.-C. VIALLA.

Un Anglais qui avait fait le voyage d'Italie, de Grèce et d'Egypte, faisait part de ses nombreuses observations à un cercle d'amis qu'il avait réunis chez lui à Londres. Ses récits l'emportaient en exactitude et en précision sur ceux des voyageurs les plus scrupuleux. Il avait tout mesuré jusqu'au plus petit fragment d'un temple en ruines; et l'architecture ancienne lui était si bien connue, qu'un morceau d'entablement, un tronçon de colonne, un simple ornement, seul reste d'un édifice entier, lui suffisait pour prononcer sur le genre du mo-

nument, sur son usage, sur le temps où il avait
été construit, et sur le peuple qui l'avait élevé. Il
en était au plus bel endroit de ses démonstrations
lorsqu'un de ses amis l'interrompit, et lui demanda
de quel ordre étaient les colonnes de Saint-Paul à
Londres. Cette question fut un coup de foudre
pour notre savant, qui ne put y répondre, quoiqu'il fût entré vingt fois dans l'église dont on lui
parlait. Nous ressemblons tous, plus ou moins, à
ce voyageur; les courses lointaines, les descriptions étranges, les relations merveilleuses nous
paraissent seules dignes de notre attention; notre
intérêt augmente en raison des distances, et les
objets sur lesquels il est plus facile de nous tromper, par cela même qu'ils sont plus loin de nous,
sont précisément ceux dont les tableaux obtien-
nent plus facilement notre confiance. Nous n'avons
rien disputé à Wallès et à Bougainville, quand
ils nous ont parlé d'Otaïti et de son printemps
éternel; mille critiques chicaneraient le voyageur
qui décrirait les Vosges ou le Jura.

Les montagnes de l'Auvergne nous offrent des
basaltes, des laves et des scories volcaniques,
comme celles de l'Italie méridionale; mais l'Auvergne est trop près de nous pour que ses laves
deviennent célèbres. On trouve, dans le Vivarais,
des puits, des grottes, des excavations où les phénomènes dus à la présence de l'acide carbonique,
sont plus manifestes, et conséquemment plus curieux qu'à la fameuse *grotte du chien*, près de

Naples; mais il est de bien meilleur ton d'aller faire
ses expériences à cette grotte du chien, que j'ai
visitée plusieurs fois, et où je n'ai rien éprouvé du
tout. M. de Laborde a étonné ses lecteurs quand
il leur a révélé l'existence des *Batuécas*, et du
royaume des *Patones*, petites contrées enclavées
en Espagne, et tellement ignorées du reste de
l'Europe, que Montesquieu avait dit, dans ses
Lettres persanes : « Les Espagnols ont, dans leur
propre pays, des cantons qu'ils ne connaissent
point. » M. Malte-Brun nous a plus surpris encore
lorsqu'il nous a donné, dans les anciennes *Annales des Voyages*, la description du mont *Sant-
Angelo*, le *Garganus* des anciens, contrée qui
forme l'éperon de la botte d'Italie, qu'habite un
peuple presque séparé des autres Napolitains, et
différent par ses mœurs, qui figure sur toutes les
cartes, et dont personne n'avait parlé.

Le nom des Monténégrins ne nous était pas inconnu comme celui des Batuécas; des Patones et
des Garganiens, il nous était, au contraire, devenu
très-familier depuis que les armées françaises ont
occupé les *Bouches du Cattaro*; des hostilités
avaient eu lieu entre nos troupes et ces montagnards; mais les communications, soit hostiles,
soit pacifiques, ne nous avaient pas instruits sur
les mœurs de ce peuple singulier, sur son gouvernement, sur son industrie, sur la nature du sol
et de ses productions. Quoique cette peuplade soit
fort ancienne, son nom paraît être très-moderne,

et il est la traduction du mot illyrien *Czernogora*, qui signifie montagne noire. On ne trouve rien dans les écrits des anciens qui s'applique directement au Monténégro d'aujourd'hui, et les habitans de ce petit pays y sont confondus avec les autres habitans des montagnes de l'Epire. Leur indépendance absolue ne date que de l'année 1798, et après avoir été successivement soumis aux Romains, aux empereurs grecs et aux Turcs, ils se sont totalement affranchis à la fin du dernier siècle. Ils doivent leur liberté, leur existence actuelle au courage et au génie de leur Wladika, ou évêque, dont ils ont fait leur chef, leur prince, aussi absolu au temporel qu'au spirituel. Tout ce que j'avais lu sur les Monténégrins me faisait considérer ce peuple comme une horde de brigands redoutables par leur force et leur audace, et ne vivant que de déprédations. Je les comparais à ces *Narentins* et ces *Uscoques* dont il est souvent question dans l'histoire des premiers siècles de Venise, et je ne pensais pas que les mœurs de pareils bandits dussent leur procurer l'honneur de figurer dans la nomenclature des peuples civilisés.

Si la relation que j'annonce est exacte, je dois reconnaître que mon opinion était fort injuste envers les Monténégrins : leur pays est fort curieux, et très-digne de l'attention du naturaliste. Ces montagnards sont véritablement un peuple remarquable par des singularités, mais aussi par des vertus; vivant sans lois écrites, mais sous l'empire de la religion et des usages, éminemment brave, d'une force et d'une agilité surprenantes, esclave de sa parole, et d'une probité scrupuleuse, quoique la vengeance le porte souvent à des actes d'une férocité barbare.

M. le colonel Vialla, gouverneur de la province de Cattaro, depuis 1807 jusqu'à 1813, a obtenu la permission de voyager dans ce pays presque inaccessible; il l'a parcouru dans tous les sens, il a eu de fréquentes et longues conférences avec le Wladika, le gouverneur et les principaux chefs; c'est d'après ces renseignemens et ses propres observations qu'il a tracé le tableau physique et moral du Monténégro.

On peut donc, sans sortir de l'Europe, trouver des contrées qui méritent l'attention du moraliste, du politique et du géographe, et dont la description serait aussi nouvelle pour nous que s'il s'agissait du plateau de la Tartarie ou des montagnes bleues de la Nouvelle-Hollande. L'importance d'un pays ne se mesure pas à son étendue, et tel petit coin de terre, presque invisible sur la carte, a plus influé sur la politique de l'Europe que de grandes et fertiles provinces. Après le traité de Munster, un ambassadeur turc à la cour de France voulut passer par la Hollande pour admirer ce pays qui avait été le sujet d'une guerre générale depuis 1570 jusqu'à 1648; quand il l'eut examiné, ce qui ne fut pas long : « *Ce n'est que cela*, dit-il; *ah! si cette Hollande avait appartenu au sultan* mon maître, il aurait envoyé une armée de pionniers qui auraient jeté le pays à la mer. » Si un sultan avait cette puissance, il n'aurait pas manqué de la déployer contre le Monténégro. Ce petit amas de montagnes inaccessibles et de vallées étroites, qui renferme et nourrit à peine une population de cinquante-trois mille âmes, a résisté plusieurs fois à toutes les forces de l'empire Ottoman. Le fameux Ali, pacha de Janina, tenta vainement, en 1798, de réduire les Monténégrins sous son obéissance; vaincu trois fois par les intrépides montagnards, il fait un dernier effort, et se présente le 22 septembre avec une armée de soixante-dix mille hommes contre un peuple qui peut à peine armer douze mille soldats. Jamais bataille ne fut plus meurtrière et plus décisive; les Turcs, entièrement défaits, y perdirent *trente-six mille hommes*, ce qui me paraît un peu fort quand le vainqueur n'en a que douze mille; mais, quoi qu'il en soit, le pacha réunit les débris de son armée, et renonça pour toujours à une entreprise qu'il regardait comme au-dessus des forces humaines.

La description que l'auteur fait de ce pays rend vraisemblable l'impossibilité de le subjuguer par la force, et la nature n'a construit nulle part une forteresse plus inexpugnable; les gorges, en petit nombre, y sont tellement profondes et resserrées que la cavalerie et l'artillerie y deviennent inutiles; et la pente des montagnes y est d'une déclivité si

rapide, qu'il faut s'aider des pieds et des mains
pour en franchir les aspérités, non sans danger de
tomber, au moindre faux pas, au fond des plus
effrayans précipices. Les Monténégrins ont donc
l'inappréciable avantage de pouvoir faire des excursions chez leurs voisins, et de se retirer avec
leur butin dans un poste inattaquable. Voilà tout
le secret de leur indépendance : ils ne sont cependant
dant pas tellement séparés de l'Europe politique,
et ils ne se fient pas tellement à l'impénétrabilité
de leur retraite, qu'ils aient cru pouvoir négliger
toute communication avec les grandes puissances,
et se passer d'un protecteur. L'identité de religion, une certaine analogie de mœurs et de langage, les a décidés pour la Russie, qui a, de son
côté, de fort bonnes raisons pour ne pas négliger
le Monténégro. Un poste aussi formidable, près
du rivage de l'Adriatique, et duquel on peut se
porter rapidement dans l'Albanie, dans la Macédoine et dans toute la Grèce, serait d'une grande
importance pour un souverain qui, selon l'expression de Buonaparte, aurait la fantaisie de placer le
Croissant sur la Croix grecque. Cependant, quelque
spécieuse que soit cette conjecture, on n'a pas vu
les Russes s'obstiner à vouloir conserver le Cattaro, ni les îles Ioniennes, ce qui semble indiquer
une autre direction dans la politique de la Russie.
Mais le Monténégro n'en est pas moins attaché à
cette grande puissance qu'il regarde comme une
protectrice naturelle contre les Turcs; et le Wla-

dika, qui reçoit annuellement des présens de Saint-Pétersbourg, ne s'offenserait pas d'en recevoir des ordres.

Le récit de M. le colonel Vialla est fort curieux et fort agréable à lire, et s'il ne contient pas de ces faits romanesques dont le lecteur est avide; il fait parfaitement connaître la topographie du Monténégro, ses sites pittoresques ou effrayans, ses rochers arides, ses gorges sinueuses, ses montagnes énormes, ses étroites et fertiles vallées, les mœurs, l'industrie, les qualités morales des habitans, qu'il paraît cependant avoir considérés sous un aspect trop favorable. La manière franche et amicale dont il a été accueilli par ce peuple encore un peu barbare, la bienveillance que lui a témoigné le Wladika, le soin que l'on a pris de sa sûreté dans ses courses pénibles et difficiles, l'admiration qu'on lui a témoignée partout pour les guerriers français, et peut-être l'assentiment donné à un projet politique dont le colonel ne parle pas, auront sans doute adouci le ton des couleurs dont il s'est servi pour peindre les Monténégrins; mais sa relation n'en est pas moins intéressante par la nouveauté des détails et la variété des objets.

Cette variété s'oppose à toute analyse, et la nouveauté du sujet interdit toute critique. Je ne prétends pas pour cela que personne n'ait encore parcouru et décrit le Monténégro; mais je ne connais aucun de ces voyages, s'il en existe, et toute comparaison m'est interdite. Ce qui me ferait croire

qu'on a peu de renseignemens sur ce petit pays,
c'est que je ne le trouve sur aucune des cartes anciennes qui ont passé sous mes yeux; les nouvelles
cartes même lui donnent des positions différentes,
et M. Vialla ne m'éclaire pas sur ce point géographique, car la carte qu'il a placée au frontispice de
son livre ne s'accorde pas avec le texte de son
Voyage. Il dit que ce pays, en y comprenant la
Zante supérieure, a un circuit de cent milles, de
soixante au degré, et une surface de quatre cent
dix-huit milles carrés; mais en considérant sa carte,
je trouve d'autres dimensions. Le Monténégro, y
comprise la Zante, m'y présente une figure assez
régulière, dont le diamètre du nord au sud est de
vingt lieues, et la longueur de l'est à l'ouest est
de plus de douze, ce qui donne une surface quatre
fois plus considérable que celle qui est indiquée
dans le récit. Il n'y a pas moins d'incertitude sur
la position. M. Vialla donne pour limite orientale
au Monténégro, la rive droite de la Moraka, et
toutes les cartes que je connais en éloignent cette
rivière de plusieurs lieues vers l'est; sur la carte de
M. Vialla, le lac de Scutary pénètre d'un tiers de
son étendue entre la Zante et la province Monté-
négrine, nommée la Czerniska Nahïa, et dans
toutes les autres cartes, ce lac est assez éloigné
vers le sud. Enfin, selon M. Vialla, le Monténégro s'étend plus vers le nord-est du Cattaro, et
dans les autres cartes, plus à l'est et même au sud-
est de ce golfe. Ces observations sont sans doute

minutieuses et fort indifférentes à la plupart des
lecteurs, mais, dans la description d'un pays, la
position géographique a bien quelque importance,
et il est toujours utile de la fixer. Je suis porté à
croire que la carte de M. Vialla, dessinée sur les
lieux, est la plus exacte de toutes, mais il est fâcheux qu'elle ne soit pas conforme au texte.

Parmi les observations qui excitent la surprise,
je n'indiquerai que celle-ci : les montres sont
inconnues au Monténégro, et chaque fois que
M. Vialla faisait voir la sienne, on la regardait
avec le plus grand étonnement. Un des habitans,
ajoute l'auteur, en ayant trouvé une, crut qu'elle
recélait un malin esprit, et la brisa à coups de
pierre. Nous lisons le même fait dans l'un des
Voyages de Cook, et là, il est vraisemblable, car
il y est question des insulaires de la mer du Sud,
qui n'avaient jamais vu d'Européens ; mais il est
bien extraordinaire relativement au Monténégro,
dont les habitans, communiquant sans cesse avec
les villes du littoral, ont eu tant d'occasions de
voir des montres, et même de s'en procurer.

M. Vialla termine sa relation par une notice historique sur le fameux Georges Castriot, plus connu
sous le nom de Scanderbeg, nom que l'auteur
écrit Scanderberg, je ne sais pourquoi. Il traite cet
homme célèbre comme il a traité le Monténégro,
et il dissimule l'acte peu loyal par lequel Castriot
s'est emparé de la ville de Croïa. Mais si son admiration pour le héros albanais lui a fait fermer les

yeux sur quelques actions barbares , il a eu raison
de dire que Scanderberg a été l'homme le plus remarquable de son temps , et que , sur un plus
grand théâtre , il aurait égalé ceux dont l'antiquité
a fait des demi-dieux. Il a tort néanmoins d'ajouter
que ce héros n'est point connu ; il faut être absolument illéttré pour n'avoir pas lu le nom de Scanderbeg.

DESCRIPTION DE LA GRÈCE DE PAUSANIAS.

Traduction nouvelle avec le texte collationné sur les manuscrits de la
Bibliothèque du Roi; par M. CLAVIER, membre de l'Institut, et professeur au Collége royal de France ; dédiée au Roi.

QUE dirai-je de Pausanias? moi qui ne suis ni
helléniste , ni érudit , ni archéologue , ni peintre ,
ni statuaire , ni architecte. En lisant cette description de la Grèce , je me crois transporté au milieu
de la galerie de Florence ou du muséum Pio-Clé-
mentino, et j'y attends qu'un artiste ou un amateur
célèbre ait prononcé l'arrêt du goût pour *jurare
in verba magistri*, et soutenir la prééminence du
chef-d'œuvre auquel je n'avais pas fait attention.
Dans ce muséum , au moins, je puis raisonner ou

déraisonner sur des objets qui existent ; mais Pausanias fait passer devant mes yeux une multitude
de monumens, de statues et de tableaux dont il ne
reste presque rien. Il faut donc adopter ses jugemens et s'en tenir à ses descriptions. On me dis-
pensera sans doute d'énumérer toutes les merveilles
décrites par le voyageur grec, quand on saura que
la seule table des matières remplit deux cent cinquante pages d'impression, et que la description
d'un coffre (celui de Cypselus) occupe trois grands
chapitres.

J'éprouve un embarras d'un autre genre : Pausanias est-il un historien, un topographe, un my-
thologue, un archéologue ? il est un peu de tout
cela en général, et rien de cela spécialement. Les
traits d'histoire, qui sont épars et assez multipliés
dans son livre, n'ont aucune suite, aucune liaison ;
un tombeau, une colonne, une statue sont pour
l'écrivain grec l'occasion d'expliquer l'origine du
monument, et de rapporter toutes les traditions
qui s'y rattachent. Sa mythologie ouvre le plus
vaste champ aux discussions et aux disputes. Dans
cette Grèce ancienne, chaque ville, chaque fleuve,
chaque montagne a sa mythologie particulière,
parce que chaque peuple veut que les dieux soient
nés dans son pays, et qu'ils y aient fait leurs plus
beaux miracles. Un dévot grec devait être dans une
continuelle perplexité, car il ne pouvait chanter
les louanges de sa divinité protectrice sans exciter
la jalousie de toutes les autres : il devait trembler

à chaque instant d'attribuer à Minerve un exploit qui pouvait être revendiqué par Junon.

Je n'ai pas demandé si Pausanias était philosophe : il n'en a pas même la prétention. C'est un spectacle fort curieux et digne de nos plus sérieuses réflexions que celui d'un homme spirituel, instruit, bon observateur, et très-sensé, qui rapporte gravement toutes les folies mythologiques, les discute avec un soin scrupuleux, et rejette celles qui ne lui paraissent pas vraisemblables pour en adopter d'autres qui ne sont ni moins absurdes ni moins ridicules. Tel miracle, opéré de telle façon, choque le bon sens de notre voyageur; mais le même prodige, présenté d'une autre manière, obtient toute sa confiance et devient un point de doctrine. Cette superstition, raisonnée et soumise aux règles de la dialectique, est un fait bien remarquable dans l'histoire de l'esprit humain. Elle n'étonnerait pas dans des hommes absolument ignorans : on vit, par exemple, sous le règne de Louis XIII, dans la terre de Labour, en Gascogne, une population tout entière se croire vouée au sortilége; on vit des hommes, des femmes, des jeunes filles, des enfans, déclarer en justice qu'ils avaient été au sabbat, qu'ils y avaient vu le diable, et décrire toutes les métamorphoses du démon, qu'ils nommaient *monsieur de la Forêt*. Si vous aviez dit à ces aliénés qu'un homme pouvait être changé en ours, ils auraient ri de votre crédulité, mais tous affirmaient qu'ils avaient vu des hommes changés en loups, et plusieurs avouaient qu'ils avaient été loups-garoux eux-mêmes, et que sous cette forme ils avaient dévoré des enfans.

Il y a loin des habitans d'Orthez et de Biaritz au livre de Pausanias ; cependant les croyances des hommes du Labour et de l'écrivain grec sont des idées du même ordre ; c'est un choix, fait d'un côté sans réflexion et de l'autre avec discernement, entre des ch. s également absurdes. La plupart des faits mythologiques ont une grande ressemblance avec la fable du loup-garou, et cependant un homme plein d'esprit et de raison argumente en faveur de ceux-ci, et rejette ceux-là, quoique les uns et les autres répugnent également à la raison. Que conclure de cette bizarrerie d'un esprit éclairé qui déraisonne avec toute la sagacité de la logique ? Je hasarde une explication, en déclarant que je suis très-disposé à en adopter une meilleure : Les anciens ne croyaient pas, comme nous, qu'ils fussent au plus haut point de perfectibilité, et que le temps où ils vivaient fût le siècle des lumières ; ils n'avaient pas poussé la philosophie jusqu'à croire que l'homme pût tout expliquer et tout connaître ; ils n'avaient pas affirmé que tout est physique dans l'univers, et que tout y est soumis aux lois de la matière jusqu'à la pensée et l'intelligence. Ils admettaient donc un *merveilleux*, c'est-à-dire un ordre de choses dont la sphère est hors des limites de l'esprit humain, et inaccessible à nos raisonnemens comme à nos sens. Reconnaissant d'autres lois que celles de la matière, ils ne pouvaient nier tous les prodiges, mais ils exerçaient leur sagacité à distinguer divers degrés de probabilité entre des faits humainement impossibles, et ils adoptaient ceux qui, quoique surnaturels, choquaient cependant moins une raison fondée sur des notions reçues dès l'enfance, sur une longue habitude et sur l'assentiment des peuples. A Trézène, par exemple, on montre à Pausanias un temple dédié aux divinités souterraines, et l'on dit au voyageur : « C'est par là que Bacchus fit sortir Sémélé des enfers, et qu'Hercule en amena le chien. » Un esprit fort rirait de Bacchus et des enfers ; mais notre Grec divise la question : en bon païen, il croit que Bacchus ou Hercule ont bien pu tirer une ombre des enfers et la rendre à la vie ; « Mais on ne me persuadera jamais, dit-il, que Sémélé ait pu mourir étant épouse de Jupiter. » Dans cent endroits il exerce la même critique sur les diverses superstitions, et, avec beaucoup de bon sens, il choisit entre des choses qui n'ont pas le sens commun. Malgré toute notre philosophie, nous lui ressemblons beaucoup plus que nous ne pensons ; et, si le grand secret se dévoilait à nos yeux, nous reconnaîtrions que toute notre science n'a fait que changer d'erreur quand elle a cru saisir la vérité. *On ne sait le tout de rien*, dit Montaigne, et ce grand sceptique, flottant entre la superstition et la philosophie, emploie souvent, comme Pausanias, toute sa dialectique à choisir entre des choses absurdes.

J'ai trouvé cependant une phrase, mais une seule éminemment philosophique dans le long ouvrage de l'écrivain grec. Après avoir parlé de quelques faits mythologiques, où il ne voit que des allégories, il ajoute : « J'ai conjecturé que ce qu'on dit sur Saturne est quelque allégorie de ce genre ; *et nous devons en penser de même de ce qu'on débite sur les dieux.* » Voilà sans doute une proposition mal sonnante aux oreilles des prêtres grecs et romains ; elle eût fait boire la ciguë à l'honnête Pausanias s'il eût été contemporain de Socrate; on ira peut-être jusqu'à conclure que ce voyageur mérite une place honorable dans le *Dictionnaire des Athées :* on dira que si, dans tout son livre, il s'est montré païen orthodoxe, ce n'a été que par condescendance aux superstitions de son temps, ou par crainte d'une censure qui ne se bornait pas à l'encre rouge. Hélas! toute sa philosophie va s'évanouir. Non-seulement il nous raconte des miracles qui n'offrent aucune trace d'allégorie, des prodiges dont il n'était pas forcé de respecter la tradition puisqu'elle ne faisait pas partie du dogme, mais il assure les avoir vu opérer, et avoir été principal acteur dans des phénomènes aussi merveilleux que ceux du loup-garou. Un philosophe prudent ne choque pas la croyance commune ; mais il est des choses qu'il n'affirme pas avoir vues, s'il n'est pas superstitieux, et même un peu menteur. Voici quelques-uns de ces prodiges.

Pausanias ne m'étonne point quand il veut prou-

ver que le fleuve Alphée traverse réellement la mer
pour aller rejoindre Aréthuse dans l'île d'Ortygie :
il se fonde sur un oracle de Delphes qui constate
ce phénomène, et ici notre Grec n'est qu'un écrivain religieux ou circonspect ; qu'il ait vu une défense de sanglier d'une coudée de longueur et
d'autant de circonférence, il n'y a là que de l'exagération, et nous avons des voyageurs qui nous
font bien d'autres contes ; quand il affirme que le
sang du bouc dissout le diamant, et que la corne
du pied du cheval est la seule substance que l'eau
du Styx ne puisse détruire, je ne vois là qu'une
mauvaise physique, et Pausanias ne dit pas qu'il
ait fait l'expérience. Je le crois même de bonne
foi quand il dit qu'un songe lui a défendu de révéler ce qu'il a vu dans le temple de Triptolême à
Eleusis ; nous avons aussi des gens qui prennent
leurs rêves pour des réalités. Je passerai donc légèrement sur tous les faits de ce genre, et ils sont
nombreux dans Pausanias. Je l'écoute avec un peu
moins de complaisance quand il me dit qu'à Leuc-
tres, un temple de l'Amour est environné d'un
bois sacré qui est inondé pendant l'hiver, et que
*les feuilles qui tombent des arbres ne sont jamais
emportées par les eaux, quelque forte que soit
l'inondation.* Voilà un pauvre miracle, sans doute,
et l'amour en fait bien d'autres ; mais le voyageur
nous présentant ce prodige comme une certitude,
je vois dans le récit bien de la crédulité ou bien de
la discrétion. J'en dis autant de ce lac d'Ino, dans

lequel on jette des gâteaux de farine d'orge, qui
les revomit sur ses bords quand il ne veut pas donner un heureux présage, et les engloutit sur-le-
champ quand il promet le bonheur aux dévots qui
ont fait l'offrande. L'histoire du héros Myagrus est
encore plus suspecte; l'écrivain grec ne dit pas
qu'on lui a conté, mais il écrit formellement que,
quand les habitans d'Aliphera ont fait un sacrifice
à ce Myagrus, ils cessent d'être incommodés par les
mouches qui les désolaient auparavant. Un archéologue devrait bien nous apprendre si les mouches
doivent leur nom au héros, ou si le héros doit le
sien au pouvoir qu'il a sur les mouches. Un prodige plus important est attesté par l'auteur, et il
faut bien qu'il l'ait vu, car *il en a été fort étonné*.
Le vent du sud-est, qui vient du golfe Saronique,
brûle les bourgeons des vignes plantées sur le revers oriental de l'isthme de Corinthe : mais, pour
se préserver de ce fléau, deux hommes, dit Pausanias, saisissent un coq blanc, le coupent en
deux, en prennent chacun la moitié, partent en
se tournant le dos, font le tour des vignes, et,
revenus à l'endroit où ils ont fait le partage, ils y
enterrent le coq, et le vent cesse tout-à-coup. Je
conçois que notre observateur ait été étonné de ce
miracle.

Il n'y a dans tout cela que de la bonhomie, va-t-
on me répondre : mais que trouvera-t-on dans la
description de l'antre de Trophonius, des prodiges
que s'y opèrent et des malheureux qui, après y avoir

été entraînés ; en sortent méconnaissables à eux-mêmes et à leurs proches , et ne recouvrent que long-temps après la raison et la faculté de rire ? Que pensera-t-on de Pausanias , qui ajoute : « Je n'écris pas d'après des ouï-dire, mais pour avoir vu des gens qui ont consulté l'oracle , *et pour l'avoir consulté moi-même.* »

Il est bien dur de supposer qu'un écrivain grec ait pu mentir ; aussi ne me servirai-je pas de cette expression , et je laisse au lecteur le soin de qualifier l'assertion suivante : « Hérodote , en parlant de la Lydie , raconte sur des ouï-dire l'histoire du dauphin et d'Arion ; mais *j'ai vu moi-même* , à Proséléné , un dauphin qui , ayant été blessé par des pêcheurs et guéri par un enfant , lui témoignait sa reconnaissance : *je l'ai vu* venir à la voix de l'enfant , et , quand celui-ci le désirait, *lui servir de monture* pour aller où il voulait. » Tite-Live nous conte aussi beaucoup de prodiges , Tacite parle d'un phénix qu'on a trouvé en Égypte , mais ils ne disent pas qu'ils ont vu ; Pausanias , au contraire , qui vivait deux siècles après l'un et un siècle après l'autre , a vu des choses bien extraordinaires ; mais, pour l'honneur des Grecs, supposons qu'il a beaucoup mieux vu les temples , les statues et les tableaux de la Grèce que le dauphin de Proséléné et le coq blanc des vignes corinthiennes.

Il faut se résoudre à reconnaître dans Pausanias deux hommes très-différens ; on verra dans l'un le voyageur crédule ou faiseur de contes, l'ignorant physicien et le mauvais géographe; sous ce dernier rapport, il suffit de lire ce qu'il dit de l'Éridan qu'il place dans les Gaules, et des fleuves de l'Asie et de l'Afrique, pays où il a voyagé. On me dira que ces notions fausses étaient celles de son temps; il est cependant certain que Sénèque, antérieur d'un siècle à Pausanias, avait des idées beaucoup plus saines sur la géographie et sur la physique.

L'autre homme que je trouve dans Pausanias ne mérite que des éloges, si ce n'est cependant sous le rapport du style qui, dans cet écrivain, a paru obscur et quelquefois inintelligible aux yeux de M. Clavier et d'un grand nombre d'hellénistes, et sur ce point, comme sur beaucoup d'autres, je jure *in verba magistri*. Après avoir fait la part de la critique, on est forcé d'avouer que sa description de la Grèce est un monument très-précieux et très-instructif pour les poètes, les antiquaires, les historiens, les artistes, et pour tous les lecteurs studieux. Comme il rattache toujours les objets qu'il décrit à des faits historiques ou mythologiques, il nous éclaire sur les traditions, il nous aide à rectifier des erreurs, il concilie des événemens qui paraissent se contredire, il nous fait comprendre les poètes, il indique aux artistes les divers attributs que les différens peuples de la Grèce donnaient à leurs divinités, et il sert de guide aux érudits qui veulent ressusciter quelques villes détruites, ou en fixer la position. Il n'est pas

même inutile aux gens du monde, et il les amu-
sera, pourvu qu'ils ne le lisent pas de suite. Pausanias d'ailleurs est cité partout, et l'on ne peut
se résoudre à méconnaître totalement l'écrivain
dont tout le monde parle : il faut donc l'avoir dans
sa bibliothèque, dût-on n'en lire que le titre.

A tous ces motifs qui nous invitent à consulter
Pausanias, il s'en joint un qui nous en fait, en
quelque sorte, une nécessité, si nous voulons
connaître cette Grèce qui aujourd'hui occupe
plus l'Europe qu'elle ne l'a fait dans le temps
de sa splendeur. A l'exception de l'Épire et de la
Thessalie, Pausanias décrit précisément tous les
lieux que M. Pouqueville vient de parcourir. L'écrivain grec nous fait voir toutes les villes dont le
voyageur français a observé les ruines ou la place.
Rien de plus curieux et de plus intéressant que
cette comparaison de la Grèce brillante avec la
Grèce déchue, que la vue simultanée du corps
plein de vie et du squelette. Pausanias a beaucoup
servi à M. Pouqueville pour déterminer des positions incertaines, et il sera toujours le guide des
voyageurs dans cette belle et malheureuse partie
de l'Europe.

VOYAGE DANS LA GRÈCE,

Comprenant la description ancienne et moderne de l'Epire, de l'Illyrie grecque, de la Macédoine cis-axiane, d'une partie de la Triballie, de la Thessalie, de l'Acarnanie, de l'Etolie ancienne et épictète, de la Locride hespérienne, de la Doride et du Péloponèse; avec des considérations sur l'archéologie, la numismatique, les mœurs, les arts, l'industrie et le commerce des habitans de ces provinces; par F.-C.-H.-L. POUQUEVILLE, ancien consul général de France près d'Ali, pacha de Janina; correspondant de l'Académie royale des inscriptions et belles-lettres, etc. Ouvrage orné de figures, et enrichi de cartes géographiques dressées par M. BARBIÉ DU BOCAGE, de l'Institut de France.

CE long titre est, en quelque sorte, l'analyse du Voyage, et il désigne à peu près toutes les provinces parcourues et observées par M. Pouqueville; il ne faut cependant pas admettre à la rigueur tout ce que l'auteur y a énoncé : d'abord, il n'y parle point de l'Attique où il a fait un voyage, ni d'Athènes surtout dont il nous a décrit les tristes restes; en revanche, il annonce une description du Péloponèse, et cependant il paraît n'avoir vu que les frontières de la Laconie et de la Messénie.

Il existe d'ailleurs une grande différence dans les diverses descriptions de M. Pouqueville : il n'a, pour ainsi dire, tracé qu'une ligne à travers l'Ar-

cadie et l'Élide ; il s'est plus étendu sur l'Argolide
et l'Achaïe ; nous lui devons de fort bonnes observations et des renseignemens très-précieux sur la
Locride occidentale et sur la partie méridionale de
l'Étolie. Il a parfaitement bien distingué les Thessaliens des villes et ceux des montagnes ; il a donné
des détails tout nouveaux sur la Macédoine illy-
rienne et sur le beau lac Lychnidus ; mais c'est
l'Épire surtout, l'Épire ancienne et moderne qu'il
nous représente avec une rare érudition, avec un
soin et une exactitude qui ne laissent rien à désirer. L'Épire est, sans comparaison, la plus vaste
des provinces parcourues par M. Pouqueville ; elle
est le berceau des fables mythologiques. Divisée
elle - même en un grand nombre de petits pays,
qui tous ont leur illustration particulière, elle
abonde plus que toute autre en faits héroïques,
archéologiques et historiques : l'antique Dodone,
la Perrhébie, les sommets et les vallées du Pinde,
l'Acrocéraune, la Chaonie, la Thesprotie, la Do-
lopie, l'Acarnanie, le royaume de Pluton, l'A-
chéron, le Cocyte, le théâtre de l'expédition de
Thésée et de Pirithoüs, le combat d'Hercule,
l'Aoüs, l'Aréthon et l'Achéloüs, le superbe golfe
d'Ambracie, Nicopolis, Actium, et vingt autres
villes que le savant explorateur ressuscite en
quelque sorte en marquant leur position et en rap-
pelant leur ancienne gloire : tels sont les tableaux
que M. Pouqueville développe sous nos yeux,
avec autant de talent que d'instruction, pour les

faire contraster avec l'affligeant spectacle que présente l'Albanie moderne. Aux Dolopes, aux Molosses, aux Athamantes, ont succédé les Schypetars ou Arnautes, les Souliotes et les Valaques; à Pyrrhus, Ali, pacha de Janina : *sic transit gloria mundi!*

Si l'abondance des détails, si l'excès d'exactitude et d'érudition peuvent être le motif d'un reproche légitime, M. Pouqueville le mérite complétement. Il faut qu'il ait suivi toutes les sinuosités des rivières depuis leur source jusqu'à leur embouchure ; il faut qu'il connaisse tous les sentiers, tous les villages, toutes les fabriques, toutes les ruines de l'Albanie, toutes les chaînes, tous les contre-forts des montagnes, et toutes les productions de cette contrée, pour en tracer une topographie aussi parfaite. Si plusieurs chemins se croisent, il indique tous les lieux où chacun d'eux conduit le voyageur; si un torrent vous arrête, il vous apprend d'où il vient, et à quel fleuve il va se réunir. Avec un pareil guide, vous ne contemplez pas seulement les objets qui bordent votre route, mais tous ceux qui, placés sous un autre horizon, sont liés par quelque rapport avec les lieux que vous parcourez. On attaquera sans doute quelques-unes des conjectures de l'érudit, car d'autres savans se sont fait d'autres systèmes; mais sur quoi ne dispute-t-on pas ? Rappelons-nous que plus de trente écrivains ont voulu fixer la position de Troie, l'assiette du *Pergamum*, le marais où se

cacha Sinon , la butte du haut de laquelle un fils de
Priam venait observer le camp des Grecs , le lieu
précis où les vaisseaux étaient à sec sur la plage, les
tombeaux d'Achille , d'Hector et d'Antiloque , le
confluent du Simoïs et du Xanthe : ils n'ont pu
s'accorder sur aucun point. L'un trouve que l'espace compris entre le cap Sigée et le mont Ida n'a
pu être le théâtre de tous les faits retracés par Homère ; un autre déclare que cet espace est trop
grand pour représenter l'étendue de la plaine
qu'Homère a placée entre la porte de Scée et la
rade ; celui-ci veut que Troie ait été située sur
une hauteur ; celui-là, dans une plaine ; le tombeau que l'un donne au bouillant Achille est accordé par d'autres au fils de Télamon. Parmi les
modernes seulement, lisez les descriptions, les calculs exacts, les renseignemens précis donnés par
MM. Pococke , de Choiseul , Wood , le Chevallier
et Dallaway, et vous ne serez plus étonné d'entendre M. Bryand trancher le nœud gordien, affirmer que l'Iliade est une fable , et que Troie n'a
jamais existé. Ils avaient cependant tous leur Homère à la main , et les savans prétendent que ce
grand poète était aussi le plus exact des géographes. Que M. Pouqueville ne s'étonne donc pas
si quelque érudit qui n'est pas sorti du département de la Seine veut lui apprendre à connaître
l'Épire ; on ne lui contestera pas du moins d'avoir
bien vu l'Albanie et la plus grande partie de la
Grèce moderne , d'avoir bien observé les mœurs

des habitans, et d'avoir parfaitement décrit ce pays sous tous les rapports. En archéologie même, ses conjectures, toujours ingénieuses, approchent souvent de la démonstration ; et si une médaille trouvée dans une ruine n'est pas toujours à mes yeux une preuve évidente de l'identité de ces ruines avec celles de la ville cherchée par l'explorateur, elle est au moins une présomption, et si j'ai douté quelquefois, mon septicisme ne ressemble point à celui de M. Bryand ; je ne dirai point que l'Épire n'a jamais existé.

J'abandonne maintenant ce voyage que j'ai lu avec beaucoup d'intérêt pour aborder une question qui y est intimement liée et qui, dans ce moment occupe tous les esprits. Tout le monde, à Paris, s'est fait Grec ou Turc ; dans une discussion, dont les conséquences peuvent être très-graves, on a donné des sentimens pour des raisons, des désirs pour des notions précises, et l'on a mis de *l'opinion* partout où il ne fallait que de l'instruction. Dans ce chaos de mauvaise politique, un phénomène s'est fait remarquer : des royalistes ont voté contrairement à leurs principes, et des libéraux ont fait des prédictions dont, en définitive, l'accomplissement ne serait pas favorable à leur parti, car le succès des Grecs n'aurait pas pour prix *la liberté*. Avant de faire des vœux, il faudrait, ce me semble, se demander au profit de qui tournerait l'événement que l'on souhaite.

Si les hommes qui ressuscitent déjà Sparte et

Athènes, qui rêvent des Salamine, des Thermopyles et des Marathon, avaient lu le voyage de
M. Pouqueville, ils seraient moins tranchans dans
leurs décisions, et ils resteraient au moins dans ce
doute qui est, dit-on, le commencement de la sagesse. M. Pouqueville n'est point suspect dans les
renseignemens qu'il nous donne ; personne ne
l'accusera de haïr la liberté et de favoriser la tyrannie : s'il était forcé de prendre un parti dans cette
lutte, ce ne serait sûrement pas celui du despotisme. Il connaît assez les Turcs pour en détester le
gouvernement, mais il connaît trop les Grecs pour
en attendre de grands succès, et pour leur promettre le bonheur, même après leur triomphe. Il
souhaite, comme nous, de voir cesser l'oppression sous laquelle ils gémissent, les erreurs qui les
divisent, les vices qui les rendent si différens de
leurs ancêtres ; mais il est facile de voir que ; dans
les vœux de cet observateur, il y a plus de désir
que d'espérance. Soyons donc plus circonspects,
nous autres qui n'avons pas étudié pendant quinze
ans le théâtre de cette guerre, qui n'avons pas eu
de fréquentes relations avec les Turcs et les Grecs,
qui connaissons peu le pays, et qui n'avons que
des données vagues sur les mœurs des habitans.
N'oublions pas surtout que M. Pouqueville avait
terminé son voyage avant l'insurrection de la
Grèce, et qu'il ne peut conséquemment être soupçonné de partialité sur une question qu'on n'agitait
point encore. Ce ne sont point mes opinions que

je vais exposer ici, je sais qu'elles n'auraient aucune
influence ; ce sont les conseils qu'un homme très-
instruit, excellent observateur et narrateur exact,
nous a donnés par anticipation, et sans se douter
que nous dussions en avoir besoin.

Êtes-vous un généreux partisan des idées libérales, un zélateur, un régénérateur ? Consultez
M. Pouqueville ; il n'y a rien d'*ultrà* dans sa politique, et son royalisme ne doit pas vous effrayer.
Demandez-lui ce qu'étaient les Grecs depuis la
conquête des Romains, et ce qu'ils ont été pendant les mille ans qu'a duré l'Empire grec, si bien
nommé le *Bas-Empire !* ce qu'ils sont devenus
après quatre siècles d'esclavage. Demandez-lui si
ce sont bien des Grecs qui peuplent aujourd'hui
la plus grande partie de la Grèce, si les Schypetars
ou Arnautes, si les Souliotes, si les Huns, les Bul-
gares, les restes des Daces et les Mégalowlachis
sont devenus des Léonidas, des Miltiades et des
Thémistocles. Demandez-lui s'il y a beaucoup d'a-
nalogie entre les Thessaliens Sybarites qui habitent
la vallée de Tempé, et les Lapithes modernes qui
ne quittent point les sommités du Pinde, de l'O-
lympe et de l'Othrys ; interrogez-le surtout sur ces
Albanais ou Arnautes qui sont les meilleurs soldats de toute la Grèce, et dont les ancêtres, habitans du Caucase, n'ont connu des Grecs que les
compagnons de Jason. Demandez-lui si ces Albanais, qui vont en grand nombre faire leur noviciat
chez le dey d'Alger ou chez le pacha d'Égypte, y

ont puisé des leçons de philantropie et de fraternité envers les chrétiens ; il vous apprendra si les
Grecs musulmans, les Grecs *unis*, les Grecs *non
unis*, et les Juifs qui pullulent sur cette terre, formeront un peuple homogène, et vivront en bonne
intelligence entre eux, quand la terreur du glaive
ottoman ne les réunira plus par une haine commune contre leurs oppresseurs. Il vous racontera
comment des peuples de la Grèce, ayant tempo-
rairement obtenu des succès contre les Turcs, et
exercé une domination précaire sur leurs compatriotes, se sont substitués aux tyrans qu'ils venaient
de vaincre, et ont gouverné leurs nouveaux sujets
de manière à leur faire regretter le bâton, le sabre
et le lacet des musulmans. Il vous dira comment
ces bons chrétiens ayant demandé et obtenu la faveur d'être débarrassés des troupes ottomanes, et
la faculté de se choisir leurs magistrats, et de ne
communiquer avec le sultan que par un seul intermédiaire, firent un si mauvais usage de cette
liberté, qu'on leur renvoya, par pitié, des soldats
turcs pour les empêcher de se détruire. Question-
nez enfin cet observateur judicieux, instruit et passablement libéral, sur la levée de boucliers qui se
fit dans toute la Grèce en 1770, époque toute récente, et par là même très-concluante ; il vous répondra tristement que les Albanais, après avoir
pris part à la révolte, implorèrent bientôt le pardon du sultan, et offrirent, pour preuve de leur
repentir et de leur fidélité future, d'aller égorger

leurs frères les révoltés, ce qu'on leur accorda fort libéralement ; et c'est depuis ce temps que le Péloponèse présente une si faible population sur une si grande surface : c'est quarante ans après ces beaux exploits que M. Pouqueville a vu les traces de ces ravages, c'est depuis ce temps surtout que l'on trouve de braves Arnautes, non-seulement en Albanie, mais dans tout le Péloponèse, dans l'Attique, à Hydra même dont on veut faire une puissance maritime, et jusqu'en Moldavie où ces honnêtes gens viennent de prouver successivement leur fidélité envers Théodore, envers Ypsilanti et envers les Turcs. Ces renseignemens, et beaucoup d'autres que je suis forcé de négliger, diminueront un peu l'enthousiasme des Grecs parisiens ; j'avoue cependant que, quand on a vu dans les carbonari une puissance capable d'ébranler le trône autrichien, on peut bien soutenir que les Grecs, *livrés à eux-mêmes*, chasseront le Turc en Asie. En voilà bien assez pour messieurs les libéraux : j'ai d'autres considérations à présenter aux royalistes grecs.

Vous croyez, messieurs, justifier votre hérésie politique en disant que, si vous souhaitez le succès des Grecs, c'est par un sentiment d'humanité et par amour pour la religion. L'humanité ! dites-moi, je vous prie, quelle est la tyrannie qui ait jamais enfanté plus de maux qu'une révolution ? L'humanité ! et vous croyez que la guerre civile, les assassinats, les incendies, les trahisons, les égorgemens en masse,

tous les excès révolutionnaires seront moins funestes à la Grèce que le despotisme d'un sultan ?
Vous avez espéré sans doute que les Turcs ne se
défendraient pas, et, parce que vous regardez tous
les Grecs comme de bons chrétiens, vous trouvez
fort raisonnable qu'ils détrônent leur souverain,
et leur souverain légitime, entendez-vous ? car le
droit de conquête suivi d'une longue possession,
et sanctionné par la reconnaissance de toute l'Europe, pendant des siècles, est très-certainement
une légitimité. Vous parlez de religion : où donc
avez-vous vu que l'insurrection ait été jamais favorable au christianisme ? Le souvenir de la révolution française devrait vous faire frémir. Mais le
gouvernement turc est si barbare qu'on ne peut
s'habituer à le considérer comme légitime. Voilà
votre argument en faveur des révoltés. Ainsi vous
trouvez bon que des rebelles soient juges dans leur
propre cause, et qu'ils s'arment contre le despotisme. Mais où tracerez-vous la ligne de démar-
cation ? Jusqu'à quel point la révolte sera-t-elle
criminelle, et à quel point l'insurrection devien-
dra-t-elle le plus saint des devoirs ? Et c'est aux
révoltés mêmes que vous laissez le droit de décider
cette question ! Mais voilà précisément ce que vous
demandent les *carbonari*, les *libérales* et les
radicaux de l'Europe. Reconnaissez-les pour
juges, ils vous prouveront bientôt que tous les rois
sont des tyrans. Henri IV et Louis XVI ne l'ont-
ils pas été ? N'ont-ils pas été assassinés, comme

tels ? Ils n'étaient cependant pas Turcs. Vous ne pouvez sortir du cercle vicieux où vous vous êtes placés. Il faut que vous reconnaissiez les droits de la souveraineté ou les droits de l'insurrection ; il n'y a pas de moitié, ni de quart de légitimité : elle existe ou elle n'existe pas.

Au reste, où aboutissent vos vœux contradictoires ? Cette lutte ne peut finir que de trois manières : ou les Grecs succomberont ou ils triompheront seuls, ou ils seront aidés par une puissance auxiliaire et maîtresse. S'ils succombent, ils seront encore plus esclaves et plus malheureux avec le tort d'avoir été agresseurs, et en laissant le mauvais exemple d'une rébellion protégée par vos vœux, quand vous appelez toutes les foudres du ciel sur les rebelles qui vous inquiètent vous-mêmes. Si les Grecs triomphent, et cela n'est pas probable, l'exemple sera bien plus funeste ; et quand vous êtes entourés de factieux qui vous désignent déjà comme victimes, serez-vous assez aveugles pour vous réjouir des succès de la révolte ? Reste une troisième chance, celle d'un puissant auxiliaire ; car, avec des élémens si discordans, que feraient les Grecs de cette liberté qu'ils auraient conquise ? Ils auront donc un maître dont la légitimité sera fondée sur le triomphe de l'insurrection ! Alors.... Mais, pour n'être pas censuré, je me censure moi-même, et je me tais sur la troisième supposition.

Nous avons un panorama d'Athènes, et déjà des enthousiastes y reconnaissent et y marquent

minutieusement tous les points historiques. Fiers
d'y voir encore le Parthénon et le temple de Thésée, ils vous désignent le lieu précis de l'Aréopage,
du Musée, de l'Eleusinium, l'Hiéron de Bacchus,
celui d'Apollon Pythien, celui de Mars, les *limnœ*
ou marais, la maison de Thémistocle, etc., etc....
Si l'on élève un doute, ils crient qu'on les désen-
chante, qu'on éteint leur imagination, et ils traitent de pédans tous ceux qui ne partagent pas leur
bienheureuse crédulité. Laissons donc ces messieurs faire de la topographie et de l'histoire avec
de l'enchantement et de l'imagination, et parlons
aux hommes raisonnables qui comptent vingt
siècles pour quelque chose. Prenez en main la
Description d'Athènes par Pausanias, qui en a
parcouru toutes les rues, observé tous les édifices,
compté toutes les statues, et lu toutes les inscriptions. Examinez ensuite le plan d'Athènes qui se
trouve dans l'atlas du *Voyage du jeune Anacharsis*, vous reconnaîtrez d'abord que ce plan indique une surface double de celle qu'occupait la
ville d'Athènes. C'est ce que l'on verra toujours
quand les auteurs voudront représenter les villes
antiques; car, pour montrer simultanément des
édifices qui se sont succédés, et dont les uns ont
été construits sur les ruines des autres, il faut nécessairement agrandir la place. Quand vous aurez
fait cette observation, lisez M. Pouqueville qui a
visité tous les coins et recoins de l'Athènes turque,
avec le consul M. Fauvel qui, depuis quarante ans,

habite cette ville , qui y a fait des recherches continuelles, et qui cependant, après avoir cru pouvoir fixer l'emplacement d'un édifice, se voit obligé
de le transporter ailleurs , tant il règne d'incertitude dans les renseignemens , et de vague dans les
prétendues mesures. Alors, vous serez moins con-
fians dans les plans que l'on vous donne comme
exacts ; et vous avouerez qu'Athènes ayant été souvent traitée à la turque , même avant l'invasion
des Barbares, il est aujourd'hui bien difficile à un
archéologue de s'y reconnaître. On nous donnera
peut-être aussi le panorama de Corinthe , et l'on
y verra toutes les merveilles de l'antiquité, quoique
Pausanias, qui la visitait il y a plus de quinze cents
ans, nous dise que cette ville avait été totalement
dépouillée et détruite, qu'il n'y existait plus un seul
monument ancien , ni aucun descendant des premiers habitans. Dans cette exploration de la triste
Athènes , M. Pouqueville est aussi exact et aussi
sincère que dans toutes ses autres descriptions : il
avait bien les connaissances requises pour présenter aussi des conjectures savantes et raisonnables ;
mais il s'en est rapporté à ses yeux , et il a fait taire
son imagination : il a tort, sans doute ; avec de l'i-
gnorance , de l'enchantement , et un peu de mauvaise foi , il nous aurait fait voir des choses admirables.

　　Le cinquième volume de l'ouvrage de M. Pouqueville, qui a paru long-temps après les quatre
autres , contient d'abord une statistique du Pélo-

ponèse, c'est-à-dire d'amples détails sur l'administration de la Morée, sur les productions du sol,
sur les revenus, les impositions, les émolumens
des officiers publics, sur le commerce et l'état de
la marine marchande, et sur la population. Je sais
que toutes cès choses, si utiles à connaître quand
on veut faire de la politique, sont cependant celles
auxquelles le vulgaire des lecteurs attache le moins
d'intérêt; elles seront probablement négligées par
les hommes qui déclament avec le plus de chaleur
sur la crise actuelle de l'empire ottoman ; aussi,
me garderai-je bien de m'étendre sur un sujet qui
n'a d'autre mérite que d'apprendre ce qu'il faudrait savoir. Je crois cependant que l'on accordera
quelque peu d'attention à une observation très-
courte et très-décisive : c'est que sur une surface
de huit cent cinquante lieues carrées, la Morée,
dont le climat est si favorable et le sol si fertile,
ne compte que *deux cent quarante mille habitans*, de tout sexe et de tout âge ; et cependant
cette péninsule forme plus du tiers de la Grèce
proprement dite, indépendamment des îles qui,
à l'exception de l'Eubée, sont assez peu considérables. Pour fonder de hautes espérances sur la
régénération de ce peuple, déchu depuis deux mille
ans, il faudra donc y joindre une foule de peuplades différant plus ou moins par leur origine,
leur langage, leur croyance, leur caractère et leurs
habitudes ; il faudra présenter comme des Hel-
lènes, de nombreux fragmens de nations dont les

25.

noms, pour la plupart, effraieraient le lecteur si je m'avisais de les transcrire.

Mais revenons à M. Pouqueville, qui, dans un second voyage en Morée, a revu l'Elide, parcouru l'Arcadie trans-alphéenne, et visité la Messénie que Pausanias ne pourrait plus reconnaître, mais où les noms de Pylos et de Sphactérie rappellent les pages les plus intéressantes de l'histoire de Thucydide.

On pourrait regretter que M. Pouqueville n'ait pu explorer la Laconie dont il n'avait vu que les frontières septentrionales dans son premier voyage, si M. Ambroise-Firmin Didot ne lui avait procuré le moyen de remplir heureusement cette lacune, en lui communiquant les observations qu'il a faites en 1816, depuis Tégée à Lacédémone, et depuis cette dernière ville, la moderne et triste Mistra, jusqu'aux ruines encore plus déplorables de la célèbre Olympie. Ce dernier chapitre complète la description de la Grèce; mais quoique le voyage soit terminé; l'ouvrage ne l'est point. L'auteur y a réuni plusieurs morceaux historiques, dont un surtout est si curieux, si animé, si plein d'intérêt, qu'il suffirait seul pour faire pardonner à l'auteur tout ce qu'il y a dans son livre de savant, d'instructif et d'utile, qualités qui procurent beaucoup d'estime et fort peu de succès. On sent que je veux parler du fameux pacha de Janina. Ce féroce Albanais ne ressemble à aucun des tyrans anciens ou modernes; nul n'a trouvé autant de

ressources dans la mauvaise fortune, et conservé
autant de prudence dans la bonne ; le peu de bien
qu'il a fait et tous les crimes qu'il a commis par-
taient de la même source, d'une volonté ferme
et constante d'augmenter sans cesse et d'assurer
sa puissance. Son ambition étoit méthodique, et
fort au-dessus de celle que fait naître la vanité.
Aucun forfait ne lui coûtait s'il en tirait quelque
profit, et il observait les plus petites convenances,
quand ce soin pouvait lui être de quelque utilité;
il aurait eu la force d'être humain et bienveillant
si ces vertus lui eussent paru un moyen d'affer-
mir son pouvoir : jamais tant de sagesse et tant de
scélératesse ne se sont trouvées réunies dans une
même tête. Ali est le monstre le plus romantique
dont l'histoire ait fait mention, c'est l'une des plus
belles horreurs que la nature ait produites. Comme
son histoire occupera une grande place dans celles
des fléaux de l'humanité, j'ai vu avec peine qu'elle
ait été morcelée et disséminée par fragmens dans
les cinq volumes de M. Pouqueville ; et le conseil
de les réunir mérite peut-être d'être médité par
l'auteur. Oh! sans doute son livre, tel qu'il est,
sera recherché et lu avec attention par tous les
hommes qui ont de l'instruction ou qui veulent en
acquérir ; mais ceux qui lisent par désœuvrement,
et le nombre en est immense, ne s'attachent qu'aux
événemens et n'estiment que les sensations fortes;
Ali-Pacha est le héros qui leur convient, et l'histoire spéciale de cet épouvantable despote aurait

cent fois plus de prix à leurs yeux que les statistiques les plus exactes, les discussions les plus lumineuses et l'érudition la plus profonde. Pourquoi donc M. Pouqueville ne publierait-il pas *à part* tout ce qui concerne le grand pacha de Janina, en y joignant les circonstances qui ont accompagné la chute du colosse ?

Je n'ai plus qu'une seule remarque à faire sur cet excellent Voyage, et je désire qu'elle soit appréciée par les écrivains qui fabriquent des brochures sur les Turcs et les Grecs, sans savoir ce que peuvent les Grecs, et sans examiner ce que peuvent encore les Turcs, sans rechercher par quel moyen unique l'affranchissement des Grecs peut s'opérer, sans prévoir quelle influence aurait sur la sécurité de l'Europe un affranchissement qui ne serait qu'un changement de domination au profit d'une puissance déjà trop inquiétante. Personne n'avait plus de droits que M. Pouqueville de discuter la grande question qui s'agite dans l'Orient; avec tant de connaissances positives, il pouvait conjecturer et même prophétiser; mais il a laissé cette tâche ou ce plaisir à ceux qui ne doutent de rien, par cela même qu'ils savent fort peu de chose. Voici tout ce qu'il dit à la dernière page de son livre : « La Grèce disparaîtra-t-elle pour jamais au milieu de ses ruines ? ses enfans, depuis si long-temps malheureux, seraient-ils encore victimes des fausses suggestions de l'enthousiasme ? *Je l'ignore.....* » Cette phrase, qui semble n'avoir rapport qu'à la guerre d'Ali-

Pacha, s'applique fort bien à l'insurrection générale ; nulle part, dans tout le reste de l'ouvrage, M. Pouqueville n'exprime son opinion sur l'issue de la lutte. Ainsi, un homme qui a long-temps observé toutes les contrées et presque tous les villages de la Grèce, qui a vécu au milieu de ses diverses peuplades, qui a parlé leurs différens idiômes, qui a connu leur caractère, leurs désirs, leur capacité, se tait ou dit : *Je l'ignore*, et craint les suggestions de l'enthousiasme, tandis que des publicistes imberbes savent si pertinemment tout ce qui doit arriver, et prédisent avec tant d'assurance; tandis que d'autre publicistes, d'un âge plus mûr, sans en être plus sages, taillent déjà les limites de la nouvelle Grèce, et composent une constitution pour les Socrates et les Périclès futurs, comme si des Périclès et des Socrates ne pouvaient pas *se constituer* eux-mêmes.

NOTICE

SUR LA COUR DU GRAND-SEIGNEUR,

SON SÉRAIL, SON HAREM, LA FAMILLE DU SANG IMPÉRIAL,
SA MAISON MILITAIRE ET SES MINISTRES;

PAR JOSEPH-EUGÈNE BEAUVOISINS.

CE ne sont pas toujours les gros livres qui renferment le plus de choses. Telle brochure de cent dix pages, comme celle que nous annonçons, contient plus de faits curieux, donne une meilleure idée de l'esprit de l'auteur, que tel in-folio péniblement écrit. Il est heureux pour nous que de petits ouvrages, agréables ou instructifs, nous dédommagent de temps en temps des gros livres qui nous ennuient, et dont on veut cependant que nous disions du bien. Tel auteur suppose que nous devons avoir beaucoup de plaisir à le lire, parce qu'il a eu beaucoup de peine à composer : il voudrait que notre admiration fût proportionnée à la longueur de son travail; que nos éloges fussent calculés sur le nombre des pages qu'il a remplies. L'un nous présentera deux volumes de discussions sérieuses sur un objet frivole ; l'autre nous accablera de trois volumes frivoles sur des matières sérieuses, et tous deux voudront être loués. Malheur à nous si l'effusion de nos éloges n'égale pas la prolixité de leur style ! Le bien que nous dirons les flattera peu, il leur en était dû davantage ; les efforts que nous ferons pour adoucir le mal n'auront aucun prix à leurs yeux, il ne fallait dire que du bien. Ce n'est point une *critique honnête* qu'ils sollicitent, c'est l'absence de toute critique ; ils ne demandent pas des observations justes, ils veulent des complimens.

Notre situation devient bien plus pénible encore à l'égard de cette classe d'hommes dont l'amour-propre est plus chatouilleux, par cela même qu'il est moins solidement établi, moins bien justifié : ce genre d'écrivains est le plus irritable de tous. Ils prennent l'horizon pour les bornes du monde, et l'étendue de leurs vues pour celle des connaissances humaines. Ils nous commandent de parler d'eux comme ils en parleraient eux-mêmes ; et Dieu sait combien ils sont modestes ! *Genus in proprias laudes effusissimum.* Nous avons été cruellement persifflés (et nous en sommes bien honteux), pour avoir eu le malheur de douter que la danse fût le premier des titres à la gloire de l'homme, et pour avoir pensé que la géométrie, l'anatomie et les pyramides d'Egypte figurent mal dans l'école de Terpsichore. On ne s'est pas même servi envers nous de cette *critique polie* qu'on nous recommande, et dont nous ne nous sommes pas écartés. On nous dit grossièrement : soyez honnêtes ; on nous dit durement : flattez-nous. Ah ! pourquoi la danse, qui apprend si bien à faire le salut, n'enseigne-t-elle pas toujours à être poli ?

Nous ne craignons pas un désagrément de ce genre en annonçant la *Notice sur la Cour du Grand-Seigneur*. Ce petit ouvrage ne mérite qu'un reproche, mais bien différent de ceux que nous sommes dans la dure nécessité de faire tous les jours. Il a le défaut d'être trop court ; et l'on regrette que l'auteur ait été si réservé et si concis, lorsqu'il nous prouve qu'il était bien informé, et qu'il avait tant de bonnes choses à dire. Tout le monde parle du Grand-Turc, de la Sublime-Porte, du sérail, de la cour ottomane ; mais il faut convenir qu'il y a peu de pays sur lesquels on ait eu plus de rapports infidèles, plus de notions inexactes. Les Turcs, qui sont presque nos voisins relativement à tant d'autres peuples, ne sont guère mieux connus que les plus éloignés. Leur religion, leurs mœurs, leurs costumes, nous les rendent absolument étrangers. Quoiqu'en grande partie Européens, ils se présentent à notre esprit comme une nation asiatique, et en quelque sorte comme un intermédiaire entre nous et les Chinois.

C'est dans une prison (1) que M. Beauvoisins a reçu tous les détails sur la cour du sultan ; et la

_____

(1) Le château des Sept-Tours.

manière dont il nous les transmet nous prouve qu'on peut s'instruire partout quand on est bien informé.

Après des renseignemens sur la famille régnante, il nous en donne sur le sérail, le hárem, les eunuques noirs et blancs, les icoglans ou pages du grand-seigneur, les différentes charges du palais, les trésors des sultans, les nains, muets, bostangis, khâssekis, baltaldgis, peyks, solaks, capigis-bassis, sur l'*étrier impérial*, les diplômés, le gouvernement, les visirs, les pachas, le grand conseil, les ministères et la marine. On croira difficilement que tous ces objets puissent être exposés avec quelque clarté dans le court espace de cent dix pages, et cependant nous pouvons assurer que l'auteur a su y renfermer un plus grand nombre de faits, et nous y donner des notions plus précises que nous n'en avons trouvé dans des ouvrages volumineux qui traitaient le même sujet. On sent qu'il serait difficile d'analyser un livre qui n'est lui-même qu'une analyse bien faite ; nous nous contenterons donc de suivre l'auteur dans quelques-unes des routes qu'il parcourt.

Le harem, que nos romanciers ont confondu avec le sérail, est l'habitation des femmes du sultan. Outre sept femmes légitimes, ce qui serait déjà bien suffisant pour un homme, ce trop heureux monarque a encore treize ou quatorze cents concubines. N'est-ce pas ici le cas de dire avec Favart, que voilà treize cents femmes bien heureuses ? La cérémonie du mouchoir jeté à l'une de ces oda-

lisques, n'est qu'un conte fondé sur l'usage où
sont tous les Orientaux de faire à leurs amis des
présens de mouchoirs brodés en soie, en or ou en
argent. Le sultan, conformément à cette coutume,
fait son petit cadeau à la bienheureuse du moment, et cet envoi se nomme *bocshâh*, du nom
de la mousseline qui sert d'enveloppe.

Une observation curieuse, c'est que tous les
sultans enfouissent dans le sérail (ou palais) des
trésors immenses, qui sont destinés à ne plus voir
le jour. Ce serait une calamité, une honte pour le
souverain régnant, d'être obligé de toucher au trésor de son prédécesseur. A la mort de chaque
grand-seigneur, la chambre de son trésor est fer-
mée, scellée des sceaux du grand-visir, et l'on écrit
en lettres d'or au-dessus de la porte : *C'est ici le
trésor de tel sultan* : « Tellement que si depuis Ma-
» homet II, qui détruisit l'Empire grec, il y a eu
» quarante empereurs, le sérail doit renfermer qua-
» rante chambres de trésors, qui, évalués, l'un dans
» l'autre, à douze millions au moins de notre mon-
» naie, formeront un total de quatre cent quatre-
» vingt millions d'or monnoyé ; ajoutez à cela les
» pierreries, les objets précieux, les présens faits
» à tous les grands - seigneurs depuis trois cent
» cinquante ans, les confiscations des biens des
» particuliers, des pachas..... on ne pourra pas
» évaluer l'énorme quantité de richesses qui, de-
» puis plus de trois siècles, sont ensevelies dans
» le sérail, sans avoir jamais vu le jour. »

Les muets du sérail s'exercent, devant la mosquée des icoglans, à perfectionner leur langage par signes ; et, selon l'auteur, ils parviennent à se faire entendre non-seulement dans les choses communes et familières, « mais même quand il est » question de raconter une histoire avec ses cir- » constances, ou ce qu'ils savent des fables des » premiers mahométans, et généralement tout ce » que les autres hommes sont capables d'exprimer » avec la langue. »

Ces muets étaient autrefois les exécuteurs des arrêts de mort. Voici l'une des causes qui ont fait abolir cette coutume : « Dgezzar-pacha, mort der- » nièrement pacha de Saint-Jean-d'Acre, les lais- » sait arriver jusqu'à lui ; et lorsque le firman lui » était signifié, il cassait la tête, d'un coup de » pistolet, au messager, la lui faisait couper, en- » fermer dans un sac de cuir avec le firman du » grand-seigneur, et l'envoyait à Constantinople. » Cette manière de répondre n'a pas empêché cinq » ou six capigis-bassis de succéder à leurs con- » frères dans ces messages ; et la Porte s'est enfin » lassée d'envoyer des hommes dont elle recevait » les têtes pour toute réponse. »

On a imaginé un expédient plus sûr pour avoir raison des pachas qui déplaisent : c'est de promettre et de donner la place de celui dont on veut se défaire. Il arrive de là que le plus ancien serviteur ou le plus proche parent du pacha coupe la tête de son maître, ou de son ami, pour avoir son *pachalick.* De tels hommes doivent avoir une grande idée de l'amitié et de la reconnaissance!

Veut-on se faire une image du respect mêlé de terreur qu'inspire la présence du sultan? l'anecdote suivante ne laisse rien à désirer à cet égard : « Le grand-seigneur sortait un jour du sérail par » une des portes de fer qui donnent du côté de » la mer, où il devait s'embarquer. Un capigi » (portier), en ouvrant précipitamment une grille » de fer, se prit la main entre cette grille et la mu- » raille. Ce malheureux ne laissa pas échapper un » soupir....... L'angoisse était si forte qu'on le re- » tira évanoui ; les quatre doigts coupés tombèrent » lorsqu'on poussa la grille. Il eût péri plutôt que » de laisser échapper un signe de douleur, pour » ne point enfreindre les lois rigoureuses du si- » lence, et manquer au respect qu'on doit à la » personne du souverain. » L'auteur ajoute qu'un Français eût été moins patient, et qu'il aurait eu raison : nous sommes de son avis.

C'est dans l'ouvrage même qu'il faut voir l'étymologie et le véritable sens d'un grand nombre de mots turcs que nous défigurons en français, le protocole des dépêches du sultan, la composition de son conseil, de sa marine, et des considérations sur les vices de ce gouvernement. En lisant cette *Notice*, on restera convaincu de la facilité qu'avait l'auteur de grossir un volume sur un sujet aussi fécond ; nous doutons qu'on lui sache gré de sa sobriété et de son laconisme. Savoir beaucoup, et dire peu, n'est pas la manie du siècle : et si c'est un défaut, nous connaissons bien peu de coupables. Ceux qui se sont fâchés de nos critiques n'ont pas eu ce tort-là; c'est une justice que nous nous plaisons à leur rendre.

Que de contes, que de fables, que de relations absurdes sur les mœurs des Turcs, sur l'administration intérieure du sérail, et sur la religion mahométane! Nos romanciers n'ont pas menti, à cet égard, plus impudemment que la plupart des voyageurs. Il y a plus : ces mensonges ont été tellement accrédités, qu'ils passent dans le monde pour des faits historiques. Ainsi, malgré la *Notice* de M. Beauvoisins, on dira toujours un *sérail* pour dire un *harem*, on parlera toujours du *mouchoir* jeté par le sultan, qui ne jette pas de mouchoirs; et nous ferons toujours étrangler des coupables par des *muets*, qui depuis long-temps n'étranglent personne, puisque ce noble office a passé des muets aux *capigis-bassis*, qui sont les chambellans de l'empereur, et de ces derniers aux khâssekis, qui sont des huissiers du sérail, et qui font partie du corps des bostangis. Ainsi, un auteur d'opéras comiques ou de mélodrames nous présentera toujours un grand *bostangi* comme un chef des jardiniers, tandis que cet officier a des prérogatives immenses, qu'il est chargé de la police du sérail et de la police extérieure, et qu'il est commandant d'Andrinople.

Le sérail ou palais du grand-seigneur est presque

aussi vaste que le faubourg Saint-Germain : voilà
sans doute une assez belle étendue ; mais les exa-
gérateurs ont trouvé ces dimensions trop modestes,
et quelques-uns n'ont pas eu honte de nous représenter cette demeure impériale comme couvrant
un espace de *sept lieues de circonférence.* Ce
nombre sept sert admirablement aux mensonges ;
il a quelque chose de mystérieux qui capte la confiance : tel homme qui rejetterait une exagération
exprimée par le nombre six, ne dit plus mot quand
on la porte jusqu'à sept. D'autres voyageurs nous
ont montré ce sérail comme peuplé de plus de
trente mille âmes : M. Beauvoisins nous assure
qu'il y en a tout au plus dix mille ; il réduit aussi le
nombre des eunuques à trois cents noirs et à autant
de blancs. Malheureusement ces honnêtes gens
n'ont pas reçu une éducation musicale : c'est bien
dommage ; car six cents *sopranes* bien instruits à
fredonner, formeraient un concert admirable ; on
régalerait tous les soirs les odalisques d'un *opéra
seria,* et le sultan pourrait se vanter d'avoir une
musique bien touchante et bien dramatique.

Le protocole usité par la chancellerie ottomane
est très-magnifique ; le préambule des dépêches
ministérielles est fort curieux, et l'orgueil du trône
ne s'y refuse rien. Voici le commencement d'une
de ces dépêches ordinaires : « Moi, qui par l'ex-
» cellence des faveurs infinies du Très-Haut, et
» par l'éminence des miracles remplis de bénédic-
» tions du chef des prophètes, suis le sultan des

» glorieux sultans, l'empereur des puissans empe-
» reurs, le distributeur des couronnes aux *cosroës*,
» l'ombre de Dieu sur la terre, l'asile de l'humanité,
» le *cosroës* de la surface du globe, le défenseur des
» faibles et des malheureux, l'exterminateur des in-
» fidèles et des polythéistes, le second Alexandre qui
» règne sur l'Orient et sur l'Occident, le soutien
» de l'islamisme, le porte-étendard de la loi divine,
» le maître de la vie des nations, le motif de la
» paix et de la sûreté des mortels, la cause de la
» tranquillité d'esprit des humains, le protecteur et
» le maître de la sainte Jérusalem, le, etc.... » Suivent trois pages contenant les différens titres de
souveraineté, puis trois autres pages de maximes,
de réflexions morales, entremêlées de quatrains et
d'apophthegmes qui n'ont aucun rapport à l'objet
de la dépêche. M. Beauvoisins, qui traduit cette
belle nomenclature, nous avertit qu'il n'en transcrit que la plus faible partie : on voit par-là que les
sultans n'écrivent pas des lettres, mais qu'ils envoient des volumes. Les princes turcs ne sont pas
les seuls qui se soient plus à étaler tout le faste de
leurs titres : Philippe II, roi d'Espagne, était un
peu turc à cet égard ; et je crois que mes lecteurs
ne seront pas fâchés de trouver ici la dépêche d'un
roi chrétien et dévot, opposée à celle d'un musulman, qui n'est pas tenu d'observer l'humilité
chrétienne : « Philippe, par la grâce de Dieu, roi
» d'Espagne, de Galice, de Bétique, de Léon, de
» Castille, de Navarre, d'Aragon, de Portugal,

» de Naples, de Sicile, de Jérusalem, de Hongrie,
» de Dalmatie, de Croatie, de Sardaigne, de Corse,
» des îles Canaries, de Majorque, de Minorque,
» d'Oran, des Indes, de la Terre-Ferme et de l'O-
» céan; Archiduc d'Autriche, duc de Bourgogne,
» duc de Milan, duc de Lorraine, duc de Bra-
» bant, duc de Limbourg, duc de Ghelleri, duc de
» Calabre, duc d'Athènes et de Néopatria; marquis
» du Saint-Empire, marquis d'Oristano, marquis
» du Goze; comte de Barcelonne, comte de Rous-
» sillon, comte de Cerdagne, comte de Flandres,
» comte d'Artois, comte de Hainault, comte de
« Hollande, comte de Zélande, comte de Namur,
» comte de Zutphen, comte de Bourgogne, comte de
» Hapsbourg, comte de Tyrol; seigneur de Biscaye,
» seigneur de Malines, seigneur de Frise, seigneur
» d'Utrecht, seigneur d'Over-Yssel, seigneur de
» Groningue, etc., etc. » A l'exemple de M. Beauvoisins, je ne transcris qu'une faible partie de ce
préambule. Cela me rappelle un trait historique qui
contraste singulièrement avec les longues kyrielles
que je viens de rapporter. Un roi Parthe ayant eu
l'insolence d'écrire à Vespasien avec cette suscrip-
tion : *Arsace, roi des rois, à Flavius Vespasien,*
l'empereur romain se contenta de lui répondre :
Flavius Vespasien, à Arsace, rois des rois. Nous
savons aujourd'hui que les titres nombreux ne font
pas la puissance, et que le succès des négociations
ne tient pas au faste du protocole.

Selon M. Beauvoisins, le mahométisme doit

son origine à un moine grec, nommé Sergius, qui, atteint de l'hérésie nestorienne, fut rejeté de l'Eglise, et s'enfuit en Arabie, où il connut Mahomet, et devina dans ce conducteur de chameaux toutes les qualités qu'il a déployées depuis. Sergius, continue l'auteur, brûlant de se venger de l'Eglise chrétienne, inspira à Mahomet le désir de se faire chef de secte, l'instruisit, excita son ambition, inventa même des miracles, et aplanit tous les obstacles qui s'opposaient au succès de cette entreprise périlleuse. D'autres écrivains ont donné la même source à la religion de Mahomet; mais aucun n'explique comment un moine fugitif, sans crédit, sans patrie, a pu avoir assez de pouvoir chez les Arabes pour faire un prophête et un souverain d'un homme sans nom, sans éducation, qui était esclave, et occupé des soins les moins propres à développer le génie qu'il avait reçu de la nature.

Une anecdote (sur laquelle l'auteur ne peut se tromper, puisqu'il a été témoin oculaire) prouve que les Turcs ont le plus grand respect pour tout ce qui tient à leur religion. Dans un temps où la Porte avait le plus besoin des Anglais, des officiers de cette nation voulurent conduire des femmes dans une mosquée; ils refusèrent d'abord de quitter leurs bottes pour mettre les *papoutches* avec lesquelles seules il est permis d'entrer dans un temple; ils ne se bornèrent point à cette infraction des lois musulmanes, et, parvenus dans l'intérieur de la mosquée, ils se conduisirent avec une indécence

26.

qui révolta les Turcs occupés à faire leur prière. Dans
un instant la société indiscrète fut huée et menacée;
les officiers voulurent se défendre, ou plutôt réi-
térer l'offense ; on crie au scandale , on se presse
autour des insolens; des huées on passe aux coups;
hommes et femmes sont souffletés et battus avec
les *papoutches ;* on les poursuit à coups de pierre
hors de la mosquée ; et s'ils ne s'étaient réfugiés
dans une maison qui s'ouvrit pour leur salut, ils
auraient bien pu rester sur la place.

Les Turcs font aussi des contes pour rire , et ces
contes ont le caractère et la tournure des *Mille et
Une Nuits.* Un Juif s'étant pris de querelle avec un
Persan, osa lui donner un soufflet. Si cet outrage
avait été fait à un Turc, le Juif, selon la loi, aurait eu la main coupée ; mais il avait frappé un
sectateur d'Ali, et le cas paraissait moins grave.
Cependant le souffleté le cite *à comparaître devant
la justice de Dieu ;* se refuser à cette citation aurait
été un crime capital : le Juif y obéit; et quand il
est en présence du juge, il avoue qu'il a frappé le
Persan ; mais il soutient qu'il l'a fait conformément à la loi de Mahomet. « Cette loi, dit-il au
» cadi, enseigne que les Juifs seront damnés ; et
» qu'au jour du jugement, les Persans seront
» changés en ânes , et que chaque Juif en aura
» un, et qu'il montera dessus pour entrer en
» enfer. Si cela est vrai , comme vous n'en doutez
» point, je dresse de bonne heure celui-ci pour
» m'en servir dans l'occasion ; et le trouvant

» revêche, j'ai été contraint de le frapper. » Le cadi
fut satisfait d'une explication aussi orthodoxe, et
le Persan se retira avec sa honte et son soufflet.

Je sais gré à M. Beauvoisins de nous avoir égayés
par ce conte; mais il contrarie un peu le Koran,
qui dit expressément, au chapitre *de la table* :
« Les juifs, les samaritains, les chrétiens, tous
» ceux qui auront cru en Dieu, et auront fait de
» bonnes œuvres, seront exempts d'affliction; il
» n'y a rien à craindre pour eux au jour du Ju-
» gement. »

VOYAGE DE BENJAMIN BERGMANN

CHEZ LES KALMOUKS,

Traduit de l'allemand par M. MORRIS, membre de la Société
asiatique.

LE titre de ce livre avait vivement excité ma curiosité ; j'espérais y trouver des notions sur le pays
que nous nommons Calmouquie, situé au-delà
de la mer d'Aral, vers les frontières de la Chine.
Mais il n'est point question de cette contrée dans
le Voyage de M. Bergmann. Il ne s'agit ici que
d'une tribu de Kalmouks, dépendante de la
Russie, et l'auteur n'a parcouru avec cette horde

que la distance qui sépare Sarepta des rives du Kouma et du Manitz. Ce n'est donc qu'une promenade de cent lieues tout au plus, et une cohabitation d'un an, à peu près, avec une tribu de Tartares, nommés Kalmouks, Eleuths, Kochotes, Derbètes, Soungares et Torgotes, qui paraissent tous descendre de ces Huns si célèbres dans l'histoire du moyen âge, et qui, après avoir été les dominateurs de la Russie, sous le nom de grande horde, vivent en partie sous les lois de cet empire. Malgré une lecture attentive, je me suis perdu au milieu de ces peuplades barbares, et j'ignore encore quelle est celle dont M. Bergmann a été l'hôte et le commensal. Il les nomme Kalmouks, et cela me suffit.

L'auteur a publié en 1804, à Riga, le récit de ses aventures, en quatre volumes, et nous les aurions sous cette forme, si le traducteur, M. Morris, n'avait appris qu'on en préparait une seconde édition à St.-Pétersbourg. Il a donc ajourné l'édition complète ; mais supposant, sans doute, que nous étions fort impatiens d'avoir un avant-goût de ses Kalmouks, il a extrait de l'ouvrage entier deux cent cinquante-cinq pages qui ne sont point susceptibles d'éprouver des changemens ; et, pour remplir le volume qu'il publie aujourd'hui, il y joint une relation de la fuite des Kalmouks, qui, pour se soustraire au joug un peu pesant de Catherine-la-Grande, partirent des bords du Volga, pendant l'hiver de 1771, traversèrent l'effrayant espace de plus de quinze cents lieues, y perdirent plus de la moitié de la population, et arrivèrent en Chine dans un tel état de misère, que l'empereur Tchien-Long s'empressa de leur faire distribuer des vêtemens et des vivres; ce qu'il rapporte lui-même dans ses Mémoires sur les Chinois; car cet empereur était homme de lettres. C'est le même qui reçut lord Macartney avec tant de bienveillance, et lui fit l'insigne honneur de lui envoyer le précieux cadeau d'un os de poulet déjà rongé par les dents impériales.

J'ignore si, dans les quatre volumes qui doivent paraître un jour, l'auteur présentera quelques descriptions topographiques, quelques détails sur la zoologie, sur la botanique, ou sur l'aspect physique des contrées qu'il parcourt; mais, dans le fragment que j'annonce, il est uniquement question des mœurs des Kalmouks, de leurs habitudes, de leurs cérémonies religieuses, et il ne dit rien du pays, sinon qu'on y trouve d'immenses plaines sans un seul arbre, à travers lesquelles l'œil perçant de ces Tartares distingue le plus petit objet, et dirige leur marche avec une rectitude admirable.

Le premier soin de M. Bergmann est de venger ses hôtes de toutes les absurdités que l'on débite en Europe sur la prétendue férocité des Kalmouks, leur antropophagie, leur vénération pour le diable, et leur habitude de se nourrir de chair de cheval sans autre préparation culinaire que d'avoir été placée plus ou moins long-temps sous la selle des chevaux. D'abord ils n'adorent pas le diable, puisque

leur religion est celle du Thibet ; leurs livres sacrés
sont écrits en langue tangoute, leurs prêtres se
nomment *ghèlloung*, ceux d'un ordre inférieur
ghètzull, et les chefs de ces prêtres sont des lamas.

Ils ne mangent point de chair crue, et si quelquefois ils en placent sous leurs selles, c'est pour
guérir ou du moins adoucir les douleurs qu'éprouvent leurs chevaux quand ils sont blessés par les
selles de bois dont se servent les Kalmouks.

Quant à leur amour pour la chair humaine,
c'est une fable absurde, mais que ces Tartares ont
eux-mêmes accréditée pour inspirer plus de terreur à leurs ennemis. Dans cette intention, ils
suspendent quelquefois des membres humains à
la selle de leurs chevaux, pour faire croire que
ce sont ou les restes d'un repas ou des provisions
pour le lendemain. Ils prétendent avoir obtenu de
grands succès par cette tactique effrayante.

Jusqu'ici le récit de M. Bergmann ne pèche pas
contre la vraisemblance, mais ce qui suit n'a pas
le même caractère : que des soldats prussiens aient
en horreur ces prétendus antropophages, et que,
dans quelques occasions, ils aient fui devant eux,
je veux le croire ; mais que le grand Frédéric se
soit hâté de faire la paix par ce seul motif, c'est une
idée ridicule dont la fausseté est prouvée histori-
quement. Il s'agit ici de la guerre de sept-ans ; or,
tout le monde sait qu'au moment où Frédéric s'attendait à une bataille avec les Russes, le général
ennemi, au lieu de l'attaquer, lui envoya deman-

der ses ordres, parce qu'une révolution de palais avait placé sur le trône de Russie Pierre III, grand admirateur de Frédéric. Le roi de Prusse, si malheureux dans cette guerre, trouva là péripétie charmante, et fit répondre au général russe : « Puisque vous me demandez mes ordres, je vous ordonne de vous en aller. » Ce qui fut exécuté sur-le-champ. Ainsi l'antropophagie des Kalmouks n'a eu et n'a pu avoir aucune influence sur cet événement.

La moitié du récit de M. Bergmann est consacrée aux cérémonies religieuses et aux fêtes de ces Tartares ; il note avec soin toutes leurs génuflexions, leurs prosternemens, leurs grimaces, leurs chants, ou plutôt leurs cris ; il compte tous les tours qu'ils font processionnellement autour de leurs huttes ou de leurs idoles ; il décrit longuement leurs fêtes qui sont des courses ou des luttes, et leurs repas où les convives reçoivent et mangent avidement des intestins d'animaux qui n'ont pas même été nettoyés. Pour donner une idée de la propreté de ces bons Kalmouks, un seul trait suffira. Un prêtre demanda un jour à M. Bermann s'il tuait ses poux. Le voyageur répondit affirmativement, et le prêtre s'écria : « C'est un péché, c'est un grand péché ! »

Ces détails anacréontiques, et quelques autres du même genre, donnent une grande idée du courage de M. Bergmann. L'amour de la science est bien puissant, puisque le seul désir de connaître la langue et les mœurs d'un pareil peuple, a pu

engager un homme plein d'esprit et d'urbanité à
passer un an sous les huttes kalmoukes où tous
les sens d'un Européen sont si cruellement affectés.

Quelques lecteurs sans doute prendront grand
plaisir au récit de toutes les superstitions, de toutes
les simagrées, de toutes les fourberies des ghètzulls,
des ghèllouings, des lamas, et des pauvres imbé-
cilles qui en sont dupes; mais j'avoue que ces descriptions n'ont aucun charme pour moi; je n'y vois
qu'une répétition des mêmes sottises; car les pratiques superstitieuses se ressemblent toutes pour
le fond, quelque variées qu'elles soient dans leurs
formes. Cependant il est assez remarquable que
chez ces hordes barbares, la foi des peuples diminue sensiblement, et le zèle des prêtres a beaucoup
perdu de sa chaleur. M. Bergmann a remarqué
des omissions et des négligences chez les ghèlloungs
et les lamas, et dans une grande cérémonie du
culte, les hommes paraissaient assez indifférens,
et ne daignaient pas même se découvrir la tête,
tandis que des femmes étaient en extase, ou poussaient de profonds soupirs de dévotion. Partout
les femmes ont plus de foi, plus de ferveur, plus
de penchant au merveilleux : aussi partout les femmes sont-elles amies des prêtres. On attribue cette
différence à plus de sensibilité, plus d'ignorance
et plus de faiblesse. Il y a, je crois, une quatrième
raison; et si chez quelques peuples le sacerdoce
était dévolu aux femmes, les sexes changeraient
de rôle, les hommes y seraient d'une dévotion

outrée, et l'on y verrait beaucoup de femmes philosophes.

Voulez-vous prendre du thé à la kalmouke ? Faites venir de Chine des tablettes de la longueur d'un pied, formées de thé pétri avec du sang de bœuf, faites-le cuire très-long-temps dans une marmite, avec du sel, du lait et du beurre, et vous en tirerez une liqueur d'un rouge clair, qui vous paraîtra excellente après vous avoir dégoûté pendant quelque temps.

Si vous allez chez les Kalmouks, gardez-vous de faire le savant : M. Bergmann s'était concilié l'amitié d'un lama ; il allait obtenir de lui la faveur de lire et de traduire les livres sacrés, ce que le voyageur désirait ardemment ; mais un jour que l'on parlait géographie, il s'avisa de dire que la terre est ronde ; on lui rit au nez, puis on fronça le sourcil, sa faveur fut perdue, et les livres sacrés disparurent à ses yeux. Feu M. Mercier n'aurait pas encouru cette disgrâce ; il aurait dit : « La terre est plate ; et le lama l'aurait embrassé tendrement.

Voilà tout ce que je puis dire du voyage de M. Bergmann. Quelques détails sur les langues mogole, ou kalmouke, ou tangoute, pourront plaire aux orientalistes, ainsi que dix planches fort bien gravées, et représentant l'alphabet syllabique des Kalmouks ; mais à tous ceux qui, comme moi, n'entendent rien à ce grimoire, je recommande *la fuite des Kalmouks* dont j'ai parlé plus haut : c'est la partie dramatique du livre.

VOYAGE EN CHINE,

Ou Journal de la dernière ambassade anglaise à la cour de Pékin, orné de cartes et de gravures; par M. H. ELLIS, secrétaire de l'ambassade; traduit de l'anglais par J. MACCARTHY, chef de bataillon d'infanterie et chevalier de la Légion d'honneur;

ET

VOYAGE DU CAPITAINE MAXWELL,

Commandant l'*Alceste*, vaisseau de S. M. B.; par JOHN MAC-LEOD, chirurgien de l'équipage; traduit de l'anglais par CHARLES-AUGUSTE DEF.

CES deux ouvrages sont inséparables. Tandis que lord Amherst remontait le Pei-ho pour s'avancer vers la capitale de la Chine, et disputait chaque jour avec les mandarins pour savoir combien de génuflexions et de prosternemens il faudrait faire devant *le fils du ciel, empereur de l'univers* (1), sir Murray Maxwell, qui avait conduit l'ambassadeur en Chine sur *l'Alceste,* vaisseau de S. M. B., sir Murray Maxwell, le même qui vient d'échouer avec honneur aux élections de West-

(1) Titres qu'on donne à l'empereur de la Chine.

minster, explorait les golfes de Pé-Tche-Li et de Leaontong, visitait la côte occidentale de la Corée, celle de Formose, les îles Lieou-Kieou (Likéo); faisait une visite au gouverneur de Manille, et revenait à Canton, où, avec une frégate, il fit trembler toute la marine chinoise, et fit taire toutes les batteries des forts qui menaçaient de l'engloutir. Lord Amherst est le principal personnage du tableau; sous un point de vue, son voyage est le plus curieux; mais celui de sir Murray dans des mers peu connues, les prétendues découvertes qu'il a faites, le tableau charmant de la principale île de Lieou-Kieou, le grand combat de Canton, le naufrage et l'incendie de *l'Alceste* à Poulot-Leat, et la relâche à Sainte-Hélène, sont des objets plus intéressans que les longues négociations sur le salut chinois, et le long voyage de l'ambassade dans un pays où tout se ressemble. Cependant, *à tout seigneur tout honneur :* commençons par le voyage de S. Exc., et par la narration de M. Ellis.

Depuis un siècle, nous avons eu sur la Chine bien des notions contradictoires; et s'il plaît au gouvernement anglais d'envoyer une troisième ambassade dans ce pays, nous le connaîtrons moins que jamais. Avant et pendant tout le dix-huitième siècle, la Chine a été un pays de merveilles; tout y était admirable; un savant en *us* ne croyait pas être ridicule en affirmant que l'industrie et les découvertes de tous les peuples qui ont jamais existé sur la terre, n'offriraient rien d'égal

à ce que la seule Chine avait produit. L'Encyclo-
pédie fut un peu moins enthousiaste que Vossius ;
mais on y lit encore que les Chinois l'emportent
sur tous les peuples de l'Asie par leur antiquité,
leur génie, leurs progrès dans les sciences, leur
sagesse, leur gouvernement, leur véritable philosophie, et qu'ils peuvent être comparés aux nations
les plus éclairées de l'Europe. Les volumineux
écrits des missionnaires furent en butte à deux
accusations bien opposées : les uns prétendaient
que les jésuites avaient calomnié les Chinois en les
montrant moins philosophes qu'ils ne le sont, et
d'autres reprochaient à ces pères d'avoir bassement
flatté la cour de Pékin, et d'avoir ridiculement
exagéré les vertus, le génie et l'industrie des
Chinois.

Sans entrer dans cette discussion, ou plutôt
pour la terminer, invoquons l'autorité la moins
suspecte de toutes. Voltaire, qui certainement
n'était pas jésuite, avoue que les relations des
missionnaires doivent être considérées comme les
ouvrages des voyageurs *les plus judicieux, les plus
intelligens qui aient jamais défriché et amélioré
le champ des sciences et de la philosophie.* Cependant Voltaire n'était point enthousiaste, et,
quoique de son temps ce fût la mode de vanter les
Chinois aux dépens des Européens, il était loin
de se laisser éblouir par tous ces éloges.

Dans le concert de louanges dont la France retentissait en faveur de la Chine, on insistait surtout

sur l'esprit philosophique du peuple chinois, et l'on soutenait qu'il était athée, ce qui alors était le comble de la sagesse. Confucius, disait-on, avait déclaré que la vertu était assez belle par elle-même pour être pratiquée par les hommes, sans la crainte des châtimens et l'espoir des récompenses dans une autre vie ; on en concluait que les Chinois n'avaient besoin ni d'enfer ni de paradis pour être vertueux, et que, dans ce pays, l'empereur, les mandarins, les militaires, les gens de loi, les marchands, les artisans, les eunuques, les filles publiques et les mendians étaient tous philosophes. Dans ses *Entretiens de Phocion*, l'abbé de Mably, qui croit à la possibilité de rendre tout un peuple philosophe, s'écrie avec une bonne foi très-comique : « Faites-vous » un tableau du spectacle que présenterait la terre, » si tous les hommes, semblables au divin Socrate, » réunissaient en eux toutes les vertus. » Et l'on a beaucoup loué cette grande exclamation. Eh! monsieur l'abbé, que n'alliez-vous en Chine! Dans cette heureuse contrée, l'homme qui reçoit les coups de bâton, et celui qui les distribue, sont également des Socrates. C'est sans doute à cette *chinomanie* que Rousseau a fait allusion quand il a dit : « *Nous aimons beaucoup les Chinois et les Tartares, pour nous dispenser d'aimer nos voisins.* »

L'idolâtrie n'était cependant pas générale. Des voyageurs tels que lord Anson et d'autres avaient peint les philosophes de Canton sous des couleurs moins séduisantes; le savant M. Paw les traite moins bien encore, et Sonnerat ne leur est guère plus favorable. De nos jours, surtout, des écrivains semblent avoir pris à tâche de faire expier aux Chinois les louanges qu'on leur avait prodiguées dans le siècle dernier; on leur a impitoyablement retranché cinq à six mille ans d'antiquité; on en a fait un peuple stupide, et l'on a voulu prouver que le progrès des lumières s'est arrêté en Chine, au point où il était dans l'Europe occidentale pendant les plus tristes années du moyen âge.

Mais, dira-t-on, il nous reste deux bons moyens de connaître la vérité; deux ambassades solennelles, deux ambassades anglaises, composées d'hommes du premier mérite, ont traversé la Chine du nord au sud, l'une d'elles a vu deux fois la grande muraille, toutes deux ont navigué sur le Canal impérial; elles ont communiqué avec les grands et avec le peuple; elles ont fait des observations sur le gouvernement, la législation, l'état militaire, la littérature, les arts, l'agriculture, l'industrie et le commerce. Les Anglais n'ont point de préjugés; ils ont bien vu, et comme on écrit librement en Angleterre, nous pouvons compter sur l'exactitude de leurs relations.

J'avais aussi conçu cette espérance; mais les ténèbres me sont venues du point d'où j'attendais la lumière, et en consultant M. Barrow et sir Georges Staunton, d'une part, MM. Ellis et Mac-Leod, de l'autre, je me trouve un peu plus ignorant sur l'état de la Chine que ne m'avaient laissé les jésuites. Selon M. Staunton, je dois admirer la sage et invariable politique du gouvernement chinois, le langage, les mœurs, les opinions du peuple, les préceptes de morale, les institutions civiles, l'ordre et le calme qui règnent dans tout l'empire. En répétant cet éloge, M. Barrow ajoute qu'on y admirait avec étonnement une tolérance universelle de tous les cultes; que la Chine était un vaste jardin à l'époque où la culture était ignorée en Europe; que les paysans de la Chine étaient vêtus de soie, quand les premiers bas de soie paraissaient à la cour de France; que nos dames n'avaient sur leur toilette aucune de ces essences qui flattent l'odorat, aucune de ces compositions qui donnent de l'éclat au teint; qu'elles ne connaissaient ni les ciseaux ni les aiguilles, quand les Chinoises avaient des boîtes et des *nécessaires* en ivoire, en filigrane d'argent, en nacre de perle, en écaille de tortue. Quelle métamorphose s'est opérée en moins de vingt-quatre ans! MM. Ellis et Mac-Leod, dans un style beaucoup plus concis que celui de leurs prédécesseurs, déclarent que les Chinois sont un peuple *sale, bruyant et méchant; ce sont les barbares de l'Orient*, s'écrie le dernier de ces observateurs, expression tranchante qui place les Chinois non-seulement après les Turcs, les Persans et les Indiens, mais les met au-dessous des Kalmouks, des Kirguis, des Tungouses, des Ostiacks et des Tchuskis.

Selon les derniers voyageurs , le gouvernement chinois , tolérable en théorie , n'est en pratique qu'un affreux despotisme ; la morale des Chinois est inscrite en forme de maximes sur de petites tablettes appliquées à leurs murailles , mais ils n'ont dans le cœur que bassesse , fourberie et mé- chanceté. Sir Georges Staunton affirme que l'an- cienne Chine seulement , sans y comprendre les immenses contrées qui ont été réunies à cet Empire, contient l'épouvantable population de trois cent trente-trois millions d'âmes , nombre qui me rap- pelle les trois cent trente-trois mille trois cent trente-trois idoles que Kœmpfer et Thumberg ont vues dans un temple de Bouddah près d'Iédo ; M. Ellis , au contraire , n'a pas vu que la popula- tion de la Chine excédât les produits de l'agricul- ture , et cependant on y remarque de vastes ter- rains incultes , et cependant M. Ellis a traversé les provinces les plus fertiles et les plus populeuses de l'Empire ! La première ambassade a été effrayée de la foule immense qui se pressait dans les villes, au bord des fleuves et sur les routes ; la seconde ambassade a vu des villes d'une médiocre étendue, et en dedans de leurs murailles de vastes emplace- mens inhabités , des routes pavées , des jardins , des bosquets , et quelques maisons éparses. L'escorte de lord Macartney a pu admirer la docilité, la dou- ceur et l'obéissance des pauvres Chinois employés à haler les nombreux bateaux qui portaient tout l'attirail de l'ambassade ; un chétif salaire , une nour-

riture misérable, les coups de bambou qui pleu-
vaient sur leurs épaules, ne leur arrachaient pas
le plus léger murmure ; M. Ellis n'a vu que des
hommes grossiers et mutins qui refusaient d'avancer si l'on n'augmentait pas leur salaire. Selon les
premières relations, la noblesse est personnelle
en Chine, et le fils d'un mandarin n'est qu'un
homme du peuple s'il ne s'élève pas par son propre
mérite ; pour preuve de cette assertion, M. Staunton cite un fait bien étrange : Il a vu un vieil eu-
nuque chasser à coups de balai les fils de l'empereur,
qui étaient venus jouer dans la cour du palais de
Pékin. M. Ellis nous assure, au contraire, qu'il
existe deux sortes de noblesse en Chine, et que
l'*hérédité des rangs y est très-respectée*. Si j'en
crois M. Staunton ; la couleur du bouton placé
sur le bonnet d'un mandarin indique son rang dans
l'hiérarchie du pouvoir ; selon M. Ellis, on ne
peut pas juger du rang d'un individu par ses ornemens de mandarin. Enfin, il était écrit dans le ciel
que les deux relations se contrediraient, même
dans les choses les plus minutieuses ; car le bambou qui, selon les premiers observateurs, est en
même temps le symbole de l'autorité et l'instrument de punition, se change en une tige de millet
sous la plume de M. Ellis.

Je ne finirais pas si je voulais suivre la série
des discordances qui existent entre ces deux tableaux de la Chine ; mais je suis forcé d'avouer
que ni dans l'ouvrage de M. Staunton, ni dans

27.

celui de M. Barrow, on ne trouve aucune expression, aucune tournure, aucune pensée aussi singulièrement remarquable que ces deux phrases de M. Ellis : « On ne voit point ici (en Chine) de Forum où retentissait la voix éloquente de Cicéron ou de Démosthènes ; de champs de bataille arrosés du sang des héros. Non, ce n'est que l'antiquité sans dignité, sans rien de vénérable ; c'est une civilisation continue, mais *sans candeur ni raffinement.* » Est-ce à l'auteur, est-ce au traducteur que je dois l'alliance de la candeur et du raffinement ? Voici l'autre phrase, que je donne comme un échantillon du style de M. Ellis : « Le plus petit ruisseau qui coule auprès de la cabane d'un paysan anglais, peut être plus fier de sa *situation morale,* que le grand fleuve de la Chine. » Que dirait le docteur Johnson qui, par une hyperbole aussi étrange, mais en sens contraire, soutenait qu'un homme dont le grand-père avait eu le bonheur de voir la muraille de la Chine, avait un juste droit d'en tirer vanité ! Ces contradictions choquantes, et toutes celles que présentent les deux relations comparées, nous prouvent qu'il ne suffit pas d'être Anglais et d'avoir la liberté de la presse pour bien connaître les pays où l'on voyage, et pour en faire une description exacte.

Mais d'où vient cette énorme différence entre les observations de quatre hommes éclairés, nés dans le même pays, qui ont fait les mêmes études, reçu la même éducation, envoyés par le même

prince, qui ont le même intérêt, et qui se proposent le même but? Est-ce à la jalousie, à la prévention, à la négligence, au défaut d'instruction
dans les uns ou dans les autres, qu'il faut attribuer
cette opposition de sentimens? Non, c'est le *ko-tou*
qui a tout fait; c'est le *ko-tou* imparfait qui a rendu
incomplète la mission de lord Macartney; c'est le
ko-tou refusé qui a fait échouer la mission de lord
Amherst; c'est le *ko-tou* qui a peuplé la Chine de
trois cent trente-trois millions d'habitans en 1793;
c'est le *ko-tou* qui a fait rentrer dans le néant deux
cent millions de Chinois en 1816; c'est le *ko-tou*
enfin qui a fait voir aux premiers voyageurs un
peuple docile, obéissant à un gouvernement sage;
c'est le *ko-tou* qui n'a montré aux derniers observateurs qu'un peuple sale, méchant, abruti par
l'esclavage, et n'ayant que la révolte pour toute
ressource contre la tyrannie qui l'opprime.

Mais qu'est-ce que le *ko-tou* que sir Georges
Staunton écrit *ko-téou?* C'est le salut que tout
homme, Chinois ou étranger, de quelque condition qu'il soit, est obligé de faire devant le souverain de *l'Empire du Milieu, le Fils du Ciel,
l'Empereur de l'Univers.* Oui, ce n'est qu'un salut; mais quel salut! il est si profond, si intime, si
religieux, il exige tant d'études, tant de prépara-
tions, il a une telle influence sur la stabilité, la
prospérité des trois cent trente-trois millions
d'hommes, il est d'une telle importance en politique et en diplomatie, que je m'estimerai fort heu-

reux si je peux suffisamment décrire les détails du
ko-tou, les négociations dont il a été le sujet, les
graves discussions qu'il a occasionées, les conséquences heureuses ou funestes qu'il a eues sur les
deux ambassades anglaises.

Pour me donner les moyens d'être plus clair et
d'abréger les circonlocutions, il faut que le lecteur
me permette de lui parler à la seconde personne,
et qu'il veuille bien consentir à devenir acteur dans
cette scène de haute comédie. Je suppose donc que
vous êtes nommé ambassadeur à la cour de Pékin,
par l'un des plus grands monarques de l'Europe,
et que le Roi votre maître vous a donné l'ordre
de vous conformer aux usages du pays où il vous
envoie. Vous vous embarquez, et je vous épargne
les détails du voyage ; il n'est que de quatre à cinq
mille lieues, et ce n'est pas acheter trop cher l'honneur de faire la culbute devant le fils du ciel, empereur de l'Univers. Ne riez pas, je vous prie, du
terme dont je viens de me servir. Vous verrez bientôt qu'il est le mot propre, et les bons esprits ne
voient jamais de mauvais ton dans une expression
juste. Le vent vous a été favorable, vous arrivez à
l'embouchure du Pei-ho ; des mandarins vous y
attendent, et ils sont là pour vous observer ou
pour vous faire honneur, épier et honorer étant
synonymes en pareille circonstance. A peine avez-
vous mis le pied dans la barque où vous devez être
halé par une centaine de ces pauvres diables, à
demi-vêtus et mourant de faim, que l'on compte

par millions dans cet excellent pays, les mandarins
Chou-Ta-Zin, Van-Ta-Zin, Sun-Ta-Zin, ou Chang
ou Touang, mandarins à bouton bleu-de-ciel, ou à
bouton rouge, ou à bouton jaune, vous parlent
de la cérémonie du ko-tou. Gardez-vous bien d'y
montrer de la répugnance, et même faites-en la
répétition devant Leurs Excellences mandarines :
vos affaires iront à merveille. Quand vous avez
passé la grande ville de Tien-Tsing, et remonté le
Pei-ho jusqu'à l'endroit où ce fleuve forme un
angle droit avec votre route, vous débarquez et
vous montez dans une voiture sans siége et non
suspendue, où vous n'êtes pas plus mal que dans
une bonne charrette de village. Arrivé à Pékin, si
vous avez eu l'art de plaire à tous les *ta-zin* à bouton, vous passerez par la belle porte pour entrer
dans la ville ; honneur qui a été rendu à lord Macartney, mais refusé à lord Amherst : ce dernier
plénipotentiaire ayant parlé du *ko-tou* avec irrévérence, a été forcé de faire le tour des murailles de
Pékin, où il n'est pas entré, pour aller loger dans
un village.

Mais je vous suppose assez conciliant pour avoir
mérité de passer par la belle porte : vous voilà donc
dans Pékin. Le jour où vous devrez être présenté
à Sa Majesté chinoise vous sera connu long-temps
d'avance, et vous aurez le temps de faire vos pré-
paratifs. Il y eut une fâcheuse exception pour lord
Amherst, qui, descendant de voiture, en habit de
voyage, mourant de fatigue et de faim, fut mandé

pour paraître sur-le-champ devant l'empereur.
Mais c'était un tour de mandarin; et comme il
refusa de se montrer en négligé, le monarque irrité
lui fit signifier de quitter Pékin et l'*Empire du
milieu*. Voilà ce que c'est que d'être fier et de refuser le *ko-tou*.

Mais vous n'avez rien refusé, et vous allez paraître devant Sa Majesté Impériale. Vous avez eu
soin de vous tenir prêt trois ou quatre heures avant
le lever du soleil : c'est ainsi qu'en agit lord Macartney, qui attendit en grelottant dans les jardins
de Zé-Holl ou dans ceux de Yuen-Min-Yuen; car
ma mémoire ingrate me laisse incertain sur cette
intéressante particularité.

On vient vous avertir que l'empereur est sur son
trône, et vous êtes conduit à l'entrée de la salle
d'audience. Vous vous avancez à petits pas jusqu'à
la limite qu'a fixé le cérémonial; un médecin fait
le signal convenu, et tout-à-coup vous vous laissez
tomber, non pas sur un genou, comme a voulu
le faire lord Macartney, mais sur les deux. Dans
cette attitude, trop fière encore, vous avancez le
buste, qui perd l'équilibre, et vous tomberiez sur
la face si vos mains, portées en avant, ne vous ser-
vaient de support. Quand vous vous sentez bien
d'aplomb sur vos quatre membres, vous frappez
trois fois de votre front le sol, la natte ou le parquet où vous vous trouvez, puis vous vous relevez,
non sur vos jambes, mais sur vos genoux. Un second signal vous fait recommencer la même céré-

monie, que vous répétez une troisième fois. Ainsi, le *ko-tou* se compose de trois prosternemens et de neuf frappemens de tête ; ce qui a fait dire à M. Mac-Leod que, pour vivre à la cour de Pékin, il faut avoir la peau du front aussi épaisse que celle d'un buffle.

Ce n'est pas seulement devant Sa Majesté que vous devez exécuter le *ko-tou* : vous le répéterez soigneusement chaque fois que vous recevrez un message ou un édit impérial ; vous le répéterez encore quand Sa Majesté, satisfaite de votre conduite, vous fera porter l'inappréciable cadeau d'un morceau de pierre, ou d'une bourse de soie de la valeur de trente-six ou quarante sous. Vous le répéterez surtout quand l'empereur, par une faveur insigne, vous enverra de sa table un os qu'il aura daigné ronger, faveur dont lord Amherst s'est rendu indigne, mais qui a été accordée au premier ambassadeur, quoique ce lord ait affirmé qu'il n'avait salué que sur un seul genou ; vous le répéterez enfin chaque fois que vous passerez devant une table couverte d'une étoffe de soie jaune, couleur qui est l'emblême de la puissance impériale.

Ce n'est point tout : ne serait-il pas honteux que l'envoyé d'un grand monarque se présentât et saluât d'une manière gauche et ridicule ? Prenez donc long-temps d'avance des leçons de *ko-tou* ; vous trouverez à Pékin des Gardel et des Vestris qui vous apprendront à saluer : vous en ferez de fréquentes répétitions devant les ministres, qui

sont grands maîtres en fait de *ko-tou*, et pour prix
de votre zèle vous obtiendrez peut-être une diminution sur les droits du thé et de la porcelaine.

Vous ne pouvez imaginer de quelle importance
est un *ko-tou* fait avec grâce et avec noblesse. Il y
a des grands à Pékin qui n'ont que ce mérite et
qui jouissent du plus grand crédit. Voulez-vous
réussir, réglez-vous ponctuellement sur la conduite de M. Van Braam, cet honnête ambassadeur
hollandais qui faisait le *ko-tou* comme un ange, et
qui passe encore à la Chine pour l'Européen le
plus accompli. M. Van Braam était d'une énorme
corpulence, mais après deux mois de *ko-tou*, qu'il
nomme le *salut d'honneur*, il avait diminué de
cinq doigts. Je fais cette remarque pour les auteurs du *Dictionnaire des Sciences médicales*,
qui s'empresseront sans doute de placer le *ko-tou*
parmi les remèdes curatifs ou préservatifs de l'obé-
sité. Mais revenons à M. Van Braam : l'empereur
fut si content de voir un gros homme tomber et se
relever aussi lestement que les petits Prussiens de
la Foire, qu'il lui fit porter un os déjà rongé par
la dent impériale ; les ambassadeurs tartares et japonais en furent jaloux, mais la gloire de M. Van
Braam n'en fut que plus éclatante. Pourquoi faut-il
qu'un si galant homme ait un tort à mes yeux?
Après avoir décrit toutes les courbettes et les cul-
butes qu'il a faites même devant le ministre impé-
périal, M. Van Braam se plaint d'avoir été couché
dans une écurie. Eh! pourquoi s'en plaindre?

quand on se roule à terre, quand on marche à
quatre pattes, quand on accepte avec reconnaissance un os déjà rongé, on peut fort bien se
coucher dans une écurie où dans une niche, et
j'admire comment les mandarins qui ont hébergé
M. Van Braam, ont eu si bien le sentiment des
convenances.

Voilà le lecteur suffisamment instruit sur le *ko-
tou*; je vais m'occuper de lord Amherst, et dire
quelques mots de son *désappointement*. Les mandarins lui représentaient que le souverain de la
Chine étant incontestablement l'empereur de l'U-
nivers, tous les autres rois lui devaient hommage
et tribut; ils trouvaient fort étrange qu'on osât
comparer un petit roi d'Europe au souverain de
l'Empire du milieu; mais ils affectaient surtout de
rejeter le refus du cérémonial sur l'orgueilleuse
obstination de l'ambassadeur; car, ajoutaient-ils,
nous ne doutons pas que le roi d'Angleterre lui-
même, s'il venait en Chine, ne s'empressât d'exécuter le *ko-tou*, comme le font les princes tartares,
les ambassadeurs de Lieou-Kieou et ceux du Japon.
Parmi ces mandarins, il y en avait six surtout qui
exercèrent la patience de lord Amherst, et tinrent
des propos si insolens que l'interprète n'osa les
expliquer. L'ambassadeur fut inébranlable : menaces, conseils, prières, insinuations trompeuses,
rien ne put altérer sa constance stoïque. Il pro-
posa, comme lord Macartney, de se soumettre
au *ko-tou*, sous la condition qu'un Chinois d'un

rang égal à celui de l'ambassadeur ferait les mêmes prosternemens et les mêmes frappemens de tête devant le portrait de Sa Majesté Britannique; mais les Chinois, qui sont *la première nation du Monde,* n'avaient garde d'établir une égalité de pouvoir entre leur empereur et un prince étranger. Par malheur, lord Amherst offrit de faire le même cérémonial qu'avait exécuté lord Macartney; on lui répondit que lord Macartney avait fait le *ko-tou* dans toute sa plénitude. L'ambassade se récria sur cette *fausseté* démentie par l'ancien ambassadeur et les deux relations de son voyage; mais le mandarin Sou-Ta-Zin lui répliqua qu'il avait vu, de ses propres yeux vu, lord Macartney faire les prosternemens et les frappemens devant feu l'empereur Tchien-Long; et il ajouta: *Je m'en rapporte à sir Georges Staunton qui était présent.* Voilà sir Georges dans une étrange perplexité. Conviendra-t-il que la première ambassade en a imposé à toute l'Europe, en affirmant que lord Macartney avait refusé le *ko-tou?* Donnera-t-il un démenti au ministre qui prétend l'avoir vu? Sir Georges (le fils de sir Georges Staunton, secrétaire de la première ambassade) se tira de ce pas difficile avec une rare présence d'esprit: il répondit que le rapport fait par lord Macartney à son souverain, avait servi de base aux instructions données à lord Amherst; et que, *quant à son opinion personnelle sur un fait qui s'était passé il y avait vingt-trois ans, lorsque lui sir Georges n'avait pas encore*

douze ans, *il serait déplacé de la lui demander,*
et de supposer qu'elle pût être de quelque poids
dans la décision d'une question sur laquelle une
autorité bien plus élevée avait déjà prononcé. L'esprit et l'adresse qui se font remarquer dans l'embarras même de cette phrase parut faire impression
sur les mandarins; mais quelle fut la douleur, la
stupeur de l'ambassade, quand l'empereur lui-
même déclara, par un édit public, qu'il se souvenait
parfaitement bien d'avoir vu, devant l'empereur
Tchien-Long, son père, lord Macartney exécutant
le *ko-tou* de la manière la plus complète! Quel
coup de foudre! Que cette assertion *soit vraie ou*
fausse, dit M. Ellis, il sera difficile de se prévaloir
de l'exemple de lord Macartney.

Ici je voudrais arracher deux pages à la relation
de M. Ellis, et les condamner à un éternel oubli.
Le dirai-je? oserai-je transcrire ce que des Anglais
n'ont pas eu honte de publier? Hélas! à quoi tiennent les plus belles résolutions! Lord Amherst et
les commissaires de l'ambassade tiennent une con-
férence dont le but est *de s'assurer jusqu'à quel*
point on peut espérer de réussir dans les objets
ultérieurs de l'ambassade, si l'on consent à se
soumettre au cérémonial exigé. Puisque je l'ai
commencé, achevons ce triste récit. Dans une entrevue avec le mandarin Ho, lord Amherst, ce lord
si noble, si fier, si ennemi du *ko-tou*, laisse entre-
voir qu'il fera les prosternemens et les frappemens
de tête, si l'on veut régler les affaires commerciales

de Canton à l'avantage de l'Angleterre, et si Sa Majesté Impériale veut bien déclarer à Sa Majesté Britannique que lord Macartney n'a pas esquivé le *ko-tou.* Eh quoi! un noble lord, le représentant d'un roi qui compte dix-sept millions de sujets en Europe, et quarante millions de sujets dans l'Inde, le représentant d'un peuple qui est aussi la première nation du monde, et qui a de meilleurs titres que les Chinois, d'un peuple libre, éminemment industrieux et brave, d'un peuple qui tient le trident de Neptune et le sceptre du monde, aurait fait la culbute devant un despote d'Asie, devant le monarque d'un peuple *bruyant, sale, méchant et barbare!* Mais, grâce au ciel, un heureux accident a sauvé l'honneur de l'Angleterre et de l'ambassadeur, et la comédie du *ko-tou* a fini comme je l'ai dit plus haut.

M. Ellis est loin d'être de mon avis : il pense que c'est pure folie de s'arrêter à des bagatelles de forme quand il s'agit d'un commerce aussi lucratif que celui de l'Empire du milieu. Il regrette beaucoup que la perte de si grands avantages tienne à la différence qui existe entre neuf profonds saluts sur un genou, ou neuf prosternemens sur deux genoux. L'ambassade hollandaise à la cour du Japon, dans laquelle se trouvait Kœmpfer, et celle dont Thumberg était membre, professaient les principes de M. Ellis et de M. Van Braam. Ces braves Hollandais y ont fait le *ko-tou* comme à la Chine ; ils ont de plus diverti les dames de la cour d'Iédo,

qui les observaient cachées derrière des paravents.
On leur ordonnait de marcher, de se saluer, de
prendre du tabac, de se quereller, de se battre, de
chanter, de danser, et ils s'acquittaient de toutes
ces fonctions avec une grâce admirable. Une gravure attachée à l'un de ces Voyages représente
l'ambassadeur faisant des pirouettes devant des paravents, tandis que les autres membres de l'ambassade sont dans l'attitude du *ko-tou.* Il n'y a que
manière de voir les choses : il y a peut-être plus de
philosophie qu'on ne pense à s'enrichir aux dépens
des orgueilleux qui exigent des prosternemens et
des frappemens de tête. Je suis très-incompétent
pour juger cette grande question : c'est à un chan-
celier de l'échiquier à décider entre la fierté de
lord Amherst et le bon sens de M. Ellis. Je me
récuse également s'il s'agit de prononcer sur le dif-
férend qui s'élève entre l'empereur de la Chine et
lord Macartney. Je ne dois, je ne puis, je ne veux
pas croire que le noble lord en impose quand il
affirme qu'il a refusé le *ko-tou;* mais mon respect
pour les têtes couronnées m'empêche de supposer
qu'un grand empereur se soit permis une imposture. J'abandonne cette difficulté à la sagacité du
lecteur.

A peine la dernière ambassade, indignement et
traîtreusement chassée de Pékin par la perfidie du
mandarin Ho, descendait tristement le Pei-ho,
pour se rendre dans l'Eu-ho et traverser le Hoang-
ho, de nombreux courriers parcouraient l'empire

du milieu, et annonçaient la grande colère du fils du ciel contre lord Amherst, en défendant à toutes les femmes chinoises de se montrer aux yeux des Anglais. Dans un pays où il n'y a pas de *parti de l'Opposition*, la bienveillance ou la haine du maître se communique promptement aux sujets. Les malheureux Anglais furent placés dans de mauvaises barques; ils n'eurent de vivres que ce qu'il en fallait pour ne pas mourir de faim; ils étaient rudement repoussés s'ils s'écartaient de la route prescrite pour satisfaire leur curiosité; ils ne voyaient des villes que les murailles et les tours : les haleurs des bateaux refusaient quelquefois de marcher; on les faisait partir dès le matin, *sans plus les consulter que s'ils eussent été des animaux sauvages* (aveu de M. Ellis); quelquefois la canaille les huait en les nommant *diables* et *têtes rouges*, dit le traducteur; mais les expressions chinoises signifient littéralement *hommes à têtes de carotte*.

Dans cette situation physique et morale, M. Ellis pouvait-il observer avec calme et sang-froid les objets qui s'offraient à ses regards? Les désagréables conséquences du *ko-tou* ne devaient-elles pas influer d'une manière fâcheuse sur son esprit, sur son jugement, sur toutes ses facultés intellectuelles? On nous a dit que nos pensées ne provenaient que de nos sensations; mais ici les sensations altèrent prodigieusement la pensée. Ne soyons donc pas surpris si M. Ellis ne nous a rien appris sur la Chine, qu'il a vue comme un homme

conduit par la gendarmerie voit le pays qu'il traverse. Malgré sa mauvaise humeur bien excusable,
malgré la mauvaise saison pendant laquelle il voyageait, je suis très-disposé à croire qu'il a plus approché de la vérité que sir Georges Staunton, qui
cependant a fait sur la Chine un livre beaucoup
plus agréable. Mais M. Ellis n'a pas prétendu faire
un livre ; le titre de *Journal* qu'il donne à sa relation est d'une justesse parfaite. Il ressemble, on
ne peut mieux, à ces journaux de marine où les
navigateurs ne parlent que de rumbs de vents, de
mer calme, houleuse ou clapoteuse, de brise, de
ciel nébuleux ou serein, de sondes, de caps, de
baies, de latitude ou de longitude ; tel jour nous
sommes partis à telle heure, il faisait beau ou il
pleuvait ; le thermomètre marquait telle température, nous avons dîné à tel village, nous avons
couché près de telle ville ; nous avons fait tant de
lis qui équivalent à tant de milles : voilà le fond,
voilà la partie la plus exacte et la plus instructive du
voyage de M. Ellis. Les détails sont quelques en-
trevues avec les mandarins, quelques arbres, quelques plantes, quelques pagodes vus à la hâte sur
les bords de la route, et l'agrément est presque
tout entier dans l'euphonie des noms chinois. Mais
qu'importe à M. Ellis d'avoir vu les murailles
extérieures des villes Té-chou, Lin-chin-chou,
Toug-ping-chou, Kiva-chou, ou celles des cités
Toug-chang-fou, Tchang-kiang-fou, Tayping-fou,
Chi-chou-fou, Kan-chou-fou, Nan-kan-fou, si les

grossiers satellites qui le pressaient ne lui permet-
taient pas d'y entrer, et d'y observer le peuple
très-peu philosophe qui les habite.

Soyons justes cependant : l'amour de la science
et la curiosité qui dévoraient M. Ellis, lui ont fait
braver la rudesse des soldats chinois. Au risque
d'être maltraité ou d'être nommé *tête de carotte*,
il s'est dérobé quelquefois aux regards de ses argus ; il a fait de rares et courtes promenades qui
lui ont fourni quelques observations fugitives. Une
ou deux fois aussi M. Ellis s'aperçoit qu'une montagne domine la ville où il ne lui est pas permis de
pénétrer ; il gravit sur le sommet ; du haut de cet
observatoire, il explore la ville à vue d'oiseau et à
distance très-respectueuse, et il la décrit aussi bien
qu'il est possible de le faire dans cette situation.
C'est ainsi qu'il a reconnu la grande ville de Nan-
kin, bien déchue de son ancienne splendeur, et il
a vu qu'entre la porte et la partie habitée s'étend
un terrain de *trente milles* au moins, rempli de
bosquets, d'habitations éparses et de collines.
M. Ellis veut dire sans doute trente milles carrés,
car il est douteux que sa vue ait pu se porter à une
distance de dix lieues. Une fois, cependant, notre
voyageur est parvenu à se glisser à travers une
porte, il a pu faire quelques pas dans une rue, et
il y a remarqué des boutiques dignes de celles qui
ornent les plus belles rues de Londres, et des produits de l'art qui feraient honneur aux meilleurs
ouvriers anglais.

Malheureusement M. Ellis paraît avoir trop obéi
aux sensations du moment, et jugé des choses selon
la bonne ou mauvaise humeur que lui inspirait
le beau temps ou la pluie : les contradictions dans
lesquelles il tombe me forcent à tirer cette conséquence. J'ai déjà dit qu'il nomme les Chinois *un
peuple sale*, et cependant les boutiques, en petit
nombre, qu'il a pu voir, étaient d'une propreté admirable ; celles des bouchers surtout étaient remarquables sous ce rapport, et présentaient à l'appétit
aiguisé des Anglais, une viande beaucoup plus
belle que celle dont les mandarins gratifiaient l'ambassade.

Notre observateur ne se contredit pas moins sur
la population de la Chine. Dans quatre paragraphes
différens il affirme que cette population est fort au-
dessous de celle qu'on suppose à cet Empire dans
les relations antérieures ; et cependant M. Ellis,
le long de son voyage, voit toujours de grandes
foules de peuple, des maisons serrées, amoncelées
pour ainsi dire, et, ce qu'il y a de plus extraordinaire, il dit que dans cet Empire les villages sont
plus nombreux et plus pressés que dans la Grande-
Bretagne même, ce qui, selon lui, est un indice
de grande population. Dans son résumé enfin, il
déclare que l'immense Empire chinois est *fort loin*
de contenir deux cent millions d'habitans, ce qui
me paraît encore fort raisonnable, quoique la
Chine, avec ses acquisitions, s'étende sur une sur-

face qui a plus de douze cents lieues de l'ouest à l'est, et de huit cents du nord au sud.

Je ne reprocherai plus qu'une contradiction à M. Ellis : à chaque instant, il lui échappe des ré- flexions peu favorables à ce pays : ici, il observe de grands terrains sablonneux qui ne méritent pas d'être cultivés ; là, ce sont de vastes emplacemens laissés en friche par négligence ; ailleurs, des es- paces incultes, faute d'irrigation ; les villes, bâties sur le même plan, entourées de hautes murailles, flanquées de tours qui se ressemblent, sont d'une triste uniformité ; il y a peu de variété dans le règne végétal, moins encore dans l'architecture, qui n'offre pas un seul édifice remarquable ; moins encore, s'il est possible, dans les costumes et dans les habitudes du peuple.... D'après toutes ces ob- servations, n'est-on pas étonné d'entendre M. Ellis s'écrier, avec une chaleur qui a l'air de l'enthou- siasme : « Quelque absurde que soit la prétention » de l'empereur de la Chine à la suprématie uni- » verselle, il est impossible, en voyageant dans » ses états, de ne pas convenir qu'il a sous sa do- » mination *l'un des plus beaux pays qui soient* » *dans le monde.* » (Pag. 120 du deuxième volume de la traduction.)

Je voulais m'en tenir à ces trois reproches ; mais ma mémoire désobligeante m'en fournit un qua- trième, qu'il m'est impossible d'épargner au voya- geur. Nous avons vu que les Chinois sont, aux yeux de M. Ellis, un peuple grossier, bruyant et

méchant; ailleurs il écrit : « Ceux d'entre nous
» qui sont arrivés en Chine avec la persuasion
» qu'ils allaient trouver un peuple que l'on pou-
» vait classer au nombre des nations civilisées de
» l'Europe, ont sans doute reconnu qu'ils s'étaient
» trompés. » Mais le beau temps fait une révolution dans le jugement de M. Ellis, et oubliant
bientôt la méchanceté de ce peuple, il dit : « J'ai
observé que les Chinois sont toujours disposés à
rire, bien qu'ils fournissent eux-mêmes matière à
la plaisanterie...... » Je trouve qu'il est difficile de
séparer cette gaieté des autres qualités morales
auxquelles elle est ordinairement unie. Le croirait-
on ? Il n'y a que trois pages entre cet éloge et
le reproche de méchanceté. Plus loin, enfin, il
ajoute : « J'ai déjà eu occasion de parler de l'enjouement des basses classes ; le résultat de mes observations à leur égard tend à me faire bien présumer de leurs habitudes et de leur conduite en
général. »

Quand M. Ellis est d'accord avec lui-même, il
ne l'est pas avec M. Mac-Leod : le premier nous
apprend que les prêtres chinois sont tirés de la lie
du peuple ; qu'il est impossible d'imaginer *un corps*
plus avili, et qui mérite plus son avilissement.
M. Mac-Leod nous apprend, au contraire, que
les mœurs de ces prêtres *sont pures et régulières ;*
qu'ils n'ont point parmi eux de farouches fana-
tiques, comme il en existe dans les Indes, et
qu'il n'y a point, comme en Angleterre, de ces

*charlatans impies, de ces prédicateurs éhontés
qui...: etc., etc....* Si je n'avais lu qu'une relation
anglaise, je saurais quelque chose ; j'en ai lu
quatre, je ne sais plus rien.

M. Mac-Leod, qui n'a vu de la Chine que la
seule ville de Canton et quelques points des côtes,
M. Mac-Leod, qui n'a pas éprouvé les tracasseries
du *ko-tou*, est cent fois plus courroucé contre les
pauvres Chinois, que ne l'est M. Ellis même dans
les jours de mauvais temps. A l'en croire, le gouvernement de cet Empire est le plus vexatoire, le
plus inique de tous, et le peuple est le plus vil et
le plus barbare de tout l'Orient. A l'exception des
prêtres qu'il traite bien quand son compatriote les
traite si mal, tout lui paraît odieux à la Chine. Il
s'énonce sur les plus petits objets avec une espèce
de colère. M. Barrow nous avait parlé raisonnablement du théâtre et de la musique des Chinois ;
il nous avait même tracé, sur une des planches
qui ornent son ouvrage, les divers instrumens de
musique dont on se sert à la Chine ; mais il a pris
une peine fort inutile, s'il faut en croire ce que dit
M. Mac-Leod, avec une rare élégance, dans le paragraphe suivant : « Rassemblez dans un petit es-
» pace une douzaine de taureaux et autant d'ânes,
» une troupe de forgerons autour d'un chaudron
» de cuivre, et de bûcherons avec leurs cognées ;
» ajoutez-y une trentaine de chats ; laissez tout
» cela meugler, braire, frapper et miauler tous
» ensemble, et vous pourrez vous former quel-

» que idée de la mélodie d'un concert chinois. »
J'avoue que les trente chats ne sont pas en proportion avec le reste : dans un pareil orchestre,
les basses dominent trop et les dessus sont trop
faibles.

Tandis que lord Amherst disputait sur les génuflexions, M. Mac-Leod parcourait la mer de Corée
avec sir Murray Maxwell, et il prétend que jamais
Européen n'avait exploré ces côtes. Pourquoi donc
la carte de son voyage ne diffère-t-elle point de
celles que je connais depuis long-temps ? Le golfe
de Leaontong, dont il ne trace que la partie méridionale, se trouve tout entier dans les anciennes
cartes. Le cap qu'il nomme *l'Épée du prince Régent*, est si peu une découverte, qu'il se trouve
partout avec sa pointe allongée dans la même direction. Les petites îles qu'il place à l'extrémité
méridionale de la Corée, ne sont pas plus nouvelles ; mais je ne connaissais pas, je l'avoue,
celles qu'il jette en nombre infini sur la côte occidentale de cette grande presqu'île : elles ressemblent aux *skiers* de la Suède et de la Finlande. Au
reste, M. Ellis, qui vante aussi ces *découvertes*,
aurait dû, ce me semble, s'abstenir de parler de
géographie. Il dit que, de l'embouchure du Pei-ho,
l'on aperçoit les îles nombreuses que l'on avait
prises pour la côte méridionale de la Corée ; or,
il y a près de deux cents lieues de l'un à l'autre
point, et quand cette distance serait moindre, l'o-
pinion de M. Ellis n'en serait pas moins fausse,

puisque la grande presqu'île de Schan-ton se pro-
jette entre les deux objets. M. Ellis ne se trompe
pas moins quand il croit nous apprendre que les
Japonais ont renoncé à la conquête de la Corée
dans la crainte de ne pouvoir conserver des pays
si éloignés. La Corée n'est pas à cinquante lieues
du Japon, et la distance est encore diminuée de
moitié par deux îles qui appartiennent aux Japonais.

L'observation la plus importante, si elle était
juste, serait celle par laquelle il faudrait reculer la
Corée de cent trente milles ou quarante-trois lieues
vers l'Orient. Mais cet espace, de quarante et
quelques lieues, est précisément celui qui sépare
la Corée du Japon; il faudrait donc aussi reculer le
Japon ou le réunir au continent, et changer tous
les rapports qui existent sur nos cartes entre l'île
de Niphon, celles de Matzumai et de Séghalien et
la Manche de Tartarie. C'est aux géographes à décider si ce déplacement s'accorde avec les observations antérieures; j'en doute.

Je veux laisser au lecteur le plaisir de lire dans
l'ouvrage même les détails agréables sur la grande
Likéo, qu'il faut nommer Lieou-Kieou, quoique
ces détails ne soient pas absolument neufs. Le
peuple de cette île est-il vraiment aussi aimable
que M. Mac-Leod l'affirme, ou n'a-t-il paru tel
que parce qu'il a bien reçu les Anglais? Une bonne
ou une mauvaise réception influe singulièrement sur
le style d'un voyageur. L'auteur même me fournit

une preuve de cette vérité. Quand *l'Alceste* arriva
dans le port de Rio-Janeiro, la reine de Portugal
venait de mourir, et le vaisseau de Sa Majesté
Britannique ne fut pas salué par les forts. L'omis-
sion du salut peut se tolérer dans un deuil public;
mais, par oubli ou par négligence, on n'offrit pas
de logement à l'ambassade, qui fut obligée de demander l'hospitalité à un compatriote. M. Mac-
Leod ne peut digérer cet affront; il s'en plaint
amèrement, et dès-lors les prêtres portugais ne
sont que des *faiseurs d'auto-da-fé; le* gouvernement est si despotique que, *sous sa domination,
les Anglais mêmes perdent la franche liberté qui
les caractérise.* Les Brasiliens sont indolens, ils
méprisent la lecture : *un libraire chez eux ferait
maigre chère.* L'extérieur des hommes annonce
une race malpropre, *hystérique* et de mauvaise
mine; les femmes sont plus scrupuleuses sur les
formes extérieures du *décorum* que sur les règles
essentielles de la décence, etc., etc. Ainsi, voilà
les pauvres Brasiliens traités en Chinois, parce que
le commandant d'un fort n'a pas tiré le canon, et
parce qu'un fils en deuil de sa mère n'a pas hébergé des gens qui allaient en Chine.

Ces boutades de M. Mac-Leod n'empêchent pas
sa relation d'être fort intéressante quand il peint
le combat de *l'Alceste* contre les jonques chinoises
et les forts de Canton; elle l'est plus encore quand
l'auteur décrit le naufrage et l'incendie de *l'Alceste*
dans le détroit de Banka, le bivouac de l'équipage

sur l'île déserte de Poulo-Leat, où les Anglais, sans vivres et sans eau, se virent menacés par six cents Malais, et où sir Murray Maxwell fit voir autant de présence d'esprit qu'il avait montré de courage à Canton. C'est à cette partie dramatique que le livre de M. Mac-Leod devra tout son succès, et c'est pour ne pas lui enlever un seul lecteur, que je ne lui dérobe aucun de ces intéressans détails.

VOYAGES D'ALI-BEY ET ABASSI,

EN AFRIQUE ET EN ASIE,

PENDANT LES ANNÉES 1803, 1804, 1805, 1806 ET 1807.

DANS ces voyages il n'y a rien d'aussi curieux que le voyageur même. Quel est donc ce personnage mystérieux qui, dans le royaume de Maroc, se dit sujet du Grand-Seigneur, et, dans les états du Grand-Seigneur, passe pour un officier du roi de Maroc? Occupons-nous de lui avant d'entrer dans les détails de son voyage.

Un inconnu arrive au port de Tanger; il se dit natif d'Alep, et il vient de Londres par Cadix. Il est bien reçu partout, et présenté au sultan qui lui dit : *Je suis charmé de vous voir.* Dès-lors

tout le monde le félicite en lui disant : *Vous êtes
frère du sultan, le sultan est votre frère.* Ali-Bey
prédit une éclipse qui arrive à point nommé, et sa
considération augmente. Cet Ali-Bey voyage avec
un train magnifique, et porte avec lui des instrumens très-variés, destinés à faire un grand nombre
d'observations. Ce musulman d'Alep est une en-
cyclopédie vivante : philosophe, quoique *vrai
croyant*, il est naturaliste, géomètre, astronome,
chimiste, physicien, géographe, botaniste, pos-
sédant parfaitement la géodésie, et se livrant,
comme nous le verrons, aux grandes conjectures
géologiques. Il ne fait pas une halte qu'il ne détermine la longitude, la latitude, la déclinaison
de l'aiguille aimantée, et l'état barométrique, ther-
mométrique et hygrométrique du lieu. Il connaît
les langues anciennes, et parle très-bien le français, l'espagnol, l'italien, l'arabe et le mogrebin.
Ce qu'il y a d'intéressant pour nous, c'est que son
voyage est écrit en français ; qu'il cite de préfé-
rence nos savans français, nos littérateurs, et jusqu'à des traits de nos comédies. Ses longitudes,
d'ailleurs, sont toutes comptées du méridien de
Paris ; et la plupart de ses comparaisons sont prises
de la France : ici, c'est un village qui ressemble
à ceux de la Limagne d'Auvergne ; là, c'est une
réunion de maisons qui rappelle les villages de la
Beauce. Partout il fait des présens, et l'un de ces
présens consiste en vingt fusils anglais, vingt paires
de pistolets, un équipage de chasse, un baril de

la meilleure poudre ; différentes pièces de riches mousselines, des objets de bijouterie, des sucreries, des essences, etc..... Pour donner une idée du train avec lequel il voyage, il suffira de dire qu'en allant du Caire à Suez il n'avait que quatorze chameaux et deux chevaux, parce qu'il avait laissé *presque tous ses effets en Égypte;* ainsi, sous le rapport de l'opulence et de l'instruction, Sidi Ali-Bey et Abassi, fils d'Othmán-Bey, est un voyageur comme il n'y en a guère, et un Turc comme il n'y en a pas.

Je ne sais pourquoi les voyages d'Ali-Bey m'ont souvent rappelé ceux de Bruce : le lecteur jugera mieux que moi s'ils ont en effet quelque analogie. On sait que Bruce ne s'épouvantait de rien, qu'il n'agissait jamais comme les autres, et qu'il réussissait toujours. On connaît la querelle qu'il eut avec le naib de Mazuah, avec l'*abba Salacua,* et d'autres puissans seigneurs de la cour de Gondar, ainsi qu'avec le chaik de Teawa, petit tyran qui avait une grande puissance. Le voyageur anglais se tira de tous les dangers, triompha de tous ses ennemis, plut à tous les princes et à toutes les princesses ; il fut médecin, général, gouverneur, et admiré de tout le monde, parce qu'il tuait les oiseaux au vol, et qu'il prédisait les éclipses. Mais Ali-Bey ne lui cède en rien sous aucun rapport.

En arrivant près de la ville de Fez, il envoie deux soldats demander qu'on ne ferme pas les portes avant qu'il ne soit entré, et l'on obéit.

Toutes les personnes de distinction lui font une cour assidue. Cependant il inspire des soupçons, et l'on fait subir aux gens de sa suite une espèce d'interrogatoire ; mais il se tire si bien de ces épreuves, qu'*on lui baise cent fois la barbe*, et l'on regarde comme une insigne faveur d'être compté au nombre de ses amis. Ici il prédit encore deux éclipses dont cependant il ne fixe pas le jour. Un courtisan marocain ourdit contre lui une intrigue odieuse, mais Ali-Bey triomphe, comme de raison, et son crédit n'a plus de bornes. Enfin, le roi de Maroc lui envoie l'inappréciable cadeau de deux femmes, dont l'une blanche et l'autre noire, et notre voyageur les refuse, quoique ce refus soit considéré par les courtisans comme une audace digne de mort. Il part pour Tripoli, première tempête. Dans cette ville il reçoit mille politesses du pacha *qui le fait asseoir sur une chaise*, quoique les lettres de Maroc aient averti le despote barbaresque de se défier d'Ali-Bey. A Modon, en Morée, il est respecté et même chéri d'une espèce de bandit nommé Mustapha Schaoux, qui fait trembler tout le monde ; et un poète du pays lui envoie des vers italiens dont voici les derniers :

> ... *Ogni populo.....*
> *Al tuo nome, al tuo valore*
> *Simulacri in alzera.*

Près du port d'Alexandrie, seconde tempête qui chasse notre voyageur dans l'île de Chypre. A Li-

massol, à Nicosie, sur les ruines de Cythère,
d'Idalie, de Paphos et d'Amathonte, les Turcs et
les Grecs disputent de politesse et de prévenances
envers l'heureux Ali-Bey. L'archevêque grec, qui
est dans cette île un riche et puissant seigneur, se
trouvant trop indisposé pour aller lui-même rendre
ses devoirs à notre héros, le fait complimenter par
un évêque *in partibus* : ce qui a dû édifier un bon
musulman qui allait faire ses dévotions à la Mecque. En Égypte, il brille d'un nouvel éclat : on lui
donne le titre de bey-schérif, fils de sultan, et il y est
considéré comme un grand officier de la cour de
Maroc. Au Caire, il trouve des amis, et il reçoit
les visites de Seid-Omar, du scheih el Emir, du
scheih Soliman-Fayoumi, du scheih Sadat et des
autres grands de la ville. Sur la mer Rouge, troisième tempête. A Djedda, querelle avec un vilain
gouverneur nègre ; mais il est écrit dans le ciel
qu'Ali-Bey aura toujours le dessus. A la Mecque,
irruption de trente mille Wehhabis : tout le monde
s'enfuit ; mais Ali-Bey reste seul, et regarde tranquillement défiler cette armée qui ne lui dit rien.
Dans cette ville sainte, il se fait un protecteur fort
respectable ; car c'est l'empoisonneur en titre du
schérif de la Mecque, et l'on sait qu'il est bon
d'avoir des amis partout. Il parle d'aller à Médine :
on lui fait observer qu'il est défendu d'approcher
de cette ville, et qu'il court le plus grand danger
s'il fait ce voyage. Ali-Bey ne tient compte de cet
avis, et il se met en route ; mais cette fois il ne

peut aller qu'à Djidéida ; les Wehhabis l'arrêtent,
et menacent de le massacrer. L'intrépide voyageur
regarde sans effroi briller les cimeterres, *mens im-*
mota manet ; il parle avec calme et dignité, et sa
témérité n'est punie que de la perte de sa montre
et de quelques piastres. A son retour, quatrième
tempête suivie d'un naufrage ; mais pendant qu'on
radoube *le Dao* ou *le Daou,* Ali-Bey fait des observations géologiques. Pour ne pas essuyer une
cinquième tempête, il fait, par terre, le voyage
de Gadiyahia jusqu'à Suez. Dans cette ville, il apprend les nouveaux troubles suscités en Égypte
par la révolte des Arnautes, ce qui ne l'empêche
pas de se réunir à une caravane qui se dirige vers
le Caire. Dans cette traversée du désert, il éprouve
une chaleur de 37 degrés au thermomètre de
Réaumur, même au coucher du soleil, et il n'en
est pas incommodé. Dans un défilé il entend crier :
Aux brigands ! aux brigands ! Il accourt l'épée à
la main, et sa bonne contenance met les brigands
en fuite. A quelque distance du Caire, il voit ses
nombreux amis qui étaient venus à sa rencontre
avec les grands et les docteurs de la ville, une escorte de vingt mamelucks à cheval, de vingt soldats
à pied, et une troupe de domestiques et d'Arabes
armés. Avec ce brillant cortége, il fait, par la porte
el Fatah, une entrée vraiment triomphale, qui
lui a paru digne d'être représentée dans une des
belles estampes qui ornent son atlas. A Gaza, il
reçoit encore mille politesses d'un gouverneur

turc ; à Jérusalem , *idem* ; à Damas, *idem*. Près
de la Caramanie , il rencontre une troupe de Bé-
douins qui avaient bonne envie de le voler ; mais
il leur crie : *Hors d'ici!* et les voleurs le saluent
très-poliment. Ce savant voyageur, qui a honoré
d'une description de misérables villages , ne dit
pas un mot de la ville d'Alep , où il prétend être
né ; il ne fait que la traverser rapidement , et il
n'y connaît personne , lui qui a trouvé des amis
dans des villes qu'il voyait pour la première fois.
Cette réticence ajoute au mystère qui environne
ce grand personnage. A Constantinople , les politesses et les amitiés recommencent ; il en est com-
blé par l'ambassadeur d'Espagne ; il obtient un
salut du sultan , et , ce qui est presque incroyable ,
un sourire d'un kaïmacan ! En Moldavie , enfin , il
reçoit encore mille politesses de la part des officiers
et des généraux russes, et ces politesses terminent
le grand voyage , qui sera suivi , dit-on , de plusieurs ouvrages importans du même auteur.

Cet exposé rapide, et dépouillé de tout ornement,
suffit , ce me semble , pour prouver qu'Ali-Bey
n'est point un voyageur vulgaire. Je jouis de l'é-
tonnement de mes lecteurs qui , aussi embarrassés
que moi de deviner le mot de l'énigme , semblent
me demander si l'ouvrage dont je rends compte
n'est pas un roman présenté sous la forme d'un
Voyage. Non, messieurs, ce n'est point un roman ;
le Voyage est bien réel , les observations d'Ali-Bey
sont souvent curieuses , quelquefois fines et ma-

lignes, et il paraît avoir très-bien vu ce qu'il décrit. Si quelques parties de ce long voyage offrent peu d'intérêt, cette simplicité même est une preuve de la bonne foi du voyageur ; car un homme aussi instruit, qui aurait voulu se jouer de notre crédulité n'aurait pas manqué d'accumuler les dangers, les prodiges et les catastrophes. Je n'ai pu m'empêcher de parler de Bruce qui lui ressemble à certains égards ; mais, sous le rapport de la sincérité, je n'hésiste pas à prononcer en faveur du musulman. Mais, est-ce bien un musulman ? Sur ce point, je ne crois pas qu'on puisse avoir le moindre doute. S'il n'en eût pas eu le caractère physique et distinctif, il eût été infailliblement reconnu dans les diverses situations où il s'est trouvé. D'ailleurs eût-il reçu tant de politesses des Marocains, des Barbaresques, des Arabes, des Turcs, et d'un kaïmacan, si l'on avait pu soupçonner qu'il fût chrétien ? Oui, sans doute, notre voyageur est un bon musulman : il a pénétré dans le temple de la Mecque, et dans celui de Jérusalem dont l'entrée est interdite à tous ceux que les Turcs nomment infidèles ; il a baisé très-dévotement la fameuse pierre noire de la sainte Kaaba, il a fait ses dévotions à Ssaffa et à Miroua. Après le pélerinage à la maison de Dieu, il en a fait un autre au mont Aarafat ; il a bu de l'eau du puits Zemzem, et il a *jeté des pierres contre la maison du diable.* Quelques incrédules insisteront encore et me demanderont s'il est possible qu'un Turc soit naturaliste,

géomètre, physicien, géographe, géologue et bel
esprit ; je leur répondrai : il faut bien que cela soit
possible puisque cela est. Au surplus, on va bientôt
en avoir la preuve.

Je n'ai encore parlé que du voyageur, de ses
nombreuses connaissances, de son esprit, de son
train magnifique, et des honneurs qu'il a reçus
chez tant de peuples différens. Puisque nous ne
pouvons percer le mystère qui couvre ce personnage énigmatique, occupons-nous de ses voyages ;
ils ont un caractère qui les distingue de tous les
autres ; et soit qu'Ali-Bey brille d'une lumière qui
lui est propre, soit qu'il réfléchisse un éclat emprunté, il doit vivement piquer la curiosité du
lecteur.

Au mois d'avril 1803, il s'embarque à Tariffa,
et en quatre heures il arrive à Tanger. La sensation qu'il éprouve dans ce court trajet ne peut, dit-
il, se comparer qu'à l'effet d'un songe. Dans toutes
les autres contrées du globe, les habitans des pays
limitrophes ont des relations entre eux, et font un
échange de mœurs et de costumes qui les rapproche
aux yeux du voyageur ; mais entre l'Espagne et la
Mauritanie-Tingitane, la transition est brusque, et
après un voyage de quatre à cinq lieues, on se croit
transporté sur la surface d'une autre planète. La
comparaison n'est pas en faveur de ce Nouveau-
Monde. Rien de plus triste et de plus misérable
que cet empire de Maroc sous le rapport politique.
Le despotisme y est si stupide et si grossier, que

ses tristes effets pèsent sur le despote même. Ceux de ses sujets qui ont de la fortune, simulent l'indigence pour se soustraire à la rapacité du fisc ; encore ceux-là sont-ils en petit nombre, tandis que tout le reste de la nation est plongé dans une misère qu'elle n'a pas besoin de feindre, et qui influe jusque sur le caractère physique du pays. Ali-Bey affirme que le sultan de Constantinople n'est qu'un esclave en comparaison du roi de Maroc, despote qui a poussé le pouvoir absolu jusqu'à ses dernières limites. Les *douars* ou villages de ce triste royaume ressemblent plus à des repaires d'animaux sauvages qu'à des habitations humaines. La grande ville de Fez, qui contenait plus de deux cent mille âmes, n'en renferme aujourd'hui que la moitié : et la dépopulation a été bien plus rapide à Maroc même, où, au lieu de sept cent mille habitans qui y prospéraient autrefois, on n'en trouve que deux cent mille qui languissent. Cependant le sol de cette contrée ne demande qu'à produire ; mais tandis qu'ailleurs une bonne économie politique force la nature à quadrupler ses bienfaits, ici la main savante du despotisme a trouvé le secret de la rendre stérile, sous un climat où sa fécondité n'a presque pas besoin du secours de l'art.

Si le sort des Marocains en général est malheureux, que dirons-nous des Juifs de ce pays, dont la servitude est telle, que la condition des bêtes de somme doit leur paraître digne d'envie ? Il est presque inutile d'ajouter que les arts et les sciences

29.

éprouvent dans cet empire une pareille dégradation ; tout se tient dans la politique comme dans
la nature, et si un bon gouvernement fait prospérer les arts mêmes dont il ne s'occupe pas, l'i-
gnorant et lourd despotisme étouffe les arts mêmes
qui lui seraient agréables et utiles.

Les voyages d'Ali-Bey, soit de Tanger à Fez,
soit de Fez à Mogador et à Maroc, soit enfin de
Maroc à Salé et à Larraische, n'excitent pas un intérêt bien vif; les journées s'y ressemblent presque
toutes, et, cette fois, le lecteur ne s'écrie point :
Je voudrais être là. Mais, il faut l'avouer, nous
autres lecteurs de romans et de voyages, nous
sommes trop exigeans. Nous voulons que le voyageur nous charme lors même qu'il ne voit rien
que d'ennuyeux et de monotone. Nous lui deman-
dons surtout des catastrophes, des dangers effrayans, des situations tragiques ; s'il n'est pas,
au moins une fois par chapitre, près d'être en-
glouti par les flots, ou jeté sur une plage déserte,
ou entre les mains des antropophages, nous le
trouvons froid et maussade. En un mot, nous ne
voulons que plaies et bosses, et, dût-on mentir,
il faut qu'on nous émeuve fortement. Voilà, sans
doute, pourquoi tant de voyageurs nous ont fait
des contes ; mais Ali-Bey ne leur ressemble point ;
il ne décrit que ce qu'il voit, il ne dit que ce qu'il
pense ; et dans tout le premier volume il ne court
qu'une seule fois le risque de mourir de soif au
milieu du désert : c'est trop peu pour avoir du succès.

Cependant Ali-Bey a la ressource des lecteurs instruits, et c'est pour cette classe seulement qu'il paraît avoir écrit son Voyage. Il a fixé un grand nombre de longitudes et de latitudes, et il rectifie les erreurs de nos cartes géographiques relativement au royaume de Maroc. La rivière Luccos, par exemple, passe au sud et non pas au nord d'Alcaçar, et la ville de Fez est située à 34° 6' 3" de latitude nord, et à 7° 18' 30" de longitude ouest du méridien de Paris, ce qui dément les cartes d'Arrowsmith, de Rennelle, de de Lisle, de Golberri, etc.....

Les observations d'Ali-Bey sur les usages des Marocains, m'ont fait faire un rapprochement auquel certainement il ne s'attend guère. Je retrouve dans ce pays presque toutes les habitudes des Chinois, qui sont cependant éloignés de Fez et de Maroc par tout le diamètre de l'ancien continent, c'est-à-dire par un intervalle de plus de trois mille lieues. Ces têtes rasées, au sommet desquelles il ne reste qu'une touffe de cheveux, ces amples *khaïk* ou manteaux qui couvrent les autres vêtemens, ces pantoufles jaunes, ces chambres dont les murs et les planchers sont couverts de nattes, ces petites fenêtres avec des jalousies, ces arceaux avec des portes qui ferment les rues aux deux extrémités, ces maisons ornées de reliefs de toutes couleurs, même en or et en argent, l'usage de manger sans cuillers ni fourchettes, et beaucoup d'autres nuances dans les petits détails, m'ont fait penser aux villes de la Chine ; et comme sans doute c'est le hasard seul qui a produit cette ressemblance, les faiseurs de systèmes ne doivent pas se presser de décider sur de pareilles analogies, et de donner une origine commune à des peuples qui souvent n'ont aucun rapport entre eux.

Ni mes lecteurs ni moi nous ne nous serions jamais imaginé que les femmes marocaines eussent le teint blanc. Selon notre voyageur, cette blancheur est telle, qu'elles ressemblent à des statues de marbre ; la beauté est commune parmi les femmes juives, et il y en a qui possèdent cet avantage à un degré très-éminent. Cette observation ferait croire que la misère et la servitude sont plus favorables à la beauté que l'opulence ; et quand nos dames en seront bien convaincues, je suis certain qu'aucune d'elles ne voudra ni dominer ni devenir riche.

Rien de plus simple, rien de plus expéditif que la manière de rendre la justice dans l'Empire de Maroc ! Le *kaïd* est couché sur des coussins dans le fond de la salle, et les parties sont accroupies près de la porte, ayant derrière elles des soldats qui se tiennent debout, et qui attendent le moment de prendre part au plaidoyer. D'abord le juge et les plaideurs se mettent à crier tous à la fois sans pouvoir se faire entendre ; puis les soldats tombent sur ces derniers et les frappent à grands coups de poing, jusqu'à ce qu'ils fassent silence.

Alors le *kaïd* prononce une sentence, toujours
irrévocable, et il n'a pas plutôt fini de parler, que
les soldats recommencent à frapper de plus belle,
et mettent chaque plaideur à la porte en lui criant :
Cours, cours. Comme les coups de poing sont
d'obligation dans tous les jugemens, et comme ils
s'adressent toujours à ceux qui plaident, on sent
que les avocats et les procureurs sont fort rares à
Maroc, les procès y sont fort courts, les frais très-
légers, et tout bien compensé... Je laisse le lecteur
tirer la conséquence.

Voici une nouvelle preuve que la similitude,
dans les usages bizarres de deux peuples, ne suffit
pas pour en conclure une identité d'origine. Aux
funérailles d'un Marocain, notre voyageur vit une
quarantaine de femmes divisées en deux chœurs,
qui poussaient des *ah! ah!* alternatifs, et qui, à
chacun de ces *ah!* se déchiraient la figure de manière à faire ruisseler le sang. Nous retrouvons
cette belle manière d'honorer les morts dans les
îles de la Société. Là, comme en Mauritanie, des
troupes de femmes accompagnent les convois fu-
nèbres, tenant à la main une dent de *goulu de
mer*, avec laquelle ces pleureuses se frappent et
s'ensanglantent le visage, en poussant aussi des
ah! ah! fort touchans ; puis elles vont se laver, et
reparaissent ensuite sans aucune marque de tristesse, comme si elles avaient dépensé dans une
heure ou deux toute la somme de douleur que leur
causait la perte du défunt. Je suis étonné qu'Ali-

Bey n'ait pas fait ce rapprochement, lui qui n'est pas avare de réflexions morales.

Plusieurs chapitres du premier volume sont consacrés au mahométisme et aux détails de ce culte, tels que les cinq prières, les ablutions, soit avec l'eau, soit avec le sable; les jeûnes, les pélerinages, les trois rites orthodoxes, les fêtes et les *superstitions*. Ce dernier mot est sans doute échappé involontairement de la plume de ce bon musulman; car il ne donne jamais le moindre signe d'irréligion, et il remplit tous ses devoirs de turc avec une piété qui ferait rougir plus d'un chrétien. Cependant, comme je ne suppose pas que mes lecteurs songent à se faire musulmans, je leur épargnerai tous ces détails, qui sont cependant fort curieux à lire dans l'ouvrage même.

Le dessein d'Ali-Bey était de se rendre à Tripoli par terre, et il était arrivé à *Ouschda*, sans encombres; c'est à ce village que le Voyage devient dramatique. La révolution qui venait d'éclater dans le royaume d'Alger, avait formé des partis qui infestaient les routes. Notre intrépide voyageur veut partir malgré tous les avis; mais on l'arrête. Les révoltés s'approchent jusque sous les murs d'Ouschda, ce qui n'empêche pas Ali-Bey de sortir, et les habitans, pleins d'admiration pour sa valeur, sortent aussi pour lui servir d'escorte. Mais un ordre du sultan le force à retourner sur ses pas, et pour ne pas rencontrer les brigands qui l'auraient traité de *Turc à Maure*, il s'enfonce

dans le désert. Je décolorerais le récit de ses souffrances si j'en présentais le tableau rétréci par
l'analyse ; je me contenterai donc de dire que cette
scène est d'un intérêt tragique, et qu'il a fallu
presque un miracle pour lui donner un heureux
dénoûment. Ali-Bey ne meurt point, puisqu'il devait aller faire ses dévotions à la Mecque ; et, ressuscité dans le désert d'Angad, il arrive, après
quatorze jours de marche pénible, au port de Larraische où il s'embarque pour Tripoli.

Après avoir eu le spectacle d'une trombe et
d'une tempête, notre mystérieux voyageur arrive
à *Tarables*, que nous nommons *Tripoli*. Le pacha le reçoit avec honneur, et même avec pompe,
et lui fait offrir des essences et des parfums, usage
imité de l'Inde, où toutes les audiences se terminent par le *paun* et *l'athar*, c'est-à-dire par la boîte
de *bétel* et l'essence de roses. Tripoli est une ville
assez belle, dont les maisons sont d'une blancheur
éblouissante ; mais elle ne contient que dix à douze
mille âmes ; et le souverain, sous le titre de pacha, ne compte qu'un million de sujets dans un
royaume d'une très-vaste étendue.

Ali-Bey donne peu de renseignemens sur Modon, où il est resté peu de jours ; mais l'île de
Chypre a offert un vaste champ à ses observations.
Il prétend que le nom de *Chypre*, ou plutôt *Cypre*,
a été donné à cette île par rapport au grand nombre
de cyprès qui y croissent. Je ne suis pas fort sur
les étymologies, mais je doute de celle-là. Je sais

seulement que quelques hellénistes font venir ce mot de *Cuprion*, cuivre, et, en effet, les alchimistes donnaient le nom de Vénus, *Cypris*, à cette substance métallique qui était commune, dit-on, dans cette île. D'autres empruntent ce mot à un arbrisseau qui se nomme effectivement *cupros* en grec, *ligustrum* en latin, et *troëne* en français; on ajoute que le troëne de Chypre avait une odeur très-suave, et que de la décoction de ses baies on tirait une huile précieuse.

Cette partie du Voyage d'Ali-Bey est intéressante en ce que l'île de Chypre nous est peu connue. Les voyageurs, en petit nombre, qui en ont fait des descriptions, ont examiné superficiellement, ou n'ont vu que de loin les ruines qui s'y trouvent; ou, ce qui est pis encore, n'en ont parlé que d'après les renseignemens donnés par les moines grecs. Ali-Bey ne s'en est rapporté qu'à ses yeux, à son goût et à ses connaissances; il nous représente, comme à regret, les tristes restes de la fameuse Cythère, d'Idalie, de Paphos et d'Amathonte. Mais, dans ces ruines dédaignées par les habitans actuels, il a trouvé des objets dignes d'exciter l'enthousiasme des amateurs instruits, et d'exercer la critique des savans antiquaires. Le *palais de la reine*, dont les beaux débris subsistent encore sur le sommet d'une montagne coupée à pic, est une construction qui paraît avoir précédé les temps historiques. Paphos offre la singularité d'une ville entièrement taillée dans le roc. Chaque maison est d'un seul bloc comme les temples monolithes des Égyptiens, et l'on y voit encore des portions d'entablement et des chapiteaux qui restent suspendus, parce qu'ils font corps avec la roche supérieure qui sert de voûte à l'édifice. Les ruines d'Amathonte sont dans un tel état de dégradation, qu'on n'y peut rien reconnaître ; mais à la *Conclia*, l'observateur admire une construction cyclopéenne, et des vases d'une forme singulière et d'une dimension gigantesque. Après avoir décrit ces divers objets avec beaucoup de soin et de sagacité, l'auteur se croit en droit de conclure que deux femmes ont régné dans cette île, sous le nom de Cypris, et à différentes époques ; l'une à Paphos, à Hieroschipos et à la Conclia, l'autre à Cythère et à Idalie.

Les modernes habitantes de l'île de Vénus ne justifient point leur antique réputation de beauté, et la mère des Amours ne fixerait pas aujourd'hui sa résidence en Chypre. Ce n'est pas que l'île n'offre encore des sites pittoresques et agréables, qu'elle ne puisse redevenir aussi riante et aussi fertile qu'elle l'a été ; mais les sécheresses et les sauterelles sont deux fléaux qui conspirent, avec la paresse et l'insouciance des Cypriotes, pour rendre un jour cette île inhabitable. Comme notre musulman publiera sans doute une seconde édition de son Voyage, je l'invite à faire disparaître une faute grossière qui lui est échappée à la page 145 du tome second. Les énormes masses qui composent les édifices de la Conclia, lui ont rappelé, dit-il, *Catherine II faisant transporter la base de la statue* DE SON ÉPOUX. Pierre-le-grand, époux de Catherine II, et Catherine II élevant une statue à son époux, sont deux erreurs que je pardonnerais à tout autre Turc; mais elles sont bien étonnantes dans un savant tel qu'Ali-Bey.

Les antiquités de l'Égypte ont été si complètement exploitées, qu'un voyageur n'a plus rien à nous dire de cette contrée si fameuse. Ali-Bey la traverse assez rapidement, et ne parle que de son état actuel. Il nous apprend que la population d'Alexandrie est réduite à cinq mille âmes, et que cette ville a perdu, en 1807, la seule eau potable qui lui restât. Il pense, avec beaucoup de vraisemblance, que l'aiguille de Cléopâtre et la colonne de Pompée sont bien plus anciennes que les personnages dont elles portent le nom; et celui de *Sévère*, que quelques écrivains donnent à la colonne, est une preuve de leur ignorance; car les Arabes nomment ce monument *el souari*, ce qui signifie tout simplement *la Colonne;* et de prétendus antiquaires ont cru voir le nom de l'empereur Sévère dans le mot *souari.* Chemin faisant, Aly-Bey relève quelques erreurs du voyageur anglais Brown qui s'est rendu célèbre par son Voyage au Darfour. Brown avait dit que les habitans d'Alexandrie faisaient du verre, et qu'ils y employaient le natrum au lieu d'alcali; notre musulman affirme qu'il n'y eut jamais de verrerie dans cette ville, et

il ajoute qu'une pareille manufacture ne pourrait
y exister, puisque le combustible y manque absolument. Son Voyage à Rosette et au Caire est
agréable à lire, mais il n'offre rien de nouveau, et
Ali-Bey en convient lui-même. Je ne parlerai du
Caire que pour apprendre aux amateurs de l'antiquité que le *mékias*, *mikkias*, ou nilomètre, a été
dégradé par les Arnautes, et que vraisemblablement il est aujourd'hui en ruines. Si enfin notre
voyageur n'a pu nous donner des détails bien intéressans sur l'Égypte, il nous en dédommage par
le récit des événemens qui ont suivi l'évacuation
de ce pays par les Français; mais cette digression
historique ne peut trouver place dans un extrait.

Je me hâte donc d'arriver à la Mecque, où tout
est nouveau pour la plupart des lecteurs français;
nul chrétien n'ayant jamais pu s'introduire dans
le fameux temple de cette ville, et visiter la sainte
Kaaba, nous sommes heureux qu'un musulman
qui parle et sait écrire notre langue, soulève à nos
yeux le voile épais qui, depuis douze cents ans,
nous cache les superstitions de l'Islam. Mais ici
l'abondance des matières me rend aussi pauvre
que le pourrait faire une stérilité absolue. Vingt
articles ne suffiraient pas pour satisfaire la curiosité
du lecteur, et le religieux Ali-Bey regarderait
comme une profanation toute description incomplète de la *ville sainte*, de la *maison de Dieu*, de
la *Kaaba*, et de la fameuse pierre noire que je
suppose être une contrefaçon de la pierre noire de

Phénicie, que l'on nommait *Elagabal*, à laquelle
les habitans d'Emèse rendaient des honneurs di-
vins.

L'avantage de posséder la *maison de Dieu*
n'influe pas d'une manière édifiante sur les mœurs
des Arabes. Elles sont très-relâchées dans la *ville
sainte; les femmes s'y montrent à visage découvert*, et le nombre des vrais croyans diminue tous
les jours. Les environs de la Mecque sont d'une
nudité et d'une tristesse effrayantes; une fleur,
une plante y sont des objets rares; la moindre
chaleur qu'on y éprouve au milieu de l'hiver est de
16 degrés; dès le mois de février le thermomètre
de Réaumur y monte à 23; et, ce qui paraîtra
plus étonnant, on y voit fort peu de chevaux arabes; le *baume de la Mecque* est à peine connu à
la Mecque, et l'on ignore dans cette ville quel est
l'arbre qui le produit.

L'origine des Wehhabis, la révolution qu'ils
ont opérée, leurs principes religieux, leurs mœurs,
leur manière de faire la guerre, leur costume,
leurs armes, etc., forment une partie considérable
de ce Voyage. Il paraît que ces terribles novateurs
auront fait plus de peur que de mal, et qu'ils n'é-
tendront pas leur réforme au-delà des sables de
l'Arabie. Ils étaient déjà divisés quand Ali-Bey les
a vus; ils avaient deux chefs indépendans l'un de
l'autre: le sultan Saaoud règne sur l'Arabie septentrionale, et le scheih Abounocta commande dans
le Yemen.

Dans sa traversée sur la mer Rouge, Ali-Bey se plaint de l'imperfection de nos cartes géographiques, et indique des erreurs bien grossières en effet, si elles sont réelles. Il nous apprend aussi que la ville de Tor est entièrement abandonnée, et que les habitans se sont retirés à El Wadi Tor, village situé à une lieue de distance. Il existe parmi les chameliers arabes un usage bien bizarre. Au débarquement, chacun place sur ses chameaux tout ce qui tombe sous sa main indistinctement, puis la caravane se met en route. Mais, à un endroit déterminé, la querelle commence sur la répartition des charges ; on n'entend que des cris, on ne voit que gestes menaçans, et ceux qui se croient lésés font arrêter la caravane pour rétablir l'équilibre dans le chargement. Si l'on veut les calmer, ils répondent : C'est la constitution ; et en effet, dès qu'ils sont arrivés à un autre endroit qui est désigné comme le terme de la dispute, les plaintes cessent à l'instant, et ceux qui ont tort comme ceux qui ont raison redeviennent amis, et continuent paisiblement leur route.

En quittant l'Égypte, Ali-Bey traverse la Syrie dans toute sa longueur. Sa description du temple de Jérusalem est aussi ample et aussi détaillée que celle du temple de la Mecque, et son atlas représente ces deux édifices dans des planches d'une très-grande étendue. Ce temple musulman de Jérusalem est bâti, dit Ali-Bey, sur les ruines du magnifique temple de Salomon ; mais comment

peut-on s'en assurer, quand on sait que l'ancien
monument fut détruit par Titus, et que, soixante
ans plus tard, l'empereur Adrien fit passer la
charrue sur le lieu où il avait été élevé, après en
avoir fait arracher les fondemens? Notre bon musulman visite ensuite le tombeau d'Abraham, Bé-
thléem, le Calvaire, le tombeau du Christ, le mont
Carmel, Nazareth, le Mont-Thabor; et que l'on
n'attribue pas ces excursions à la seule curiosité,
car les mahométans ont le plus grand respect pour
le Christ et pour la Vierge, et ils avouent que
Jésus avait le don des miracles, qui avait été ré-
fusé à Mahomet.

De Damas à Constantinople, notre voyageur
a plus d'une fois l'occasion d'accuser nos géographes : en Syrie, *Homs* et *Hama,* dont ils ne
parlent que comme de deux villages, sont deux
villes, dont la première renferme quarante mille
habitans, et la seconde cent mille. Dans la Caramanie, Ali-Bey n'a vu, entre Ismil et Konia,
aucune des montagnes marquées sur la carte d'Arrowsmith; la rivière de Sakaria ne passe pas par
Souhout, comme les cartes l'indiquent, etc., etc.

A Constantinople, notre auteur fait sur le Bosphore de Thrace et sur la Propontide des observations géologiques, comme tant d'autres écrivains
en ont fait sans rien démontrer. J'abandonne celles-
ci, ainsi que les raisonnemens sur l'ancien niveau
de la mer Rouge et de la Méditerranée, parce que
ces questions ont été agitées cent fois; mais je

m'occuperai du *Bahar Soudan*, ou de la *mer inté-rieure d'Afrique*, parce que cette conjecture réunit un grand nombre de probabilités, concilie les opinions contradictoires des géographes sur l'em-bouchure du Niger, et n'a pas le caractère des rêveries géologiques.

Jusque vers la fin du dix-huitième siècle, les sources du Nil ont été un problème géographique et un sujet de dispute parmi les savans. Si cette difficulté avait été suffisamment éclaircie, on n'aurait pas eu tant de confiance dans le rapport de Bruce qui, n'ayant vu que les sources de l'A-bawi (l'*Astapus* des anciens), s'écriait avec une jactance ridicule : « Je suis le premier Européen » qui ait découvert les sources du Nil. » L'erreur de Bruce n'était pas même une nouveauté ; des missionnaires portugais avaient déjà dit tout ce que le voyageur anglais prétendait nous apprendre, et ses compatriotes mêmes en savaient autant que lui à cet égard, car Thompson, dans son *Poëme des Saisons*, chant de l'Été, dit positivement que *le Nil, ce roi des fleuves, sort d'une montagne du royaume de Gojam, et traverse le magnifique lac Decubéa*. Cependant le judicieux d'Anville aurait dû apprendre à Bruce à se défier de sa prétendue découverte. Il faisait observer que la rivière qui se joint au-dessous de Sennaar, au fleuve de l'Abys-sinie, était plus considérable et pourrait bien être le véritable Nil. Sa conjecture s'est pleinement véri-fiée, et tous les géographes modernes reconnaissent

que le Nil des anciens est le *Bahr-el-Abiadh* des
Arabes, et qu'il prend sa source au revers septentrional des montagnes de la Lune, comme
l'avait dit Ptolémée.

Si ce mystère de trente siècles est enfin dévoilé
à nos yeux, il s'en faut bien que nous puissions
en dire autant de l'embouchure du Niger; le cours
de ce fleuve, depuis *Tomboucto*, nous est encore
inconnu, et le défaut d'observations réduit les
savans à faire des conjectures plus ou moins ingénieuses.

En 1807, je m'appliquai à réunir tout ce que l'on
savait alors sur ce point de géographie; et le résultat de mes réflexions fut qu'un fleuve aussi
considérable que le Niger ne pouvait se dessécher
entièrement dans les sables, comme les uns le
prétendaient, ou se perdre dans les marais du
Ouankarah, comme l'affirmaient quelques autres.
Si un pareil fleuve pouvait être absorbé par les
sables ou desséché par l'évaporation, toutes les
autres rivières qui sont beaucoup moindres, et
qui coulent avec le Niger vers un centre commun,
se dessécheraient à plus forte raison; le Nil lui-
même qui traverse les sables brûlans du Sennaar
et de la Nubie; le Nil qui coupe les latitudes où
l'évaporation est la plus forte, et qui, depuis la
jonction du *Tacassée*; ne reçoit plus d'affluens
dans l'espace de quatre cents lieues, ne porterait
pas à la mer un tribut aussi considérable, si l'influence de la zone torride était aussi puissante

qu'on le suppose. D'un autre côte, si le Niger coulait dans un marais, ce marais serait bientôt converti en lac, et ce lac s'étendrait jusqu'à ce que sa surface lui fît perdre, par l'évaporation, un volume d'eau égal à celui qu'il aurait reçu du fleuve : or, comme le Ouankarah est resté marais, selon toutes les relations, j'en avais conclu que le Niger ne s'y écoulait pas, ou qu'il en sortait après l'avoir traversé. Cette conséquence me conduisait à une autre : ne pouvant supposer l'embouchure de ce fleuve dans aucune mer, je pensai qu'il se réunissait au Nil, et cette opinion paraissait d'autant plus vraisemblable, que le Niger se nomme *le Nil des Noirs*; qu'il nourrit, comme le Nil, des hippopotames et des crocodiles, qu'il déborde comme lui à l'époque précise du solstice d'été, qu'il a aussi ses cataractes, et que ses habitans avaient, comme ceux du Nil, la barbare superstition d'immoler une jeune vierge, et de la précipiter dans les flots pour procurer au fleuve une crue plus abondante.

Mon opinion reçut bientôt un nouvel auxiliaire dans une lettre adressée à M. Banks, et datée de *Mourzouk* dans le *Fezzan*. Horneman disait : « Je parlai dernièrement à un homme qui avait » vu M. Brown dans le Darfour.... Selon lui, *la » communication du Niger avec le Nil n'est pas » douteuse.* »

Ces renseignemens et plusieurs autres que je ne puis exposer ici, m'avaient fait prendre pour une

réalité mon rêve géographique, lorsque je fus
chargé d'examiner les Voyages d'Ali-Bey et le bel
atlas qui les accompagne. Le géologue musulman
présente une autre conjecture, qui, sans détruire
la mienne, la modifie considérablement. Il démontre d'abord, par un calcul rigoureux, comme
je l'avais fait par le simple aperçu de la raison, que
la seule évaporation ne peut absorber l'eau que
fournit le Niger, et que ce fleuve ne peut se perdre
entièrement dans un marais; il en conclut qu'il
existe, vers les lieux où l'on place le Ouankarah,
un grand lac ou une mer intérieure qui reçoit le
Niger et tous les fleuves qui convergent vers ce
point, et que cette mer doit avoir une surface suffisante pour restituer par l'évaporation l'excédant
des eaux qu'elle reçoit sur tous les points de sa
circonférence. Un négociant marocain, qui fit avec
Ali-Bey le voyage de Larraische à Tripoli, le con-
firma dans cette opinion, et lui dit que le *Nil-Abid*
(le Niger) se dirige vers l'intérieur de l'Afrique,
où il forme UNE GRANDE MER SANS COMMUNICA-
TION AVEC LES AUTRES, *et que les Nègres emploient quarante-huit journées pour la côtoyer
d'une extrémité à l'autre.* Ce marchand de Maroc
avait demeuré plusieurs années à Tombouèto;
d'où l'on partait pour aller vers cette mer intérieure. Dans la carte tracée d'après celle du major
Rennel, Ali-Bey donne à son *Bahar Soudan* ou
sa *mer de Nigritie* une étendue de quatre cent
cinquante lieues de l'est à l'ouest, et une largeur

commune de quatre-vingts à cent lieues du nord
au sud. Il faut la chercher entre le 1er et le 20e degrés de longitude orientale du méridien de Paris,
et entre le 13e et le 17e degrés de latitude nord.
Ces dimensions me paroissent exagérées ; et d'ailleurs il est impossible de tracer des limites précises
à une mer dont l'existence n'est fondée que sur
des conjectures, ou sur des rapports dépourvus
d'authenticité.

Cette mer, ce lac ou ces lacs, car il peut y en
avoir plusieurs, concilient toutes les opinions, et
n'ont rien de plus extraordinaire que la Caspienne
et l'Aral dans lesquels s'écoulent le Volga, le Jaïk,
le Cyrus et le Gihon ; mais il reste encore plusieurs
difficultés assez embarrassantes, dont la discussion
ne peut trouver place ici. Pour les lever, j'ai eu
recours à la Géographie universelle de M. Malte-
Brun, production très-recommandable par son
exactitude, par l'abondance des détails, et par une
élégance de style qu'on n'était pas en droit d'exiger
dans un ouvrage didactique. Le 88e chapitre de
cette Géographie vraiment universelle retrace avec
beaucoup d'ordre et de clarté tout ce que l'on a
pu recueillir, dans les écrits anciens et modernes,
sur le sujet qui m'occupe en ce moment. Toutes
les opinions, toutes les conjectures, toutes les relations y sont exposées avec les raisonnemens qui
peuvent servir à les confirmer ou à les combattre.
L'auteur, qui s'est imposé la loi de n'admettre en
principe que ce qui est fondé sur l'observation, ne

prend formellement parti pour aucune des opinions émises jusqu'à ce jour sur l'embouchure du
Niger ; mais, en comparant les différens rapports et
les diverses conjectures, il sépare le possible du
romanesque, le probable du possible ; et, à défaut de certitudes, il présente au moins les seules
manières dont ce problème géographique peut être
résolu.

M. Malte-Brun admet aussi une mer, un lac,
ou plusieurs lacs intérieurs, et il fait observer que
le mot *bahar* est excellent pour ceux qui aiment la
dispute : car il signifie également une mer, un lac,
un fleuve ou une rivière. Dans sa carte de l'Afrique
septentrionale (deuxième édition), il place un
grand lac au sud-ouest du Ouankarah ; mais le lac
est bien moins considérable que le *Bahar Soudan*
d'Ali-Bey. Outre ce lac, on en trouve un autre à
cent lieues à l'est de Tomboucto, que M. Malte-
Brun nomme *lac Soudan* ; et dans la grande
carte d'Afrique publiée postérieurement à celle
de M. Malte-Brun, par M. Brué, on revoit cette
mer de Nigritie, avec cette différence qu'elle
s'étend du nord au sud comme celle de M. Malte-
Brun, au lieu de s'allonger de l'est à l'ouest comme
le veut Ali-Bey. Il paraît que notre musulman n'a
fait que réunir en une seule masse d'eau tous les
lacs qui entourent le Ouankarah ; ce qui lui a fait
donner à son *Bahar Soudan* une étendue de près
de cinq cents lieues.

Les diverses conjectures sur l'embouchure du

Niger, se réduisent à trois principales : 1° Il peut
se perdre dans la mer de Nigritie, comme le dit
Ali-Bey; 2° après avoir coulé à l'est, il peut s'in-
fléchir au sud et au sud-ouest, et arriver à la mer
Atlantique au-dessous du cap Formose, comme
le prétend M. Reichard; 3° il est possible qu'après
être arrivé au lac intérieur, il ait une communication avec le Nil, comme je l'ai dit en 1807. Selon
M. Malte-Brun, cette opinion est la moins vraisemblable, et cependant elle lui a paru mériter
attention depuis les nouveaux renseignemens que
l'on doit à M. Jackson, consul anglais à Mogador;
il en résulte que dix-sept nègres partis de Tomboucto, s'embarquèrent sur le Niger, et voyagèrent
par eau jusqu'au Caire en Égypte. M. Malte-Brun
qui copie cette relation, dont il a déjà parlé dans
ses *Annales des Voyages*, la discute avec beaucoup de sagacité, et il en tire ces conséquences :

« 1° Il existe une ou plusieurs rivières qui communiquent du Nil d'Égypte au Niger; ces rivières
sont probablement au sud-ouest du Darfour. » Il
a effectivement pointillé sur sa carte le cours du
Bahr Koulla, et celui du *Misselad*, cours sup-
posés, qui feraient communiquer ces fleuves avec
le Niger, le premier par la mer intérieure, et l'autre
par l'intermédiaire de deux autres lacs.

« 2° L'existence de très-grands lacs dans le sud
du Ouankarah, peut faire croire que les rivières
du plateau central n'ont pas absolument besoin
d'un écoulement dans la mer de Guinée. »

Il résulte de tout ceci que l'embouchure du Niger n'est point encore connue, que le Bahar Soudan d'Ali-Bey n'est point une découverte nouvelle ; et que si le Niger communique au Nil, ce ne peut être que par un intermédiaire que je n'avais pas soupçonné.

VOYAGE DANS LE PAYS D'ASCHANTIE,

Ou Relation de l'ambassade envoyée dans ce royaume par les Anglais ; avec des détails sur les mœurs, les usages, les lois et le gouvernement de ce pays, des notices géographiques sur d'autres contrées situées dans l'intérieur de l'Afrique, etc. ; par T.-E. BOWDICH, chef de l'ambassade. Traduit de l'anglais par le traducteur du *Voyage de Maxwell*.

IL nous prend toujours envie de rire quand on nous parle des rois nègres : avec nos idées européennes, nous voyons toujours un peu de ridicule dans ce qui est contraire à nos habitudes, et nous ne pouvons concilier la majesté royale avec une face noire, des lèvres épaisses, et un nez épaté. Quand nous avons nommé les régences barbaresques, le Maroc, l'Égypte et l'Abyssinie, nous sommes disposés à croire que tout le reste de l'Afrique est peuplé de barbares à demi-sauvages, vivant sans lois, sans gouvernement, sans aucune

notion des arts et de l'industrie, et suivant l'aveugle
instinct d'une nature aussi stupide que féroce. Nous
parle-t-on d'un roi nègre, nous nous représentons
Sa Majesté assise sur une natte ou un paillasson,
dans une hutte ou au pied d'un arbre, accompagnée
d'un esclave qui soutient un parasol sur la tête
du monarque, d'un autre esclave qui siffle dans
une flûte, et d'un troisième qui frappe comme
un sourd sur un billot creux, noble instrument qui
excite l'ardeur martiale des héros africains. Si un
vaisseau d'Europe aborde au rivage de ce royaume,
que nous nous figurons aussi vaste que celui de
Cocagne, nous voyons le prince à face d'ébène
s'acheminer, avec son noir cortége, vers le navire
qui porte les étrangers : invitée par le capitaine,
S. M. escalade le bord avec la prestesse d'un singe,
se promène gravement sur le pont, y demande
tout ce qui lui fait envie, et cherche à dérober ce
qu'on lui refuse, exige que l'on tire le canon pour
lui faire honneur, et reçoit avec une orgueilleuse
reconnaissance un habit d'uniforme et un chapeau
bordé. Cet habit chamarré d'or, posé sur une peau
luisante, sans chemise et sans autres vêtemens ;
ce chapeau à large bord, coiffant une tête laineuse ;
le grand despote accoutré de cette manière, et

> Marchant à pas comptés,
> Comme un recteur suivi des quatre Facultés,

nous offre une image grotesque et réjouissante.

Confondant ainsi toutes les notions imparfaites que nous avons puisées dans la lecture des différens Voyages, habitués à généraliser des observations particulières et même exclusivement locales, nous croyons connaître tous les insulaires de la mer du Sud quand nous avons lu l'Histoire d'Obéréa et de Toubouraï-Tamaïdé, nous comparons tous les rois d'Afrique à ceux dont les Portugais ont fait des esclaves, ou à ceux que le capitaine Tuckey a rencontrés sur les bords du Zaïre.

Cependant, depuis un siècle surtout, des voyageurs instruits nous ont appris que dans cette Afrique, dont nous ne connaissons guère que la lisière, il existe des villes populeuses, de vastes royaumes, des peuples parlant des langues fondées sur une véritable syntaxe, et composées avec un artifice grammatical qui indique une très-ancienne civilisation : ici, l'on remarque une certaine industrie ; là, une grande activité de commerce ; plus loin, des procédés ingénieux dans plusieurs arts utiles ou agréables ; presque partout des lois fixes ou des usages respectés qui en tiennent lieu ; quelquefois une véritable constitution politique et des pratiques d'administration que nos publicistes modernes n'ont pas le droit de dédaigner. Plus nous connaîtrons la vaste presqu'île africaine, plus nous serons portés à croire que cette partie du Monde a été le centre d'une civilisation très-perfectionnée dans les temps les plus anciens. L'Egypte, où les Grecs allaient s'instruire ; cet Atlas qui porte le

Monde sur ses épaules, emblème de la science astronomique ; ces Atlantes, regardés comme les plus sages des hommes dans la haute antiquité, tout cela prouve que l'Afrique n'a pas toujours eu de petits rois nègres comme ceux dont j'ai parlé plus haut, ni des peuples uniquement destinés à être vendus comme un bétail.

Tout a bien changé, sans doute, depuis un grand nombre de siècles ; mais l'Afrique n'est pas tombée tout entière au même degré d'abjection, et plusieurs contrées de ce pays immense méritent encore l'attention du philosophe. Un phénomène surtout y étonne l'observateur, c'est que dans plusieurs de ces royaumes, les superstitions les plus grossières, et la barbarie la plus féroce, n'empêchent pas d'y remarquer un certain génie politique, des notions saines sur le gouvernement des Etats, et une industrie qui semblerait devoir être le partage exclusif des nations européennes. Le royaume d'Aschantie offre ce bizarre mélange d'élémens hétérogènes. Quoique très-voisin de la côte septentrionale du golfe de Guinée, il n'est connu que depuis un siècle ; et avant l'année 1700, aucun voyageur n'en a fait mention : il avait cependant un commerce assez actif avec les vaisseaux qui abordaient à la côte, et les Maures qui parcourent toute l'Afrique septentrionale s'y étaient établis depuis long-temps. En 1817, le gouvernement anglais du cap Corse, ayant jugé à propos d'envoyer une ambassade au roi d'Aschantie, il confia le commandement de cette expédition d'abord à M. Jamen, et peu de jours après à M. Bowdich, auteur de cette relation. Les envoyés traversèrent un pays ravagé et dépeuplé par une guerre furieuse et récente, et après vingt-sept jours de marche, ils arrivèrent à Coumassie, capitale du royaume. Le spectacle qui s'offrit à leurs yeux en entrant dans cette ville, était bien fait pour étonner des Européens, et il ne surprendra pas moins le lecteur, quoique je n'en présente ici qu'une faible esquisse :

« On nous fit faire halte, dit le narrateur, pendant que les capitaines (aschantes) exécutaient une danse pyrrhique au milieu d'un cercle formé par leurs guerriers..... Leur suite, placée derrière nous, faisait des décharges continuelles. Le costume des capitaines était le bonnet de guerre orné de cornes de bélier dorées..... Leur vêtement était de drap rouge, chargé d'or et d'argent et d'ornemens brodés de toutes les couleurs.... Ils portaient des pantalons de coton fort larges, et de grandes bottes de cuir rouge qui montaient jusqu'à moitié des cuisses..... Toutes les rues étaient remplies de curieux..... Près du palais on nous fit faire halte une seconde fois; nous eûmes le plaisir de voir passer près de nous les *cabocirs* (grands-officiers) avec leur suite : de grands parasols qu'on levait et baissait tour-à-tour, de grands éventails qu'on agitait, produisaient un courant d'air qui rendait moins insupportable les rayons du soleil..... Un

emplacement d'un mille carré avait été préparé
pour nous recevoir. Le roi, ses tributaires, ses
capitaines étaient sur le dernier plan, entourés de
leur suite respective; on voyait devant eux des
corps militaires si nombreux, qu'il ne paraissait
pas possible d'approcher. Les rayons du soleil se
réfléchissaient avec un éclat éblouissant dans les
ornemens d'or massif qui brillaient de toutes parts.
Cent troupes de musiciens jouaient les airs particuliers des chefs auxquels chacune des troupes appar-
tenait. Cent parasols, sous chacun desquels trente
personnes pouvaient trouver un abri, étaient agités par ceux qui les portaient; ils étaient de soie
écarlate, ou jaune, ou d'autres couleurs brillantes,
et surmontés de croissans, de pélicans, d'éléphans,
de sabres ou d'autres armes, le tout en or massif;
par derrière étaient les hamacs d'apparat dont les
coussins étaient de taffetas cramoisi, et de riches
étoffes pendaient des deux côtés. Un nombre infini
de petits parasols remplissaient les intervalles.....
Les cabocirs et les principaux seigneurs étaient
vêtus d'étoffes du pays; ce vêtement d'une am-
pleur et d'un poids considérables, était jeté sur l'é-
paule, comme la toge des Romains; ils portaient
au-dessus de la cheville des plaqués en or, des
anneaux, des figures d'animaux du même métal; des bracelets, des fragmens d'or massif étaient
suspendus à leur poignet gauche, et le poids en
était tel, qu'ils étaient obligés d'appuyer le bras sur
la tête d'un enfant..... Les cannes et les pipes d'or

brillaient de toutes parts; des têtes de loup, ou
de bélier en or, étaient suspendues au pommeau
de leurs épées dont la poignée était de même
métal.... Autour des grands dignitaires, on agitait
des éventails en plumes d'autruche, et derrière
leurs siéges, qui étaient de bois noir, incrusté
d'or et d'ivoire relevés en bosse, se tenaient debout les jeunes gens les mieux faits, vêtus d'un
corselet de peau de léopard, couvert de coquilles
d'or, et de petits couteaux dont la gaîne était d'or
et le manche d'agate bleue.... Derrière les siéges
de quelques chefs, on voyait de jeunes et belles
filles portant des bassins d'or; les sabres étaient à
poignée d'or, les longs mousquets garnis d'or de
distance en distance et les crosses ornées de coquilles d'or..... Les fanfares prolongées des cors,
le tapage des tambours, le son des autres instrumens annonçaient que nous approchions du
roi. Le chambellan, l'officier porteur de la trom-
pette d'or, le capitaine du marché, le gardien de
la sépulture royale, étaient assis au milieu de leur
suite, brillans d'une magnificence qui annonçait
l'importance des dignités dont ils sont revêtus. Les
cuisiniers étoient environnés d'une immense quantité de vaisselle d'argent étalée devant eux...... Le
gardien du trésor joignait à son luxe personnel
celui de la place qu'il occupait; on voyait devant
lui des coffres, des balances et des poids en or
massif.......

» Le maintien du roi, continue M. Bowdich,

excita d'abord mon attention. C'était une chose curieuse que de trouver un air de dignité dans ces princes qu'il nous plaît d'appeler barbares. Ses manières annonçaient autant de majesté que de politesse, et la surprise ne lui fit pas perdre un instant l'air de calme et de sang-froid qui convient à un monarque : il paraissait âgé de trente-huit ans ; sa figure portait le caractère de la bien-veillance, etc.... » Vient ensuite la description du costume royal et de tout le faste qui environne le prince.

Voilà sans doute une pompe qui indique une ci-vilisation très-avancée. Le roi d'Aschantie ne res-semble pas au nègre qui porte un habit de général européen sur un corps tout nu ; mais tournons la médaille, et à ce luxe asiatique nous verrons mêlée toute la férocité africaine. Parmi ces grands offi-ciers tout brillans d'or et de soie, on voyait avec dégoût des guerriers portant des ceintures garnies de crânes et d'ossemens humains ; parmi ces ma-gnats qui formaient l'éblouissant cortége du mo-narque, on distinguait le *chef des exécutions*, grand dignitaire, homme d'une taille gigantesque, tenant une hache d'or massif, faisant porter devant lui le bloc sur lequel on devait abattre les têtes des condamnés ; et, pour que l'on ne considérât pas sa charge comme purement honorifique, son habit était artistement couvert d'énormes taches de sang et de graisse, genre d'ornement plus imposant sans doute que les plaques d'or et les broderies. Et tan-

dis que les envoyés s'apprêtaient à paraître devant
le prince dont la figure annonçait tant de bienveillance, on leur donnait le spectacle des sacrifices
humains, on égorgeait sous leurs yeux des misérables auxquels on avait fait subir préalablement
toutes les tortures que la barbarie peut inventer.
Cet étrange contraste amène des réflexions sur la
traite des nègres.

Si l'on en croit les amis des noirs, ces philan-
thropes, théophilanthropes et autres rêveurs européens, nous devons être en horreur à tous les
peuples d'Afrique, nous barbares civilisés qui fai-
sions commerce de chair humaine, et qui rédui-
sions au plus dur esclavage ces enfans de la nature,
ces bons nègres dont tout le tort était d'avoir une
peau noire et huileuse, un nez camard et des cheveux crépus. Les Anglais, qui ont fait cesser cet infâme trafic, et qui n'ont conçu cette louable entreprise que par amour de l'humanité, doivent être
aux yeux des nègres de magnifiques libérateurs,
des hommes d'une autre sphère, des dieux protecteurs du genre humain. Détrompez-vous, philosophes qui appliquez vos idées à toute la surface
du globe, et voulez circonscrire toute l'espèce humaine dans le cercle étroit de vos spéculations. Un
cri général s'est élevé contre M. Bowdich et contre
le gouvernement britannique, dont l'insupportable despotisme veut priver les bons noirs du
droit de réduire leurs frères à l'esclavage, et de les
vendre aux cultivateurs de l'Amérique. L'ambas-

sade anglaise fut bien reçue en Aschantie, parce
qu'on espérait qu'elle allait renouveler la traité des
nègres, et M. Bowdich était importuné de solli-
citations pour renouer ce glorieux trafic. Il me
semble entendre ces cabocirs tout chamarrés d'or :
Vous nous ruinez, disent-ils ; la vente des esclaves
était le plus clair et le meilleur de notre revenu ;
qu'allons-nous faire de nos prisonniers ? nous les
tuerons, et votre ridicule humanité n'y gagnera
rien. Les victimes humaines que nous sacrifions
par milliers vivraient encore si vous vouliez les
acheter. Et ce désert que vous avez traversé en ve-
nant à Coumassie, pourquoi n'y avez-vous ren-
contré personne ? C'est parce que nous avons
vaincu la nation des Fantes, et que, ne pouvant
les vendre, nous les avons exterminés. Philosophes libéraux, commencez par connaître les peuples avant de vouloir les régénérer.

Les extrêmes se touchent, dit-on : nulle part cet
adage n'est plus vrai que dans le royaume d'Aschantie. J'ai présenté un échantillon de la magnificence et du luxe plus qu'oriental qui brillent dans
la capitale des Aschantes, et j'ai indiqué l'horrible
barbarie qui s'y mêlait à une certaine libéralité, à
une politesse de mœurs, à une industrie assez perfectionnée pour étonner des yeux européens, et
pour annoncer une ancienne civilisation. Pour
achever de détruire toute comparaison entre le
souverain de cette contrée et les petits rois nègres
qui figurent d'une manière si grotesque dans la

plupart des Voyages en Afrique, il suffit de faire observer que Saï-Toutou, prince régnant aujourd'hui, peut mettre sur pied une armée de cent cinquante mille hommes, et, à la rigueur, de cent quatre-vingt-douze mille ; que les Aschantes sont en général très-braves ; qu'ils savent très-bien manier les armes à feu ; que leur tactique n'est point méprisable, et qu'à l'attaque du fort Annamabou, défendu par des Anglais, ils ont combattu avec un ordre, une constance et une intrépidité qui seraient remarquables même dans des troupes européennes.

Le gouvernement d'Aschantie se compose, comme tous les gouvernemens méthodiques, des trois élémens fondamentaux, qui sont : le prince, les grands et le peuple. Il semble que ce triple pouvoir *unus*, *plures*, *plurimi*, ne soit point fondé sur une théorie arbitraire, puisqu'un peuple encore un peu barbare, et connu seulement depuis un siècle, nous en offre l'exemple sur une terre où notre imagination ne voyait que des tigres, des reptiles et des sauvages. Les grands seigneurs aschantes, réunis en très-petit nombre, forment le conseil aristocratique, intermédiaire indispensable entre le prince et le peuple ; car en le supprimant il arrive nécessairement ou que le peuple est esclave, ou qu'il est rebelle : et dans l'un et l'autre cas la révolution finit toujours par le despotisme.

Jusqu'ici l'on va croire que dans ce pays les Anglais ont importé leur constitution avec leurs

cotonnades ; mais une différence notable distingue
le gouvernement aschantique de tous les gouvernemens anciens et modernes. Le conseil aristocratique y intervient de droit dans toutes les relations
extérieures, et peut opposer le *veto* aux décisions
du monarque ; mais là se borne toute sa puissance ;
et dans tout ce qui concerne l'administration intérieure, la volonté du prince est absolue : et, en
consultant le conseil, le roi n'est pas obligé de
céder même à l'unanimité des avis. Chez les Aschantes tout homme est soldat, et le peuple y est
représenté par l'assemblée des capitaines.

Est-ce par l'effet d'une circonstance fortuite ou
par le caprice d'un roi que la constitution des
Aschantes a reçu cette forme singulière ? Non ; la
ville de Coumassie a ses royalistes, ses libéraux,
ses doctrinaires, ses publicistes et ses raisonneurs ;
mais, par une heureuse exception, tous les partis
y sont d'accord sur l'excellence de la constitution
aschantique, et quoiqu'ils s'assemblent tous les
ans, à la fête de la moisson, pour reviser les lois,
ces états-généraux ne causent ni troubles ni inquiétudes, parce qu'on y fait les réformes l'une après
l'autre, des nègres n'ayant pas l'esprit assez éclairé
pour renverser l'édifice avant de savoir sur quel
plan ils le reconstruiront. C'est un pauvre peuple,
j'en conviens ; les lumières pénètrent difficilement
dans ces têtes noires et laineuses ; mais le gros bon
sens est le partage des hommes en général, soit
qu'ils parcourent le cercle arctique, soit qu'ils

31.

vivent *sub sidere Cancri.* Ecoutons donc les raisonnemens que font les Aschantes pour défendre leur
constitution politique, et les motifs qu'ils allèguent
pour la préférer à toute autre. Ici je ne copierai
pas textuellement, parce qu'en rapportant les raisons, je dois, pour être clair, y joindre leurs conséquences, et cependant m'étendre le moins qu'il
m'est possible.

J'ai dit qu'en Aschantie tout homme est soldat ;
or, quand un peuple n'est qu'une grande armée,
il faut nécessairement que le chef y ait toute l'autorité d'un général, que cette autorité soit sans
bornes, que ses ordres soient exécutés sans examen, et que la justice y soit expéditive. Voilà le
principe sur lequel est fondé le pouvoir absolu du
roi, sur tout ce qui concerne l'intérieur. Les Aschantes ont très-bien senti qu'il n'y a point de
respect sans crainte ; les religions mêmes ne séparent pas la crainte de Dieu de l'amour que l'on
doit au créateur ; un dieu, un prince que l'on
pourrait ne pas craindre, ne seraient que de vains
simulacres d'autorité : il est donc bien certain
qu'un monarque est d'autant plus respecté, qu'il
a plus de pouvoir, *et vice versâ.* Le grand conseil
des capitaines aschantes nécessitait conséquemment le despotisme du roi.

Mais, avec un pouvoir illimité sur les individus,
il ne fallait pas que le prince pût compromettre
la nation entière, danger qui eût été inévitable si
la politique extérieure avait été soumise aux pas-

sions du monarque. C'est ici que le bon sens de ces nègres se fait remarquer et peut humilier l'esprit des réformateurs européens. Un conseil aristocratique est placé près du despote pour l'empêcher de faire une guerre injuste, impolitique ou intempestive ; toutes les relations avec les peuples voisins sont soumises à ce conseil où le prince n'a que sa voix, et sa toute-puissance s'arrête au pied de ce mur d'airain que la constitution oppose à ses caprices. « Ce conseil, disent les Aschantes, rend la nation plus formidable à ses ennemis, ceux-ci sentant bien qu'ils ne pourraient provoquer impunément un peuple chez lequel il y a tant de gardiens de la gloire militaire, gardiens qui, en opinant pour la guerre, deviennent en quelque sorte responsables des conséquences, et promettent implicitement de déployer un courage et une énergie que tous les efforts d'un despote ne pourraient jamais inspirer. » Comment ces pauvres nègres, qui n'ont pas élevé de temples à la Raison, ont-ils deviné que l'aristocratie est plutôt une surveillante incommode du despotisme, qu'un instrument d'oppression pour le peuple ? Supprimez ce conseil en Aschantie, et la nation sera bientôt la proie des barbares qui l'environnent. Je ne prétends pas présenter cette constitution comme le *nec plus ultrà* de la perfectibilité ; mais convenons que les blancs ont quelquefois raisonné beaucoup plus mal que ces noirs.

Ne concluons pas de tout ceci que la nation as-

chante doive jamais s'élever à une haute prospérité
et rivaliser avec les peuples de l'Europe ; si l'on
s'étonne de voir une peuplade de nègres arriver à
ce point d'industrie et de civilisation, on n'est pas
moins surpris et révolté de la férocité et de la
grossière superstition de ces hommes, accessibles
d'ailleurs aux idées sociales et même aux sentimens généreux.

Je ne décrirai pas de nouveau les horreurs dont
les Anglais ont été les témoins ; je renvoie à l'ouvrage même les lecteurs qui cherchent les émotions fortes, et qui ne reculent pas devant les pieux
massacres, les sacrifices humains, et une foule de
victimes immolées avec tous les raffinemens de la
cruauté la plus barbare. Mais l'ambassade anglaise
ne s'est-elle pas méprise sur les motifs de l'affreux
spectacle que l'on offrait à ses regards? Les Aschantes se refusaient à toute espèce de traité avec
l'Angleterre, à moins que, pour préliminaire, on
ne renouvelât le commerce des esclaves : c'était la
condition *sine quâ non*, et le refus constant de
l'ambassadeur n'a pas fait perdre aux Aschantes
l'espérance de renouer ce beau trafic. Ne semble-t-il pas que les massacres offerts en spectacle
à l'ambassade, aient eu le but politique de démontrer que la traite est préférable à l'obligation
d'égorger des hommes dont on ne sait que faire?
M. Bowdich avoue que les Aschantes ont trop
d'esclaves et qu'ils s'en plaignent ; en les tuant
avec des circonstances révoltantes, ne veulent-ils

pas faire voir qu'il serait plus humain de les vendre
que de les massacrer? Quoi qu'il en soit de cette
conjecture, il est néanmoins certain que l'abolition
de la traite doit influer sur la férocité déjà naturelle à ces Africains. Toute inimitié cesse envers
l'ennemi dont on peut faire un profit; on le ménage alors, on le soigne même comme un animal
utile et commerçable; mais le dépit de perdre ce
salaire, l'incommodité de conserver et de contenir
cette foule d'hommes dangereux par leur nombre,
suffisent, ce me semble, pour expliquer l'empressement que l'on met à s'en défaire et les cruautés
par lesquelles on leur fait expier le malheur de
n'être bons à rien.

VOYAGES EN ÉGYPTE ET EN NUBIE,

Contenant le récit des recherches et découvertes archéologiques faites
dans les pyramides, temples, ruines et tombes de ce pays; suivis
d'un Voyage sur la côte de la mer Rouge, et à l'Oasis de Jupiter
Ammon, par G. BELZONI; traduits de l'anglais, et accompagnés de
notes, par G.-B. DEPPING.

M. BELZONI n'est pas seulement un amateur
d'antiquités, c'est un explorateur infatigable, un
enthousiaste; et, quand on a lu le récit des tourmens qu'il s'est imposés, on est tenté de le croire
un fanatique en archéologie. Si le gouvernement

britannique avait mis à la disposition de ce voyageur des moyens proportionnés à son zèle, les colosses de l'Égypte orneraient les bords de la Tamise, et le grand Sphinx placé devant Greenwich semblerait dire aux passans que l'énigme de la puissance anglaise est expliquée par les honneurs rendus à la marine, et que

Le trident de Neptune est le sceptre du monde.

La gloire de M. Belzoni repose sur trois grands exploits : je ne parle pas de sa découverte de l'ancienne Bérénice, ni de son voyage à l'Oasis d'Ammon. Ces deux excursions paraissent plus éclatantes qu'elles ne sont importantes en effet ; elles laissent beaucoup d'incertitude dans l'esprit du lecteur, et le voyageur lui-même ne les décrit pas avec autant de clarté et autant de franchise qu'il en met dans tout le reste de son récit. Je ne doute pas qu'il n'ait vu réellement ; mais, en le lisant, je ne vois pas moi-même, et il y a peut-être autant de sa faute que de la mienne. Je ne cite pas non plus, parmi ses victoires, la conquête qu'il a faite du buste de Memnon et de l'obélisque de Philœ ; ce n'est pas sans doute une petite besogne que de remuer de pareilles masses, les embarquer sur le Nil, et en dépouiller l'Égypte pour les envoyer sous le ciel brumeux de l'Angleterre ; mais ces travaux ne sont remarquables que par le temps qu'il a fallu y consacrer, et par les tracasseries de toute

espèce qui ont entravé l'exécution de ce projet.
Les vrais titres de M. Belzoni à l'admiration et à
la reconnaissance des archéologues, consistent en
trois découvertes qu'il a faites incontestablement,
qui ont été constatées par des témoins irrécusables,
et confirmées par des voyageurs depuis le retour
de M. Belzoni en Europe. Ces découvertes sont :
1° l'intérieur de la seconde pyramide de Djizé ;
2° le magnifique tombeau de Psamméticum dans
les cryptes de Beban-el-Malouk ; le grand temple
d'Ibsamboul, en Nubie. Je vais tâcher d'en donner
une idée, en suivant l'ordre géographique, et sans
indiquer les époques où le voyageur a commencé
et terminé ses travaux souvent interrompus.

Que n'a-t-on pas dit sur les pyramides! Quel
était l'objet, le but de ces entreprises gigantesques?
Ces masses énormes étaient-elles des monumens
astronomiques? Leurs faces, constamment tour-
nées vers les points cardinaux, et inclinées de
manière à ne point donner d'ombre à tel jour de
l'année, semblent favoriser cette conjecture ; mais
alors, pourquoi multiplier ainsi des constructions
aussi dispendieuses, pourquoi les placer à d'aussi
petites distances? On ne devine pas d'ailleurs de
quelle utilité pouvaient être ces longues galeries,
ces corridors ascendans ou descendans, et ces puits
profonds qui occupent l'intérieur de ces montagnes
artificielles : dans ce dédale inextricable rien n'est
propre à l'observation des astres, et cependant ce
n'est pas sans motif que les bras de tant de géné-

rations ont été employés à de semblables travaux.
Ces pyramides n'étaient-elles que les tombeaux des
rois? Autre difficulté : d'abord, un grand nombre
de rois ont été enterrés dans les cryptes, et depuis
Hérodote, depuis Strabon et Diodore de Sicile,
on a cent fois décrit leurs tombeaux. M. Belzoni
en offre une nouvelle preuve dans le monument
qu'il a découvert sous la montagne de Beban-el-
Malouk, et qui ne peut être que le mausolée d'un
grand monarque. D'ailleurs, l'objection que j'ai
faite relativement à la destination astronomique
des pyramides, conserve toute sa force, si l'on
suppose qu'on a élevé de si énormes masses pour
y placer un seul corps, et l'on se demande quel
rapport ces puits profonds, ces galeries multipliées
peuvent avoir avec une seule chambre sépulcrale,
et pourquoi tant de travail intérieur, lorsqu'il devait être enseveli sous un amas de pierres impénétrable. Dans l'impossibilité de trouver quelque
chose de raisonnable sur ce point d'antiquité, des
savans ont pensé que ces travaux prodigieux n'a-
vaient pour but que l'hygiène : l'éléphantiasis, disent-ils, était endémique en Égypte, et l'oisiveté
favorisait le développement de cette affreuse ma-
ladie. Le gouvernement cherchait donc sans cesse
à occuper le peuple, et il aurait transporté les
montagnes de la Thébaïde plutôt que de laisser les
Égyptiens dans l'inaction. Cette conjecture a été
bientôt abandonnée, et je ne m'en étonne pas.
D'autres savans, ayant observé que l'intérieur des

cryptes était chargé d'hiéroglyphes, ont supposé
que les prêtres y avaient fait graver les principes
de toutes les sciences, afin de conserver ce dépôt
des connaissances humaines, dans le cas où une
inondation extraordinaire détruirait toute la population. Cette explication ne vaut pas mieux que
l'autre : d'ailleurs, je ne crois pas que l'intérieur
des pyramides soit orné de peintures et d'hiéro-
plyphes comme les cryptes de Thèbes ou de Sac-
cara. Tous ces raisonnemens ne se trouvent point
dans le récit de M. Belzoni ; mais il m'a paru nécessaire de les rappeler pour mieux apprécier ce
qui va suivre.

Dans le temps où notre voyageur était à Djizé,
le capitaine Caviglia venait de réussir dans une
entreprise audacieuse : il avait osé se faire descendre
dans le puits de la grande pyramide, de celle dont
tant de voyageurs ont donné les dimensions. Après
avoir pénétré jusqu'à la profondeur de trente-huit
pieds dans ce puits, sujet de tant de conjectures,
le capitaine se vit arrêter par quatre grosses pierres ;
il écarta cet obstacle, non sans peine, il parvint à
vingt-deux pieds plus bas, et il trouva un caveau.
Sous ce caveau, régnait une plate-forme, d'où le
puits s'enfonçait jusqu'à l'énorme profondeur de
deux cents pieds. Plongé dans cet abîme, M. Caviglia sentit que le sol résonnait encore sous ses
pieds, et qu'il était conséquemment sur une cavité
encore plus profonde. Il se serait précipité dans
ce nouveau gouffre, et il faisait travailler à écarter le

sable, lorsque la respiration devenant difficile, et
les flambeaux s'éteignant, faute d'oxigène, il fut
obligé de remonter. Ayant dirigé ses recherches
sur un autre point, il parvint par une galerie des-
cendante au lieu qu'il avait abandonné, et il le
reconnut aux paniers et aux cordes qu'il y avait
laissés, et qu'il retrouva. Qui m'expliquera maintenant l'utilité de ce puits et de ces galeries, soit
pour un monument astronomique, soit pour un
tombeau, quand le sarcophage du défunt n'occupe
qu'un petit réduit dans cette énorme masse? Je
crois qu'il nous reste encore beaucoup de choses
à deviner sur la destination des pyramides?

Quoi qu'il en soit, M. Belzoni, piqué d'émula-
tion, et sachant que, de temps immémorial, personne n'avait pénétré dans la seconde pyramide,
entreprit de la percer et d'en découvrir les mys-
tères. C'est dans l'ouvrage même qu'il faut lire le
récit de cette opération difficile, des dangers auxquels il s'exposa, du chagrin qu'il ressentit quand
il vit qu'il avait entamé le colosse par le mauvais
côté, des moyens qu'il employa pour rectifier son
erreur, et du succès qui couronna ses efforts. Là,
comme ailleurs, il vit un puits, des galeries, des
corridors, et il ne découvrit qu'un sarcophage;
mais une inscription arabe lui apprit que le sultan
Ali-Mohammed avait déjà fait ouvrir cette pyramide. M. Belzoni n'était donc pas le premier curieux depuis les Ptolémée, ni même depuis les
Romains, qui se fût introduit dans ce sanctuaire

de la mort. Par où donc avaient passé les Arabes, auteurs de l'inscription ? La pyramide n'offrait aucune marque de brèche ou de tentative à l'extérieur : on pouvait donc arriver par des galeries dont l'entrée était peut-être fort loin dans la campagne, et cela paraît expliquer la profondeur des puits et la longueur des corridors. Au reste, je donne cette conjecture pour ce qu'elle vaut, en convenant qu'elle n'apprend rien sur l'utilité de l'édifice, ni sur le choix que l'on a fait de cette forme pyramidale, où il y a tant de matière employée pour abriter un cercueil.

Malgré tout ce qu'on a écrit sur les ruines de Thèbes, sur leur immense étendue, sur leurs masses colossales, leurs temples, leurs propylées, leurs sphinx, leurs statues gigantesques, et cette forêt de colonnes énormes qui sont debout après tant de siècles, cette description est encore pleine d'intérêt sous la plume de M. Belzoni. Il n'a pas vu Thèbes en amateur, il y a demeuré, il y a entrepris de grands travaux à plusieurs reprises, et il n'y a presque pas une pierre sur cette vaste surface qui n'ait été l'objet de son attention et de ses réflexions. Mais ce qui s'élève ici au-dessus du sol est moins admirable encore, moins étonnant que ce qui se cache sous les montagnes, ce qui est enfoui sous la terre, et s'y dérobe à de grandes profondeurs. A l'occident de la partie des ruines qui couvrent la rive gauche du Nil, une chaîne de collines s'étend jusqu'à deux milles de distance, et

une autre chaîne se dirige au sud-ouest. Partout
ces côteaux sont percés d'innombrables galeries
souterraines qui conduisent à une multitude de
salles où des corps égyptiens sont entassés par milliers. Tous les habitans de la ville aux cent portes,
les générations qui se sont succédées pendant une
longue suite de siècles, ont été portés dans ces de-
meures mystérieuses. Par l'action lente du temps,
des myriades de momies y sont tombées en poudre,
ou ont été brisées par les hommes qui cherchaient
à leur dérober quelques enveloppes ou quelques
fragmens de papyrus. Les voyageurs ne s'aven-
turent jamais dans ces longs défilés, sous la conduite des fellahs, qui ressemblent eux-mêmes à des
momies vivantes. Les curieux s'arrêtent à l'entrée
des grottes, et ne soupçonnent pas même leur
étendue. Il est peu d'hommes d'ailleurs qui sou-
tinssent long-temps un pareil spectacle, et osassent
parcourir ces cavernes, où l'on ne peut faire un
pas sans heurter un crâne, où l'on ne peut se
baisser, s'appuyer ou se mouvoir *sans mettre son
visage en contact avec celui d'un ancien Egyptien.*
Le moindre ébranlement de l'air y agite une poussière impalpable, et cette poussière, qui est celle
des momies, n'est composée que de particules
animales, et des restes d'aromate qui ont servi à
embaumer les corps. C'est dans une grotte semblable que M. Belzoni passa *l'un des jours les
plus fortunés de sa vie.*

Soupçonnant que la vallée funèbre de Beban

lui fournirait une plus ample récolte d'antiquités
que les cryptes de Gournah, notre voyageur y
dirigea ses recherches. L'habitude de vivre avec les
morts lui faisait reconnaître l'entrée d'une grotte
funéraire à des indices qui auraient échappé à tout
autre observateur. Qui le croirait? c'est dans le lit
d'un torrent qu'il a cru voir et qu'il a vu en effet
la porte de l'un des plus magnifiques monumens
qui existent dans le monde, malgré tous les soins
qu'on avait apportés à cacher cette ouverture.
Sans hésiter, il fait commencer les fouilles, et les
ouvriers qui riaient d'abord de sa crédulité, ne
tardent pas à concevoir l'espérance d'une des plus
belles découvertes. Parvenu à dix-huit pieds au-
dessous du lit du torrent, on voit l'entrée d'une
galerie; de grosses pierres l'obstruent, mais elles
cèdent aux efforts des travailleurs; l'obstacle enlevé
laisse apercevoir un corridor de trente-six pieds de
longueur; au bout de ce corridor un escalier fait
descendre vingt-trois pieds plus bas; ici un autre
corridor de trente-sept pieds s'enfonce sous la
montagne, et se termine par un puits; le voyageur
y descend, mais n'y trouve point d'issue; il faut
donc le franchir au moyen d'une poutre mise en
travers, et tâcher d'agrandir une ouverture de
deux pieds de largeur. Ce puits, dit le voyageur,
n'avait été creusé que pour recevoir les eaux du
torrent, et empêcher le suintement de salir les
peintures des salles sépulcrales. Voilà un motif que
je conçois; mais à quoi servent les puits des pyra-

mides où il n'y a point de torrens, et qui, par
leur forme, sont si bien préservées de la pluie
dans un pays où il ne pleut guère? En attendant
qu'on résolve cette difficulté, reprenons le récit
du voyage souterrain. Après avoir élargi la brèche
dont j'ai parlé, M. Belzoni entre dans une salle
de vingt-sept pieds sur vingt-cinq, puis dans une
autre de vingt-huit pieds sur vingt-cinq et demi,
puis il descend un autre escalier de dix-huit marches, puis il suit un nouveau corridor de trente-
six pieds, puis il descend encore dix marches, puis
il trouve un petit corridor de dix-sept pieds qui
l'introduit dans une chambre; de cette chambre il
passe dans une salle, puis dans une autre chambre,
puis dans une salle voûtée, puis encore dans une
chambre, puis dans une autre salle, puis dans
deux autres, dont la dernière communique à un
passage de trois cents pieds de longueur au bout
duquel se trouve un escalier; et l'intrépide explorateur, supputant le chemin qu'il a fait, reconnaît
qu'il vient d'atteindre l'axe de la montagne, et
revient sur ses pas pour admirer toutes les beautés
enfouies dans ce ténébreux labyrinthe.

Je n'ai fait qu'énumérer des chambres, des
salles, des galeries, et transcrire des chiffres; mais
combien cette nomenclature n'étonnera-t-elle pas
le lecteur quand il apprendra que les parois, les
plafonds et les voûtes de tous ces corridors, de
tous ces escaliers, de toutes ces salles, et tous les
piliers qui les supportent, sont couverts de reliefs

et de peintures, de figures tantôt gigantesques, tantôt si petites qu'elles ont à peine quelques pouces de dimension, et que tous ces ouvrages, qui semblent avoir exigé le travail des siècles, ont autant d'éclat et de fraîcheur que s'ils venaient d'être terminés. Quand on se représente le nombre et la longueur des galeries et des salles ; quand on reconnaît qu'il a fallu d'abord rendre ces innombrables murailles aussi unies qu'une glace, y graver ensuite des millions d'hiéroglyphes et de figures, puis les enduire d'un stuc d'une blancheur éblouissante, puis enfin y appliquer les couleurs ; quand on considère que des corridors étroits n'ont pas permis de multiplier arbitrairement les ouvriers, on est effrayé du temps qui a été consumé dans un pareil travail, et l'on peut raisonnablement croire que vingt rois ont pu mourir successivement avant que le tombeau d'un seul ait été achevé.

C'est dans l'une des salles de cette basilique souterraine que M. Belzoni a trouvé, enlevé et envoyé en Europe un sarcophage *qui n'a pas son pareil dans le monde.* C'est un morceau du plus bel albâtre oriental, de neuf pieds cinq pouces de long, sur une largeur de trois pieds sept pouces. Son épaisseur, qui n'est que de deux pouces, lui donne une demi-transparence, et permet de voir une lumière placée dans l'intérieur : en dehors et en dedans, il est délicatement sculpté ; ce sont des centaines de petites figures représentant la pompe funéraire du monarque. Le docteur Young, après une longue étude des hiéroglyphes, a cru déchiffrer le nom de Psammis, et c'est probablement sur cette autorité que M. Belzoni croit avoir découvert le vaste tombeau, et posséder le magnifique sarcophage de Psamméticum.

La plus importante et la plus belle découverte de M. Belzoni me paraît être celle du grand temple d'Ibsamboul. Les travaux de ce voyageur dans la seconde pyramide inspirent moins d'intérêt, et la magnificence du palais mortuaire de Psamméticum étonne moins encore qu'un antique et superbe édifice trouvé dans une des plus tristes contrées du globe. On nous avait dès long-temps accoutumés au grandiose de l'Égypte, où tout se présente sous des formes colossales. Nous savions que ce beau pays avait été le berceau de nos sciences, qu'il avait nourri autrefois une immense population ; Théocrite y comptait trente mille villes : ce nombre est sans doute une hyperbole poétique ; mais les ruines imposantes qu'on y admire encore sur tous les points, les masses que ce peuple a soulevées et transportées à de grandes distances, les innombrables et pénibles travaux dont il a laissé les témoins et les produits jusque dans le sein des montagnes, nous prouvent assez que l'ancienne Égypte n'était pas toute comprise dans le Delta et la vallée du Nil, et que la vie et la fécondité étaient répandues sur toute la surface qui s'étend de la mer Rouge aux déserts de la Lybie, et du tropique du Cancer à la Méditerranée.

Notre imagination ne nous présente pas la Nubie sous des dehors aussi brillans. Les récits des voyageurs, le tableau qu'ils ont fait de ces vastes solitudes, où l'on risque d'être enseveli dans les flots d'une mer de sable, la faible et misérable population que l'on rencontre de loin à loin sur les bords même du Nil qui ne fertilise pas cette contrée par des inondations périodiques, la profonde barbarie des peuplades qui rançonnent, pillent ou égorgent les voyageurs, tout cela ferait croire que cette partie de la Nubie a toujours ressemblé à ce qu'on nomme aujourd'hui le désert de Bahiouda; mais le grand temple d'Ibsamboul démontre évidemment que les anciens Égyptiens, ou du moins les Ptolémées, ont autrefois vivifié cette partie de l'Afrique; ce magnifique édifice ne peut être que le monument d'un peuple parvenu à un haut degré de civilisation, et vivant dans l'abondance.

Un petit temple s'élevait déjà sur le bord du fleuve; mais M. Belzoni, familiarisé avec les cachettes mystérieuses des Égyptiens, devina que la montagne recelait quelque chose de plus important. Je suis forcé de négliger le détail des travaux qu'il a fait faire pour déblayer un énorme amas de sables, des tracasseries qu'il a éprouvées, et des obstacles qui ont fait interrompre les fouilles. La description du temple exigerait plus d'espace que je ne puis lui en accorder; mais, pour piquer la curiosité du lecteur, il suffira de lui apprendre que cet édifice nubien est élevé de quatre-vingt-six

pieds, qu'il a cent dix-sept pieds de largeur, et
que quatre statues énormes en décorent l'entrée ;
chacune de ces statues a cinquante-un pieds de
haut, sans compter le bonnet qui seul en a quatorze. D'autres colosses s'élèvent dans l'intérieur
du temple que M. Belzoni n'a pas décrit complètement ; mais le traducteur, M. Depping, a rempli cette lacune en rapportant dans une très-longue
note le récit du lieutenant-colonel, M. Stralton,
qui a visité ce monument après la découverte de
M. Belzoni.

Débarrassé des points capitaux de ce voyage, il
ne me reste qu'à rapporter quelques observations
qui ne sont point à négliger, et je les exposerai sans
ordre et sans liaison, telles qu'elles sont dans le
livre. Voici d'abord un fait qui contredit la croyance
commune, et que M. Belzoni donne comme certain : On pense généralement qu'une haute température est favorable au développement de la peste
d'Orient ; mais « il est avéré, dit le voyageur, que
les grandes chaleurs arrêtent, autant que la rigueur
du froid, les progrès de la contagion. » Cette remarque avait déjà été faite, mais elle acquiert de
l'importance quand elle est confirmée par un
homme d'esprit qui a passé cinq années de suite
dans le pays où ce typhus paraît être endémique.
Ce fait bien démontré ne peut-il pas éclairer les
médecins sur le traitement de cette affreuse ma-
ladie ?

Tous les voyageurs nous représentent la ville du

Caire comme très-peuplée. M. Belzoni dit que
c'est une erreur. Tous les étrangers arrivant par le
même point, entrant par la même porte, et habitant le même quartier, y causent une grande affluence. La foule, d'ailleurs, se porte constamment
vers la partie de la ville qui communique immédiatement au Nil ; mais notre observateur prétend
qu'à l'exception de ces rues et des bazars ; les autres quartiers n'offrent que des maisons abandon-
nées et des décombres.

En allant visiter l'Éléphantine, M. Belzoni fit le
tour de la montagne de granit, celle qui a fourni
tant d'obélisques et tant de statues. Il a reconnu
dans les lits de la carrière, que, pour en extraire
les blocs, les anciens employaient un procédé aussi
simple qu'ingénieux. Après avoir déterminé la dimension du morceau dont ils avaient besoin, ils
pratiquaient tout autour, à l'aide du ciseau, une
rigole de deux pouces seulement de profondeur,
rigole qui traçait les limites du bloc à extraire. Jusqu'ici, je conçois facilement l'opération, mais le
voyageur ajoute qu'on employait des machines
pour faire sauter la roche : ceci est moins clair, et
l'on ne conçoit guère quelle prise pourrait avoir
une machine quelconque sur une entaille de deux
pouces. Je pense donc que les anciens faisaient
pour le granit ce que l'on fait encore aujourd'hui
pour détacher les blocs de grès. On trace aussi une
rigole qui circonscrit le morceau ; quand elle est
creusée, on y enchâsse de force des coins de bois

bien sec de distance en distance, puis on emplit d'eau tous les intervalles ; peu à peu le bois s'imbibe, se gonfle, et fait éclater le bloc, conformément au tracé de la rigole. En général, les procédés des arts usuels sont plus anciens qu'on ne pense : ils se sont perpétués par une tradition non interrompue et une imitation constante. Les hommes n'ont jamais eu besoin de colonnes grecques, ou moresques, ou gothiques, ou d'ogives, ou de voûtes à plein-cintre, ou de voûtes surbaissées ; voilà pourquoi le goût a varié sur le choix des ornemens, mais on a toujours eu besoin de pierres partout où le pays en fournissait, et c'est aussi pourquoi la manière de les extraire et de les employer a dû se perfectionner plus tôt et se maintenir.

Cette remarque me conduit à une autre, qui a été un sujet de discussion parmi les érudits et les antiquaires. On a long-temps, et récemment encore, disputé pour savoir si les peuples d'une haute antiquité avaient connu l'art de construire des voûtes. Un homme très-instruit, qui avait fait le voyage d'Égypte et de Grèce, m'assurait, il y a trente ans, que dans toute l'Égypte il n'existait pas une seule voûte ancienne ; que tous les toits y étaient, selon l'expression vulgaire, *en dos d'âne*, et toutes les surfaces supérieures des chambres en plafonds. Cela me paraissait fort extraordinaire ; j'avais lu dans des auteurs dignes de foi que plusieurs corridors et galeries étaient cintrés, et je ne concevais pas qu'après avoir taillé dans le roc des conduits de cette forme, on n'eut jamais cherché à les imiter dans les constructions. Aujourd'hui la discussion est terminée · M. Belzoni a vu des voûtes hautes et majestueuses, non-seulement au-dessus des escaliers des corridors souterrains, mais il a trouvé des édifices dont les portes sont cintrées en arc, et il en représente deux dans son atlas. Il explique aussi pourquoi les Égyptiens n'ont pas employé plus souvent ce procédé qui leur était bien connu.

Un passage de ce livre m'a paru tout-à-fait inintelligible ; M. Belzoni veut prouver que les pierres dont on s'est servi pour élever les pyramides n'ont pu être tirées *de la rive occidentale du Nil, comme d'anciens auteurs le rapportent ;* et il se fonde sur ce que l'autre rive en produisant en abondance, il n'est pas vraisemblable qu'on ait choisi celles qu'il fallait apporter en traversant le fleuve. Mais il oublie ici que les pyramides sont elles-mêmes sur la rive occidentale, et que, conséquemment, on n'a pas eu besoin de traverser le fleuve pour trouver des pierres qui gisent sur la même rive. Soit inattention, soit précipitation, M. Belzoni tombe souvent dans de pareilles fautes; et, en général, il est peu de voyageurs qui s'orientent moins que lui.

On lit avec un intérêt mêlé de tristesse la description d'une inondation dans laquelle le Nil s'éleva de trois pieds plus haut qu'il n'avait fait depuis des siècles. On voit avec effroi la population des villages se retirer devant le fléau, se réfugier sur des éminences où les eaux l'atteignaient, et y rester sans vivres et sans secours, jusqu'à ce qu'un petit nombre de barques aient pu en sauver une partie. Il n'est pas inutile d'observer que, dans ces trajets des barques, on commence par mettre en sûreté les buffles, les brebis, les chèvres et les chiens, avant de songer aux femmes, et souvent on ne s'occupe d'elles que quand il n'est plus temps.

Je ne me flatte pas d'avoir rapporté tout ce qu'il y a de curieux dans ce Voyage, mais j'en ai dit assez pour piquer la curiosité du lecteur. Madame Belzoni, qui a partagé les travaux de son mari, a voulu aussi s'associer à sa gloire en publiant ses propres observations sur l'intérieur des familles égyptiennes et nubiennes, et sur les harem dans lesquels son sexe lui a permis de s'introduire; ses remarques sont celles d'une femme d'esprit fort instruite; mais je ne sais pourquoi j'ai trouvé beaucoup d'obscurité dans le voyage *qu'elle a fait seule en Syrie et à Jérusalem.* J'aimerais autant que ce fût un voyage imaginaire, tant j'ai été inquiet de voir une jeune et jolie femme courir seule par monts et par vaux au milieu des mécréans.

MÉMOIRE

SUR LES MOYENS D'EXPLOITER, PAR LE SÉNÉGAL, LES MINES D'OR DE BAMBOUC, ET DE FONDER UN GRAND COMMERCE AVEC L'AFRIQUE INTÉRIEURE;

PAR L.-M.-D.-L.-F.

AUJOURD'HUI je suis plein de confiance, et j'ai la certitude d'être écouté. Loin de chercher à capter la bienveillance d'un lecteur dédaigneux, je puis le défier de me refuser son attention : je parle au nom de Plutus, seul dieu qui n'ait jamais connu de renégat ni d'apostat, seul dieu dont le christianisme n'ait pu détruire le culte. J'annonce des mines d'or : que d'oreilles se dressent à ce seul mot! Comme mon article va paraître littéraire, profondément politique et tout rempli de bons sentimens! Ces mines d'or sont, dit-on, les plus riches du monde... « Écoutez! écoutez! s'écrient tous ceux qui m'entendent. » L'or s'y trouve en grosses pépites ou en poudre bien pure, à quelques pouces de la surface du sol; il n'y a plus qu'à se baisser et à prendre. O Dieu! que d'hommes fiers se baissent en ce moment! Pour tout dire enfin, je tiens les cordons de la bourse; ainsi, je suis bien sûr de la majorité. Maintenant, lecteur, négligez-moi si vous le pouvez, et cessez de me lire si vous en avez le courage.

« Nous avons besoin de colonies, dit M. L.-M.-D.-L.-F. ; » et cela est si évident qu'il se contente d'alléguer pour motif la nécessité de présenter un aliment à l'activité de la jeunesse, de procurer des débouchés aux productions du sol et de l'industrie, et l'avantage de créer des ressources pour le Trésor. J'ajoute, *proprio motu*, certaine considération qui vaut les trois précédentes : c'est l'accroissement prodigieux de la population. Nous ne pourrons bientôt plus nous promener sans nous coudoyer ; le *crescite et multiplicamini* n'a jamais été plus religieusement exécuté, et c'est la plus forte preuve de l'amélioration des mœurs. Les gens qui s'amusent travaillent avec ardeur à augmenter le nombre des heureux ; ceux qui s'ennuient font la même besogne par désœuvrement ; toutes nos petites filles veulent passer immédiatement de l'adolescence au mariage ; nos cuisinières même se marient en entrant en maison, pour avoir un asile en cas de congé ; et l'on sent combien leur double domicile est avantageux à leur industrie. Il pleut des enfans sur toute la France. Si nos facultés procréatrices égalent celles des anglo-américains, notre population va doubler en vingt-cinq ans ; or, il y a déjà long-temps que l'on nous compte pour trente millions d'âmes, et la paix dure depuis onze ans : si ce train-là continue, nous serons

au nombre de soixante millions en 1840. Si ce
n'étaient que des âmes, il n'y aurait pas d'inconvénient, elles ne tiennent point de place; mais
soixante millions de corps font frémir; et alors il
faudra une guerre *de trop plein*, ou imiter les
diables de Milton qui se changent en pygmées
pour pouvoir entrer tous dans le pandémonion.

Il faut donc chercher quelque coin de la surface
terrestre pour y déposer l'excédant de notre fécondité. Mais une autre réflexion se présente : malgré
notre perfectibilité sans bornes, malgré le retour
des vertus et des jésuites, nous avons encore un
certain nombre de mauvais sujets qui figureraient
mieux parmi les monstres de l'Afrique que dans
nos grandes cités, devenues si chastes, si paisibles
et si honnêtes. Ces hommes qui donnent tant
d'occupation aux cours d'assises et aux tribunaux
correctionnels ne demandent que de l'or; envoyons-les donc en ramasser à pleines corbeilles,
sous la seule condition de nous en abandonner
une partie. Ils ne tarderont pas à devenir honnêtes
gens; car il n'y a rien de tel que l'or pour opérer
les plus étranges métamorphoses. L'or est le plus
puissant des correctifs : il améliore tout, il purifie
tout, et si, aujourd'hui, tant de gens vendent leur
conscience, ce n'est sans doute que pour la rendre
meilleure; nous devons au moins leur savoir gré
de l'intention.

Mais si des colonies nous sont nécessaires,
gardons-nous bien de nous tromper sur le choix.

Nos anciens économistes nous disaient que les mines d'or étaient funestes à une nation, qu'elles enlevaient des bras à l'agriculture, qu'elles habituaient le peuple à ne voir de bonheur que dans la richesse, qu'elles rendaient l'homme paresseux, et lui faisaient mépriser toute fortune accumulée avec une sage lenteur; ils citaient l'Espagne, qui a commencé à déchoir quand elle a fondé sa prospérité sur le retour de ses galions. Quand on publiait ces vieilles maximes, nous étions encore plongés dans les ténèbres de l'ignorance. Et, en effet, pourquoi cultive-t-on le riz, le café, la canne à sucre et le tabac? n'est-ce pas pour les vendre et pour avoir de l'or? Eh bien! voici un honnête homme qui vous offre l'or pur, sans faire ce long circuit pour l'obtenir : ne seriez-vous pas insensés de prendre le chemin le plus long et le plus pénible pour arriver à la fortune? C'est bien à nous qu'il faut prêcher cette doctrine du gagne-petit! Quand un coup de bourse suffit pour faire couler le Pactole dans nos coffres, irons-nous attendre nos jouissances des succès du labourage, du binage et du sarclage? Voilà pourtant ce que nos grands-pères nous recommandaient! Laissons dormir en paix ces bonnes gens, et hâtons-nous d'arriver aux mines de Nataçon, de Farbana, de Nambia, de Séméyla et de Tumba-Aura, les plus riches de l'univers. Mais, que dis-je? j'oublie l'argument le plus fort : voyez les Anglais qui sont nos maîtres dans l'art d'enrichir une nation, et dans celui d'avoir le plus grand nombre de pauvres à nourrir; sans compter leurs possessions insulaires, ni toute la pointe de l'Afrique, ils ont, dans l'Inde, cent vingt mille lieues carrées de bonne terre; et au milieu de l'Océan méridional, un pays presque désert, dont la surface égale celle de toute l'Europe. Il y a là sans doute de quoi planter beaucoup de pommes de terre. Eh bien! malgré cet énorme théâtre de culture, ils vont exploiter les mines du Mexique. Ils sentent donc que l'or est ce qu'il y a de mieux dans le meilleur des mondes, et qu'il coûte encore moins, puisé à la mine la plus profonde, qu'emprunté à la banque de Jérusalem; et n'ont-ils pas raison? Quand les affamés de Londres viendront se présenter avec leurs billets de banque, pour troquer contre des guinées ou des *souverains*, leur dira-t-on : Allez planter du tabac ou des cannes à sucre? Et chez nous, quand de pâles rentiers maudiront une conversion qui n'a pas fait leur salut, leur répondra-t-on : Allez semer du riz sur les bords du Sénégal? Non, sans doute; mais M. L.-M.-D.-L.-F. sera là, et il leur dira doucement : « Partez pour le Galam ou le Bambouc, vous y trouverez tant d'or que vous pourrez en lester vos navires. » Voilà ce qui s'appelle parler; voilà une phrase plus harmonieuse que toutes les périodes cicéroniennes.

Mais le Bambouc est-il bien loin, et la route est-elle agréable? vous allez en juger : « Il y a du Hâvre à l'embouchure du Sénégal neuf cents lieues de vingt-cinq au degré ; pour un bateau à vapeur ordinaire, qui aurait une vîtesse de dix pieds par seconde, ou soixante-douze lieues en vingt-quatre heures, il ne faudrait que treize jours, sans l'aide du vent, pour aller du Hâvre à Saint-Louis du Sénégal, et six jours de plus, jusqu'au fort de Saint-Joseph de Galam. En partant de Brest, on gagnerait un jour ; ainsi, en moins de six semaines, un commissaire du roi ou de la compagnie pourrait partir de Paris, rester huit jours à Galam, et revenir à Paris rendre compte de l'état des mines.

Eh bien ! cela est-il assez beau ? cela est-il assez clair ? Et quand nous avons toutes les félicités humaines à dix-huit journées de nous, irons-nous carotter avec le 3 pour 100, et ambitionner une misérable différence de trente à quarante centimes ? N'oublions pas surtout ces respectables paroles de mon auteur : « Les mines de Bambouc, plus riches peut-être que ne l'ont jamais été celles de l'Amérique, sont absolument vierges : il n'y a pas d'eaux à étancher, et les métaux s'y trouvent presque à la surface du sol ! » Comme nous allons être riches ! Auguste s'est vanté d'avoir changé en marbre une ville de briques ; enfans du grand siècle, nous laisserons à nos neveux une ville d'or. Chacun de nous aura une maison semblable à celle du soleil :

Clara micanto auro, flammas imitante pyropo ;

le pain y sera rare peut-être, mais nous dirons

comme certaine princesse : « Quoi! ces pauvres
gens n'ont pas de pain? que ne mangent-ils de la
brioche ?

Cependant il faut être honnête, ou le paraître
au moins, car le peuple n'est pas encore assez
philosophe, et l'interruption d'études qui a eu
lieu depuis 1762 jusqu'aujourd'hui, l'a laissé trop
ignorant sur la doctrine du probabilisme, pour
lui faire comprendre que tout ce qui est utile
est, par cela même, probablement juste. On
demandera donc si le pays aurifère de Galam et
de Bambouc nous appartient légitimement. Cette
question est ridicule, je l'avoue; mais voilà ce que
c'est que d'avoir tant parlé de légitimité; nous
ne pouvons plus soutenir la thèse contraire sans
courir le risque de nous voir placés dans un futur
Dictionnaire des Girouettes. Eh bien! qu'à cela
ne tienne; pour quarante ou cinquante mille
quintaux d'or pur, on peut bien se permettre une
légère contradiction. Ainsi je soutiens que si le
Galam et le Bambouc ne nous appartiennent pas
encore au moment où j'écris, ces pays nous ap-
partiendront certainement quand nous nous en
serons emparés. Les agrandissemens *de conve-
nance* sont une conception du grand siècle, et
nous y avons des droits certains; si le mot *certains*
n'est pas assez clair, disons des *droits sacrés*.
Tout ce qui convenait à Buonaparte était sa propriété légitime : les *artères* de son Empire appar-
tenaient nécessairement à son Empire; cela est

incontestable ; et tout ce que Buonaparte avait de
bon a été religieusement imité par les ennemis de
Buonaparte. Or, les mines de Bambouc nous
conviennent parfaitement ; si vous en doutez,
demandez des renseignemens au ministre des finances ; prenons donc les mines de Bambouc.
Notre conscience est en sûreté ; et sur ce point
nous pouvons consulter certains messieurs en ca-
saque noire, que je vois souvent se promener sur
les boulevards neufs, et jusque dans la plaine de
Grenelle ; ils vous répondront : « Ce qui est bon
à garder est bon à prendre, » comme Figaro disait : « Ce qui est bon à prendre est bon à garder. »
Prenons donc les mines de Bambouc.

Voici d'ailleurs ce qui va lever tous les scrupules : Les peuples qui habitent les bords du Chia-
non, de la Falème et du Sénégal, sont noirs : il
n'y a point de légitimité pour cette couleur ; ils
sont païens : point de légitimité pour des infidèles !
Ils laissent leur or enfoui sans l'exploiter : point de
légitimité pour des paresseux ! Ils sont faibles et
timides : oh ! certes, le pot de fer a bien le droit de
dire : « Point de légitimité pour les pots de terre ! »
Mais la religion ? eh bien ! on donnera quelques
centimes aux pauvres, quelques lingots aux hommes
noirs dont j'ai parlé ; et, si la religion murmure,
les hommes noirs lui imposeront silence.

Ici, M. Azaïs prend part à la discussion, et il
nous dit : « Quelle sera la compensation pour les
Foullahs, les Iolofs ou les Maudingues, lorsque

nous aurons pris leurs mines de Farbona, ou Fer-
bana, de Nambia et de Tumba-Aura? » Ma réponse est toute prête : Leur compensation sera
l'honneur et le plaisir de travailler à ces mines, de
nous épargner toute fatigue, de laver la poudre
d'or dans leurs grandes sébiles, et de nous la livrer
avec autant de joie que nous en aurons à la recevoir. L'auteur du projet, M. L.-M.-D.-L.-F., ajoute
que les noirs de Bambouc, plus forts et moins in-
soucians que les Mexicains, s'engageront, *à vil
prix*, à travailler pour nous. A vil prix! cela n'est-il
pas admirable? Ils nous donneront des montagnes
d'or pour douze ou quinze sous de cuivre par jour!
Ah! les partisans de la traite ont bien raison de
dire que les nègres ne sont pas des hommes. Qu'importe, au surplus, nous serons riches, et les noirs
vivront de féveroles ou de sorgho, assaisonnés de
quelques coups de fouet; car on prétend que leur
philantropie a besoin de ce stimulant. Et nous,
tranquilles comme le Tityre des *Bucoliques*, couchés mollement à l'ombre du superbe céiba ou du
baobab gigantesque, nous fredonnerons des airs
de vaudeville; nous nous interromprons quelquefois pour parler aux noirs de l'embonpoint du
budget et de la maigreur du 3 pour 100, et ces
bonnes gens ne se refuseront à aucun sacrifice.

Quel étonnement je vais causer quand je prou-
verai que toutes ces mines d'or ne sont qu'une
faible partie des richesses promises par l'auteur du
projet! Le simple énoncé va causer des extases de

plaisir dans le foyer de l'Opéra et une grande révolution à la Bourse. Oui, je veux qu'avant deux ans, le plus pauvre bourgeois de Paris ait plus d'or qu'il n'en fut entassé dans le temple de Cusco pour l'inutile rançon du roi Athualpa; je veux que la fortune du plus riche et du plus noble des circoncis nous paraisse un état voisin de l'indigence; je veux que le plus misérable de nos villages, celui de Pouzilhac, par exemple, qui est perché sur une montagne pelée des Combes de Valiguières, efface par son éclat la magnificence et l'orgueil de la rue de Rivoli. Si vous doutez encore, écoutez:

Lorsqu'avec des bateaux à vapeur de grande dimension, vous serez arrivé en dix-huit jours à Saint-Joseph de Galam, et que vous y aurez recueilli en une semaine plus d'or que nous n'en avons donné à nos bons amis de 1815, d'autres bateaux, coupés sur un patron plus modeste, vous feront remonter le Sénégal jusqu'à la cataracte de Govina. Or, du point où ce fleuve cesse d'être navigable, jusqu'à la rive gauche du Niger, il n'y a, dit notre auteur, qu'un portage *de quelques lieues*. Vous porterez donc vos munitions sur cette espèce d'isthme, jusqu'à ce que vous y ayez fait un chemin en fer qui facilite les transports. Parvenu au bord du Niger, vous y lancerez vos bateaux à vapeur, et vous y embarquerez quelques soldats et deux ou trois pierriers, artillerie suffisante pour combattre des noirs. Arrivés à Ségo, vous vous emparerez de la ville et de tout le Bambara; de Ségo vous irez à Ginnie, aussi facilement que l'on va de Paris à Versailles par les *parisiennes* ou les *gondoles;* vous prendrez Ginnie, et comme l'appétit vient en mangeant, vous prendrez du même coup de filet Tombouctou, Haoussa, Gana, Kassina et Sémégonda. Là, vous n'aurez fait que huit ou neuf cents lieues depuis l'embouchure du Sénégal, et l'on sait combien une pareille route est facile dans le centre de l'Afrique. Chemin faisant, vous vendrez aux bons noirs, des armes, de la poudre, des étoffes, de petits couteaux, de petits miroirs, et même du sel, et le tout vous sera payé au centuple de la valeur. Pendant cette promenade conquérante, vous aurez l'occasion de constater si le Niger coule près de Tombouctou, comme on l'a cru pendant long-temps; ou si la rivière de Tombouctou n'est qu'un affluent qui vient du nord-est, comme le veut M. Walckenaer; si le Niger se perd dans les sables, comme on le croyait il y a un siècle; ou s'il disparaît dans l'immense marais nommé Ouankarah, comme l'ont dit ceux qui ne croyaient pas au dessèchement d'un si grand fleuve; s'il va se réunir au vrai Nil, comme une douzaine de nègres l'ont assuré à M. Jackson, consul d'Angleterre à Mogador; ou s'il se joint au Bahr-el-Abiad, par l'intermédiaire du Misselad, comme l'a conjecturé M. Durcau de la Malle; s'il a son embouchure dans une Caspienne africaine, comme l'a dit M. Badia, connu sous le faux nom d'Ali-Bey; ou s'il parcourt une suite de lacs qui

portent différens noms ; s'il forme un angle droit
vers le sud, comme le Maure Sidi-Hámet prétend
l'avoir vu pendant un long voyage, ou s'il se
réunit au Zaïre du Congo, opinion qui a fait faire
une malheureuse expédition à l'Angleterre ; s'il se
divise en deux fleuves, comme on l'a dit en Aschantie, à M. Hutchinson ; ou enfin s'il revient
vers l'ouest, et s'il tombe dans le golfe de Guinée,
comme on l'assure aujourd'hui ; idée qui n'est pas
toute nouvelle, car M. Malte-Brun l'a déjà discutée dans ses anciennes *Annales des Voyages.*

L'auteur du projet de colonisation au Bambouc
ne demande pas ces renseignemens à ses chercheurs d'or, mais j'ai cru que cette petite digression me serait pardonnée en faveur de la pluie d'or
que je vais faire tomber sur les Danaés parisiennes.

J'ai laissé le lecteur à Sémégonda ; mais mon
infatigable auteur ne se contente pas de donner au
roi de France un petit royaume de neuf cents
lieues de longueur, il veut encore le faire roi du
Bournou et du Darfour. Cela est beau, sans
doute ; mais il m'a communiqué sa noble ambition,
et je pense maintenant qu'il s'arrête en trop beau
chemin. A force de porter ses conquêtes à l'Orient,
il est devenu le voisin du Sennaar et de la Nubie ;
pourquoi donc ne porte-t-il pas ses bateaux à vapeur à Dongola sur le Nil ? Il prendrait Méhémet-
Aly par derrière, et il ferait une diversion en faveur
des Grecs. Cette partie de l'expédition n'est pas
plus difficile que l'autre. Secourir la Grèce par le

Sénégal serait un prodige qui éclipserait la gloire de tous les conquérans, et l'ombre de Buonaparte en crèverait de dépit.

Des hommes se rencontreront, n'en doutons pas, qui voudront aussi ternir la gloire de l'auteur ; ils lui reprocheront une folle confiance dans son projet ; ils diront qu'il cite Mungo-Park sans l'avoir lu, puisqu'il dit que ce voyageur n'a pas vu le Niger dans sa première expédition ; ils diront que ces *quelques lieues* de portage entre le Sénégal navigable et le Niger, sont au nombre de cinquante au moins, et ils se moqueront d'une route en fer de cette longueur, à travers des montagnes où l'on ne trouve pas de fer. Ils riront du voyage de six semaines pour faire deux fois la route qui sépare Paris du Galam ; ils s'égaieront sur la conquête de neuf cents lieues dans le pays des lions, des tigres et des crocodiles. Laissons-les rire, et pillons les mines de Bambouc. Je m'en tiens là, et je soutiens, que c'est un projet sage, brillant, éminemment utile, auquel il ne manquera jamais rien que l'exécution.

VOYAGE A CAYENNE,

DANS LES DEUX AMÉRIQUES ET CHEZ LES ANTROPOPHAGES.

Ouvrage orné de gravures, contenant le tableau général des déportés, la vie et les causes de l'exil de l'auteur, etc., augmenté de notions historiques sur les Antropophages, etc.; par L.-A. PITOU, déporté à Cayenne en 1797, et rendu à la liberté en 1803, par des lettres de grâce de S. M. l'EMPEREUR et ROI.

CET ouvrage réunit à la vérité de l'histoire tout l'intérêt du roman; M. Pitou en est à la fois le héros, l'historien et le libraire : circonstance assez heureuse; car cette fois l'auteur n'a pas été mécontent du libraire, ce qui n'arrive pas toujours; et le libraire ne s'est pas plaint de l'auteur, puisque l'ouvrage a eu du succès.

Les hommes, comme les enfans, se plaisent aux récits des aventures lamentables. Les voyages pénibles et périlleux, les longues souffrances, les catastrophes, sont des sources de plaisir pour celui qui lit ou qui écoute; plus le héros est malheureux plus le lecteur est satisfait :

Suave mari magno, turbantibus æquora ventis,
E terrâ magnum alterius spectare laborem.

Le mérite littéraire est presque nul dans ces sortes d'ouvrages, ou du moins ce n'est point ce qui en détermine le succès. Nous avons depuis quelque temps beaucoup de Voyages scientifiques, mais ils intéressent un petit nombre de lecteurs ; ceux, au contraire, où l'on voit l'homme exposé à tous les dangers, luttant contre la misère, le malheur et la mort, piquent bien plus la curiosité du vulgaire, et ne déplaisent pas aux gens instruits. Jacques Léry revenant de Cayenne à Lorient, Mender-Pinto errant dans les mers des Indes, François Pysare faisant naufrage aux Maldives, Hemmskerke jeté sur les côtes de la Nouvelle-Zemble où il passe huit longues années, madame Godin délaissée sur les bords déserts de la rivière des Amazones, et Pierre Viaud réduit à manger son nègre dans les solitudes de l'Amérique, sont des personnages qui rivalisent de célébrité avec les héros des romans les plus fameux.

M. Pitou n'a pas des droits moins incontestables à notre intérêt, et, ce qui est mieux encore, à notre estime. Ayant eu le malheur de perdre son père à l'âge de huit ans, il est confié à une tutrice qui lui donne à peine le strict nécessaire, et veut le forcer à embrasser l'état ecclésiastique. Le jeune homme n'ayant point cette vocation, feint de prendre la route du séminaire, et s'achemine vers Paris, où il croit que la fortune n'est jamais sourde aux prières de l'homme honnête et laborieux. Quelques louis assez rares forment son trésor ; il le croit

inépuisable : des filous le lui escamotent ; il est jeté
au milieu de la grande ville ; il frappe à toutes les
portes, et ne trouve partout qu'une stérile pitié.
Pour comble de calamité, la disette réelle ou fac-
tice s'est déclarée dans la capitale, et la famine y est
attendue ; ce fléau fâcheux, même pour les riches,
est bien terrible pour un homme sans argent. Que
devenir ? que faire ? M. Pitou a eu de l'éducation ;
il a de l'esprit, il sait le latin, il fait des vers, il est
honnête : incapable de repousser la misère par des
moyens honteux, il se fait chansonnier. En 1794,
il avait publié le *Tableau de Paris en vaudevilles* ;
mais l'état d'auteur n'étant pas un remède bien sûr
contre la faim, il se résout à chanter lui-même.
Il débute par des couplets sur l'*agiotage* ; à six
heures du soir, il a déjà gagné cent écus en papier :
cela fait voir combien les auteurs seraient heureux
s'ils imprimaient eux-mêmes leurs ouvrages, ou
s'ils jouaient eux-mêmes leurs comédies. Le Pont-
Neuf devint un Potosi pour M. Pitou, et la Seine
un Pactole. Mais l'ambition perd les hommes en
les rendant audacieux : le nouvel Orphée ne se
contenta pas d'attaquer les agioteurs, nombreux
et malins ennemis, il chanta publiquement des
couplets *où les Jacobins et le Directoire crurent
se reconnaître.*

Arrêté le 13 fructidor an 5 (31 août 1797), il
est traîné à la Force, jugé, condamné à mort.....
mais il ne meurt pas ; l'arrêt est mitigé, et le chan-
teur en est quitte pour la déportation. On l'em-

barque à Rochefort, ou plutôt on l'entasse avec une foule de braves gens qui ont cru comme lui que toute vérité est bonne à dire. A peine sont-ils en mer, qu'un vaisseau anglais leur donne la chasse, et les malheureux sont assez bons pour avoir peur ; le combat s'engage, on échappe à l'ennemi, mais la frégate est hors d'état de faire route : on en change, on se met au large. Les tourmens de l'enfer n'égalent pas ceux que souffrent les déportés dans cet affreux voyage ; ils arrivent à Cayenne. Ici commence l'effrayant tableau des déserts de Kourou, de Sinnamary, de Konanama, qui, en moins de six mois, ont dévoré la moitié des victimes qu'on y avait exilées. C'est dans l'ouvrage même qu'il faut lire leurs misères, leurs douleurs, leurs angoisses, leur désespoir, contrastant avec la joie, la débauche, les insultes des tyrans subalternes, qui ne prolongeaient leurs jours que pour les voir souffrir plus long-temps. Ici le talent était inutile, la vérité seule n'est que trop éloquente. M. Pitou n'a point chargé le tableau ; il est même facile de voir qu'il s'efforce sans cesse de l'adoucir ; aucune plainte amère, aucune expression de vengeance ne sort de sa plume ; il décrit ce qu'il voit autour de lui, comme s'il avait été spectateur désintéressé.

Enfin, leur malheur a un terme, et un rayon d'espoir luit aux yeux des misérables qui n'ont point succombé à tant d'infortunes. Le bruit du canon leur annonce la chute du directoire et un

autre gouvernement. Quels vœux ardens ils font
pour le premier consul! Quelle indignation, quelle
frayeur quand ils apprennent l'attentat du 3 nivôse! Mais toute inquiétude cesse; une frégate
paraît : elle doit les ramener en Europe; leurs yeux
attachés sur ce vaisseau suivent tous ses mouvemens et se balancent comme lui; les malheureux
sont prêts à s'élancer sur cette forteresse flottante
qui leur semble tenir à la France : vain espoir! La
frégate s'éloigne, diminue à leurs yeux, et disparaît enfin dans le vague de l'Océan. Ce moment
est affreux; mais il est le dernier où la fortune se
plaît à les tourmenter. Des ordres précis brisent
les fers des déportés, et les rappellent dans leur
patrie. M. Pitou prend la route de l'Amérique
septentrionale : il arrive à Newport, dans le Con-
necticut; il y a plusieurs conférences avec un qua-
ker; il se rembarque pour la France, et y aborde
enfin le 31 août 1801, à cinq heures du soir, même
jour et même heure où il avait été arrêté quatre
années auparavant.

Tel est le précis très-succinct des aventures de
M. Pitou; mais les détails, aussi intéressans qu'extraordinaires, méritent d'être lus dans l'ouvrage
même : on y trouve une notice curieuse sur tous
ses compagnons d'infortune, et principalement
sur ceux qui ont péri dans cet affreux exil. Le style
de M. Pitou n'est pas toujours bien correct, mais
il a un ton de bonhomie et de probité qui n'est
point sans agrément. Ce qu'il y a de remarquable

dans ce long et triste voyage, c'est que l'auteur y a joui d'une santé inaltérable et d'une imperturbable gaieté ; ni la plus affreuse misère, ni l'étouffante température de la Guyane, ni les privations de tout genre, ni les dégoûts de toute espèce n'ont ébranlé la constance de son âme, ni altéré la sérénité de son esprit. C'est au milieu des souffrances qu'il a rédigé les deux volumes qu'il offre au public ; et l'état déplorable où il se trouvait ne l'a point empêché de se livrer à des considérations sur l'hémisphère qu'il habitait, sur ses habitans, ses productions et sur les diverses opinions des écrivains qui ont parlé du Nouveau-Monde.

Quand la première édition de cet ouvrage a paru, on a semblé douter de beaucoup de faits rapportés par l'auteur. M. Pitou répond avec calme et politesse aux différentes critiques des journalistes. Telle chose, dit-il, très-vraie à Cayenne, peut paraître fort extraordinaire à Paris ; il a raison : cependant son excursion chez les *antropophages* offre des circonstances si extraordinaires, qu'il faut connaître toute la sincérité de l'auteur pour ne pas lui refuser sa croyance. Quoi qu'il en soit de cette partie de son ouvrage, on peut dire que s'il est difficile de voyager chez les antropophages, il est très-beau d'en être revenu. M. Pitou, qui est gros et gras, doit s'estimer plus heureux qu'un autre, et il a dû tenter plus d'une fois le cruel appétit de ces hôtes dangereux.

Le hasard se plaît quelquefois à donner aux

hommes des leçons plus frappantes que ne ferait
toute la sagesse humaine : le vaisseau qui ramenait
les honnêtes déportés de Cayenne rencontra celui
qui emmenait les coupables déportés du 3 nivôse.
Quelle rencontre ! Quelle preuve terrible de l'instabilité de la fortune et de la vanité de notre ambition ! Est-il dans quelque tragédie une situation
plus dramatique que cette entrevue causée par le
hasard au milieu de l'Océan ?

VOYAGES DANS L'INTÉRIEUR DU BRÉSIL,

Particulièrement dans les districts de l'or et du diamant, faits avec
l'autorisation du prince-régent de Portugal, en 1809 et 1810, contenant aussi un Voyage au Rio de la Plata, et un Essai historique sur
la révolution de Buenos-Ayres, par JEAN MAWE; traduit de l'anglais par J.-B.-B. EYRIÈS.

LES politiques de l'Europe tournent souvent les
yeux vers le Brésil, depuis que la cour de Lisbonne a fixé sa résidence à Rio-Janeiro, et ils
font des conjectures plus ou moins hasardées sur
la prospérité future de ce trop vaste empire.

Tous les élémens de prospérité et de puissance
lui ont été accordés par la nature : un sol éminemment fertile, un climat doux, salubre et varié, les
plantes des deux hémisphères, des forêts immenses,

dont plusieurs offrent des bois utiles à la navigation, à l'industrie et au luxe ; d'innombrables rivières, des mines d'or et de diamans qui, par une
heureuse exception, ne nuisent pas à la fécondité
du sol qui les recèle, voilà sans doute de grands
avantages ; mais une population extrêmement faible, peu d'activité dans les habitans, des préjugés
en tout genre ennemis de l'industrie, une administration peu favorable au développement des facultés, un climat qui, par sa douceur même, fa-
vorise le penchant si naturel vers l'oisiveté et la
mollesse, telles sont les fâcheuses compensations
qui peuvent modifier les conjectures sur l'importance future du Brésil, et même les démentir absolument. Le Voyage qui m'occupe justifie toutes
les espérances ; mais malheureusement il confirme
encore mieux les craintes, et M. Mawe n'a pas de
la prospérité présumable du Brésil une idée aussi
avantageuse que nos politiques de cabinet. Ici,
comme presque partout, l'observation diminue
l'admiration.

Tout ce qui reluit n'est pas or, dit le peuple ;
mais l'or et les diamans ne sont pas toujours richesse. C'est une vérité dont la plupart des hommes
n'ont jamais voulu se persuader, malgré les leçons
de l'expérience. Lisez l'histoire des colonies : celles
où l'on s'est obstiné à chercher des métaux précieux ont péri misérablement, ou ne se sont pas
élevées au-dessus d'une triste médiocrité ; celles,
au contraire, qui se sont adonnées à l'agriculture

sont devenues promptement florissantes, et ont
attiré l'or chez elles, sans se donner la peine de
l'extraire du sein des montagnes, de le fondre et
de l'affiner. Les premiers Anglais qui s'établirent
dans l'Amérique septentrionale y cherchèrent long-
temps des trésors, et périrent presque tous; mais
dès qu'ils soupçonnèrent que les véritables trésors
consistent dans le travail et la fertilité de la terre,
ils devinrent plus riches et surtout plus heureux
que les possesseurs des mines. On peut affirmer,
je pense, que si les premiers colons du Massa-
chusset, du New-Yorck, de la Virginie et des Ca-
rolines, s'étaient établis dans des contrées telles
que le Pérou et le Mexique, ils ne formeraient
pas aujourd'hui un état indépendant, et une puissante république.

Mais, sans sortir de notre sujet, examinons les
richesses tant vantées du Brésil, et comparons-les
aux richesses méconnues dont les Portugais ont la
possession sans en avoir la jouissance.

Depuis 1699, année où l'on a commencé à exploiter les mines d'or, jusqu'en 1803, l'or, *enregistré ou non enregistré*, que le Brésil a fourni à
l'Europe, a produit l'énorme somme de quatre
milliards quatre cent quatre-vingt-onze millions,
et il est resté en outre cent vingt millions de francs
pour la circulation du pays. Voilà, dira le vulgaire, une belle source de prospérité. Les mines
de diamans, découvertes dans le siècle dernier,
ont fourni plus de mille onces de ces pierres pré-

cieuses, dans les vingt premières années ; et depuis cette époque, elles produisent à peu près vingt mille carats par an. Quel est le résultat de ces brillantes et trompeuses richesses ? M. Mawe va nous le dire : « Les habitans du Brésil, vivant » sous un des plus beaux climats du monde, dans » un pays fertile, couvert de magnifiques bois de » charpente, arrosé de tous côtés par des ruis- » seaux, des rivières, des chutes d'eau, dont le » sein renferme des minéraux précieux ainsi que » du fer, et qui peut produire la plupart des choses » utiles, sont, il est vrai, à l'abri du dénûment » absolu, *mais ils croupissent dans l'indigence.* » Comment concilier tant d'or, tant de diamans avec tant d'indigence ? Le même voyageur nous explique cette énigme ; et outre que son récit a tous les caractères de la franchise, il a dû être bien informé, puisque, par une faveur jusqu'alors inouïe, il a obtenu du prince la permission de pénétrer dans le district des mines, interdit jusqu'alors à tous les étrangers ; il a fait d'ailleurs d'excellentes observations sur l'état de l'agriculture, les productions du sol, sur les lois, l'administration, sur le commerce, les mœurs et les usages des habitans.

L'indolence des Brasiliens n'est pas seulement un effet du climat ; une cause morale agit plus puissamment encore. Les cantons où l'on a commencé à cultiver la terre, produisaient autrefois de l'or ; mais ces mines, épuisées par le *lavage,* ont forcé les habitans à recourir à l'agriculture. Comme c'est

la nécessité seule qui les a rendus sages, ils regret-
tent toujours les précieux métaux ; ils traitent de
marâtre cette terre féconde qui ne les enrichit plus
assez promptement ; ils persistent à honorer la profession du mineur, tandis que leur nouvelle occupation leur paraît avilissante ; et, honteux de la-
bourer des champs qu'ils accusent d'avarice quand
ils ne rendent pas au moins *deux cents grains pour
un*, ils ne travaillent que quand le besoin les y
force, et tout juste ce qu'il faut pour ne pas mourir
de faim. Si ce malheur ne leur arrive pas, ils n'en
sont redevables qu'à l'étonnante fécondité du sol.
Au reste, l'éducation du bétail y est entièrement
négligée, ou plutôt méconnue : point de prairies
artificielles, point de pâturages enclos, point de
fourrages en réserve pour les temps de disette ; on
se donne rarement la peine de traire une vache ;
cet animal est regardé comme un embarras dans
une ferme ; on le laisse manquer de sel dont il a
tant besoin. Presque nulle part on n'a construit
de greniers pour y conserver les produits de la
terre ; le café, l'indigo, le coton, le maïs, les ha-
ricots, sont mis en tas dans un hangar humide ;
une moitié se gâte et se pourrit, et l'autre moitié se
détériore. Les maisons des fermiers sont de misérables cabanes qui n'ont qu'un rez-de-chaussée
sans pavés ni planches ; la cuisine est un lieu sale
et boueux, où trois pierres rapprochées servent à
soutenir les vases destinés à faire cuire les viandes ; faute de cheminée, la fumée s'échappe par

les portes, et noircit tout l'intérieur. Je suis fâché de dire, ajoute M. Mawe, que les cuisines de plusieurs gens riches ne sont pas en meilleur état. Notez que ces observations sont faites dans la capitainerie de Saint-Paul, celle où l'on remarque le plus d'industrie et d'activité.

Les districts situés au nord de Rio-Janeiro offrent le contraste de la fertilité et de la misère. A Canta-Gallo, les femmes et les enfans ont un air maladif, qui est l'effet du défaut de nourriture ; le voyageur pénètre dans des fermes où les hommes et les animaux ont l'air affamé ; partout il voit des maisons en ruine ; souvent il est obligé de coucher dans des chambres situées au-dessus du cloaque où l'on jette toutes les immondices, et dont il n'est séparé que par des planches mal jointes ; l'infection, la chaleur, et des nuages d'insectes, rendent le repos impossible dans cette habitation, où cependant on lui a offert la chambre d'honneur. Mais rien ne peint mieux l'incurie, l'imprévoyance, je dirais presque la stupidité des habitans, que la manière dont ils traitent le bétail. Ils le laissent errer à l'aventure et se nourrir de ce qu'il trouve ; n'ayant fait aucune provision de fourrage pour les temps de sécheresse, quand l'été dévorant de la zone torride a brûlé toute l'herbe, les animaux courent en foule aux bords des ruisseaux qui sont leur dernière ressource : un grand nombre y meurent de faim, et ceux qui survivent sont tellement affaiblis, qu'ils ne se remettent jamais complètement.

Mais la ferme du Roi, qui est un vaste domaine, sera mieux administrée, et nous y admirerons sans doute ce que peut une industrie active et intelligente sur un sol qui ne demande qu'à produire. Il y a déjà plus de deux ans que la cour est fixée à Rio-Janeiro ; la ferme est située à quinze lieues de la capitale, et M. Mawe est invité par le ministre à s'y transporter, et à indiquer les améliorations dont cet établissement est susceptible. Il arrive à six heures du soir, et attend jusqu'à dix avant qu'on ait pu lui procurer le moindre rafraîchissement. On lui promet que le déjeûner serait prêt à sept heures du matin : vain espoir ! à dix heures on n'avait pu trouver une tasse de lait (dans la ferme du Roi)! L'étendue du parc est de cent milles carrés ; quinze cents nègres sont employés sur ce domaine ; mais, selon la louable coutume du pays, *ils sont à moitié morts de faim,* presque nus, et, par un pénible travail, *ils ne gagnent pas un sou de France par jour.* On trouve à peine un champ enclos dans cette immense étendue d'excellent terrain ; les portions cultivées sont remplies de mauvaises herbes ; les plantations de cafiers ressemblent à un bois taillis, et les arbrisseaux sauvages s'élèvent au-dessus de ceux que l'on cultive. Le prince pressa M. Mawe de se charger de l'administration de cette ferme ; il y consentit ; mais il éprouva tant d'embarras et de désagrémens, qu'il abandonna l'entreprise.

Les pays où l'on pèche par ignorance peuvent prospérer dès que les habitans s'éclairent, le bien

n'y est que méconnu ; dans ceux où l'on pèche par
préjugé, le bien est impossible, et l'on se fait des
ennemis de ceux que l'on veut enrichir. Si les détails que je viens de copier sont aussi vrais qu'ils
me paraissent vraisemblables, il faut ajourner la
prospérité du Brésil et son influence politique au
temps où la terre ne fournira plus un carat de diamant ni une once d'or ; encore faut-il ajouter à
cet intervalle un assez grand nombre d'années
pour que les habitans aient même oublié les perfides richesses qui les rendent si magnifiquement
misérables.

Nos géographes et tous les écrivains qui ont
parlé du Brésil, ont présenté la colonie de Saint-
Paul comme une association de brigands, toujours
en révolte contre l'autorité légitime, et en guerre
avec les autres colons du Brésil. Dans toutes les
relations, le nom de *Pauliste* est le synonyme de
bandit, de voleur et d'homme féroce. M. de Beauchamp s'est conformé à l'opinion reçue, et les
Paulistes jouent, dans son ouvrage, un rôle peu
honorable. M. Mawe prétend, au contraire, que jamais on n'adopta une erreur plus manifeste ; que
ces calomnies contre les Paulistes ont été répétées
d'après les relations de dom Vaissette et du père
Charlevoix, mais que les meilleurs historiens portugais les ont complètement réfutées. Loin d'être
des vagabonds et des bandits venus des différens
pays de l'Europe, les premiers habitans de Saint-
Paul étaient des Indiens de Piratininga, et des jé-

34.

suites qui les avaient convertis. La vérité de cet
exposé, dit M. Mawe, reçoit une nouvelle confirmation du caractère dominant des Paulistes, qui,
loin d'être diffamés comme ils le seraient s'ils des-
cendaient de malfaiteurs et de vagabonds, *sont
depuis long-temps renommés dans tout le Brésil
pour leur probité, leur industrie, et la douceur de
leurs mœurs.* Le voyageur anglais pouvait ajouter
que les Paulistes ayant refusé de reconnaître l'usurpation de Philippe II sur le Portugal, et conservant une fidélité inébranlable à leurs souverains
légitimes, même après l'envahissement de la mère-
patrie, ils firent la guerre au Paraguay, colonie
espagnole gouvernée par les jésuites; raison pour
laquelle ces religieux les ont peints comme des rebelles, des brigands, et les ont nommés les *Mamelucks* de l'Amérique.

Je n'ai présenté qu'une petite partie des observations de M. Mawe sur la richesse du Brésil et l'indigence de ses habitans; et ces détails, donnés par
le premier étranger qui ait eu la permission de pénétrer dans l'intérieur de ce pays, suffisent pour démontrer que la prospérité de cet empire n'est encore qu'en espérance. Cet espoir même s'affaiblira
de jour en jour si le gouvernement persiste dans
son vieux système d'administration, et si les lois
prohibitives entravent toujours l'industrie des Brasiliens. Le sel, si nécessaire à la multiplication des
troupeaux, y est grevé d'un impôt si onéreux, que
le bétail en est presqu'entièrement privé. Qui croi-

rait qu'au passage des rivières on a établi des
péages, où des commis exigent plus de quatorze
francs, argent de France, pour un bœuf ou une
vache? droit qui équivaut à une interdiction absolue. Les lois sur les mines sont encore plus vexa-
toires. Toute mine de diamans appartient à la couronne, et un particulier qui s'emparerait d'une
de ces pierres, *trouvée sur son propre terrain,*
serait condamné à la déportation sur la côte d'A-
frique, ou à une prison perpétuelle. Le propriétaire d'une mine d'or qui trouve un diamant dans
le minerai, perd sa propriété, qui dès-lors appartient au gouvernement. Aussi, quand un habitant
a le malheur de faire une de ces riches découvertes,
il lui arrive souvent d'enfouir ou de rejeter au loin
les perfides diamans qui causeraient sa ruine. Rien
n'égale la soupçonneuse surveillance que l'on
exerce sur les nègres occupés à la recherche de ces
pierreries. Cependant la tentation est trop forte
pour qu'on n'y succombe pas de temps en temps;
et malgré la sévérité des lois, il a passé en Europe
pour quarante-huit millions de diamans de contre-
bande. Le gouvernement est trompé en cela comme
en beaucoup d'autres choses. M. Mawe, étant à
Téjuco, capitale du district du diamant, s'avisa un
jour de parler dans une société de ce commerce
illicite. Au mot de *grimpero,* ou fraudeur, tous
ceux qui l'écoutaient jetèrent les hauts cris, firent
des contorsions effrayantes, et prirent la sainte
Vierge à témoin de l'horreur que ce crime leur ins-

pirait. Qui n'aurait cru à la sincérité de pareilles démonstrations? Et cependant notre voyageur reconnut bientôt que, dans les meilleures maisons, les diamans de fraude s'échangeaient contre toutes sortes d'objets, qu'il en circulait beaucoup plus que de pièces de monnaie, et qu'on s'en servait même pour acheter des *indulgences*. Téjuco n'est pas la seule ville où l'on fasse un étrange amalgame de la fraude et de la piété.

Puisque j'en suis au chapitre des diamans, je vais rapporter une anecdote qui a son côté plaisant, quoiqu'elle ait détruit une bien douce illusion. Un nègre libre de *Villa-Rica*, que l'on devrait nommer *Ville-Pauvre*, malgré l'or et les diamans qui l'environnent, écrivit au prince régent qu'il possédait un diamant si énorme, qu'il demandait la faveur de le présenter au prince lui-même. On le fit venir dans une voiture en lui donnant une escorte. Le nègre arrive à Rio-Janeiro, se jette aux pieds du prince, et lui présente son diamant. Son altesse fait un mouvement de surprise; et cette pierre qui pesait *près d'une livre*, remplit tous les assistans d'étonnement et d'admiration. Les courtisans s'empressèrent de calculer le nombre de millions que valait ce monstrueux joyau. Il est fâcheux que M. Mawe ne nous donne pas ce calcul qui amuserait les lecteurs; je vais tâcher d'y suppléer. La livre contient 9216 grains qui font 2304 carats, et même davantage, car le poids usité pour le carat de diamant est plus faible que le poids de marc.

Observons, en outre, que la grosse pierre de Villa-Rica a été évaluée en poids de *Troyes*, qui est plus fort d'un neuvième. Il faut donc ajouter 256 carats, qui, réunis aux 2304, forment 2560 carats ; mais je compenserai le peu qui manque à la pierre pour peser une livre, en retranchant 60 carats, et en ne tenant pas compte de la différence qui existe entre le poids de marc et celui du diamant. Nous avons donc au moins 2500 carats. Maintenant, pour apprécier la valeur commerciale de la pierre en question, il faut, selon la règle, multiplier le nombre des carats par lui-même. Or, le carat de 2500 est de 6,250,000, et, en n'estimant le carat qu'à 150 francs, ce qui est le prix commun, nous avons la somme de 937,500,000 f. ; et comme les gros diamans ne sont plus soumis au tarif, et augmentent d'autant plus de prix idéal qu'ils excèdent davantage les dimensions ordinaires, les seigneurs de Rio-Janeiro n'ont pas manqué sans doute de porter la valeur de cette pierre à deux millards, et même à quatre, en qualité de courtisans.

Quoi qu'il en soit de mon calcul, l'inestimable joyau fut envoyé au trésor, sous bonne escorte, et déposé dans la salle aux pierreries. M. Mawe était à Rio-Janeiro quand on fit cette trouvaille, et le ministre l'envoya chercher pour lui raconter les détails du phénomène ; ajoutant néanmoins, tout bas, qu'il avait des doutes sur la légitimité de la pierre. Le minéralogiste anglais fut invité à examiner cet incomparable brillant, et à déterminer sa valeur. Il fallut d'abord avoir une lettre de chacun des ministres, car on ne pénètre pas dans le sanctuaire du luxe sans cette formalité. M. Mawe se transporte donc au trésor avec ses lettres ; il traverse plusieurs pièces, puis une grande chambre, puis une grande salle tendue en rouge et en or, ornée d'une figure de grandeur naturelle représentant *la Justice avec ses balances*. Il arrive enfin à la pièce du fond qui renfermait plusieurs coffreforts ; trois officiers, tenant chacun une clef, ouvrent un de ces coffres, et le trésorier présente la fameuse pierre *avec beaucoup de solennité*. Avant de toucher le prétendu diamant, M. Mawe avait déjà vu que ce n'était qu'un morceau de cristal arrondi ; il en donna la preuve irrécusable en le *rayant* avec un diamant véritable, et la malheureuse trace qu'il y imprima fit évanouir tous les millions dont on avait cru avoir enrichi le trésor. Le prince régent reçut cette nouvelle d'une manière très-philosophique, et perdit très-noblement tous ces millions imaginaires ; mais le pauvre nègre, qui était venu en voiture, s'en retourna tristement à pied, et il apprit avec douleur que tout ce qui brille n'est pas diamant.

On trouvera sans doute fort extraordinaire que dans la patrie des diamans on connaisse assez peu ces pierres pour leur comparer du cristal de roche ; ne nous hâtons pas de juger, nous verrons bientôt que l'erreur est le partage de tous les hommes, et que des marchands même peuvent être trompés comme des princes.

Nous avons une grande idée du génie commercial des Anglais ; nous pensons que ces rois de la mer connaissent parfaitement la statistique des quatre parties du Monde ; qu'ils ne se trompent jamais dans leurs savantes spéculations ; qu'ils ont des notions exactes sur les *articles* qui conviennent à telle ou telle contrée, et sur ceux qu'on peut y prendre en retour. Voici cependant un fait qui doit modérer notre admiration, et qui paraîtrait inventé à plaisir, si ce n'était un Anglais qui en fait le modeste aveu. Dès qu'on eut appris en Angleterre que la cour de Lisbonne s'était fixée à Rio-Janeiro, tous les spéculateurs de la Grande-Bretagne préparèrent d'énormes cargaisons, et mirent en mer autant de vaisseaux que s'ils s'était agi de redemander une autre Hélène à un autre Pâris. L'affluence fut si excessive et si soudaine, dans la capitale du Brésil, que le loyer des maisons monta à un taux énorme ; la baie, quelque vaste qu'elle soit, fut bientôt encombrée de marchandises exposées, non-seulement aux injures de l'air, mais même à un pillage général, car le peuple, pensant qu'elles étaient étalées sur le quai pour y être à sa disposition, élevait jusqu'au ciel la bonté des Anglais qui donnaient pour rien ce qu'autrefois ils faisaient payer si cher.

Indépendamment des pertes énormes occasionées par le rabais progressif, il y en eut d'autres

causées par le mauvais choix des marchandises.
Qui voudra jamais le croire? qui pourra l'entendre
sans rire? Ces grands négocians, ces savans spéculateurs avaient envoyé au Brésil, dans la zone
torride, des *corps de femmes*, des *patins*, et des
cercueils élégans. Des *corps de femmes* sous un
climat où l'on irait nu si on l'osait! des cercueils
riches dans un pays où l'on se fait enterrer chré-
tiennement et modestement! des patins sous un
climat où la gelée est impossible! A la vue des malheureux patins, il me semble entendre un Brasilien dire à l'Anglais : Qu'est-ce que c'est que cela?
— C'est une chaussure pour aller sur la glace. —
Qu'est-ce que c'est que de la glace?.... Ajoutez à
cela de magnifiques services en cristal pour des
gens qui boivent dans des tasses de coco; des
lustres d'une grande beauté dans un pays où l'on
ne se sert que de lampes; des milliers de fouets et
des selles de grand prix pour des gens qui n'en
connaissent pas l'usage, et *une plus grande quantité d'étoffes qu'il n'en avait été consommé pendant les vingt dernières années*. Quel *désappointement!* Mais voici bien une autre bévue : Les
habiles négocians avaient joint aux patins et aux
cercueils une quantité d'outils ayant une hache à
un bout et un marteau à l'autre; *ils s'imaginaient
qu'un Brasilien n'avait qu'à aller dans les montagnes et y couper autant d'or qu'il en fallait
pour payer les objets qu'il achetait*. Ce n'est
pas tout encore : ils avaient recommandé à leurs

commis de se faire payer en pierreries et en poudre
d'or ; ces commis étaient si bons connaisseurs,
qu'on leur donna des tourmalines pour des éme-
raudes, des cristaux jaunes pour des topazes, et
des cailloux pour des diamans bruts. Ce fut bien
pis pour la poudre d'or : les poëlons de cuivre
s'étaient fort bien vendus ; mais les Anglais n'imaginaient guère la cause de cette prédilection : les
acheteurs avaient limé ces poëlons, et avaient
mêlé cette limaille à la poudre d'or, de sorte que
les Anglais rachetaient à quatre guinées l'once, ce
qu'ils avaient vendu à deux schellings et demi la
livre. Le résultat de ces belles spéculations fut une
multitude de banqueroutes et la ruine de plusieurs
maisons qui, l'année précédente, étaient dans l'état
le plus prospère.

TABLE DES MATIÈRES

CONTENUES DANS CE VOLUME.

VOYAGES.

FIN DE LA TABLE DES MATIÈRES.

www.ingramcontent.com/pod-product-compliance
Lightning Source LLC
Chambersburg PA
CBHW061325050726
47504CB00013B/206

* 9 7 8 2 0 1 4 5 0 8 3 7 6 *